金牌投资人

投资人

创业者与资本方的争锋对决

3

龙在宇 ◎ 著

湖南文艺出版社
HUNAN LITERATURE AND ART PUBLISHING HOUSE

博集天卷
CS·BOOKY

图书在版编目（CIP）数据

金牌投资人. 3 / 龙在宇著. —长沙：湖南文艺出版社，2017.12
ISBN 978-7-5404-8365-4

Ⅰ.①金… Ⅱ.①龙… Ⅲ.①长篇小说—中国—当代 Ⅳ.①I247.5

中国版本图书馆CIP数据核字（2017）第261693号

上架建议：畅销书·长篇小说

JINPAI TOUZIREN.3
金牌投资人.3

作　　者：龙在宇
出 版 人：曾赛丰
责任编辑：薛　健　刘诗哲
监　　制：于向勇　秦　青
策划编辑：马占国　徐　娅
营销编辑：刘晓晨　罗　昕　刘　迪
版式设计：张丽娜
封面设计：仙境书品
出版发行：湖南文艺出版社
　　　　　（长沙市雨花区东二环一段508号　邮编：410014）
网　　址：www.hnwy.net
印　　刷：北京嘉业印刷厂
经　　销：新华书店
开　　本：700mm×1000mm　1/16
字　　数：370千字
印　　张：25
版　　次：2017年12月第1版
印　　次：2017年12月第1次印刷
书　　号：ISBN 978-7-5404-8365-4
定　　价：39.80元

质量监督电话：010-59096394
团购电话：010-59320018

写给在残酷世界中
期望依靠智慧获得成功的人们

目录
contents

有人说过，投资是投人，但从没有人说过，投资只是投人。不去调研行业，不去分析商业模式，仅仅依靠对一个人的观察做出决策，理论上讲绝对是大忌。但战场形势瞬息万变，方玉斌无法从容地用理论指导实践，只能冒险地用实践去丰富理论了。经历这么多惊涛骇浪，不敢说练就了一双火眼金睛，起码还有些识人之明。这一次，就相信自己的眼光吧。这是病急乱投医，还是一种远胜常人的商业直觉，只能用结果检验了。

第三章　股权转移

越到艰困时刻，方玉斌越对毛泽东的一句话推崇备至——战略上藐视敌人，战术上重视敌人。在无数摔打中成长起来的方玉斌始终坚信，藐视困难的决心，比解决困难的方法更重要。遇到难题，越分析或许越觉得希望渺茫，最后自己都被吓倒。但是，一旦坚信我能，没准真会脑洞大开。退一步说，即便有些自信过于理想，但比起一开始缴械投降，也不会差到哪儿去。

第四章 资本盛宴

王诚素以精明自诩，扬扬自得于玩弄别人于股掌之上。可悲的是，这一回却让方玉斌这个后辈给玩了。王诚心中的愤怒，甚至超过了昔日千城股权大战。当初自己的对手，毕竟是费云鹏、赵小轻这样一等一的高手，就连那个泥腿子曹伯华，也是精于世故的老江湖。可这一次，面对的却是初出茅庐的方玉斌。究竟是自己老眼昏花，还是方玉斌功力精进太快，已与费云鹏等人不相伯仲？

第五章 见猎心喜

方玉斌说："费云鹏是谁？堂堂的荣鼎资本董事长。能坐上这个位置的人，也许是好蛋，也许是坏蛋，还可能是浑蛋，但绝不会是蠢蛋。这一次他怎么了？费尽心机把黄文灿扶上去，就为了找一个跟自己作对的人？"

第六章　鲸吞银行

费云鹏缓缓道出整件事的原委，伍俊桐在一旁听着，时而诧异，时而惶恐，时而涌动出兴奋，时而背心又冒出虚汗。他不得不感慨于商场形势的诡谲，以及费云鹏、黄文灿等人的心机与手腕，更明白了《金瓶梅》中那句富有深意的"贼便贼，有些贼形"。

第七章　老庄之道

当你把所有铜板、100%的利润全揣进兜里，赚了个盆满钵满时，别人赚什么？当所有人都认为你绝世精明，不愿和你打交道或是觉得与你相处占不到任何便宜时，你又和谁做生意？留出最后的铜板与利润，既是分担风险，也是交朋友。假若朋友赔了，怪罪不到你头上；假若朋友赚了，无论他是感激你仗义还是嘲笑你憨，总之会惦记着下次继续与你合作。

第八章
成王败寇

"是的。"方玉斌说，"把对手赶尽杀绝，你未必就能成功。给对手一条活路，未尝不是给自己下了一步活棋。我是在帮费云鹏解套，但也是替所有人解套。海丰银行一旦垮掉，中小股东的投资血本无归，许多人因此失去饭碗。这样的局面真是好事？只要自己稍微努一把力，或许能避免一场悲剧，何乐不为。"

第一章

◯ 轮魔咒

蒋若冰坚持认为，P2P说到底还是金融，做金融最要紧的就是告诉别人自己不差钱。如今跑路的P2P平台不少，能大把捐钱出去的没几个。通过捐赠仪式，就是告诉所有人，把钱投到亿家大可放心。

◎ 1 董事会会议前，袁瑞朗竟然搭错车

阵雨过后，天上的云团也是湿漉漉的。

稠密的绿树被洗涤得润泽绿亮，野花带着湿气在小径旁悠悠开放。前方天际有一列黑黢黢的大山，像一堵墙挡住了视野。近处可见一条峡谷，两岸绝壁，刀砍斧削，从天边直垂下来。高处悬一帘瀑布，似一条白练，水石相击，溅起浓浓的水雾在峡谷中弥漫。

好一幅山间美景，袁瑞朗却无心观赏。窗外一股冷风袭来，他不自觉打起寒战。袁瑞朗的手表早被人摘走，身边没有任何与外界联系的工具。他不知今夕何夕，更不知身处何方。

一周前，当方玉斌提出让袁瑞朗释出部分权力时，他怒不可遏。在他看来，这不仅是资本在赤裸裸地逼宫，更是朋友间无情的背叛。个性刚烈的他，宁愿殊死一搏，也不愿坐以待毙。

袁瑞朗将公司中层挨个找来，谈话交心以寻求支持。但现实却教会了他，什么叫大难临头各自飞。这些昔日他一手提拔的部下，个个成了墙头草。有人隐晦劝道，退一步海阔天空；有人干脆挑明，请他认清现实，知所进退。

"一群王八蛋！"袁瑞朗在心中狠狠骂道。他知道，副总经理蒋若冰仗着方玉斌撑腰，正在公司内部搞串联，没想到，这群软骨头竟这么快变节。看

着吧，一旦他被撵走，蒋若冰可不会给这群软骨头好果子吃。

纵然资本逼宫在前，下属背叛于后，袁瑞朗依旧没有绝望。他的手中，还握着牛卡计划这个撒手锏。通过双层股权设计，身为公司创始人的他尽管持股有限，却握有最大投票权。在即将召开的董事会会议上，只要他投反对票，依然能够扭转局势。想到这里，袁瑞朗稍微松了一口气，甚至为当初的未雨绸缪庆幸不已。

袁瑞朗还没有忘记另一件事——向财务总监下令，立刻转移公司账上的现金。形势险峻，纵然有牛卡计划护身，也得留着后手，将仅存的一点现金控制在自己手里。

连续多日忙碌之后，袁瑞朗在周五深夜走出办公室。该做的都已经做了，剩下的就是养足精神，迎战下周一的董事会会议。

司机已经下班，袁瑞朗站在街头，掏出手机联系网约车。刚下单一分钟，一辆黑色轿车便停在身旁。司机摇开车窗，热情地招呼他："上车吧。"

袁瑞朗打量着黑色轿车，又掏出手机瞅了瞅，摇头道："我叫的不是这辆车，车牌号都不一样。"

司机说着一口标准的普通话："我网上注册的那台车今天抛锚了，临时用这台车出来拉客人。请你理解一下，别去平台投诉我。"

心乱如麻的袁瑞朗哪有闲工夫投诉司机，他点了点头，拉开汽车后门钻了进去。后排座上，还坐着一个精瘦的中年男子。袁瑞朗不解道："我没有叫拼车呀，怎么还有其他乘客？"

中年男子低着头没有说话，前排的司机答道："他不是乘客，是我亲戚，从老家来上海旅游的。趁着晚上跑车，拉他出来兜一圈，看看上海的夜景。"

袁瑞朗嘴上没说，心里却在抱怨，今天的运气真够背，碰上这么一个不专业的司机。

轿车在路上行驶了几分钟，袁瑞朗却觉得方向不对。他刚想开口提醒，手机又响了起来。接通后，里面传来一阵声音："先生，我快到你定位的地方了，你在路边吗？"

袁瑞朗愣了一下，说："我不是已经上车了吗？"

"什么？上车了？"对方说道，"你是不是搭错车了？"

"你的车牌号是多少？"袁瑞朗问道。

对方说出车牌号后，袁瑞朗意识到自己果真搭错车了。他大声对前排司机说道："快送我回去，我叫的不是这台车。"

"搭错了车，还下得去吗？"后排的中年男子终于开口，旋即，他抬起左手，将一张手帕捂在袁瑞朗的鼻子上。袁瑞朗立刻全身瘫软，一丝声音也发不出，大概几秒钟之后，整个人便昏睡了过去……

当袁瑞朗苏醒过来，发觉他被锁在一间小屋子里。屋内除了一张床，再没有任何家具。他只能透过焊着防护栏的窗户，看见窗外的山谷景色。每天会有人准时送盒饭进来，但任凭他怎么大喊大叫，对方始终一语不发。

太阳逐渐西沉，房门再一次被推开。这一回，来的不是平常送饭的老汉，而是几名五大三粗的黑衣男子。他们不由分说，架起袁瑞朗便走。袁瑞朗第一次出到屋外，这才发觉，小屋位于整栋建筑的第二层。下了木梯，来到一层大厅，袁瑞朗还没来得及打量周围环境，就被人摁在一个塑料板凳上。

对面坐着一个穿灰色羽绒服的男子，他冲袁瑞朗点了点头，说道："这几天，让你受委屈了。我同弟兄们打过招呼，袁总是我们请来的贵客，一定要好生款待。怎么样，他们没有为难你吧？"

回想起来，这几日虽被困在屋内，却没有遭受皮肉之苦。袁瑞朗惨笑一声，随即问道："这是哪儿？你究竟是谁？"

对面的男子板起面孔："这些问题都不重要。眼前只有一件要紧事。看看这个，赶紧签个字。"他一边说着，一边从皮包里取出一张纸，扔到袁瑞朗面前。

袁瑞朗拾起纸一看，这是一份打印好的声明。上面写道，袁瑞朗自愿解除在亿家金控的双层股权设计，自己所持有的股份将与其他股东一样，只拥有与持股份额相匹配的投票权。

毫无疑问，这份声明就是逼自己放弃牛卡计划。没有了牛卡计划所约定的投票权，以自己的股权比例，立刻会成为董事会里的少数派。袁瑞朗明白过来，这场精心设计的绑架，为的正是亿家的控制权。

袁瑞朗冷笑一声，把声明扔回地上："我不会签字的。"接着，他又吼道："谁让你们这么干的？蒋若冰还是方玉斌？你们知不知道，这是犯法！"

对面的男子哈哈大笑："看来这几天你过得太舒坦了，还有工夫跟老子谈法律。"

此人话音刚落，一名黑衣男子便飞起一脚，踹向袁瑞朗屁股下面的塑料板凳。凳子瞬间散架，袁瑞朗重重摔了一跤。袁瑞朗挣扎着爬起来，另一名黑衣男子又走上前来，拽住他的领口，眼见一记重拳便要落下。

"住手。"对面的男子喝道。他掏出一根烟点上，慢悠悠地说："人家是斯文人，咱们也得讲素质，最好别动粗。"

弹了弹烟灰，他又拿出另一份文件，朝袁瑞朗挥舞着说道："不过，你自个儿也要识相，别把兄弟们惹急了。再看看这个！有些事再怎么顽抗都是徒劳。"

袁瑞朗接过文件，只见这是一份亿家金控的董事会会议纪要。被困山中的袁瑞朗此刻才知道，原来亿家已经开过董事会会议，并在他缺席的状况下做出决议，由蒋若冰担任亿家金控总裁，同时修改公司章程，废除了牛卡计划。

"这是什么时候的事？"袁瑞朗问道。

"三天之前。"透过对方的回答，袁瑞朗才算出此时的具体日期。董事会会议召开日期是周一，今天应当是周四了。

对面的男子接着说："董事会做出决议后，蒋总已经走马上任。大局已定，你也别瞎折腾了。"

"放屁！"袁瑞朗愤怒地吼道，"真要是大局已定，还用得着逼我签这个声明吗？我是亿家金控的创始人，在董事会里拥有最大投票权。没有我的认可，任何决定都是非法！我要告你们，我要……"

黑衣男子抡起拳头，狠狠砸向袁瑞朗的面颊。这一回，再也没人喝止，他被打翻在地，心中有再多控诉，也说不出口。袁瑞朗的嘴角流出血来，他左手擦拭着血，右手使劲撑住地板，想爬起来。这时，几名大汉一拥而上，朝着他的前胸后背一顿猛踹。

"这又是何苦？我早说过，别把兄弟们惹急了，你就是不听。"见到袁瑞朗的惨状，对面男子一副假惺惺的神态。

袁瑞朗趴在地上，有气无力地说："是不是我签了字，就能放我出去？"

"当然。你在这儿白吃白喝的，谁愿意养着！"对方说道。

"好！我签。"袁瑞朗从小到大没受过这等皮肉之苦，再者转念一想，暴力胁迫之下签署的任何文件，都不具有法律效力。好汉不吃眼前亏，先签个字，出去立刻报案。

"这就对了嘛！"男子掏出笔，递给袁瑞朗。

袁瑞朗踉踉跄跄地走到桌边，签下自己的名字。把笔一扔，他急切地问道："我可以走了吧？"

"别忙。"男子拿起声明，端详了一阵，然后说，"还有一件事。有一个叫方玉斌的，到处找你，再找不着，估计就得报警了。你给他打个电话，别提这里的事，就说这几天自个儿出来散散心，叫他别着急。"

"这是什么意思？"袁瑞朗问道。

"哪来这么多废话！规规矩矩按老大说的办。"一名黑衣男子训斥道，接着掏出手枪，黑洞洞的枪口对准了袁瑞朗的脑门。

这种时候，任谁也只能逆来顺受。袁瑞朗接过手机，拨通了方玉斌的电话。"袁总，你这几天去哪儿了？董事会开会不来，手机也关机，我到处在找你。"很快，手机听筒里传来方玉斌的声音。

枪口一直顶着自己的脑袋，袁瑞朗不敢玩花样，只得说道："我这几天心情烦躁，一个人出来散散心，没事。"

方玉斌说："开会时你不在，我们通过了一个决议，主要内容就是我上次跟你谈的。"

"我知道了。"袁瑞朗说。

方玉斌解释说："这样做实在是迫不得已，希望你能谅解。未来，亿家金控的董事长还是你，只是具体事务由蒋若冰负责。"

"过去的事不必提了，就这样吧。"袁瑞朗没心思跟他啰唆，匆匆挂断电话。

袁瑞朗用哀求的眼光看着身旁的人："你们说的我都照做了，可以放我走了吧？"

男子摇着头："走？哪有这么容易！"

"刚才不都说好了？"袁瑞朗说道。

对方冷笑道："你好歹也是江湖上混的，怎么我们说什么你都信。"

"还想怎样？"袁瑞朗怯生生地说。

"一切都结束了，送他上路。"男子朝同伴眨了眨眼。

"好嘞！"黑衣男子得到指示，立刻扣动手枪扳机。

袁瑞朗吓得魂不附体，脑袋一片空白，下意识地紧闭双眼。隔了几秒，只听周围传来哈哈大笑，又感觉一股液体从头顶往下淌。

袁瑞朗睁开眼，见所有人都笑得前仰后翻。领头的男子一巴掌拍在他脸上："看你吓成那样，这是一把水枪。"

"玩笑，玩笑。"袁瑞朗竟也嘿嘿笑出声。

"不会叫你死的，但现在还不能放你走。麻烦你再待上几天，兄弟们一定好酒好肉招呼着。"男子撂下这句话，转身离去。其他人押着袁瑞朗，回到二楼的小屋。

袁瑞朗重新被关在小屋内，房间的窗户也被人用木板封住，透不进来一丝光亮。他只能听着窗外水流潺潺，虫鸣鸟叫，心中却是无比煎熬。

终于有一日，楼下传来一阵动静。紧接着，楼梯上响起急促的脚步声，有人上楼来，打开了小屋房门。

◎2 知道自己没的选择，说明你还没糊涂

袁瑞朗被押到一楼大厅，比起数日前，这里多了一张沙发。厅内共有七八号人，其他人都站着，只有一个穿暗红色休闲西服的中年男子坐在沙发上。他跷着二郎腿，嘴里叼着一根正在燃烧的香烟。

袁瑞朗定睛一看，这不是孔德惠吗？

孔德惠是温州人，小名孔阿四，外人都叫他四哥。孔德惠早年在老家开了一家皮鞋厂，生意不温不火，后来转行做高利贷，游走黑白两道，倒混得风生水起。三年前，他把高利贷公司开到了上海。

几个月前，因为亿家金控资金紧张，袁瑞朗只得向高利贷公司举债。问了一圈，许多公司听说是P2P平台，一分钱也不敢借。只有这个孔德惠，立马打了3000万过来，帮袁瑞朗解了燃眉之急。当然，人家要的利息也够黑，半年后连本带利还4500万。

袁瑞朗与孔德惠算是熟人，他吃惊地说："老孔，怎么是你？"

"老袁，让你受委屈了，不好意思！"孔德惠一脸笑容，还把袁瑞朗拉到沙发上坐。

"我欠你的钱，不是还没到时间吗？干吗弄这一出？"袁瑞朗质问道。

孔德惠避而不答，只是端详着袁瑞朗的脸，问道："你的脸怎么了？青一

块紫一块，嘴皮也肿起来了？"

"还不是你干的好事。"袁瑞朗知道对方在猫哭耗子假慈悲。

孔德惠脸上的笑容僵住，扭头对身边人说："老子千叮咛万嘱咐，叫你们对老袁客气一点。一个个不听招呼是吧？谁干的，给我滚出来。"

所有人面面相觑，隔了一阵子，终于有人站出来，低头说："四哥，都是我的错。那天袁总不肯配合，兄弟们一时性急……"

"王八蛋！"不待听完，孔德惠一脚踢了过去。

袁瑞朗记得此人，他正是数日前领头的那名穿羽绒服的男子。被孔德惠一脚踹在肚子上，他蹲在地下，哇哇大叫。

孔德惠转过头，主动给袁瑞朗递上一根烟："手下人不懂事，你宰相肚里能撑船。"

袁瑞朗知道人家在唱双簧，闷不作声。隔了半晌，才又缓缓问道："今天你亲自上门，有什么事？"

"专门来看你呀。"孔德惠说，"怎么样，住着还习惯吧？我老家的风光，比起上海好多了吧？"

"我在你老家？在温州？"袁瑞朗问道。

孔德惠点头说："咱们这会儿正在雁荡山里，这可是温州风景最漂亮的地方，号称东南第一山。"

待了好些时日，袁瑞朗总算知道身在何处。人家真是煞费苦心，千里迢迢把自己从上海绑来温州！

袁瑞朗说："老孔，你这样做，究竟为什么？"

"生意人，自然是为了钱喽。"孔德惠掐灭烟头，旋即又续上一根，"今天咱们就打开天窗说亮话。自打把钱借给你，我时刻关注着亿家的状况。几个月下来，公司经营没啥起色。我的钱能不能收回来，心里头没底呀！"

"眼看着天上掉下一个机会，差点又要被你搅黄，你说我能不急吗？"孔德惠继续说，"我听说，星阑资本的方总同意给亿家金控注资两个亿，条件不过是让你解除那个狗屁牛卡计划。对亿家来说，这可是救命钱呀！公司上上下下，谁不兴高采烈？偏偏你横在中间，碍了大伙的好事。真把亿家搞垮了，我上哪儿要账？"

袁瑞朗把手中的烟点燃："所以你就想到绑架这一招，让我无法参加董事会会议，接着还逼我签下那份声明。"

"别说这么难听。"孔德惠哈哈笑起来，"不过是请你到兄弟老家小住几日。"

袁瑞朗说："你的目的都达到了，我可以离开这里了吧？"

孔德惠点头说："当然。这不，我亲自跑到这里，接你回上海。"

"多谢！"袁瑞朗冷冷地说。

孔德惠慢悠悠地说："谢倒不必，只是你出去之后，不会再干什么蠢事吧？比如去公安局报案，说自己被绑架，或者找个媒体放话，说那份声明不是你自愿签的？"

"大局已定，我不想节外生枝。"袁瑞朗嘴上这样说，心里却打定主意，一旦重获自由马上去报案，董事会之前的决议，更得全盘推翻。亿家是我的心血，怎能容忍被别人夺去？此番被绑是奇耻大辱，这个仇焉能不报？只不过如今人还在孔德惠手里，暂且敷衍他几句，逃出生天再说。

孔德惠拍着沙发扶手，大笑道："你答应得这么爽快，我倒有些不敢相信。"

袁瑞朗急于脱身，说："我说过的话，一定算数。"

孔德惠摆手说："老袁，别把我当三岁小孩。你的这些个话，我要是真信了，还能在道上混到今天？"

袁瑞朗有些着急："话我已经说了，你又不信，那要怎样？"

孔德惠的脸色严峻起来："承诺是靠不住的。关键得想个法子，让你不敢乱说。"

"什么意思？"袁瑞朗问。

孔德惠伸出手，立刻有马仔将一份文件递上来。孔德惠瞟了一眼文件，又转交给袁瑞朗："自己看吧。"

袁瑞朗接过文件，快速浏览起来。这是一本账册，详细记录了近一个月来亿家金控的资金流向。袁瑞朗不解地问："给我看这个干吗？"

"你呀，是真糊涂还是装糊涂？"孔德惠比画着手指头，说，"看看最后一页，有一笔上千万的款子，从亿家金控汇到一家注册地在北京的公司。"

对这笔款子，袁瑞朗当然有印象。面对方玉斌逼宫，祭出牛卡计划的同时，袁瑞朗也在谋划转移资金。亿家账上仅有的这笔现金，正是他给财务总监下令，划给北京的公司。这家空壳公司的法人代表是袁瑞朗的亲戚，实则由袁瑞朗一手掌控。袁瑞朗的想法很简单，万一守不住阵地，也要坚壁清野，不留一粒粮食给敌人。

孔德惠说："你也是商场老手了，再怎么火烧眉毛，也不能犯这种低级错误呀！你知道这是什么行为？这叫擅自挪用公司资金，是职务侵占！如果说绑架是犯罪，这可一样是犯罪。你应该知道吧，前些日子，雷士照明的创始人吴长江被判了10多年，就因为他和投资方闹得不可开交，又被其他人抓到了挪用资金的把柄，一手创建的企业没保住，自个儿还得蹲班房。"

孔德惠斜靠在沙发上，越说越得意："你要去报案，悉听尊便。兄弟敢出来放高利贷，干的就是刀尖上舔血的活儿。绑架的事干得多了，也没见谁把老子怎么样。实在不行，咱哥俩一道进去，在里面也好有个伴。"

袁瑞朗又恼又悔，当初只想着坚壁清野，竟忘了这一茬。沉默了半晌，他缓缓说道："好手段呀！把我绑来雁荡山，趁我不在召开董事会会议，接着逼我签下声明，让蒋若冰能够名正言顺地行使总裁职权。一旦蒋若冰掌权，立刻反攻倒算查之前的账，抓住我的把柄。环环相扣，天衣无缝。"

孔德惠拧开一瓶饮料，大口喝起来。瓶里的饮料还没喝完，他就用力将瓶子扔出去。塑料瓶撞击地板，发出嘭嘭的响声。孔德惠接着说："到了这一步，该知趣了吧？先忽悠我几句，出去后立刻反水，真要玩这些心眼，到头来只会搬起石头砸自己的脚。"

"我认栽。"袁瑞朗恨恨地说。

孔德惠说："认栽就好，吃一堑长一智嘛。不过事到如今，你也没脸留在亿家金控了。上次董事会开会，只是罢免了你的总裁职务，那个董事长，我看你自个儿辞了吧。"

"你们这是要赶尽杀绝！"尽管身处险境，袁瑞朗眼中依然喷射出愤怒的火焰。

"谈不上。"孔德惠说，"你只不过是退出亿家金控管理层，股权还在手上。未来公司发展得好，还能大把分红。既然能躺在家数钱，干吗亲力亲为去受那份罪！"

"听你这口气，我似乎没的选择。"袁瑞朗绝望地说。

"知道自己没的选择，说明你还没糊涂。"孔德惠笑起来。

"我答应你。但有一件事，也不妨告诉我。"袁瑞朗直视孔德惠，"谁在背后指使你？方玉斌还是蒋若冰？我就算栽了，也得知道栽在谁手里。"

孔德惠一拍沙发，似乎火冒三丈："谁能指使得动我？老子这么做，就是为了要债，不用谁指使。"

房间内第一次听到袁瑞朗的大笑，只不过笑声听上去有些恐怖。笑过之后，袁瑞朗说："你刚才说过，我还没糊涂。你这话，我会信吗？你要债固然不假，但好些事，岂是你一人办得到？你一个放高利贷的，怎么能在第一时间拿到亿家金控的董事会会议纪要？我签署的那份声明，你交到了谁手里？还有这份账册，是亿家金控的核心机密，凭什么你会有？"

袁瑞朗连珠炮般的发问，令孔德惠一时语塞。屋内沉默了几分钟，孔德惠才缓缓开口："我说没人指使就没人指使，信不信由你。现在你可以走了，到底走还是不走？"

"当然要走。"袁瑞朗说，"你们吃定我出去后不敢造次，自然不会让我继续在这儿白吃白喝。"

袁瑞朗站起身，说道："这里交通不便，烦劳各位把我送下山。"

轿车行驶在山间小路上，重获自由的袁瑞朗摇开车窗，只见天空碧蓝如洗，远处岩峰竞秀，峭拔峥怪。徐徐的山风吹拂着飘移的白云，朦胧中透显着几分妩媚和恬静。这般风景，不愧为东南第一名山！

袁瑞朗记得，此山因山顶有湖，芦苇茂密，结草为荡，南飞秋雁多宿于此，故名雁荡山。此刻的自己，就仿佛一只落单的大雁，被所有人抛弃，找不到归途。未来的路，必是颠沛流离、艰险异常。但他的心中，更怀着无比坚定的信念——我一定要回来，夺回原本属于自己的东西。

◎ 3 "C 轮死"魔咒——九成创业公司会倒在 C 轮融资门槛

在星阑资本董事长办公室里，方玉斌打开电脑，关注到一场网上直播。

亿家金控新任董事长蒋若冰正出席一场捐赠仪式，她代表企业向医疗机构捐赠 1000 万现金，用于救助那些患病儿童。大明星楚蔓也出现在活动现场，并受邀担任爱心大使，与患者拍下亲密无间的合影照片。楚蔓发言说，自己也是一名母亲，出任爱心大使完全是基于母亲的良知与责任，不会领取一分钱报酬。

对于楚蔓情真意切的发言，方玉斌自然一个字也不会信。人家心里可装着一副铁算盘，拨得比谁都精。免费义工的活儿，她才没兴趣！当初亿家的资金链出现危机，楚蔓不惜以发公开信相威胁，强迫亿家撤下由她担任形象大使的所有海报。然而当星阑资本增资亿家，企业渡过危机后，她立马又凑拢过来。

三个月前，袁瑞朗辞去亿家董事长职务，蒋若冰顺理成章接任。凭借方玉斌注入的两亿现金以及蒋若冰的精明干练，亿家很快出现起色。

蒋若冰调配资金，让企业按时支付了所有投资人的本金与利息。拿到钱的自然欢天喜地，那些把钱投到亿家尚未到支付日期的投资人也吃下定心丸。挤兑风潮迅速平息，部分领到钱的投资人甚至把钱再一次交到平台。

蒋若冰更是一个造势高手，她举办隆重的签约仪式，高调抛出星阑资本注资的消息。接着又推出保证金制度，并承诺先行代赔——由平台贷出的资金，假如遭遇逾期风险，平台将启用保证金，向投资人先行代赔。蒋若冰大手笔地将5000万保证金存入银行，接着还把存单秀到公司网站与各种宣传资料上。

另一个活动，就是今天举行的捐赠仪式。硬生生掏出去1000万，方玉斌这个投资人看着真心疼。他知道亿家的家底，虽说有两亿现金注入，但填窟窿就耗去一个亿，保证金又花去5000万。平台的日常营运与营销推广，哪样不得花钱？蒋若冰手头的钱，当真说不上宽裕。

但蒋若冰坚持认为，P2P说到底还是金融，做金融最要紧的就是告诉别人自己不差钱。如今跑路的P2P平台不少，能大把捐钱出去的没几个。通过捐赠仪式，就是告诉所有人，把钱投到亿家大可放心。捐1000万，绝对比拿1000万打广告有用。

捐赠仪式直播接近尾声，方玉斌习惯性地拿起手机，打开微信。猛然间，他看到袁瑞朗刚发的一条朋友圈消息。从这条朋友圈消息来看，袁瑞朗似乎正在澳大利亚享受惬意的旅程。照片中的他神采奕奕，身后是黄金海岸的醉人风景。

袁瑞朗好长时间没有更新朋友圈了，电话也一直打不通。方玉斌赶紧在朋友圈下留言，同时抓起电话拨出去。可惜和以往一样，袁瑞朗的手机依旧处于关机状态。

这时，敲门声响了。"请进！"方玉斌说道。

"玉斌。"蒋若冰出现在眼前。现实中的她比刚才在直播荧幕上看到的更加美艳动人。蒋若冰穿一件白衬衫，但富有张力的领带设计，让白衬衫不显得单调，而是具有一种柔顺飘逸的美。搭配一款高腰裙，立刻呈现出女性优雅的曲线。她就是这样，不仅天生丽质，更能把单调的职场装穿得韵味十足。

方玉斌笑道："刚还在看直播，没想到你就过来了。"

蒋若冰坐到方玉斌对面，说："捐赠仪式就在街对面的酒店，跟你的办公室离得挺近。不过说实话，我本不敢来打搅你这大忙人，只是刚收到一条与你有关的微信消息，看完之后，内心顿时生出无限仰慕。"

"又拿我开涮。"方玉斌说，"什么与我有关的微信消息？"

蒋若冰说："上周，你是不是去北京参加了一场风险投资的高峰论坛？在论坛上，还发表了一番演讲？"

"没错。"方玉斌说。

蒋若冰说："有个投资类的微信公众号把你的演讲整理出来，一个朋友转发给了我。"

"当时只是即兴发言，没做啥准备。"方玉斌说。

"就你这即兴发言，已经够精彩了。"蒋若冰的目光中确如刚才所说，饱含着仰慕，"你发明了一个 VM 指数，几句话就把创业公司的估值问题讲清楚了。"

"谈不上什么发明，只不过在投资这一行干久了，见识了各式各样的创业公司，把自己的经验分享出来。"方玉斌话说得谦虚，神色却有些得意。这个 VM 指数，确是自己的得意之笔，蒋若冰眼光不错，一下就从整篇演讲中抓出了重点。

蒋若冰说："如何分析一家创业公司的估值，用这个 VM 指数，大概精准度很高。关键这个指数通俗易懂，连我这个投资圈外的人一看也都明白。"停顿一下，她接着说："你是这样说的：V 是估值，M 是月数；VM 指数指的是本轮融资与前一轮融资的估值差异倍数。譬如，一家公司 B 轮融资后估值1 个亿，到了 C 轮融资前估值 3 个亿，本轮投前估值是上轮投后估值的 3 倍，两轮的时间间隔 3 个月，VM 指数就是 1；如果估值还是 3 倍，两轮间隔 6 个月，VM 指数就是 0.5。"

蒋若冰继续说："你举了小米公司的例子，它的 A 轮和 B 轮之间间隔了两个月，但因为小米 1 的推出空前成功，估值却涨了 4 倍多，VM 指数高达2.1。10 个月后 C 轮的 VM 指数降到了 0.4，12 个月后 D 轮 VM 指数降到了0.2，16 个月后 E 轮融资，估值涨到 450 亿美元，VM 指数在 0.3 左右。"

"没错。"方玉斌说，"你的复述分毫不差。"

蒋若冰说："你不光发明了 VM 指数，还提出一个观点——C 轮融资的 VM 指数通常不应超过 0.5，否则就是一个危险信号。"

方玉斌点头说："这是我的观点，也算一家之言吧。一家创业公司，B 轮投后估值为 5000 万美元，C 轮如果在 6 个月后进行，投前估值原则上不应超过 1.5 亿美元。如果是在 12 个月后融，投前估值原则上不应超过 3 亿美元。"

"我有两个问题。"蒋若冰虚心问道，"第一，你为何如此确定地给出 0.5 这个数字，真就这么绝对，不会有例外？"

方玉斌答道："从创业公司的角度，或许认为 0.5 这个数字太保守，在人有多大胆，地有多大产的互联网创业时代，凭什么自己公司的估值就不能大幅飙升？但站在投资人角度，一旦 VM 指数超过 0.5，证明这家公司的估值溢价太快，后续进入的投资人心里就会掂量，我是不是买贵了？"

"当然了，凡事皆有例外。"方玉斌又说，"如果创业企业在两轮之间真有特别爆炸式的增长或者严重影响企业未来预期的标志事件，VM 指数超过 0.5 是可能的。再譬如，如果 B 轮投后估值的基数特别低，只有几百万或一千万，C 轮投前出现大幅溢价，VM 指数超过 0.5 也是可能的。但从大概率分析，超过 0.5 绝不是好现象。"

蒋若冰又问："你为什么特别提到 C 轮融资，而不是之前的 A 轮、B 轮，或是此后的若干轮融资？"

方玉斌流露出欣赏的目光，在他看来，蒋若冰的问题总能问到点子上。他侃侃而谈："众所周知，一家创业公司从成立到上市，会经历若干轮融资。但是根据多年来的统计数据，只有 10% 的创业者能够拿到 C 轮融资的钱，剩下那 90% 的创业者，会倒在 C 轮融资的门槛上。这在投资圈，是有名的'C 轮死'魔咒。因此我把 C 轮融资，看成创业公司的一场大考。"

蒋若冰兴致颇高，一副打破砂锅问到底的架势："为什么会出现'C 轮死'，这个魔咒就这么灵验？"

方玉斌答道："灵不灵验，事实已经做了回答。90% 的创业公司拿不到 C 轮融资的钱，已经是多年来的一条规律。至于为什么会出现这个现象，我分析有两个原因。第一，投资圈里有句话：天使投资看人，A 轮投资看产品，

B轮看数据，C轮看模式。也就是说，在 C 轮之前，凭借优秀团队与创业激情，或许还能吸引投资者青睐，到了 C 轮，创业者就必须拿出实实在在的商业模式了。许多创业公司拼劲十足，但并未提供一个有说服力的商业模式。"

"你说了第一个原因，还有第二个呢？"蒋若冰追问道。

方玉斌说："第二个原因，我觉得可以站在投资者的角度分析。投资人做的是钱生钱的生意，但毕竟不是开印钞厂的。到了 C 轮投资，许多创业公司的估值都逼近 1 亿美元，这其实已经超出了大多数风险投资的舒适射程。最终在资本市场上市值超过 10 亿美元的公司并不多，1 亿美元以上的估值会让很多风投感觉到投资升值的天花板快速逼近。因此，他们在出手时会异常谨慎。"

方玉斌一口气说完，蒋若冰却陷入了沉思。方玉斌问道："怎么，我说得不够明白？"

蒋若冰摇头道："你说得很明白。不过听了这一番话，顿时觉得压力山大。"

蒋若冰接着说："就拿亿家来说吧，袁总成立这家公司时，凭借自身人脉吸引了许多资金，这应当算作天使轮投资。星阑资本进入，是 A 轮投资。袁总曾希望启动 B 轮融资，结果却是一波三折。美国的风投临时变卦，最后还是星阑资本注入了两亿现金，帮企业渡过难关。接下来，亿家就得面临'C轮死'的大考了。"

方玉斌说："C 轮融资的确是个坎儿，大家一起努力吧。如今星阑资本是亿家的最大股东，你又是公司董事长，咱们已经是命运共同体，只能风雨同舟了。"

"对于亿家下一步工作，有什么规划？"方玉斌问道。

"专业化，做细分市场。"蒋若冰快速答道，"P2P 金融，一定要对自己有一个清晰定位，我们是做银行不愿做和做不好的事情，绝不是和银行抢生意。一味贪大求全，必定会栽跟头。"

"说说具体的。"方玉斌递给蒋若冰一瓶饮料，自己也抿了一口茶。

蒋若冰把饮料放在一边，并没有喝。她说道："必须坚持做抵押贷款，少做甚至不做信用贷款。亿家将对大量借款信息进行层层筛选，包括还款意愿、还款能力评估等，同时安排线下近100人的风控团队来审核，选取具有足额房产或汽车的抵押贷款业务推荐给理财人。"

方玉斌点头说："步子走稳一点，这个我赞成。"

蒋若冰说："我还有一个规划，就是收缩战线。之前袁总热衷于去各地开分公司，我觉得，与其撒大网，不如确立一两个重点区域精耕细作。"

方玉斌思忖了一下，说："收缩战线不是不可以，但也要考虑规模效应。假如亿家的交易规模始终起不来，拿什么吸引C轮投资？"

"收缩战线与扩大规模并不矛盾。我们并非怯战避战，而是集中优势兵力打歼灭战。中国的经济规模足够大，尤其像长三角或京津冀区域，一座城市就能支撑起数十亿乃至上百亿的借贷规模。锁定北京与上海两个城市，就够我们赚个盆满钵满了。"说这番话时，蒋若冰在温婉之外，更展现出一股女强人的干练。

蒋若冰继续说："况且以亿家的实际状况，向全国扩张还不到时候。我们的贷后体系远不能运筹帷幄于千里之外。遇到欠债不还的，催收、起诉、拍卖都是体力活，更是大工程，催收再给力，律师再厉害，光来来回回的机票差旅费都足以让你赢了官司输了钱。就我的观察，别说亿家了，国内根本没有一家P2P平台，能够解决这些棘手难题。对于P2P平台，关键还得看逾期率、不良率是否可控，覆盖率是否合理。否则做得越大，风险越大。"

"我明白你的意思。"方玉斌笑起来，"当年毛主席点将，让粟裕率部过江，粟裕却提出暂不过江，把主力部队集中在江北打大仗。毛主席同意了粟裕的意见，才有了后来的淮海战役。"

"我还打算推出一些新举措。"刚坐上亿家金控董事长宝座的蒋若冰，谈起未来规划滔滔不绝，"公司会建立一套制度，凡是涉及资金风险的风控岗位和管理团队，必须把自己的资产拿出来，没钱的拿房子抵押贷款，全部交来做保证金，职位越高岗位越重要的交得越多。当出现逾期和坏账时，先用保证金垫付。我在会上说了，希望大伙不要怪我心狠，谁让咱们做了P2P呢！风控嘛，就要对自己狠一点。"

"这个法子不错。"方玉斌轻拍桌子，"在投资者受到损失之前，团队成员就得先倾家荡产！如果团队成员不想受到损失，那就不能让投资者受到丝毫损失。"

蒋若冰继续说："亿家在内部管理上，还有许多亟待完善的地方。我之前在银行工作，知道银行的管理制度经过多年完善，总体还算健全，诸如以前那种出纳员卷款潜逃的事，估计现在不大会出现了。但新兴的P2P平台，这方面还差得远。譬如亿家吧，几千万的资金流水是小意思，可好些个员工几年也挣不了100万。面对巨款诱惑，只能用强有力的监管来避免滋生贪念。"

方玉斌不住点头，在运营P2P平台的细节管理上，蒋若冰的确比袁瑞朗胜出一筹。他问道："你说的这些很好，但也是一个系统工程，准备用多长时间完成？"

"这些工作已经在推进中，最迟4个月，也就是120天就要见到成效。"蒋若冰信心满满地说。

"120天？"方玉斌颇为惊讶，"是不是太急了？"

"一点不急。"蒋若冰说，"管理学中有一个'120天理论'——系统性解决公司存在的管理、业务复杂问题的最佳变革期为120天，如果不能在这期间解决，则多数管理问题将继续存在形成惰性。"

方玉斌沉思了一会儿，说："理论是人发明的，工作更得人去干。你如今是亿家金控的掌门，有什么思路，放手去做吧。"

"谢谢投资人的信任。"蒋若冰笑起来，旋即，她又说，"还有一件事，想同你商量。我想把亿家公司名称改一下。"

"给公司改名，怎么改？"方玉斌问。

蒋若冰说："所谓金控，意思是指金融控股。比如在台湾，就有五大金控家族，分别是富邦国泰蔡家、新光台新吴家、中信辜家、元大马家与华南林家。这些金控集团，旗下拥有银行、保险、信托等金融产业链上各类公司，是不折不扣的金融财阀。袁总曾经说过，亿家从互联网金融起步，远景目标正是建立一个全产业链的金融帝国。"

蒋若冰接着说："我觉得，袁总的心太大了。P2P金融不应是传统金融的颠覆者，反而是一种有益的补充。从客观条件来说，P2P金融也没有颠覆传统金融的能力。因此，叫金控太霸气，也没有亲和力。不如叫亿家金服，彰显我们是一家服务型金融企业。阿里旗下的蚂蚁，不也叫金服吗？"

方玉斌手托着下巴，缓缓说："我也觉得，金控有些名不副实。但企业名字毕竟是袁总定的，如今他刚离开，我们就改名，是不是……"

蒋若冰说："袁总既然辞去董事长职务，说明他不愿介入具体经营，改名这种事，他应该不会介意。再说他还是亿家股东，未来公司发展得好，自然求之不得。"

"话是没错，但最好还是跟他打声招呼。"方玉斌说。

蒋若冰无奈地两手一摊："我们根本联系不上他。"

方玉斌又想起袁瑞朗发的朋友圈消息，他拿起手机，见自己的留言并未收到任何回复。方玉斌摇头道："自打缺席董事会会议后，他就连面都不露一下。先是发来一则声明，放弃了牛卡计划，接着又辞去董事长。"

"是呀，"蒋若冰说，"那么多交接手续，还有他名下的股权如何处理，都是委托律师来办的，自己从不现身。我给他打了好多电话，始终关机。"

方玉斌苦笑道："我也联系不上他。只是看朋友圈消息，才知道他去了国外。"

蒋若冰拧开面前放了很久的饮料，抿了一口说："袁总大概还在生气，不想见我们。"

想到与袁瑞朗多年的交情，方玉斌心情有些沉重。他说："袁总是我的恩人。当初提出让他退出管理一线，既是为公司好，也是为他好。可我只是请他让出总裁位置，没想到他却把董事长也辞掉，彻底离开了公司。"

方玉斌的眉头皱着："我觉得，这里面是不是有什么误会？否则，他干吗不辞而别？"

蒋若冰不停喝着饮料："你也清楚袁总的个性，他的面子观念很重。假如真有什么误会，也只能让时间去冲淡一切。"

蒋若冰把饮料瓶放回桌上，说道："他现在云游四海，可是逍遥快活。我把董事长跟总裁一肩挑，不过就是帮他和其他股东看摊子。在亿家，我又没有一分钱股份，说到底只是个高级打工仔。"

"你可不是打工仔。"方玉斌说，"没错，如今你还没有公司股份，但上次董事会会议就明确了，将推动管理层持股。"

蒋若冰露出笑容："我知道。今天的话只是随口一说，可别以为我是跟你这个大股东催要股份。"

方玉斌哈哈大笑："董事会会议决议里写得清清楚楚，达到什么业绩，你就会拥有相应的股份，跟我催也没用。"

两人正说笑着，办公室的敲门声响起。随后，苏晋走了进来。蒋若冰转过身，热情地打招呼："苏老师！"

"蒋总，你好！不知道你在这儿。"苏晋礼貌地回应，表情却有些冷淡。

"我来找玉斌谈点事。"蒋若冰说。

"你们谈工作吧。我一会儿再进来。"苏晋一边说，一边就要掩门出去。

"不用。刚好谈完。"蒋若冰笑嘻嘻地站起身，拉住苏晋的手，夸奖起苏晋的皮肤与气色。

聊了几句，蒋若冰便拎起皮包，告辞说："还是把二人世界留给你们吧，我先走了。"

方玉斌起身相送，到门口时，蒋若冰又问："刚才说公司改名的事，你没意见吧？"

方玉斌答道："还是再想想吧。"

◎4 讨不回钱，既不要找市场，更不要找市长

　　苏晋来到办公室，是约好与方玉斌碰头，一起回江州。苏晋的堂兄苏浩前些日子回到江州，一家人今晚聚会。

　　蒋若冰离开后，苏晋对方玉斌说道："你们聊得挺开心嘛！"

　　"当然。"方玉斌笑着说，"若冰是个好人呀。没有她，我这个人问题还迟迟解决不了呢。"

　　"怎么，你们都要谈婚论嫁了？什么时候发请柬，我也来讨杯酒喝？"苏晋脸色不悦，嘴上调侃道。

　　方玉斌说："我和她谈什么婚，论哪门子嫁。我是说，没有人家搭把手，你怎么肯给我改过自新的机会？当初要不是和她去江州，挨了一通暴揍，你也不会来医院看我，没准现在还跟我闹别扭呢。"

　　能够让苏晋回心转意，方玉斌还真有些感激蒋若冰，一来去江州讨债遭遇意外，苏晋赶来探视，两人的关系终于出现转机；二来蒋若冰对自己颇为热情，或多或少让苏晋产生危机感。

　　"胡说！"苏晋脸色转晴，嘴上却不饶人，"当初我是看你被人打得头破血流，一时心软，跟她有什么关系！"

　　方玉斌说："既然我都改过自新了，你看咱们是不是该谈婚论嫁了？趁着

今天回江州见伯父伯母，我再把这事提出来。"

"甭得寸进尺。今天回江州，是因为我哥回来了，你别光顾着自己的事。"苏晋脸上闪过一丝红晕。

方玉斌收拾好办公桌，又穿上外套，说："早点出发吧，到了高峰期，路上又堵成一锅粥。你哥好不容易回来，咱们可别迟到。"

一路飞驰，下午5点过，两人便来到江州家中。父亲苏定国一直操心女儿婚事，如今见方玉斌与苏晋和好如初，自是满心欢喜。苏晋母亲与苏浩出来打了个招呼，便回到厨房，忙活起一家人的晚餐。

心情大好的苏定国与方玉斌聊起天，方玉斌问："伯父最近身体还好吧？"

苏定国点头说："好得很！白天能吃能喝，晚上睡得香。旁人如果不说，我都快把自个儿的年纪忘掉了。"

苏晋插话道："身体再好也要注意保养，我怎么听妈说，昨晚你出去吃饭，又破了酒戒，回到家还醉醺醺的。"

"你妈别的不行，打小报告倒不含糊。我们家这乱告状的歪风，该治理一下了。"苏定国为官多年，有时同家人开玩笑，也像在大会上做报告。

苏定国又说："昨晚是几个老部下请我。如今人家都出息了，有人还当了市领导，我端着架子滴酒不沾，人家还不得说我倚老卖老。"

"都和谁呀？"苏晋问。

苏定国说："你林叔叔、楚叔叔，还有其他几个，你不认识。"

苏晋说："听说林叔叔刚调回市里，当副市长了？"

苏定国点头说："这小子进步很快。我当市委副书记那会儿，他还在市委政研室做副主任，整天窝在办公室给领导写材料。如今，刚去下面当了两年县委书记便高升了，到市政府分管经济工作。"

苏定国接着说："昨晚所有人都在祝贺小林，他却说压力很大，一上任就碰到烫手山芋。这几年，经济增速放缓，各种矛盾爆发出来。尤其是企业债务问题，许多企业欠了一屁股钱，债主没办法，便跑来堵政府的门。"

谈及工作上的事，苏定国这位江州的老领导兴致勃勃："我对小林说，企业之间的债务问题，归根到底还是人民内部矛盾。内部矛盾内部解决嘛，要相信人民的力量，政府不必越俎代庖。"

方玉斌对江州的情况比较熟悉，尤其自己在江州还有一个亿的账没收回来。当初袁瑞朗借给温玉彪的一亿，因为钢厂项目被叫停，温玉彪跳楼，成为烂账。为了让亿家的财务报表不亮红灯，方玉斌做主把这笔债暂时挂到星阑资本账上。听了苏定国的话，他倒很想知道，这些债务问题怎么个"内部解决"法。

方玉斌问："你给林市长支了哪些招？"

"没有哪些招，就一招。"苏定国大手一挥，依旧是当年指点江山的模样，"我说，债主要不到钱，跑来找政府，与其躲躲闪闪，不如发扬民主。可以把债主找来，把话说清楚。这个老板欠你们钱，看来暂时还不上了，你们觉着应该怎么办？如果大多数人认为这个老板还有东山再起的机会，不妨给他些时间，让他好好做生意，赚了钱才能还大伙。如果你们觉得此人已经烂泥扶不上墙，政府就采取措施，该抓的人立马抓，该变卖的资产马上变卖。能变现多少是多少，最后按债权比例还给债主。"

苏定国面色红润，越说越得意："不管欠债的老板抓与不抓，债主们能分到多少钱，都由债主们开会投票决定。这样一来，他们还有什么理由来堵政府的门？真有无理取闹的，先是耐心教育，实在不行就采取强制措施。"

苏定国说得兴高采烈，身为债主的方玉斌听着却不是滋味。江州政府真要顺水推舟，自己可就为难了。拿钢厂项目来说，现在把资产变卖，根本还不出几个钱来。一旦债主们投票表决，让钢厂继续经营，政府就把烫手山芋扔出来了。谁再去上访请愿，人家只回答一句话——不抓人、不关厂，那可是你们自己的决定！

苏定国谈兴甚浓，老伴却在一旁招呼："别在那儿卖弄嘴皮子，菜都上桌了，赶紧吃饭吧。"

晚餐的主厨是苏浩，他的厨艺，方玉斌早就领教过。今天的几样家常小菜，依旧色香味俱佳。

方玉斌夸奖道："哥的手艺越来越好了。"

"你们喜欢就好。"苏浩爽朗地笑道。他的气色看上去不错，似乎已从引咎辞职的阴霾中走了出来。

苏晋问道："哥，前段时间你说去美国度假，时间大概一周，怎么去了半个月才回来？"

苏浩说："在美国待了一周，后来去了新西兰，耽搁了一点时间。"

"你去新西兰干吗？之前没听你说过呀。"苏晋追问。

苏浩眉头微皱，旋即又舒展开："去看一个朋友，也是临时决定的。"

见苏浩的精神状态不错，方玉斌试探着问道："回国后你有什么打算？是出来工作还是继续休整？"

"休整得差不多了，该干活了。"苏浩笑着说，"我这个年纪，还是得出来做点事，否则憋得慌。"

苏浩放下筷子，感慨道："以前工作忙碌，很向往一场说走就走的旅行。但正儿八经闲下来后，反倒不是滋味。或许，什么旅行呀，度假呀，只能是紧张工作中的调味品。一旦游山玩水成了生活的全部，那就比工作还累。"

"没错。"苏定国开口道，"浩儿，你的确应当重新出山。遭遇挫折不可怕，从哪里跌倒，就从哪里爬起来。"

方玉斌问："你打算继续从事保险行业吗？"

苏浩摇头说："因为上回千城股权之争的事，保监会对我下达了处罚决定，5年之内不能进入保险行业。"

方玉斌又问："那你是去……"

苏浩说："去海丰银行，职位应该是行长。"

方玉斌说："你这一步，跨越不小。"

苏浩说："银行与保险公司，总体来说都属于金融行业，有相通的地方。"

对于海丰银行，方玉斌有所耳闻。这家银行诞生于滨海名城西海市，前身是西海市商业储蓄银行。近年来，更名为海丰银行，并成长为区域性股份制商业银行，在业界颇有影响力。

"行长是一把手吗？"官场出身的苏定国，对这个问题尤其看重。

苏浩摇头："算二把手吧。行长上面，还有一位董事长。"

"行长也不错。"方玉斌说这话既是鼓励，也是安慰。苏浩年纪轻轻便成为保险业少帅，执掌的大安人寿享誉业界。以这种资历去海丰银行做个行长，多少有些屈就的意味。但视频门对他的冲击太大，想要东山再起，不妨把姿态放低一点。

苏浩平淡地说："我毕竟还是戴罪之身，人家肯把行长位置给我，已经是不拘一格降人才。海丰银行董事长宋长海与我相识多年，论年纪是我的老大哥。我从大安人寿出来后，他就主动联系过。这一次在美国，我俩又数次长谈。"

苏定国说："既然那位宋长海是你老大哥，当二把手就不委屈。好好干，不要辜负人家一番心意。"

"你新官上任，有什么规划？"方玉斌问。

苏浩说："近期目标有两个。一个是加快向全国进军的步伐，海丰银行早已跨出西海市，在邻近数省拥有较强影响力，未来的目标理所当然是全国性商业银行。第二个嘛，就是推动银行挂牌上市，人家已经做了许多前期工作，我去之后更得抓紧。"

"年薪多少呀？跟大安人寿比怎么样？"苏晋的母亲问道。

苏定国白了老伴一眼："净问些鸡毛蒜皮的事，小家子气！"

老伴不服气地说："上班就得领工资，怎么是小家子气？"

苏晋笑道："妈，哥现在是银行行长，守着那么多钱，还愁自己工资吗？再说了，他当大安人寿董事长那会儿，每年几百万年薪，早就够他用一辈子了。人家现在出来工作，不是为了钱，是为了追求成就感。"

"还是妹妹了解我。"苏浩哈哈大笑。

谈完苏浩的工作，一家人又聊起家长里短，饭桌上其乐融融。方玉斌趁机提起自己与苏晋的婚事，苏定国与老伴满口答应，苏晋笑而不语，也算是默许。

晚餐结束后，苏定国老两口照例进厨房刷碗，苏晋也去帮忙。客厅里，苏浩与方玉斌点上饭后烟。方玉斌问道："你何时动身去西海？我们给你饯行。"

苏浩说："估计就这两天吧。咱们都是一家人，今晚团聚已经很开心，不必专门饯行了。"

苏浩又说："看见你和苏晋这样子，我打心底里高兴。当初你们本来都要结婚了，就因为我的事耽搁下来。我这当哥哥的，愧疚得很。"

苏浩弹了弹烟灰，继续说："我了解苏晋，是个心高气傲的女人，表面上冷，心里却是一团火。尤其对你，更是一往情深。"

"我知道。"方玉斌说，"过去许多事，都是我的错。如今我一定会好好珍惜。"

苏浩挥了挥手说："两个人之间，谈不上谁对谁错。过去的就让它过去，生活还得向前看。"

说完这句，苏浩似乎还有话要讲，一时却又没开口。隔了好一阵，他才缓缓说道："我这次原本只是去美国度假，临时转道去了趟新西兰，是为了见一个人。"

"见一个人！"方玉斌心里咯噔一下。苏浩去新西兰，莫非是见到了她？

苏浩点点头："你大概猜到了，我去见了佟小知。"

果然是佟小知！方玉斌瞪大眼睛："你联系上她了？"

苏浩说："佟小知出国后，几乎同所有人断绝了来往。为了联系她，我费了一番周折，所幸功夫不负有心人。"停顿一下，他又说："我承认，之前喜欢过她，现在也谈不上有多恨她。红颜薄命，她也够可怜的了。"

作为视频门的女主角，正是佟小知害得苏浩跌了个大跟头。他的这份宽恕，不知是出于度量抑或痴情？方玉斌轻声问了句："她现在还好吧？"

苏浩的表情有些复杂："好或不好，只有她自己知道。"

"是呀！"方玉斌苦笑道。佟小知如今不缺钱，足以过上衣来伸手饭来张口的生活，能坏到哪儿去？但一个女人孤零零躲在异国他乡，有家不能归，又能好到哪儿去？

苏浩说："这或许是我此生与她最后一次见面了，因此谈了不少。她也跟我讲了许多你的事。"

"哦。"方玉斌点着头，表情有些尴尬。

苏浩说："佟小知并不想见我，更不愿再见到你。用她的话来说，永离伤心之地，唯愿此生在异国他乡终老。"

苏浩接着说："我说这些，没有别的意思。还是那句话，过去的就让它过去。在这一点上，我，你，还有佟小知，应该都一样。"

"没错。"方玉斌重重地点着头。

那一晚，方玉斌辗转床头，久久不能入眠。他反复告诉自己，不要再去想佟小知。让往事随风飘散，这是所有人的心愿。但越是这样，反倒越是一幕幕往事浮上心头。他甚至想找个机会，再去问一问苏浩，和佟小知还谈了些什么，她现在心情究竟如何。最后，又不得不狠心把这个念头掐灭。旧事重提，既是往苏浩伤口上撒盐，更是自找没趣。

第二天，方玉斌与苏晋同家人告别，启程回上海。刚上高速，方玉斌的手机响了起来。一看来电号码，是徐乐水打来的。

温玉彪跳楼之后，他的妹夫徐乐水成为钢厂的实际决策者。徐乐水是钢铁业专家，靠着他勉力支撑，钢厂一时还没垮掉，却谈不上任何起色。眼见钢厂这副不死不活的模样，方玉斌很无奈，当初袁瑞朗贷出去的一个亿，不知何年何月才能收回来。徐乐水是个温文尔雅的读书人，每隔一段时间都会主动与方玉斌联系，沟通钢厂情况。但说到还钱的事，徐乐水也只能唉声叹气，不住说着抱歉。

"方总，今天你有时间吗？我想来上海见你一下。"徐乐水的口气听上去有些焦急。

"什么事？"方玉斌问。

徐乐水说："当然是为了欠款的事。"

"怎么，你有钱还我了？"方玉斌故作欣喜。他清楚钢厂的状况，知道徐乐水还不出钱。如此一说，权当消遣一下。

徐乐水也知道方玉斌在消遣自己，苦笑说："我也希望有钱还你，可公司实在拿不出钱。不瞒你说，厂里裁了一半工人，剩下的工人也只能领一半薪水，我这个总经理，已经半年没拿工资了。"

"你不必跟我叫穷了，谁的日子都不好过。但无论如何我也不敢上门催债，别弄不好，又被你的工人暴揍一顿。"方玉斌自嘲道。

"上回是我们的错，请你多担待。"虽说要钱没有，但徐乐水的态度倒一直很诚恳。

方玉斌说："过去的事别提了。说说今天吧，干吗急着见我？"

徐乐水说："我得到消息，江州市政府为了清理债务问题，要组织债权人开会。据说企业破不破产，法人代表抓还是不抓，都由债权人投票决定。昨晚就开了三家企业的债权人会议，有两家暂时过关，债权人答应再给一点时间。另外一家企业，债权人铁了心变卖资产还债，公司董事长当场就被公安抓了。"

方玉斌立马想到了昨晚苏定国的话。那位林副市长，大概是把老领导的主意听进去了。人民内部矛盾，人民自己解决，甭管能要回多少债，那都是自个儿心甘情愿，既不要找市场，更不要找市长。

方玉斌问："钢厂这边，是不是也要召开债权人大会？"

徐乐水说："得到的通知是在下周周一。公安局的人已经把我监视起来了，说是我走到哪儿，他们就跟到哪儿。等债权人会议结束后，再视情况决定是不是对我采取措施。"

方玉斌心想，这个徐乐水也够悲催的，债是温玉彪借的，黑锅如今却要他来背。如果债权人大会上过不了关，估计就得当场抓人。

方玉斌说："你别来见我了。你现在身后跟着警察，你不害怕我还怕呢。"

徐乐水着急道："现在可不是开玩笑的时候！正因为情况紧急，才要和你们债权人沟通。把我抓了不要紧，真让工厂破产了，你们找谁还钱。"

方玉斌说："你甭急。你用不着来见我，我来见你好了。我正在江州，一会儿就来找你，省得你跑一趟。"

"那好！"徐乐水激动地说。

◎ 5 从孙子兵法到厚黑学，中国人斗智斗了几千年，一个赛着一个精

关于债权人会议的场地，政府确立了两条原则，一不能放在本企业内，二不能在政府机关。钢厂的债权人大会，最后确定在江州一家事业单位的培训中心举行。

钢厂是欠债大户，会议的规模自然不会小，培训中心的多功能厅里，黑压压挤了几百号人。方玉斌带着星阑资本的投资总监吴步达，提前半个小时来到会场，但一进门，就感觉气氛不对。会场稀稀拉拉站着几个警察，而在大厅四周，还立着二十多个五大三粗的壮汉，看模样个个不是善茬。方玉斌心中一惊，这是干什么？难不成文斗不行要武斗？真要是闹起事来，警力如此单薄，能控制得住吗？

方玉斌几乎都要给徐乐水打电话，叫他把会议延期，幸亏旁边有名债主告诉他，不必担心，这些大汉是债权人组织的纠察队，不仅不是来闹事的，而且谁敢闹事就修理谁。

方玉斌吃惊不小，他知道军队有纠察队，革命年代还有工人纠察队。可债权人开会，怎么也搞起纠察队？吴步达打听了一圈，才弄清楚原委。这债务问题剪不断、理还乱，债权人大会也开得花样百出。上周的几场债权人会

议就发生了暴力冲突，导致会议提前结束。后来人们发觉，那些做出过激举动的与会人员，有人固然是要不回钱怒火攻心，却也有债务人自导自演的。发生了流血冲突，会议开不下去，债务人便以人身安全为由彻底躲起来。政府也两手一摊——苦口婆心协调双方坐到一起，你们却要动粗，以后叫我们怎么办？

债权人也学聪明了，自己组建起纠察队。谁想制造事端，纠察队立刻出手。提前到场的债权人还彼此嘱咐，一定要冷静，无论让钢厂破产还是继续经营，总归今天要拿出一个说法，不能让会议不了了之。

听完这些，方玉斌哭笑不得。如果说召开债权人大会是苏定国的官场智慧，会议出现自导自演的全武行以及组建纠察队，则可算作民间智慧。从孙子兵法到厚黑学，中国人斗智斗了几千年，一个赛着一个精。

上午10点过，徐乐水在警察陪同下出现在会场。一名官员先讲了一大通，其实就三层意思：首先，欠债还钱，天经地义；其次，依法维权，文明讨债；最后，会议开始，畅所欲言。

立刻有一名包工头站起来，诉说自己被钢厂拖欠了几百万工程款，他越说越激动，到最后已是脏话连篇。

"有事说事，不要骂人！"见包工头情绪激动，纠察队员粗声粗气地提醒道。包工头坐下后，又有几名债主发言，无外乎是说自己的钱被钢厂欠着，要徐乐水赶紧还债。

"诉苦大会"开了一个多小时，徐乐水才把话筒拿了过来。他清了清嗓子，说道："各位的意见，我都听到了。欠债还钱，天经地义。而我们公司的账上，的确还有一些钱。"

此言一出，厅内出现一阵骚动，怎么着，难不成徐乐水要还钱？方玉斌心里一笑，还朝对面的徐乐水点了点头。上周与徐乐水碰面，两人基本达成一致，方玉斌还替对方支了不少招。从几句开场白来看，徐乐水学得挺快，临场反应也不错。

徐乐水接着说："今天我把公司的账本都带来了。账上还有多少钱呢？8000多万！"这话刚说完，台下立刻有人欢呼雀跃，敢情钢厂还有钱呀！但也有人皱起眉头，8000万是不少，但他们欠下的债更多，真要还债还不够零头。

"8000万只是现金，我们还有不动产。"徐乐水继续说，"钢厂的土地、机器设备、办公大楼，都可以变卖，我请专业的评估机构测算过，这些资产加在一块儿，起码还值5个亿。"

"那还说什么，赶紧还钱！"有人吼起来。

徐乐水挥手示意大伙安静，然后说："刚才我把家底亮出来了，但企业的外债是多少，你们知道吗？"

债主们纷纷摇头。钢厂欠自己多少钱，债主们个个心中有数，但一共欠了多少外债，一直没有权威数字。

徐乐水说："这个具体数字，我就不说了，请公安局的同志说。前段时间，债主堵工厂大门，堵我的办公室，最后还去堵了政府。政府派出人，到企业把所有欠债捋了一遍。他们那里有准确数字。"

一名身穿制服的警察说道："我们经过认真清查，已经有了初步结果。企业的各种欠债加在一起，总共14亿。"

会场一下炸开锅，人们早就知道钢厂欠了一屁股债，但实在想不到，竟是这样一个天文数字。

徐乐水一脸沉重地说："这就是企业现状，我没有一点隐瞒。如果大伙决定让企业破产，变卖资产抵债，我没有二话。但是，即便这样也只能还一小半的钱给大家。账是明摆着的，公司所有资产加一块儿，撑破天不到6亿，欠债却有14亿。最后每家债主拿到手的钱，只能打四折。"

"这不是赖账吗？""把姓徐的抓起来！"会场内传来一阵阵漫骂。有人情绪激动，甚至要上前抓扯徐乐水，幸亏纠察队的人出手，才把局面控制下来。

方玉斌朝吴步达使了个眼色，吴步达心领神会，上前拿过话筒："大家听我说几句。"

吴步达先自报家门："我叫吴步达，是星阑资本投资总监。我们公司之前借给了钢厂1个亿，到现在1分钱也没还。1个亿呀，那可不是小数目。恐怕除了银行，就数我们是冤大头。"

吴步达接着说："刚才徐乐水算了一笔账，说变卖资产后，每个人拿到手的钱只能打四折。但这个账，他没算对！"

"怎么没对？"其他人焦急地问道。

吴步达说："徐乐水把资产除负债，算出来是四折。大道理看上去没错，有限责任公司嘛，承担有限责任。真到了破产那一天，把所有资产拿来抵债，大伙能分多少是多少。但是，所有欠债里，有一笔却是打不了折的。"

吴步达接着说："他们不仅欠银行的钱，欠投资公司的钱，欠上下游企业的工程款、材料费，还欠工人几千万工资。还债有先后顺序，真要破产，必须把工资结清，而且不能打折。"

"是呀。"周围有人附和。

吴步达又说："他们账上的 8000 万现金，估计给工人发了工资，就剩不了几个钱。除去这一笔，我敢说，大伙领到手的钱，绝不到四折。"

众人见吴步达说得在理，一面点头，一面又唉声叹气。吴步达继续说："还有那些不动产，评估说有 5 亿，能按这个价卖出去吗？大家都是生意人，知道评估价格和实际价格可差着一大截，这时去变卖资产，哪个买家不狠狠砍价？再说处理资产是一个长期过程，不是一两天的事，什么时候能拿到钱还说不准。"

吴步达最后说："反正作为债权人，我已经做好心理准备。今天真把徐乐水抓了，让企业破产，我们那 1 个亿，能收回来 2000 万就不错了。"

吴步达这一番话，说得众人垂头丧气，隔了一阵，才有人开口："你是什么意思？"

吴步达说："我的意思，还是不要让企业破产，给他们一点时间。"

"那不行！"立刻有人吼道，"温玉彪已经死了，今天不把徐乐水抓起来，让他跑了怎么办？"

闹腾了一会儿，徐乐水抓过话筒："我今天到这儿来，就做好了听天由命的准备。诸位决定让企业破产，我不敢反对。要把我抓起来，我也认了。如果大家肯给我一次机会，我更是感恩戴德。"

周围又有起哄声，徐乐水没有理会，继续说："假若今天我侥幸走出会场，可以向大家做出三点承诺。第一，拼出命去干，力争让企业走上正轨，早日还大伙的钱；第二，我把身份证、护照都交出来，在还清欠债之前，绝不离开江州，即便是出差谈生意，也派副总出去，自己留在家里；第三，诚挚地邀请各位派出代表，进驻企业进行监督，公司所有资产在此期间不得出售转让，以防转移资产。"

做出三点承诺后，徐乐水接着说："我的手机24小时畅通，只要在座的找我，一定随叫随到，而且打不还手、骂不还口。你们要派个人，吃饭、睡觉都跟着我，我也没意见。只是这些人的工钱有劳各位先垫着，如今鄙人兜里实在没钱。"

这些承诺，徐乐水当初跟方玉斌说过，今天又当着众人说了一遍。见会场陷入沉寂，吴步达说道："作为债权人之一，我们的意见，不妨再给他一点时间。退一步说，即便企业救不活，不动产还在那里，今天出售或明天出售，差不了太多。万一企业起死回生了，咱们的钱不就连本带利都回来了？当然，最后怎么办，还要大伙商量决定。"

众人交头接耳，商讨起对策。碰上徐乐水这样一脸诚恳却又正儿八经没钱的主，可比碰上有钱不还的老赖还棘手。渐渐地，再给徐乐水一点时间的主张占据上风。

眼看会议开了好几个小时，政府代表说道："大家该说的都说了，最后举手表决吧。有一点我还得强调一遍，决定是你们做的，后果也要自己承担。将来反悔了，可不要来找政府。"

半小时后，会议结束。徐乐水走出会场，并没被押进警车，而是钻回了自己的轿车。汽车驶上马路，他立刻拿出手机，给方玉斌打去感谢的电话。

电话那头，方玉斌苦笑着说："你不必谢我。星阑资本今天不是要帮谁，只是说出了实话。其他债主，也是觉得我们的话有道理，才听了进去。"

方玉斌又问："给我说实话，钢厂还有的救吗？"

"这个真不好说，局势的确不乐观。"徐乐水说，"但是，今天宣布破产了，事情就结束了。保住了企业，或许还有一丝希望。"

◎6　最是心寒荒凉寄

　　清晨 6 点过，藏北的那曲高原依旧黑沉沉一片。顶着零下 3 摄氏度的严寒，方玉斌在路边小餐馆啃着冰凉的馒头，就着冰冷的牛奶。尽管冰冷的食物令肚子有些抽紧，但方玉斌坚持住了。高原上，热水是稀缺品。今天还要长途跋涉，热水更得省着用。他只是倒出一小杯热水，递给蒋若冰。蒋若冰莞尔一笑，说了声"谢谢"。

　　晨曦渐渐拂过大地，三辆越野车轰鸣着上路。青藏高原的清晨，山与山之间是如此不同。一边是薄薄的白霜覆盖的山坡，一边则是金灿灿的黄土坡。只一瞬间，原先灰白的天空变得透明，然后慢慢地渗透出一点点蓝色。浅蓝、宝石蓝、深蓝，高原的天空随着山与山之间的不同而渐变着颜色。

　　汽车飞驰，那些数不尽的神山、圣湖、天河，还有壮阔的扎什伦布寺，宏伟的布达拉宫，都留在了身后。

　　这一趟青藏高原自驾行，是蒋若冰为了犒劳亿家的管理层特意组织的。她还邀请了星阑资本的方玉斌与吴步达同行，一行人分乘三辆越野车。他们选择了川藏线进，青藏线出。

　　经过前几日的跋涉，他们结束了川藏线的旅程。今天，将从西藏那曲出发，奔行 800 多公里，抵达青海格尔木。从格尔木到青海省会西宁，广义来说也属于青藏线，但那一段路已几乎是全程高速。因此从那曲到格尔木，被许多人视为最后一段具有挑战性的旅程。

天地至高，天路至远。与川藏线的险峻奇美不同，青藏线的大部分路段笔直通天，视野极为广阔。但青藏线海拔更高，几乎全程都在海拔4000米以上，许多人的高原反应也会更强烈。

刚出发没多久，吴步达就觉着头晕。正在驾驶座操作方向盘的蒋若冰说道："药品和氧气袋在后一辆车上，那辆车里只坐了三个人，车况也好些，要不你换过去？"

吴步达答应道："好吧。"

方玉斌担心部下的身体，说："要不我也坐那辆车，照顾你一下？"

蒋若冰说："你再过去，车里就挤满五个人。人家本来身体不舒服，还是坐宽敞一点好。"

方玉斌说："让那辆车上的人过来一个，不就成了？"

蒋若冰说："说好咱们两个老总开国产车，普拉多留给他们，你怎么变卦了，非得把人家赶到这辆车上颠簸？"这一行有三辆越野，两台丰田普拉多，堪称高原路上的神车，另外一辆是国产越野，车况难免逊色。出发前，蒋若冰就宣布，部下们辛苦了，好车留给他们开，方玉斌还称赞她有大将之风。

"我倒把这一茬忘了。"方玉斌笑起来，"那行，步达一个人过去吧。"

送走了吴步达，蒋若冰脸上似乎多了笑容，车也开得更快。方玉斌提醒说："别忘了限速卡，开再快到时也得停下来等。再说青藏线虽然直，但路基下沉到处是大坑，小心点。"

蒋若冰说："相信我的技术，不会把你带坑里去。至于限速卡嘛，我宁肯到检查站前，把车停路边多等一会儿，也不愿在路上磨磨蹭蹭。"

发给汽车限速卡，大概是西藏公路上的一大特色。西藏公路上测速设备很少，交警会在一些重点路段沿途设检查站，用发限速卡的方法监控司机车速。交警通常在检查完驾驶证、行驶证和同车人身份证并例行询问之后，填写好一张字条交给司机，这就是限速卡。到下一个检查站，司机必须向交警再次出示限速卡，交警根据两座检查站之间的距离以及行驶时间，确认车辆没超速后，再签上当时的时间和到下一个检查站的时间，如此"接力"。

在西藏开车，一定得把限速卡牢牢记住。偶尔交警忘了，你都不能忘。前几天在川藏线上，方玉斌驾车经过一座检查站，忘了让交警签字盖章。结果到了下一个检查站，交警让他返回去签字。假如把限速卡弄丢了，就得按超速处罚。

青藏公路十分笔直，为防止走神，同车人最好不停聊天。蒋若冰问道："江州钢铁厂那边怎么样了？听说不久前你帮徐乐水解了围。"

方玉斌说："谈不上解围，只不过实话实说，帮所有债权人分析一下局势。"

蒋若冰说："没错，要说解围，你也是帮亿家解围。这1个亿的烂账，本来是我们的，你主动接了过去。"

方玉斌笑着说："我可不是发善心，而是让你们轻装上阵，指望着能替我赚更多钱。"

方玉斌掏出一支烟来："风景太美，简直把我看醉了。抽根烟解解乏，不介意吧？"

蒋若冰说："我倒没什么，只是担心你的肺。这儿可是高海拔地区，空气都吸不过来，还去吸烟。"

方玉斌点燃香烟后，挥动打火机说："我就知道你不会介意。这个打火机，还是你送我的。"

普通打火机进入西藏也会有高原反应，经常打不燃，后来蒋若冰专门给方玉斌买了一个高原打火机。方玉斌把打火机揣回兜里，说："这也算是礼物了，我得回去珍藏起来，留作纪念。"

蒋若冰微微一笑："打火机虽不值钱，可你得记住我的心意哟。不是所有人都那么细心，会发觉你的打火机出现了高原反应。"

"嗯，谢谢。"方玉斌说。

"没事。"蒋若冰投来一丝温存的目光，"在我心中，你和其他人不一样嘛。"

方玉斌的脸微微红了一下，接着移开话题："过了安东县城有一会儿了，很快要到唐古拉山口了吧。"

蒋若冰点头说："前面应该就是了。"

方玉斌说："唐古拉山口是青藏公路的最高点，一会儿停一下，拍几张照片吧。"

唐古拉山口海拔很高，站在这里，立刻有一种一览众山小的感觉。山口温度很低，远处的水坑都结着冰，山坡上零星披着一缕缕雪。这里有一座军人石雕像，不算高大但很传神，是为了纪念修建青藏公路而献出年轻生命的解放军战士。雕像下方挂着很多五彩经幡。环顾四周，连绵的山之外还是连绵的山，山与山之间没有分界线。

方玉斌与蒋若冰的身体素质不错，下车来按动快门，拍了不少照片。另外两辆车的同事因为担心高原反应，根本没有下车，只是摇下车窗，对着高度碑拍照一下就匆匆开走了。

过了唐古拉山口不久，就到了西藏与青海的边界。这儿有一座牌楼，上面写着"欢迎您再来西藏"。两人都有些兴奋，看到这个牌子，意味着从此加油不再需要身份证，也不用再领限速卡了。

这时同事打来电话，说他们已在前方加油站等着。几天的自驾游下来，一行人早养成见到加油站就加满油的习惯，因为在茫茫高原，不知道下一个加油站有多远，也不知道加油站里有没有油。尤其今早出发前，当地人特别嘱咐，车入青海后，很快会进入可可西里无人区，那里没有一座加油站，因此一定要提前加满油。

加油站排着长队，加油与用餐耽搁了差不多一个小时。休整之后，三台车鱼贯而行，跨过沱沱河大桥，进入可可西里。可可西里的海拔在5000米左右，气候干燥寒冷，严重缺氧和缺淡水，环境险恶，人类无法长期居住，被称为"生命的禁区"。

可可西里有一种独特的苍凉大美。绵延不绝的青色山梁，连接天际的青色草地，无数条河流在草地上蜿蜒交汇。浓密的云团团簇簇，紧贴着高原的青色，把天与地融为一体。

透过车窗，可见一群群野牦牛在悠闲地享受着大自然的赐予；一只金雕冲天而起；几只长尾仓鼠倏忽钻进草丛。沱沱河曲曲弯弯波光粼粼，在可可西里无际的草原上尽情地舒展着自己的身躯……正因为不适宜人类居住，反而给高原野生动物创造了得天独厚的生存条件，让可可西里成为野生动物的乐园。

"藏羚羊！"手握方向盘的蒋若冰一声尖叫，兴奋雀跃。

顺着手势，方玉斌看清了远处的藏羚羊群。他紧托着望远镜，细细端详着这些雪域精灵。

"太美了！"方玉斌不自觉沉浸在可可西里宁静和谐而又自由的画图中。

"玉斌，你真的喜欢苏晋吗？"蒋若冰冷不防问道，将方玉斌拉回到现实中。

放下望远镜，方玉斌说："你干吗问这个问题？"

蒋若冰说："听说你们快结婚了。但我觉得，你并不真的喜欢她。"

方玉斌看着蒋若冰："你怎么会有这种感觉？"

蒋若冰说："你先回答我，我的感觉对不对吧？"

"不对！"方玉斌语气坚定地说。

"难得你们有情人终成眷属。"蒋若冰口中祝贺，表情却有些失望。隔了一会儿，她又说："但我总觉得，你和苏晋的性格差异很大。"

方玉斌笑起来："有差异才能取长补短呀。"

蒋若冰脸上也挤出一丝笑容，说："苏晋是个好命的女人，终于找到如意郎君。但这世上，总是有人欢喜有人愁。"

方玉斌没有搭话，只是重新拿起望远镜，眺望远方风景。蒋若冰对自己的好感，他不是毫无察觉。但既然与苏晋已约定终身，就不能再移情别恋。况且，自己对蒋若冰仅仅是一种欣赏，远不到爱情的地步。方玉斌甚至在心中反复告诫自己，蒋若冰是事业上的伙伴，这种合作关系，绝不应该掺杂进情感因素。

最是心寒荒凉寄！蒋若冰此刻的心境，比车窗外的风景更加荒芜。望断天涯，不见君暖馨，只见一片片枯叶冷梧桐。况且冰冷的可可西里，并没有梧桐。

车队顺利穿越可可西里，前方便是昆仑山口。路牌显示，距离格尔木仅有 160 多公里。越过昆仑山口后，海拔更是一路降低，高原行程正式宣告结束。

蒋若冰脸上却看不出任何兴奋，她的试探性攻击被方玉斌回绝后，一路上寡言少语。方玉斌伸了个懒腰，说："你开了这么远的路，累了吧？我来开一会儿。"

"好吧。"蒋若冰的确有些累，两人交换了座位。

方玉斌操控着方向盘，聊起工作："亿家最近发展势头不错，交易规模连上台阶。对于 C 轮融资，你有什么想法？"

蒋若冰答道："你说过，C 轮融资是大考，我自然希望早点迈过去。另外，VM 指数不要超过 0.5，这个提醒我也记着。"

方玉斌说："可我此时的心情，却有些矛盾。"停顿一下，他解释说："作为 A 轮、B 轮的投资人，我当然希望亿家欣欣向荣，只要在合理范围内，公司的估值越高越好。但另一面，估值提高太快，也给我出了难题——估值越高，就意味着我在 C 轮要投入更多资金。星阑资本只是一家小型投资基金，远算不得财大气粗。"

蒋若冰微笑着说："我只负责把公司业绩做上去，你们投资人上哪儿弄钱，这个可不是我该操心的。"

蒋若冰又说："听你这口气，C 轮还会继续投，不会获利退出？"

方玉斌点头说："退出梦剧场后，亿家已是星阑资本唯一的战略性项目。赚一点钱就退出，绝非我们的初衷。"

蒋若冰建议道："打算继续跟进，资金实力又不宽裕的话，不妨考虑跟投。A 轮与 B 轮，星阑都是领投，到了 C 轮，可以让其他人领投，你们来跟投。"

所谓领投与跟投，是指每一轮融资都有多家投资机构参与，但各家出钱的数额并不是平均分配的。必然有一家投资机构承担绝大部分投资额，其余再分摊剩余部分。出钱多的被称为"领投"，其余被称为"跟投"。在融资相关的所有法律文件里，必须首先写明哪家投资机构是"领投"，哪些是"跟投"，丝毫不可含糊。

方玉斌笑着说："看来最近你见过了不少投资人，对于投资圈的事门儿清。"

蒋若冰说："只是我的一点建议，供你参考。"

方玉斌说："我会认真考虑的。"

过了昆仑山口，路况越来越好，车速也越来越快。方玉斌说："现在谈领投、跟投，或许还早了点。关键是，亿家本身得拿出亮眼的成绩，只有这样，面对新进入的投资人，我们才有足够的谈判筹码。平台的交易金额，还能再上一层楼吗？"

蒋若冰说："你也知道，亿家的重心在抵押贷款，尤其是房贷与车贷。车贷这一块，我们几乎做到了极致，短期内很难有大幅提升。房贷呢，目前主要集中在北京、上海等大城市，做得也还行。不过短期内要让交易规模大幅提升，难度不小。"

蒋若冰继续说："我也明白，为了 C 轮融资，交易规模很关键。假若要扩大规模，突破天花板，就只能想办法把房贷业务扩展到其他城市。"

"但这样一来，又与当初的规划背道而驰。"蒋若冰耸了耸肩，"去各地建立分公司，成本会激增，管理难度太大。"

方玉斌问："你们的车贷业务，不用到处建分公司，一样能做全国各地的业务。为什么做房贷，就要建分公司？"

蒋若冰说："房子与车子不一样。同一品牌的车辆，根据车龄就能测算出大概价值，不会有太大的地域差别。不管借贷人在海南还是黑龙江，只要把行驶证照片发过来，能贷多少钱，心里大致就有谱了。但房子大不一样，不同城市、不同地段，差着一大截。放贷前如何判定房产价值，需要有人上门鉴定。"

"这是个麻烦事。"方玉斌想了一会儿，说，"没有分公司，房贷业务无法展开，交易规模上不来。但组建分公司，成本又太高。"

蒋若冰说："只能二选一的话，我还是坚持稳步发展，暂时不要盲目扩张。在快与慢、死与生之间，无疑后者更重要。"

方玉斌点着头，他很佩服蒋若冰的冷静与定力。对许多创业公司来说，这一点恰恰是最稀缺的。但他也未死心，是否有什么两全其美的办法？鱼和熊掌，难道真不可兼得？靠着多年打拼练就的商业第六感，方玉斌随口说道："能否借力打力呢，比如说服务外包，或者找一家代工厂？"

蒋若冰笑了："你可真够异想天开！咱们做的是金融，又不是传统制造业。找谁代工，谁有能力代工？"

蒋若冰只把外包的想法当成了玩笑，方玉斌却陷入沉思。在他看来，无论金融业还是制造业，都是做生意。但凡是生意，商道一定相通。

思忖了一阵，方玉斌脑海中似乎有些眉目，但又不够清晰。他像是自言自语又像是在征求意见："组建分公司的确冒险，能否借用人家的网络呢？"

蒋若冰依旧摇头："到哪儿去找这样的合作伙伴？拥有全国的营销网络，同时具备极强的专业能力。"

"专业能力？"方玉斌念叨着。

"是呀！"蒋若冰说，"我们的发展重心是房贷，理想中的合作伙伴一定得对全国各大城市的房地产市场十分熟悉。"

"熟悉房地产市场的企业很多嘛。"方玉斌说。

"是挺多，比如那些个地产大鳄。"蒋若冰说，"但人家未必看得上咱们的小本生意，合作根本无从谈起。"

当蒋若冰说出"地产大鳄"，方玉斌立刻想到了王诚。千城集团可是不折不扣的地产大鳄，假若千城愿意将遍布全国的营销网络与亿家分享，岂不是事半功倍！

兴奋之余，方玉斌也在掂量，千城与亿家不是一个量级的企业，双方与其说合作，不如说帮忙，王诚愿意帮这个忙吗？

方玉斌控制住车速，又在心中捋了一遍思路，才说："我可以去找千城集团的王总试一下。千城的营销网络、专业能力没的说，假若他们愿意资源共享，亿家房贷业务就能迅速上好几个台阶。"

蒋若冰听后，先是吃惊，接着是溢于言表的兴奋。原本只当是异想天开的事，没想到被方玉斌捯饬几下，竟有些眉目了！她说："能搭上千城这艘巨轮，可就太好了！"

方玉斌说："我在荣鼎工作时，与王总认识，彼此也算老朋友。我这就给他打电话，探一探他的口风。"方玉斌心里清楚，与王诚虽有私交，但要人家念及交情出手相助却不可能。王诚是一个精明的商人，断不会拿公司业务做人情。王诚能够出手的唯一原因，大概只在于星阑资本。说到底，王诚才是星阑资本的真正投资人。亿家快速做大，获利最多的就是星阑。为了自家生意，左手帮右手的事，王诚或许会干。

蒋若冰拍着手说："我怎么都忘了，你在荣鼎时，就是负责千城集团项目的。"

方玉斌掏出手机，拨给王诚。当他将自己的想法说出来后，王诚给出了令人惊喜的回答："这个想法太好了！千城不仅愿意帮忙，还要上升到总公司层面，当成大事来办。我会安排东明，亲自抓这个事情。"

在方玉斌的设想中，王诚出于对星阑的关照，或许会勉强答应下来，但没想到态度竟如此积极。虞东明可是仅次于王诚的千城二号人物，这点鸡毛蒜皮的小事，竟然要二当家亲自负责！

王诚又说："我对千城的战略发展，有一些新规划。你的合作方案，与我的想法不谋而合。"

千城有何发展规划？怎么个不谋而合法？方玉斌还没来得及发问，王诚便说："你现在哪里？"

方玉斌答道："我在从西藏到青海的自驾路上。"

"你也上高原了？"王诚显得有些兴奋，"我正在珠穆朗玛峰脚下。"

"你又要去登珠峰？"在方玉斌的印象中，王诚多年前便已登顶珠峰。

"是啊。"王诚兴奋地说，"上一回登珠峰，我才50多岁，如今上60了，还想再挑战一下。公司的高管团队都来了。有兴趣的和我一起登珠峰，实在吃不消的，就在山脚下来一场徒步行走。"

"哦。"方玉斌说，"我和亿家的管理层来青藏高原自驾游，转了一圈，今晚就要到格尔木了。"

王诚问道："身体怎么样？没有高原反应吧？"

方玉斌说："还行，一路上没出现高原反应。"

王诚说："既然身体没问题，索性你就来珠峰底下，赶紧把事情敲定。"

"不必了吧。"高原风光已经看够，方玉斌并不想走回头路，"还是等你回公司之后再说。难得你们出来旅行放松，我可不敢打搅。"

王诚却兴致勃勃地坚持说："这一次登顶，前后得花一个月。紧接着又是春节假期，事情一拖就到年后了。你现在过来，把方案敲定，我去登山，其他人还能落实，争取年前把工作推开。"

王诚就是这样一个雷厉风行的人。方玉斌一听也觉得有道理，便答应道："好，我今晚到格尔木，明天一早往回赶。"

王诚说："明早动身，顺利的话后天咱们就能见面。我在珠峰南坡尼泊尔这边，你得坐飞机，翻越喜马拉雅山。"

◎ 7　互联网＋不是新鲜事物，在中国起码发展演进了十多年，还出现过两波高潮

在格尔木休息了一晚，方玉斌、蒋若冰与大队人马作别，开始了长途空中接力。他俩没再驾驶汽车，而是从格尔木坐飞机前往西宁，接着转机抵达拉萨。在拉萨贡嘎机场逗留了 5 个多小时后，又搭上了前往尼泊尔首都加德满都的航班。

抵达加德满都已是深夜，两人就住在机场附近的旅馆，第二天一早，他们坐上一架尼泊尔雪人航空的小飞机，赶往卢卡拉。

山间小城卢卡拉在全世界的登山爱好者中大名鼎鼎，这里是从尼泊尔方向挺进珠峰的必经之路，也是 EBC 的起点。所谓 EBC，就是珠峰南坡尼泊尔境内的一条徒步旅行线路，从卢卡拉开始，一路向北到达珠峰大本营，然后返回卢卡拉。毕竟，能登顶珠峰的只是极少数，对那些心向高处，但体力、财力有所欠缺的人来说，不妨采取在珠峰山脚下徒步行走，远远眺望的方式。这条线路上，从平原的阔叶森林到高海拔的高山草甸，再到寸草不生的垭口，美艳绝伦的雪山，还有那蓝得令人目眩的高山湖泊，一路变化的风景，被徒步旅行者赞为梦幻之旅。

卢卡拉的机场同样名声显赫，跑道只有 460 米，不到国际机场 5500 米

标准长度的十分之一，机场另一端就是万丈深渊，因此被称为"世界最危险的机场"。由于依山势而建，背靠山坡，机场跑道并非平直，而是具有一定角度的倾斜。这样的地理条件，决定了在卢卡拉机场降落时只能是一锤子买卖。一旦着陆过程稍有差池，飞行员打算把飞机重新拉起来复飞，结局只能是与跑道后方的雪山迎头相撞。除了地势险峻以及高海拔气象条件，卢卡拉机场甚至没有导航设备，飞机着陆只靠飞行员用眼睛去瞅。但就是这样一个"世界最危险的机场"，旅客却每日爆满，某些航班更是一票难求。

雪人航空的小飞机起飞后遭遇气流，剧烈抖动起来。方玉斌表情沉着，心却提到了嗓子眼。蒋若冰嚼着口香糖，一直盯着舷窗外的雪山来分散注意力。半小时后，飞机开始下降，抖动更加厉害。蒋若冰甚至有些后悔，不该跑这一趟，生意上的事宁可缓几个月，也不要来遭这番罪。一想到即将着陆的卢卡拉机场没有导航设备，她更是胆战心惊。

邻座的一对中年夫妇也是中国人，见蒋若冰一脸惶恐，便安慰道："姑娘，没事。我们在这个机场起降好多回了，不也好好的。尼泊尔是一个众神居住的国家，跑道尽头菩提树下的白度母和跑道南侧的佛塔就是最好的导航系统。"

失速告警音短促响起，耳边传来了机轮接地的"吱"声，而屁股上却几乎感觉不到任何冲击，接着便是尖锐的反桨轰鸣和减速时的纵向加速度。飞机几乎是在冲出跑道的最后一刻，才停住了脚步。此时，机舱内所有乘客长出一口气，开始欢呼。皮肤黝黑的老机长走出驾驶舱，有些不屑地瞥了一眼，点了点头。

王诚昨晚就来过电话，说会派人到机场迎接。走出机场，方玉斌看见一名千城集团员工，双方打过招呼。这名员工接过蒋若冰的行李，又指了指街对面："车就停在那儿。"

方玉斌走近这辆白色面包车，推开车门，只见车内还坐着一人，肥头大耳，面色如灰，手上拎着一个氧气袋。再定睛一看，这不是伍俊桐吗？

方玉斌招呼道："伍总，你也来了？"

伍俊桐没好气地说："能不来吗？王诚把公司高管全拉来了，说要搞什么高原头脑风暴。"股权大战之后，伍俊桐以费云鹏钦派监军的身份，出任千城集团分管财务的副总，自然也是公司高管之一。

伍俊桐接着抱怨说："一到这里，脑子里只觉得缺氧，哪里还有什么风暴？"

方玉斌明白，伍俊桐应该出现了高原反应，正难受呢。他装出关切的模样："你既然有高原反应，就不该来这儿嘛。"

"我是被他们忽悠了。"伍俊桐声音不大，但看得出内心十分懊恼，"一开始，王诚拉着我去登珠峰，我说自己这把身子骨，还是省着点用，别去瞎折腾。王诚又说，不登珠峰可以去南坡下面徒步旅行，还说那里海拔低，景色漂亮。王诚这么一说，下面一帮人也跟着起哄，把那个徒步旅行夸得跟一朵花似的。"

伍俊桐叹了一口气："也怪我意志不坚定，听他们一说，觉得自个儿全世界都跑遍了，真还没来过这种地方，便勉强答应了下来。"

方玉斌心中暗笑，说道："你刚来，有些高原反应也不奇怪，再适应几天就没问题了。"

伍俊桐有气无力地摆着手："我可不去适应了。一会儿就走！下辈子也不来这鬼地方。"

一旁的千城公司员工说道："伍总身体不适，已经订好了返程机票。他应该就是搭你们来的这架飞机，离开卢卡拉。"

"外面太冷，离飞机起飞还有一会儿，我还得在车上坐一下。玉斌，只能耽搁你了。"伍俊桐说完后，抱着氧气袋大口吸起来。

"没事，我们把伍总送走后，再去宾馆。"外面气温的确有些低，方玉斌一面说着，一面拉蒋若冰钻进面包车。

伍俊桐吸了氧气，似乎缓过来一些。他放下氧气袋，问道："你来干什么？"

对伍俊桐，方玉斌不想说太多，敷衍道："我投资的一家公司，希望与千城开展业务合作。王总听说我在西藏旅游，便叫我赶过来见一面。"

"他也真是！"伍俊桐说，"生意什么时候不能谈，非把你拽来这鬼地方！"

"我还行。"方玉斌说，"在西藏待了好多天，没出现高原反应。"

"年轻就是好呀。我这把老骨头，哪里能和你们比。"伍俊桐脸上似笑非笑，说的话不阴不阳。

伍俊桐把目光投向蒋若冰，问道："这位是……"

蒋若冰是何等精明的女子，从刚才几句对话便猜出，方玉斌与伍俊桐应该认识很久，关系却很微妙，算得上老熟人，绝称不上老朋友。她微微一笑，很有分寸地说："伍总，你好！我叫蒋若冰。"

方玉斌赶紧说道："是我疏忽了，尽顾着聊天，竟然忘了介绍。这位伍总是千城集团的副总裁，过去在荣鼎时，也是我的老领导。若冰是亿家金控的董事长。"

伍俊桐点了点头："打算和千城进行业务合作的，就是亿家？"

"双方只是初步意向，能否合作还不一定。"根本不需方玉斌示意，蒋若冰便已心领神会，任何话点到为止，绝不多说一个字。

"亿家？听着很耳熟嘛。"伍俊桐晃悠着脑袋，说，"想起来了，不就是袁瑞朗在上海搞的那家公司吗？"

"是的。"方玉斌心想，伍俊桐这种人，记忆力太好简直都成为令人讨厌的事情。

"你现在是董事长，袁瑞朗去哪儿了？"伍俊桐问道。

蒋若冰硬着头皮答道："袁总出国了。"

伍俊桐似乎还想打破砂锅问到底，却又忍不住用手撑住脑袋，说："怎么一说话，又开始头晕？"

方玉斌与蒋若冰见状皆心中窃喜，蒋若冰十分体贴地递过氧气袋："你身体不适就少说点话。再吸会儿氧气吧。"

在机场附近耽搁了一个多小时，终于把伍俊桐送上飞机。面包车掉转车头，将方玉斌一行送到旅馆。卢卡拉是座小镇，旅馆的条件颇为简陋。方玉斌刚把行李放好，千城集团的常务副总虞东明便来敲门。

两人有段时间没见，热络地聊起来。方玉斌提起在机场外见到伍俊桐的情景，虞东明哈哈大笑："伍俊桐算是尝到厉害了。千城的企业文化就是阳光、健康，他没法融入我们的文化，这下吃到苦头了。"

方玉斌也笑起来："王总搞这场高原头脑风暴，是不是故意修理他呀？"

虞东明摆着手："他算什么东西，用得着故意去修理？顶多是考验他一下，没想到他那么菜。"

虞东明又说："不过，因为他提前离开，我们的行程也有些调整。"停顿一下，他接着说："这次高管会议的确不想让伍俊桐参加。原来计划先去徒步行走溜达一圈，接下来再开会。伍俊桐肯定受不了这番折腾，一定没走完就落跑了。谁承想，刚到卢卡拉，海拔才两三千米，他就受不了了。既然他走了，我们决定把会议提前。开完会大伙再去徒步，王总也好安心登珠峰。"

方玉斌又笑起来："这还不叫修理呀？瞧伍俊桐头昏脑涨的样子，你们可把人家整得够呛。"

虞东明看了看手表，说："该吃饭了，王总已在餐厅等着了。"

王诚坐在旅馆一楼的餐厅，他与方玉斌、蒋若冰握手寒暄了几句。方玉斌与千城的好多高管都认识，彼此打着招呼。餐桌上的食物，有西藏吧啦饼、尼泊尔咖喱饭，但显然并不合众人胃口，许多人掏出了从国内带来的四川榨菜。

王诚身旁坐着几个面色红润、体格健硕的汉子，瞧模样像是藏族人。但他们并不会说汉语，一直用蹩脚的英语与王诚交流。方玉斌向虞东明打听，才知道他们是尼泊尔境内的夏尔巴人，也是王诚登山旅途中的老朋友。

方玉斌对登山不感兴趣，也没听说过夏尔巴人。直到虞东明介绍一番后，才晓得这群生活在珠峰脚下的夏尔巴人，竟是享誉世界的雪山之子。

夏尔巴人并非当地土著，几百年前，原本生活在甘孜地区的他们跨越崇山峻岭，来到喜马拉雅山南麓，过着与世隔绝的生活。夏尔巴，藏语的意思就是来自东方的人。

夏尔巴人不但躯干健硕，肺活量大，血液中的血红蛋白更远高于普通人。这样的身体条件，有效保障了大脑和肌肉供血，造就了他们惊人的抗缺氧能力。

从 20 世纪 20 年代开始，陆续抵达珠峰脚下的各国登山队打破了夏尔巴人的寂静生活，他们充当起登山队员的向导或挑夫。夏尔巴人在高山上背负装备、搭建营地、架设安全索、插放路标、清理可能导致危险的冰裂缝。1953 年 5 月 29 日，埃德蒙·希拉里和丹增·诺尔盖一起登上 8848 米的世界最高峰，成为首度征服珠峰的人。希拉里是来自新西兰的养蜂人，丹增便是生活在珠峰脚下的夏尔巴人。

自从 1993 年珠峰探险开启商业模式，助人登山更成为许多夏尔巴人的主要经济来源。有种说法，如今有 6600 多人次登上了世界之巅，其中大概有 6000 人次，是通过旅行社，经由夏尔巴人的手脚"送"上峰顶的。那些登顶者，与其说是运动家，不如说是观光客。他们既缺乏优秀的体质，也缺乏基本登山技能，但他们愿意付出 10 万美元的报酬，来满足形形色色的虚荣。相比之下，一个时刻面对生死的夏尔巴向导，一年的总收入不过 5000 美元而已。

夏尔巴人在高海拔地区的适应能力，让全世界都为之惊讶。前些年，三名西方登山者因为不听从夏尔巴向导的指引，打算另辟蹊径，导致产生矛盾。结果在海拔 7000 多米的营地，双方发生群殴，西方人被打得头破血流。事后，许多人发出惊叹，在 7000 多米的高海拔地区，一般人都得小心翼翼保存体力，生怕有力气上去，没力气下来。可夏尔巴人还能拳脚相向，大打出手！

王诚与夏尔巴向导聊得很投机，回忆起之前登山的种种经历，王诚几乎手舞足蹈。千城的高管偶尔插几句话，说的也是与登山有关的内容。方玉斌插不上嘴，不过他在一旁观察，发现对于登山，王诚是发自内心地喜爱，但他的那些部下，多少有陪太子读书之嫌。千城内部早就有种说法，陪着主席去登山，是往上升的捷径。古时候，楚王好细腰，宫中多饿死，如今，王总爱登山，下面的该怎么做，聪明人都知道。

吃完饭后，王诚依旧意犹未尽，拉着夏尔巴人又聊了半个多小时。方玉斌心里有些抱怨，我大老远跑来，可不是听你唠叨的。你热衷登山，却并非所有人都应该志同道合。咱们之间是合作关系，我可不是你的下属！这个王诚呀，当初股权大战命悬一线时，待人接物上稍有收敛，如今危机一过，又是一副高傲得不可一世的样子。

与夏尔巴人话别后，王诚总算把目光投向方玉斌，说："刚才聊登山去了，却把正事忘了。前几天你在电话里说，打算借用千城的网络，把亿家的房贷业务在全国推开。想法不错，具体怎么操作？"

方玉斌不想让自己成为王诚的下属，一副有问必答的模样，便把蒋若冰推出来："具体的方案，由亿家的董事长来说吧。星阑资本只是亿家的投资人，具体经营上的事，若冰更在行。"

蒋若冰早就打好腹稿，自然应付自如。她刚说完，王诚便表态："这是好事，我们一定大力支持。"他又扭头对虞东明说："这事你亲自负责。我看你们的身体都不错，没有高原反应。要不今晚就商量出一个细化方案，明天发回总部。"

王诚发了话，虞东明自然满口答应。蒋若冰一脸兴奋，说着感谢的话。王诚不喜欢这些虚情客套，挥手打断，询问起亿家的经营状况。王诚问得很仔细，蒋若冰的回答也恰到好处，一旁的方玉斌却有些纳闷，王诚对亿家的状况为何如此上心？

王诚大概问得差不多了，便说："就按刚才说的，东明和若冰去隔壁房间，商量出一个操作方案。我和玉斌还有些事要谈。"

虞东明与蒋若冰离开后，王诚拍了拍方玉斌的肩膀："不错，我很看好亿家这个项目。蒋若冰是个明白人，把亿家交给她，比之前的袁瑞朗叫人放心。"

方玉斌点了点头："亿家的确在往好的方向进步，但接下来的 C 轮融资也是一场硬仗。"

王诚说："这些战术问题，你们能解决。我思考的是战略问题。"

"什么战略问题？"方玉斌问。

王诚说："这次叫你过来，不单是为了亿家。更多是想听一听你对互联网金融的看法。"抿了一口矿泉水，王诚又说："伍俊桐离开后，千城的高管明天就要召开会议。在会上，我想专门提出企业战略转型的议题。对于互联金融，最近我思考很多，甚至有意将它作为千城转型的一个可能方向。"

千城这样的地产巨无霸，竟然要做互联网金融？这可是新鲜事！如今谈到互联网金融，方玉斌绝对算得上专家，他稍稍整理了一下思路，便说："对于互联网金融，我个人是十分看好的。当初出售梦剧场股份，把精力全部投入亿家，也正是出于这个原因。现在，互联网＋是个时髦词，但在我看来，这不是什么新鲜事物，它在中国起码发展演进了十多年。而互联网金融，极有可能是互联网＋在中国的第三波高潮。"

王诚一副兴致勃勃的样子，问道："哪三波高潮？"

方玉斌说："第一波高潮出现在世纪之交，就是互联网＋信息，透过互联网，传统的信息传递方式被颠覆，门户网站、搜索引擎乃至聊天软件等纷纷出现，在这一波浪潮中，新浪、腾讯、百度等企业脱颖而出。第二波高潮在2010年代，是互联网＋商业，网商、网购改变了整个商业生态，最典型的例子就是淘宝与京东。接下来的第三波高潮，我以为便是互联网＋金融。"

王诚露出赞许的目光，说："你这番总结很精辟。千城是一家传统企业，不过面对互联网＋的浪潮，我们也不该置身事外。最近有一件事，对我冲击很大。"

王诚接着说："一个信托公司的老朋友，前不久找到我，问千城是否需要资金，他可以帮我弄10个亿。我说，暂时不缺钱，况且千城一直同各家银行保持了良好合作关系，只要我们开口，贷几十亿都不成问题。"

王诚跷起二郎腿，继续说："结果那位朋友却说，银行贷款利息不低，而且程序麻烦。他通过网上平台，能够找到更便宜、更快捷的资金。"

王诚笑了笑："生意人嘛，谁都想找到更便宜、更快捷的资金。我抱着试一试的态度，答应与他合作。"

"结果怎么样？"方玉斌问。

王诚说："千城发了10个亿的私募债，这位朋友把债券透过信托公司与金融资产交易所，最终放到一家全国有名的互联网金融平台上销售。据说10元起售，后台还能自动拆分资产包。挂牌销售后，一天时间就卖完了。"

方玉斌也笑起来："所以，你对互联网金融起心动念了？"

王诚点头说："否则，我干吗平白无故去帮亿家的忙？再说就这么一桩小事，用得着我急匆匆把你叫到尼泊尔？我在想，透过这次合作，起码能让千城对于互联网金融有更直观的感受。"

方玉斌明白了王诚的用意，接着问："接下来有什么具体的打算？"

王诚耸了耸肩："只是一个大致思路，谈不上具体打算。不过一旦决定做这件事，肯定是大手笔投入，这样才与千城的地位相匹配。"

王诚接着说："刚才听了蒋若冰的汇报，感觉亿家基本走上了正轨。我是希望，未来亿家能扮演渡江侦察队的角色，为千城的转型探一探路。既然是侦察尖兵，不妨胆子大一点，步子快一点。就像当年中央搞特区，成功了，就是杀出一条血路，纵然失败，风险也是可以承受的。"

王诚滔滔不绝，方玉斌心中却是喜忧参半。以亿家的规模与实力，能够傍上千城这棵大树，自然喜出望外。不过听王诚这口气，压根就没把亿家甚至星阑资本当成合作伙伴，而是一种上下隶属关系。在王诚看来，自己是星阑资本的投资人，星阑资本又是亿家的最大股东，无论星阑或亿家，只不过是千城的一家分公司而已。

方玉斌并不认为自己是王诚的下属，投资与被投资是合作关系，绝不能变成服从与被服从。他决定委婉地提醒一下对方："谢谢你的厚爱。不过亿家这边，步子还是稳一点好。亿家刚经历了一场危机，星阑的家底也不厚，再出现什么闪失，可经受不住。我们与千城毕竟不是一家企业，真出了状况，也不好厚着脸皮请你来填窟窿。"

王诚面无表情，挥了挥手说："以后的事从长计议吧，先把房贷业务搞起来。"王诚又把话题引向互联网金融的行业趋势，方玉斌也把自己的观点毫无保留地贡献出来。

两个多小时后，虞东明与蒋若冰走了进来，他们已经拟出具体方案。王诚看过之后，当即拍板："就按这个办，马上传回总部。"

方玉斌问道："千城的高管要么上了珠峰，要么在山脚下徒步，我们回头找谁对接这事？"

王诚说："我之前说过，此事由东明负责。在这段时间，可以暂时找伍俊桐对接。若冰回国后，亲自去一趟滨海，代表亿家跟伍俊桐联系。方案传回总部后，我再跟伍俊桐打个电话。"

"找他合适吗？"方玉斌有些不放心。

王诚笑着说："这些个小事，人家犯不着从中作梗。再说方案上有我的批示，他不敢不照办。"

"好吧！"方玉斌说。

第二天，方玉斌与蒋若冰动身回国。有了之前的经验，当小飞机从卢卡拉机场的斜坡冲下，再在峡谷间惊险地被拉起来时，两人没有太多慌张。飞机进入平飞阶段之后，他们还聊起天来。

蒋若冰显得很激动，认为此行收获颇丰。方玉斌只是微微一笑："人家肯出手是件好事，只是这手到底会伸多长，一时不好说。"

"怎么了？"蒋若冰问。

方玉斌说到王诚有意让亿家成为"渡江侦察队"的事，接着摇头道："无论星阑还是亿家，都是独立的企业，没有义务去当谁的侦察队。王诚可以不计较一次火力侦察的成败，但我们不能不在乎自家企业的生死。"

蒋若冰点了点头："你的担心不无道理，不过能和千城搭上线毕竟是件好事。未来合作过程中，我们把握好尺度便是。"

"也只能这样了。"方玉斌说。

蒋若冰又说："我回国后，立刻去滨海拜访伍俊桐。另外与千城合作的消息，是否可以对外公布？"

"缓一缓吧。"方玉斌思忖了一下，说，"我的意思，等合作有了初步成效，亿家的房贷业务达到一定规模后，再大张旗鼓公布。我估计中间也就几个月时间，而且这个时间点又刚好与亿家的C轮融资契合。你想呀，在C轮融资前发布重大利好，会是什么效果！"

"我明白。"蒋若冰说，"把大牌留到关键时刻出。"

第二章
银行牌照

———————

　　有人说过，投资是投人，但从没有人说过，投资只是投人。不去调研行业，不去分析商业模式，仅仅依靠对一个人的观察做出决策，理论上讲绝对是大忌。但战场形势瞬息万变，方玉斌无法从容地用理论指导实践，只能冒险地用实践去丰富理论了。经历这么多惊涛骇浪，不敢说练就了一双火眼金睛，起码还有些识人之明。这一次，就相信自己的眼光吧。这是病急乱投医，还是一种远胜常人的商业直觉，只能用结果检验了。

◎ 1　一个好的商业模式，一定能用一段话说清楚

在地下停车场把车停好后，方玉斌掏出电话，拨给蒋若冰："在哪儿呢？忙吗？"

蒋若冰答道："在公司。才商量完新闻发布会的事，刚好空下来。"

"新闻发布会的时间还没敲定？"方玉斌问。

"原本定在下周一，这不又得改时间。"蒋若冰说，"千城的伍俊桐决定亲自参加发布会，可行程又一直没排定。"

方玉斌说："就数他事儿多，老爱折腾人！"

蒋若冰笑着说："甭管他怎么折腾，最后能来就成。"

蒋若冰最近心情不错，与千城合作有三个月了，借助对方强大的营销网络，亿家房贷业务蒸蒸日上。仅仅三个月，房贷交易规模达到 15 亿。她更定下目标，一年内让房贷交易规模突破 100 亿。

筹备已久的新闻发布会终于可以登场，但与方玉斌当初设想的同时公布两大利好不同，蒋若冰打算来个三箭齐发。除了宣布与千城的合作战略以及庆祝亿家房贷业务进军全国，蒋若冰还会将公司正式更名为亿家金服。

公司更名的事，蒋若冰近来又提过多次，方玉斌觉得，此事就交给管理

团队定夺吧，自己便没再过问。

方玉斌出了电梯，进到酒店大堂。他对蒋若冰说："我在波特曼酒店，马上要见一个人。你如果有空，就过来一趟。"

"你要见谁，非把我拉上？"蒋若冰问。

方玉斌说："一个创业者，过去在外资银行工作，现在打算出来创业，做一个有关信用卡的 App。上个月刚收到他的商业计划书，是否投资还没决定。你是互联网金融专家，过来帮我参谋一下呗。"

"在你面前，没人敢称专家。只不过你们谈正事，需要有人端茶递水，我倒乐意效劳。"如今对下属，蒋若冰已是一副霸道女总裁的派头，只有面对方玉斌时才会小鸟依人。

"那可说好了，我在咖啡厅等你。"方玉斌说。

方玉斌在咖啡厅小坐了一会儿，他等候的人便赶到了。方玉斌礼貌地起身，伸出手去："秦总，很高兴再次见面。"

来人叫秦太英，曾在银行担任部门经理，如今自己创建了一家金融公司。秦太英抱歉地说："不好意思，让你久等了。"

方玉斌请秦太英落座，并笑着说："你很守时，没有迟到。只不过我有早到的习惯。"

方玉斌指了指桌上的咖啡，说："上次见面，你说自己钟爱爪哇咖啡。这次没有征求意见，就先替你点了。"

秦太英端起咖啡抿了一口："你的记忆力真好。"

方玉斌开门见山道："咱们还是继续聊聊你的信用卡还款 App 吧。你在计划书里，描绘了这个产业的巨大前景，但我有一点疑问。"

"请说。"秦太英放下咖啡杯。

方玉斌说："对做投资的人来说，通常喜欢进行对标比较。比如说，看一看优步在美国的规模，大概知道滴滴能在国内做多大；从 Youtube 那里，也可以预知优酷、爱奇艺的前景。道理很简单，一种商业模式能在美国成功，人们才有信心复制到国内。"

"偏偏你即将投身的领域，在美国的对标似乎不太乐观。"方玉斌说，"我专门查了资料，在美国也有从事信用卡还款服务的企业，但规模并不大。"

方玉斌说完后，左手端起咖啡杯，右手搅动勺子，双眼直视对方。多年经验告诉他，不仅要倾听创业者的说话内容，更要关注说话时的神情。

秦太英没有一丝紧张，神态自若地说："凡事皆有例外，并非所有互联网公司都要寻找一个美国对标。方总记住了我钟爱爪哇咖啡的细节，却忽略了我说过的另一句话。"

"哪句话？"方玉斌问。

秦太英说："我说这款 App，只能在中国做，在美国做不了。"

方玉斌点了点头："我记得这句话。今天能否谈一下具体原因？"

"当然。"秦太英说，"信用卡在国内已经很普及，用过信用卡的人都知道，到了还款日，要么全额还款，要么选择一个最低还款额，通常是 10%。全额还款不会产生利息，但如果按最低还款额还款，银行便开始计算利息，通常来说，年息在 18% 左右。还有一些信用卡持有者会使用提现功能，从提现这一天起也会计算利息。"

秦太英接着说："中国的信用卡使用者，集中在 20~40 岁这个群体，他们的日常财务压力很大。刷了信用卡，到期无法全额还款，只能分期还款的人很多。到头来，他们不仅要还本金，还得承担 18% 的利息。"

"这只是中国银行的玩法，美国人并不这样玩。"秦太英加重语气，"在美国，银行对于信用卡利息进行差异化定价，根据信用程度来决定利率，信用好的用户利息相对少一些。说白了，在中国，只要分期偿还信用卡，不管谁都得负担 18% 的利息，但在美国，信用良好的人利息会大幅下降。"

秦太英重新端起杯子，说："中美银行的不同玩法，决定了信用卡还款服务在美国很难做大，自然找不到什么成功的对标。不过，这也给中国市场提供了巨大市场机遇。"

方玉斌点了点头："你打算去做中国银行没有精力做的事情，比如根据信用程度来实行差异化的信用卡利率。"

"可以这样理解。"秦太英说，"我的商业模式很简单，一段话就能说清楚。有一个人叫张三，他的信用不错，如今刷了信用卡，分期还款会背负

18% 的利息。那么在最后还款日，由我动用资金替张三还款，这样就不会产生一分钱利息。接下来，张三把钱还给我，而我的利息远没有银行高，大概只有 9%。最终，我赚了钱，也替张三省了钱。"

两人正说着，蒋若冰到了。方玉斌说："秦总刚用一段话介绍了他的商业模式，我试着跟你复述一下。"

方玉斌重复一遍后，笑着说："我向来认为，一个好的商业模式，一定能用一段话说清楚。如果一段话说不清楚，只能证明模式本身不清不楚。"

"其实不用一段话，一句话就行。"得到鼓励的秦太英微笑道，"帮助银行进行信用卡利率差异化，我们的利润就来自利率差。"

蒋若冰问道："这套模式的关键依然在风控环节。你帮用户提前偿还了信用卡，接下来他们不还钱给你，怎么办？"

秦太英信心满满地说："这套商业模式有一个先天优势，就是在风控环节银行会替咱们把关。目前在国内，拥有最严格风控体系的毫无疑问是各大银行，他们给用户办理信用卡时，会有严格的审批程序，每个人的信用额度是多少，都是经过精密测算的。比如张三的信用卡额度是 1 万，完成最低还款额 1000 元后，剩下的 9000 元由我借给他。也就是说，我的借款额度始终维持在银行信用额度的 90%。因此我认为，风险是可控的。"

蒋若冰追问道："你的意思是，不需要再做风控管理？"

"当然不是。"秦太英说，"银行只是第一道保险，接下来我们依旧会进行严格审核，达到双保险。客户注册 APP 时，将被要求提供详细的资产信用证明。"

方玉斌一边听着，一边拿出对方的计划书翻阅。待秦太英说完，他立刻问道："你理想中的投资额是 1.5 亿？"

秦太英说："计划书中写的是 1.5 亿，不过目前情况有些变化。近来我接触了不少投资机构，他们对于我的商业模式十分认可，投资额也不断加码，已经喊到了 2 亿。"

见惯了大风大浪的方玉斌，表情平静如常。在他看来，无论秦太英说的是实情，或是谈判桌上的伎俩，其实无关紧要。二流高手才要见招拆招，一流高手只需要发招，拆招的活儿留给对手完成，自己心中早有定见，不会被任何插曲打乱节奏。

方玉斌说："投资额先不说，咱们还是聊一聊商业模式。在我看来，这套商业模式中仍存在两个盲区。"

"请赐教。"秦太英话说得客气，眼神中却有一丝挑战的意味。

方玉斌说："你提到借助银行的风控体系，这话似是而非。因为别人的风控体系，你是借不来的。"停顿一下，他又说道："做金融的人都知道，风控体系贯穿于整个融资过程。你只看到银行的信用卡审批十分严密，却忽略了人家还有遍布全国的营销网络以及成熟的债务追讨团队。一旦发生违约，银行可以立刻启动相应程序，你却只能望洋兴叹。"

"举例来说吧。"方玉斌抿了一口咖啡，"你的公司在上海，如果一名新疆的信用卡用户发生违约，你怎么办？银行在当地有网点，有常年合作的法律顾问，能够轻而易举解决。但你只是一家小企业，难不成派人坐飞机去讨债？"

"我没有别的意思。"方玉斌又说，"借助银行的风控来规避自身风险，点子是不错，但不能寄望过高，关键还是自身建立起一套严密的风控体系。"

见秦太英陷入沉思，方玉斌继续说："另一点更要命，就是资金来源。无论 1.5 亿还是 2 亿，我认为都远远不够。APP 上线后的推广维护，轻轻松松就能花掉几千万。剩下 1 个多亿，能做多大事？一旦业务火爆，大概一个月不到就把钱全放出去了。新用户不断涌入，你拿什么钱去帮人家先行偿还信用卡？"

秦太英说："一旦把钱放出去，每个月就有流水回来，可以滚动发展。"

方玉斌摇头说："放出去 1 个亿，最理想的状况，一个月回笼资金不过 1000 多万，可以支撑滚动发展吗？"

秦太英并不服气："如果业务火爆，可以去银行贷款，甚至启动二轮融资，钱自然就来了。"

方玉斌说："假若没有你，银行能按 18% 的年息，稳稳当当从信用卡用户手里赚钱。因为你的出现，信用卡用户按时还款，银行没了利息。你要是银行，会贷款给这种人吗？至于二轮融资，我向来不主张用假设、预测来解决现实问题。"

见秦太英一时语塞，蒋若冰说："其实找银行并没有错，关键是找对地方。能够发行信用卡的，大多是全国性综合银行，许多城商行并没有发行信用卡的资格。换言之，你没有挡到他们的财路。这种时候，双方为什么不能合作呢？城商行把钱借给你，你再借给那些普通信用卡用户，三方共赢，大家发财。"

秦太英有些吃惊地瞟了蒋若冰一眼，点头说："这是条路子。"

"请蒋总来，真是请来一位智多星。"方玉斌笑了笑，说，"对于合作，我是很有诚意的。只是今天提出这么多问题，能否回头消化一下，三天之后再碰一次，秦总以为如何？"

"好的。"秦太英起身告辞。

送走秦太英后，方玉斌并没有要走的意思。他挪了挪座位，面朝蒋若冰："怎么样，帮我参谋参谋？"

"不怎么样。"蒋若冰莞尔一笑，"且不说项目如何，以我对贵公司的了解，你似乎没这么大胃口。"

"什么贵公司，说得多生分，咱们可是一家人。"方玉斌说。

"别！"蒋若冰噘起小嘴，"你和苏大美女才是一家人，我没这个福分。"

方玉斌的脸微微一红："说正事呢，别开玩笑。"

"好吧，说正事。"蒋若冰两手一摊，"人家可说了，有投资人已经喊出2亿报价，据我所知，你的星阑资本如今拿不出2亿，没错吧？"

方玉斌点了点头："星阑毕竟才起步，给亿家投了好几亿，最近又投了一家北京的互联网金融企业，是做校园贷款的。还有一家重庆的小额担保公司，估计很快也会签投资协议。"

蒋若冰说："这不得了，你拿什么投人家？"

方玉斌笑着说："投资公司面对好项目，通常会抢投。但怎么个抢法，却大有讲究。人家喊2亿，我就加到3亿，那也太没技术含量了。"

蒋若冰眨了眨眼："你今天叫我来，不光是当参谋吧？"

"什么都瞒不过你。"方玉斌说，"我刚才对秦太英说了，资金来源与风控是摆在他面前的两大难题。而这两道题，你能帮他解决。"

"我就知道，叫我过来没什么好事。"蒋若冰说。

"这可不是助人为乐，而是一个商机。"方玉斌说，"亿家的交易规模越来越大，这么多资金总要寻找出口。你与秦太英合作，把钱借给他，该怎么收利息就怎么收。这单生意，对他是钱生钱，对你同样是钱生钱。"

蒋若冰说："他自己才不到 10% 的利润，能给我多少利息？"

"是不高，但风险系数也很低呀。"方玉斌说，"秦太英说的并非全错，信用卡还款服务，违约风险远比一般民间借贷低。毕竟，在信用卡审批环节有银行把着关。当然，仅靠这一点不够，企业还要建立自己的风控体系。亿家的风控体系，在你一手打理下，算是互联网金融企业中的佼佼者。假若能把这套体系拿出来与秦太英共享，双保险就配齐了。"

"什么？"蒋若冰显得很惊讶，"你不仅让我借钱给他，还要把风控体系拿出去共享？为了这套体系，我们可是花了大价钱。"

"资源整合嘛。"方玉斌说，"拿出来共享一下，对你没有损失。秦太英的客户在网上注册并提交资料后，就发到亿家后台来。只不过借用一下你的系统，又不会把核心技术偷走。"

"你可真会精打细算，而且什么活儿都往我头上摊。"蒋若冰说，"前段时间你投了北京一家做校园贷款的 App，也让亿家同他们合作，双方在平台设置入口，互相导入流量。"

方玉斌说："事实证明，这样的合作亿家并没吃亏。一开始，的确从亿家导过去流量更多，但现在人家的业务逐渐起来，也导给你们不少流量。"

蒋若冰坐直身子："今天你究竟是来谈合作，还是以投资人的身份给亿家下命令？"

方玉斌说："投资人与管理层之间应当相互尊重，我哪有资格给你下命令。今天当然是寻求合作，甚至是以朋友的身份建议。"

"我接受你的建议。"蒋若冰笑了笑，说："亿家可以向秦太英的公司出借资金，但年息得有 7%。秦太英有一两个点的利息差就不错了，他几乎是空手套白狼，可别指望赚大头。"

方玉斌说："还说我精打细算，你厉害多了。行吧，具体利息的事，接下来再和秦太英商量。"

蒋若冰又说："亿家的风控体系，可以拿出来共享，但绝不是无偿使用。"

方玉斌问："你打算要人家多少钱？"

蒋若冰伸出三根手指头："一年3000万，不算多吧。"

方玉斌摇头说："太多了。再说人家现在哪有这么多钱。"

"没钱可以，就折算成亿家的投资。"蒋若冰说，"假若决定投资秦太英的公司，你是领投，亿家不妨跟投。亿家拿不出真金白银，刚好把这3000万折算成股权投资。"

方玉斌盯着蒋若冰，半晌才开口："你可不单想合作，还想当投资人！既然这么看好这个项目，早说嘛，害得我费半天劲。"

"捉弄你一下，怎么了？"蒋若冰如今同方玉斌说起话来很随意。玩笑开过，她又说："其实，信用卡还款业务我一直有兴趣，早就想布局了，可惜腾不出精力。如今摆着一个好项目，前期调查你又做完了，我当然不愿仅当一名旁观者。"

方玉斌兴奋地说："看来英雄所见略同。"

"你也别高兴太早。"蒋若冰说，"秦太英可说了，有投资公司喊出了2亿报价，而你只能出1个多亿。"

"那就看秦太英如何抉择了。"方玉斌说，"我的钱的确没人家多，但我能提供给他稳定的资金来源，还有用钱都买不来的成熟风控体系。"

方玉斌又说："我一向认为，投资不仅是投钱，更是投资源。我给创业者投注的资源，是其他人比不了的。"

"可人家就认钱，不在乎你的那些资源呢？"蒋若冰问。

方玉斌把手一挥，说："连这么简单的账都算不过来，这种创业者也就不值得去投。"

"还有一件事想问你。"蒋若冰整理了一下裙子，"最近你怎么对互联网金融这么上心？投的好几家企业，全是与互联网金融有关的。"

"你的观察没错。"方玉斌说，"不过这些转变，很大程度也是受你启发。"

"干吗说什么都拿我开涮！"蒋若冰说。

"我说真的。"方玉斌说，"你执掌亿家后，一直坚持专业化稳健发展，这给了我启发。过去荣鼎是大公司，四面出击尚且绰绰有余。到了星阑，不改打法肯定不行。如今财大气粗的投资基金很多，我不能和人家比阔，只能靠专业化取胜。比方秦太英的项目，假如不是星阑之前投了亿家，能为创业者提供更多互联网金融的资源，我拿什么去和别人抢投。"

"你要这么说，我倒受得起。"蒋若冰呵呵笑道。

正说着，蒋若冰的手机响了。她滑动接听键，亲切地说道："伍总，你好！"

电话聊了好几分钟，蒋若冰除了点头称是，还说了一番感谢的话。方玉斌已经猜到，这是伍俊桐打来的电话，大概把行程确定了。

放下电话，蒋若冰果然说："伍俊桐回话了，下周三来上海，新闻发布会就定在当天。到时你来吗？"

方玉斌摇头道："我就不来了。这种抛头露面的活儿还是留给伍俊桐，他比较喜欢。"蒋若冰自打上回去了一趟千城总部，似乎和伍俊桐关系挺热络。方玉斌认为有必要提醒一下，说道："伍俊桐专程捧场，倒是挺给面子。不过你也得留个心眼，别看他整天笑呵呵的，背地里是个不折不扣的小人。"

"我清楚。"蒋若冰说，"在卢卡拉机场听着你和他说话，我就知道你俩不对付。你说得没错，伍俊桐是个小人，不过是个真小人。世上许多事，还需要有真小人在里面当润滑剂。"

蒋若冰又说："就说新闻发布会这事吧，王诚是请不动的，虞东明架子也大得很。伍俊桐肯现身，好歹千城来了个副总裁，分量就不一样。"

"那倒也是。"方玉斌笑了笑。

蒋若冰说："发布会结束后，就该趁热打铁进行 C 轮融资了。"

方玉斌说："亿家目前发展势头不错，又有利好消息加持，'C 轮死'的魔咒想必不会在你们身上应验。"

"绝对不会。"蒋若冰信心满满地说，"我跟其他高管说了，一旦完成 C 轮融资，就把江州钢厂的债务划转回来。这是袁瑞朗捅的娄子，不能总是由别人背着。"

"有了钱，说话口气都不一样了。"方玉斌说。

"那是当然。"蒋若冰说。

方玉斌的手机响了起来，他掏出一看，说道："说曹操曹操就到。刚说到江州钢厂，徐乐水就打电话来了。"

方玉斌接起手机："徐总，什么事？"

徐乐水说："今晚我来上海，有空见一面吗？"

"好啊。"方玉斌说。

◎2 商场上只有输家和赢家，没有专家

打浦路附近一家杭帮菜馆里，徐乐水刚一坐下，方玉斌就说："债权人大会上，你不是当众承诺过，不还清欠款绝不离开江州吗？这么快就食言了？"

徐乐水摆着手："当初是承诺过，但要挣钱还债，人一直窝在江州也不行。后来和债权人碰面，重新约定了一下，只要不出国，为了厂子的事，国内走一走在所难免。"

方玉斌问："今天来上海有什么事？是不是厂子有起色，准备还钱了？"

徐乐水点头说："厂子真还有些起色。"

方玉斌掏烟的手停在裤兜里，刚才只是一句玩笑，难不成徐乐水真有钱了？他说道："什么起色？快说。"

徐乐水说："你没看新闻？最近钢价大涨。"

"是吗？"方玉斌近来的心思全在互联网金融上，对钢价关注很少。

徐乐水主动递过一支烟，接着自己点上，说："去年最低迷的时候，钢价已经跌破 2000 元，到了 1750 元 / 吨。"徐乐水深吸一口烟，对当时低迷的市场依旧心有余悸："1750 元，你知道什么概念吗？折合每斤只有八毛多。都说白菜价，可那时的钢价，比白菜还贱。"

"现在涨到多少了？"方玉斌接过对方的烟，还来不及点燃便追问道。

徐乐水说："年中就开始涨价，不到一个季度就涨了30%。这几个月，钢价更是一个劲往上蹿，已经突破3000元/吨。看样子，涨势一时半会儿还收不住。"

方玉斌吃惊不小："都破3000元了！再往上一涨，岂不就翻了一番！"

"没错！"徐乐水弹了弹烟灰，微笑着说。

"真是可喜可贺。"方玉斌终于把手中的烟点燃，想不到钢价涨势如此迅猛，自己那一个亿的死账，没准真能盘活？

方玉斌又说："钢价为何涨这么厉害？去年不还是一片唱衰之声吗？有媒体甚至说，国内的钢材库存太大，五年都用不完。"

徐乐水耸了耸肩："要放马后炮，如今我能跟你说上好几条，有些经济学家更是洋洋洒洒写了上万字的分析报告。但说实话，放到去年，即便像我这样在行业内打滚多年的人，也想不到钢价能走出这波行情。"

方玉斌很喜欢徐乐水的直率，笑着说："纵然是马后炮，也比哑炮强。商场上只有输家和赢家，没有专家。不管怎么说，生意有了起色，债主们也能稍微放心一点。"

"如今，债主们闹得更凶。"徐乐水说，"过去，债主们知道我没钱，闹也没用。现在眼看钢价大涨，整天把我堵在办公室催着还钱。"

"欠债还钱，天经地义嘛。"方玉斌笑着说，"现在我知道钢价大涨了，也会每天派人来你办公室催债。"

徐乐水苦笑着："尽管来吧。如今手头的确宽裕一些，遇到债主上门，都会让食堂安排伙食。"

"谁稀罕你们食堂的伙食？我可是来要钱的。"方玉斌说。

"今天来找你，就是谈还钱的事。"徐乐水说，"钢价大涨后，债主们的眼睛都盯着。有人还提出，每一笔收回来的货款，先把大头抽走用来偿债，小部分留给钢厂维持正常的生产经营。"

方玉斌也是急着要债，点头说："我看这个法子可行。"

"但在我看来，这根本是饮鸩止渴。"徐乐水说，"钢价涨势能持续多久，谁也说不清。况且，中国钢铁产能过剩的基本面并没有变。任何一个风吹草动，钢价可能又被打趴在地。"

方玉斌盯着徐乐水，半晌才说话："徐总，以前你有难处，拿不出钱来。可今天我怎么听这口气，有钱了也不打算还？"

徐乐水比画着手势，说："你有这种想法并不奇怪，但请允许我把话说完。趁着钢价大涨回笼的资金可是救命钱，况且就算全拿出来，也不够还所有人。既然如此，能否再缓一缓，容我拿这笔钱去试着把厂子彻底救活？"

方玉斌心底有些冒火，欠钱不还还这么理直气壮？他口气生硬地问："你倒说说，怎么个救法？"

徐乐水续上一根烟，说："不知你最近关注新闻没有，有位大人物，专门提到一款特种钢，并说这种钢国内竟然无法制造，完全倚赖进口。许多媒体跟进报道，追问中国已经在钢产量第一的交椅上坐了多年，为何这些特种钢还要倚赖进口。"

方玉斌对这则新闻有些印象，点了点头。徐乐水接着说："我是做技术出身，其他问题不愿多谈，但从自己专业角度出发，可以拍着胸脯保证，中国很快能造出这款特种钢。"

方玉斌用怀疑的目光看着对方："你是说，江州钢厂能造出这种钢？"

徐乐水说："现在还不行，但只要花心思，很快就能突破。"停顿一下，他又说："在德国留学时，我的好几位导师都是特种钢研究领域的权威。后来我在德国一家钢铁企业供职，人家几十年前就能生产这种钢了。"

方玉斌仍是将信将疑："我对钢铁行业不大熟，但常识告诉我，没有一个精干的团队，没有大量的设施仪器，就凭一个人单打独斗，不大可能取得突破吧？"

"当然不是单打独斗。"徐乐水说，"江州钢厂的技术团队，在国内绝对是一流的。前些日子，厂子那么困难，我还是想尽办法把技术骨干留下了。至于说设备，还得感谢一个人。"

"你是说温玉彪？"这位江州钢厂创始人跳楼自杀的场景，始终在方玉斌脑海中挥之不去。

徐乐水点了点头："当初他下决心上马新钢厂，就是要在高附加值的特种钢领域发力。他一直说，生产普通钢，竞争大、利润低，没意思。说良心话，他对钢铁行业看得很准，魄力也够大，只是结局令人唏嘘。"

徐乐水又说："你也清楚，当初钢厂从欧洲进口了大量先进生产设备。只不过项目被喊停，这些东西便堆在车间，从来没生产过。"

方玉斌问："叫停新钢厂项目，上头可是发了红头文件。现在，你敢让这些设备运转起来？"

徐乐水说："大规模生产当然不行，可小范围地进行试验，或是生产少量样品，这个不会有问题。"

"你多长时间能造出特种钢？"方玉斌继续追问。

徐乐水信心满满地说："短则三个月，长则半年。毫不客气地说，中国所有钢厂中，只有我们是距离生产出这款特种钢最近的。"

方玉斌思忖了一会儿，又说："你造出的特种钢，会比进口钢成本低吗？"

"刚开始或许比进口钢贵一点，规模化生产之后成本应该能降低。但是，咱们不能只算经济账。"徐乐水加重语气，"如今这款特种钢所吸引的关注目光，远远超过了钢材本身。谁率先造出来，所引起的轰动效应，可不是卖几吨钢能比的。"

徐乐水禁不住有些激动："中国的国情咱都知道，只要把特种钢造出来，各种各样的扶持政策甚至是资金，一定会纷至沓来。那些整天催债的银行，没准立马变脸，抢着放贷。"

方玉斌把放在烟缸上的半截烟拿起来，吸了一口后笑道："你口口声声说自己只懂技术，可实际上，不仅能算经济账，还会算政治账。"

从方玉斌的表情中，徐乐水似乎看到了一线曙光，便趁热打铁道："技术团队与生产设备是现成的，如今万事俱备，只欠东风。这个东风，就是钱！我打算把大伙的债往后拖一拖，集中资金进行技术攻关。"

方玉斌掐灭烟头，陷入沉思。自己对钢铁是个门外汉，徐乐水能否如他所说，短期内造出特种钢？方玉斌不知道，更无从知道。他甚至动过念头，组织一批专家来论证徐乐水的方案。但是，去哪儿找真正的权威专家？又有哪个专家，比徐乐水更在行？人家可说了，如今在国内，就数他的团队距离制造出特种钢最近。

假如是一个全新的投资案，方玉斌会毫不犹豫地放弃。不熟不做，对于一个陌生领域，干吗去冒险？偏偏这又是一个半拉子工程，自己已陷进去，接下去风险未知，拔出来又不可能。

方玉斌无从分析方案是否可行，只能去判断徐乐水这人是否靠谱。回想与徐乐水的接触，此人称得上温润君子。他对于钢铁的热情，丝毫不亚于号称"钢铁狂人"的温玉彪，可专业技术与老成持重，又远在温玉彪之上。

有人说过，投资是投人，但从没有人说过，投资只是投人。不去调研行业，不去分析商业模式，仅仅依靠对一个人的观察做出决策，理论上讲绝对是大忌。但战场形势瞬息万变，方玉斌无法从容地用理论指导实践，只能冒险地用实践去丰富理论了。经历那么多惊涛骇浪，不敢说练就了一双火眼金睛，起码还有些识人之明。这一次，就相信自己的眼光吧。这是病急乱投医，还是一种远胜常人的商业直觉，只能用结果检验了。

方玉斌缓缓说道："我同意你的请求，但有两个条件。"

"请说。"徐乐水欣喜地说。

"第一，"方玉斌伸出一根手指头，"我们必须设立一张时间表，以你说的半年为期，如果半年后造不出特种钢，就按之前说的，钢厂所有流动资金，除了维持基本运转，其他全用来还债。对我们债权人来说，能拿多少是多少，总比全打水漂强。"

"好的，就以半年为期。"徐乐水毫不犹豫地答道。

"第二，"方玉斌接着说，"我要派专人监管这段时间的资金使用，确保你们把每一分钱都投入技术攻关中。我信任你，所以答应了你的请求，但如今有句话很流行——信任不能代替监督。"

"这个更没问题。"徐乐水说，"回头和其他债权人谈时，我都会主动采取这种模式，由你们派人监督资金使用。"

"怎么，你还没和其他债权人谈过？"方玉斌问。

"你是我找的第一个人。"徐乐水说，"接下来，我会和几家银行以及大的债权人沟通，只要能说服他们，这事就有戏。"

方玉斌不自觉地摇起头："说服所有大债权人，应该很难吧。"

徐乐水说："是很难，但再难也得去做。"

方玉斌眉头皱起，隔了好一会儿才说："如果我的估计没错，这事压根就没戏，无论银行或是其他债权人，都不会同意你的方案。"

"这么肯定？"徐乐水问。

"当然。"谈了这么久，方玉斌第一次动筷子，"我毕竟是做投资公司的，只不过阴差阳错当了你的债主。因此分析一件事时，或多或少还会有些投资人的眼光，愿意承受必要的风险。其他人嘛，绝大多数会选择落袋为安。"

"这一层我也考虑到了，所以才第一个来找你。"望着桌上的饭菜，徐乐水依旧没有胃口，"所幸在你这儿开了个好头。至于其他人，但愿精诚所至金石为开。"

方玉斌挥了挥手，说："如果所有的精诚所至，都能金石为开，那我们就活在童话世界中了。明知行不通的事，干吗去撞得头破血流？"

徐乐水双手一摊："那我还能怎么办？"

"给你支一招。"方玉斌笑了笑，"再把几家大债权人召集到一起，开会！"

当初苏定国用债权人会议的方式，让人民自己解决内部矛盾，替政府甩了包袱。方玉斌或许是从中受到启发，也想到开会这一招。不过，苏定国用的是借力打力，方玉斌却要唱一出更精彩的空城计。方玉斌说："尽管钢价回暖，但钢厂账上的资金要清偿所有债务毫无可能，说到底，还得逐步分期偿还。究竟怎么分期、怎么逐步，里面却大有讲究。"

方玉斌又说："你把大伙召集起来，压根不提延迟还款的事。你就说，厂子如今有点钱了，准备启动还款工作。但是，怎么个还法，请大伙一起商量。"

"我仿佛明白了。"徐乐水也是个一点就通的人，"怎么还钱听大家的。是按照借款时间的先后来偿还，还是按照借款金额的大小比例来偿还，不妨畅所欲言。"

方玉斌点了点头："一旦畅所欲言，这个会就一定吵个没完没了。有人主张按借款时间还，有人坚持按金额比例偿还。我估计，这会有的开，轻轻松松就吵上几个月。你这边，不也争取到时间了吗？"

　　"好主意！"徐乐水笑着说。

　　方玉斌又掏出一根烟点上，说："这也奇怪了，我一个债权人，竟然教起债务人如何躲债。"

　　徐乐水重重地点了一下头："大恩不言谢。"

◎ 3 网络上热传的博士返乡记，在费云鹏眼中就是现代版孔乙己

方玉斌刚把车停稳，手机便响个不停，掏出来一看，是蒋若冰打来的。

接起手机，里面却传来一个男人的声音："玉斌，你怎么慢吞吞的？我们一大桌人，可都在等你。"

方玉斌一下就听出来是伍俊桐的声音，肯定是伍俊桐拿着蒋若冰的手机在催自己。方玉斌笑呵呵地说："不好意思，路上有点堵。已经到楼下了，马上上来。"

就在今天下午，筹备多时的新闻发布会隆重举行。蒋若冰公布了与千城集团的战略合作计划，同时，亿家金控也正式更名为亿家金服。身为千城集团副总裁的伍俊桐，如约来到发布会现场，发表了一通热情洋溢的致辞。

发布会结束后，蒋若冰设宴款待伍俊桐一行。方玉斌没有出席发布会，晚宴实在推托不掉，便赶了过来。

一进酒店包间，只见伍俊桐叼着一根烟，坐在主宾席。包间内的人都站起来与方玉斌握手打招呼，只有伍俊桐在座位上纹丝不动，直到方玉斌走近主动伸出手，他才露出笑容："玉斌，几个月不见，你愈发精神了。"

"还不是托你的福。"方玉斌也说着漂亮话。

人到齐后，蒋若冰便招呼上酒。一名亿家的员工拿出自带的酒鬼酒，让服务员给客人斟酒。

方玉斌瞟了一眼酒瓶，说："若冰这个东道主还是蛮热情的，这可不是一般的酒鬼酒，而是年份酒。"刚说完，方玉斌便想起来，伍俊桐不是最喜欢酒鬼酒吗？今天上酒鬼，自然是投其所好。看来蒋若冰这个东道主不光热情，更兼有心，连对方的饮酒癖好也一清二楚。

方玉斌笑起来："你看我，就不如若冰，一时竟忘了伍总的嗜好。"

伍俊桐说："多谢若冰想得周到。其实我没那么挑剔，只是你这番心意，酒不醉人人自醉。"

蒋若冰说了一堆恭维伍俊桐的话，方玉斌也跟着附和几句。伍俊桐这人，一听赞美便飘飘然。他拿起酒瓶端详起来，一副很懂行的样子。

蒋若冰笑着问："伍总，这酒有什么讲究，给我们说说。"

伍俊桐放下酒瓶，说道："这酒是10年窖藏的，得好几千吧。不过说实话，我喝酒有两个习惯：第一，不喝生产日期是当年的；第二嘛，对那些年份酒也不太追捧。"

伍俊桐接着说："俗话说得好，酒是陈的香。当年产的酒，总是缺点味道。不过市面上的年份酒，大多也是混勾出来的，往往名不副实。白酒放上几年就没法直接喝，只能用新酒来勾兑。所谓年份酒，就是新酒和老酒混勾，年份上取最大值。我不大喜欢这种混勾，觉着里头杂七杂八，不地道。其实，喝酒最好是喝那种生产出来两三年的，既没有混勾，又有些老味。"

伍俊桐又说："我就随便一说。无论如何，都得感谢东道主的热情。"

"你这一番话，让我们长见识了。"蒋若冰举起酒杯，说，"来，大家一起感谢伍总百忙中抽出时间，莅临我们的发布会。"

伍俊桐很享受这种众星捧月的感觉，酒量也见长。一圈酒喝完，愈发精神起来。方玉斌问道："伍总，之前你是我的老领导，如今又去了千城。两家都是大企业，感觉有什么不一样？"

伍俊桐想了想说："两家都是很优秀的企业，但各自的企业文化的确差异很大。"

"怎么个差异法？"方玉斌又问。

伍俊桐说："荣鼎是大型投资集团，企业文化偏海派。千城是房地产企业，好多管理人员是从工地里干出来的，企业文化更阳刚。这些家伙，习惯了直来直去，有时让人哭笑不得。"

"给你说件事吧。"伍俊桐说，"几个月前，公司组织了一次培训。报到的时候，有人把老婆也带来了。我就问，公司组织培训，你带老婆来干吗？此人却拿出培训通知，说文件上不是写了吗，本次培训食宿自理，日用品自带。"

伍俊桐一本正经地说完，桌上立刻爆发出大笑。方玉斌一边笑着一边摇头，这个伍俊桐，说他什么好，竟能从企业文化扯出一个荤段子。最佩服的还是他飙段子时的神态、语气，一脸严肃，像煞有介事。

见反响热烈，伍俊桐再接再厉："自带日用品的，还是管理干部，那些底下的工人更是无法无天。公司打造了一个旅游景区，里面建了座庙，一个男工把女工强奸了，女工一路告到我这里。女工说，大雨倾盆，那厮进门，掀我罗裙，打我一针，不痛不爽，害我一生！男工辩解说，大雨如瓢，躲进小庙，见一女子，对神撒尿，将其堵上，反被诬告！"

这一下，笑声更大。有人问道："伍总，官司打到你这儿来，你怎么判的？"

伍俊桐脸上依旧没有笑容，正儿八经地说："我能怎么判，只能说，一个青春，一个年少，鱼水之欢，各取所需，互相满足，有何可告？"

有人笑着说："伍总，怪不得千城做这么大！原来有你这样的领导，懂得人性化管理。"

伍俊桐终于露出笑容，摆着手说："都是笑谈，当不得真。别哪天传到王诚耳朵里，他怪罪我在外面败坏企业形象。"

方玉斌见蒋若冰表情有些尴尬，心想不能再让伍俊桐当着一位女士大抖荤段子，便有意岔开话题："伍总，今年春节假期，你去哪儿度假了？"

伍俊桐说："哪儿也没去，回了趟老家。"

已好久没开口的蒋若冰说道："你回到老家，有什么见闻，跟我们分享一下。"

伍俊桐叹了口气："见闻是不少，可都不是什么开心事。之前网上流传过一篇博士返乡记，我以为写得太真切。如今呀，真是人心不古，世道沉沦。"

伍俊桐发了一通悲天悯人的感慨，说乡村已不是自己儿时的那个乡村。蒋若冰频频点头，方玉斌却觉得这是为赋新词强说愁。伍俊桐期望给自己涂抹点人文气息，总显得不伦不类，远不如飙段子时收放自如。

一桌人正说着，门缝中探出一个脑袋朝里面张望。伍俊桐瞅过去，接着高声喊道："海洋，你怎么也在这儿？偷偷摸摸的干吗，像做贼似的。"

方玉斌也认出了此人，他正是荣鼎创投副总经理赵海洋。自己离开荣鼎后，赵海洋曾主持过一阵子荣鼎创投的工作。若是划分荣鼎内的派系，赵海洋可算伍俊桐的门徒，因此伍俊桐对他大呼小叫，毫无顾忌。

方玉斌站起身来说："海洋，快进来喝两杯。"

赵海洋推开门，咧嘴笑道："我在隔壁吃饭，路过时听见里面的声音，觉着特别熟悉，往里一瞧，还真是你们。"赵海洋又殷勤地问道："伍总，你不是在滨海吗？到上海来，应该提前跟我们说一声嘛。"

伍俊桐坐在座位上，轻轻点了一下头："这次来上海时间很短，明天就回去，想着就不给你们添麻烦了。"

方玉斌一面招呼服务员添椅子，一面说："海洋，别老站着。今天碰上了，你不得好好敬伍总几杯。"

赵海洋摆手说："我一会儿再过来，隔壁还有一桌。"

"你忙就先过去。"伍俊桐轻描淡写地说道，脸上却有些不悦。赵海洋这小子，翅膀还真是硬了！怎么着，老子还不配让你敬几杯酒！

赵海洋说道："今天费总来上海了，就在隔壁。"

"费总来了？"伍俊桐与方玉斌几乎同时问道。

赵海洋点头说："下午从北京过来的。"

"你怎么不早说？"一听说荣鼎资本董事长费云鹏在隔壁，伍俊桐就像小狗见到主人，之前的倨傲荡然无存，变得无比谦逊。他赶紧起身，说道："快带我过去，我有好阵子没见费总了。"

方玉斌出身荣鼎，费云鹏也是自己的老领导。在这种场合，怎么着面子上也得过去。方玉斌跟着起身，对蒋若冰说："你们先吃，我和伍总过去一趟。"

两人十多分钟后才回来，看样子被灌了不少酒。宴席很快接近尾声，无奈费云鹏说了，一会儿还要过来敬酒，所有人只好等着，没话找话地聊着。

直到一个多小时后，费云鹏才走了过来。蒋若冰还是第一次见到费云鹏，只见他容光焕发，比报纸杂志上的照片更显精神。

以费云鹏的身份，当然不必挨个敬酒，他举起杯，一并敬大家，所有人也起身一饮而尽。

落座后，费云鹏问："刚才在隔壁，我就听见你们欢声笑语。在聊什么，这么开心？"

伍俊桐的段子，自然不能端到费云鹏面前。方玉斌说："在聊伍总的春节返乡见闻。他对那篇博士返乡记推崇不已，说和自己的体会相差无几。"

费云鹏笑着说："你的体会，怎么能跟那些穷书生一样？返乡记我也看了，博士们满腹经纶，可惜囊中羞涩，被家乡人一问'去年挣了多少钱'，不仅无言以对，更是气不打一处来。你可是堂堂的副总裁，正儿八经衣锦还乡。"

"您取笑了，我算哪门子衣锦还乡？"伍俊桐说，"不过那篇返乡记，的确很深刻，里面提到的问题，让我不禁掩卷沉思。"

"深刻吗？我怎么觉得是无病呻吟？"费云鹏不屑地说。

"是，是，您的见识，肯定比那几个博士高。"被费云鹏当众打脸，伍俊桐没有一丝尴尬，反倒是受益匪浅的模样。

费云鹏说："原本是开开心心的节日，博士们非要弄几篇失落文字来给大伙添堵。一篇比一篇煽情，一篇比一篇悲催，但看来看去，不就是现代版的孔乙己吗？你回家过年而已，干吗非把自己打扮成家乡的教父？一进村，未见夹道欢迎，只有略带怀疑的'读书有用吗'；未见一脸痴迷崇拜，只有些许不屑的'一个月赚多少钱'。于是，那个用浮华虚名构造起来的精神世界顷刻间土崩瓦解，只好玩弄'茴'字三种写法的玄虚，硬是挤出点先天下之忧而忧的悲情，最后黯然踏上归程。"

费云鹏又说："返乡不因为你是博士，仅因为那里有你的亲人，你儿时的朋友，你割舍不了的陈年旧事。博士帽只有在授予学位仪式上穿戴，回到家了，干吗还舍不得脱下？给谁看呢？别人又为什么要看？在学校没人看，因为大家都有那顶帽子；回到家了，有那帽子的人不多，以为别人会惊叹，你也准备好了台词启发民智。无奈，别人不看帽子，只观衣冠口袋，囊中羞涩的你只好大叹世风日下，弄得里外不是人。其实，回到家你只是儿子或者孙子，与博士无关；你只是穿开裆裤时的朋友，与学问多少无关。"

伍俊桐连连点头，蒋若冰咯咯直笑，方玉斌则在心中感叹，博士的牢骚顶多算根绣花针，费云鹏的这番挖苦讽刺，才是不折不扣的匕首与投枪。

费云鹏继续说："所有人都应该明白，乡村不会因你的回忆而停驻，也不会因你的偏好而改变。就为了你假装出来的那点田园牧歌，家乡人就该永远'采菊东篱下'？就为了你想象出来的这点温情脉脉，家乡人就该继续'锄禾日当午'？哪有这回事！回到家了，不陪亲人唠嗑，不跟朋友八卦，还想摆出一副教化乡民的高大上模样，注定是自找没趣。"

费云鹏又摆了摆手，说："我也是随口一说，唠唠叨叨的，耽误大伙时间了。"

蒋若冰说道："费总说得太好了！既已离开，故乡就只能是驿站。人们可以经常回去，但心里更应该清楚，这里已不是自己的家，终究会离开，回到那个充满喧嚣，你我不断抱怨却终究选择留下的城市。"

费云鹏把手一扬，说："这位姑娘把话说到点子上了。"进门时，伍俊桐曾把桌上的人挨个介绍给了费云鹏。一来人太多，二来费云鹏也没打算去记，因此他叫不出蒋若冰的名字，只能称呼"这位姑娘"。

伍俊桐赶紧重新介绍一遍："这位蒋若冰，是亿家金服的董事长。"

"我知道。"费云鹏终于记起来，"亿家金服就是玉斌投资的那家互联网金融企业，最近势头很好。"

费云鹏又说："俊桐和玉斌都是荣鼎的老人，如今离开荣鼎展翅高飞，我也为你们感到高兴。"

伍俊桐说："玉斌才是展翅高飞，我不能算离开荣鼎。我只是受荣鼎指派去千城工作，什么事还不得靠你耳提面命。"

"你这么说也没错。"费云鹏笑了笑，"回到滨海后，代我给王诚问好。"

"一定。"伍俊桐说。

费云鹏把目光投向方玉斌，说："咱们有段时间没见了，你的大名却时常在我耳边响起。"

"您开玩笑了。"方玉斌只当人家在调侃自己。

"我说的可是真的。"费云鹏说，"半个月前，海丰银行董事长宋长海与行长苏浩来北京找我。海丰银行上市前将进行股权改造，这家银行业绩不错，荣鼎也有意介入。聊天时，我得知苏浩从小在江州长大，便提到荣鼎曾在江州投资过一个项目，是由玉斌负责。最后苏浩才告诉我，他不仅认识方玉斌，而且即将成为你的大舅子。"

方玉斌点头笑道："这世界真是小。我知道海丰银行在谋划上市，却没想到他们会找到你。"

"这就叫无巧不成书。"费云鹏笑起来，"听说苏浩的妹妹可是个大美人，你们郎才女貌，天作之合。将来大喜的日子，可得通知一声，让我来道一声贺。"

费云鹏何等身份，表态出席自己的婚礼，这可是给了天大的面子，方玉斌说："多谢！"

伍俊桐与在座的许多人纷纷说："你可一定要打招呼，我们也来讨杯喜酒。"只有蒋若冰坐在一旁郁郁寡欢，连一丝应付的笑容也挤不出来。

"好了，就到这儿吧，我还得赶回宾馆。"费云鹏话一出口，众人连忙起身，恭送费云鹏下楼。

赵海洋等人早已等候在酒店门口，见费云鹏下楼，立刻招呼司机把车开过来。正当一行人握手道别时，方玉斌却看见赵海洋身后站着一个容貌俊秀的女子，很是面熟。再一瞅，这不是杨韵吗？这个昔日余飞的部下，在余飞银铛入狱后转投到北京一家大公司，她曾陷害过方玉斌，后来又帮过方玉斌一把。杨韵怎么会在这儿？

杨韵也瞅见了方玉斌，主动伸出手："方总，久仰大名，幸会。"说话时，她的眼睛还眨了眨。

　　什么久仰？幸会？咱俩可不是头一回见！不过杨韵既然眨眼，大概是不想让方玉斌说破。方玉斌只好点头回了句："幸会。"

　　伍俊桐也注意到了杨韵，便问赵海洋："这位是谁？之前在荣鼎，我似乎没见过。"

　　赵海洋说："她叫杨韵，是我们新招聘的行政总监，之前在北京一家大公司。刚才我们在楼上用餐，她和几名工作人员一直在底下候着。"

　　"恭喜你呀。"伍俊桐笑着说，"不仅找到精兵强将，还网罗了一个大美女。"

　　"伍总过奖了。"杨韵微笑着说。伍俊桐又打量了一眼杨韵，才缓缓上车。

　　蒋若冰亲自开车送伍俊桐回宾馆，伍俊桐坐在副驾驶位置上，习惯性地揉着肚子，并说道："若冰，发布会很成功，亿家的发展更是不可限量。"

　　蒋若冰说："还不是多亏您捧场。今天的发布会，要没有您坐镇，成色可就低多了。"

　　"别光说好话，你的心思我清楚。"伍俊桐说，"其实你更希望虞东明来，如果王诚亲自来，更是求之不得。可惜人家不给面子，只好拉我来救场。"

　　"您可别这么说。"蒋若冰说，"亿家能与千城合作，您是最大的功臣，我可一直感念着呢。"

　　"什么大功臣？"伍俊桐挥了挥手，"不过是人家在尼泊尔徒步，家里没人，叫我临时代班而已。虞东明回来后，所有事不就一把抓过去了。"

　　蒋若冰心中暗笑，这个伍俊桐倒有些自知之明。不过话说回来，亿家指望与千城加深合作，笼络住此人也挺重要。伍俊桐手握财务大权，看似不负责具体项目，但任何事都能插手进来。只要别捣乱，或是帮着说几句话，自是有百利而无一害。

　　蒋若冰说："过分谦虚就是骄傲哟。谁不知道，您是千城的财务大臣，涉及大笔资金，哪怕王诚点头，没有您签字，照样不管用。外面都在传，虞东明是千城的常务副总，但您才是真正的二号人物。"

奉承话总是谁都爱听，伍俊桐嘴上说"那是外面瞎说"，脸上却笑开花。

几次交道下来，蒋若冰已经摸准了伍俊桐的脾气，更懂得投其所好。她掏出一张卡，递过去："前段时间，有位朋友给了我一张高尔夫会员卡。我不会打高尔夫，拿着也没用。你是高尔夫行家，正好宝剑配英雄。"

伍俊桐瞅了一眼，说："这可不是一般的会员卡，而是佘山高尔夫球场的会员卡。它是上海滩唯一的森林丘陵型生态高尔夫球场，泰格·伍兹都来打过球。那里的会员卡可不便宜，前些年轻轻松松就上百万。最近几年打贪禁奢，高尔夫会员卡价格大跳水，但终究不便宜。这礼物，太贵重了吧。"

"是吗？我也不懂这些。"蒋若冰说，"其实我就希望您能多来上海打高尔夫，一来强身健体，二来指导一下我们的工作。"

"你这么说，我只能却之不恭了。"伍俊桐笑呵呵地接过卡，"以后千城这边有什么事，可以直接跟我说。我虽然不具体负责，但该说的话还是会说。"

"谢谢了。"蒋若冰的目的已经达到。

伍俊桐拿着卡说："这卡有了，还得找几个球伴，否则大老远跑来上海，一个人去球场里晃悠也不是个事儿。"

"这还不好办。"蒋若冰说，"你过来前说一声，我替你约好球伴。"

伍俊桐笑眯眯地盯着蒋若冰："也不用约别人，你能来最好。"

蒋若冰当然能听懂伍俊桐的暗示，她心里骂道，呸，就凭你，真是癞蛤蟆想吃天鹅肉！明面上，蒋若冰只能委婉拒绝："那可不成，我对高尔夫一窍不通。"

"没关系嘛，我可以教你。"伍俊桐又说。

蒋若冰回绝的态度很坚定："我对高尔夫的确没什么兴趣。"

"那也成，到时找别人吧。"伍俊桐见试探不成，便偃旗息鼓。他也清楚，蒋若冰可是堂堂的企业董事长，不是歌城里的小妹。人家有意投怀送抱，自己才能笑纳，对方没这心思，自己也得把握好分寸，别偷鸡不成蚀把米。

接下来，伍俊桐的话少多了，只是假装揉着太阳穴，眼睛一直盯着窗外。眼看快到宾馆了，蒋若冰问："伍总，您一直闷不作声的，是在想什么事吧？"

"想事？"蒋若冰这一句，原本是没话找话，但经她这么一说，伍俊桐真还想起一件事。刚才在酒店楼下分别时，他和杨韵匆匆打了个照面，如今回忆起来，总觉得这个女人面熟。

伍俊桐把事情一说，蒋若冰笑起来："您是看人家太漂亮，所以过目不忘吧。"

"我可不是那样的人，见着美女就觉得面熟。"伍俊桐一本正经地说，同时在脑海里使劲搜索。

原本见着一人觉得面熟却记不起来，也没什么大不了，没准一会儿就抛到脑后。可是今天，不知伍俊桐是要向蒋若冰证明自己并非见着美女念念不忘，还是本身好奇心的驱使，他竟鬼使神差地掏出电话，打给昔日部下赵海洋："那个杨韵，就是你新招的行政总监，之前在哪里？"

赵海洋回答说："她之前在北京一家大公司，不过在那里并没干多久，辞职后就到咱这儿来了。"

伍俊桐又想了想，确定自己没有和杨韵在北京碰过面，便接着问："她之前还在哪几家公司干过？"

赵海洋说："她的简历可有些长，我一时也记不清。"

"那就算了吧。"伍俊桐说。

赵海洋却说："我邮箱里有她简历，要不给你发过来？"

伍俊桐对此事兴趣已不大，淡淡说了句："你要不嫌麻烦，就发过来吧。"

如今手机上网很方便，不到一分钟，伍俊桐就收到赵海洋发来的邮件。他轻瞟一眼，最后把目光落到简历中"盛华资产管理公司总经理助理"一栏。伍俊桐不禁坐直身子，这个盛华资产管理公司，不就是余飞的公司吗？这么说，杨韵曾是余飞的部下。难道是我和余飞碰面时，见过杨韵？

不对呀！伍俊桐捋了捋思绪，又摇起头。我和余飞从来是单线联系，不会有其他人在场。那么这个杨韵，我究竟在哪儿见过呢？

伍俊桐冥思苦想起来。"余飞、杨韵，杨韵、余飞。"他在心里一遍遍默念，突然，好像意识到什么。再仔细一想，没错，就是她！

这一下，伍俊桐惊得几乎要从座椅上蹦起来。这个杨韵，不就是和方玉斌拍下艳照的女人吗？我说怎么这么眼熟，原来在照片上见过。

"怎么了？"蒋若冰见伍俊桐一脸错愕的样子，不禁问道。

伍俊桐扭过头，语气急促地问："刚才在酒店楼下，方玉斌是不是也见着杨韵了？"

"应该是吧。"蒋若冰答道。

"没错，他们见到了。"伍俊桐像是在朝蒋若冰说，又像是在自言自语，"我记得，他们还握了手，打了招呼。"

伍俊桐又问："方玉斌同杨韵握手时，表情怎样？"

"没注意。"蒋若冰摇了摇头，接着追问，"到底怎么了？"

伍俊桐顾不得旁边坐着女士，自个儿掏出一根烟点上，深吸一口，再吐出来，接着说："世上的事，真就有这么邪门！"

◎4 人有论资排辈，怎么钱也要讲先来后到？

方玉斌坐在办公室，手里不停转动圆珠笔。对面的人已经说了十多分钟，似乎还没有要停下来的意思。正在说话的，是一位来自杭州的投资基金合伙人，叫许子牛。这家投资基金拥有BAT（指百度、阿里巴巴与腾讯）背景，资金实力也比星阑资本更加雄厚。

方玉斌不打算让许子牛继续说下去，趁着对方喝水的间隙，打断道："许总的意思，我完全明白。而我的想法，刚才也充分表达了。大家都认可，亿家金服是个好项目。既然如此，我自然不会轻易放手。"

许子牛放下茶杯，说："咱们都是做投资的，是同行。你不愿意放手，我当然理解，但关键是，你又不肯再掏真金白银。空手套白狼，可不是圈内的规矩。"

方玉斌说："怎么是空手套白狼？我手里究竟有什么东西，刚才说得够清楚了。我的态度很明确，不管亿家金服的C轮融资怎么个融法，星阑资本的占股不能低于30%。"

许子牛双手一摊："你这么坚持，事情就难办了。即便我同意，大老板那里也交不了差。"

方玉斌笑了笑："生意嘛，总是一步步谈出来的，我也不指望今天就达成一致。"顿了顿，他又说："如今，亿家金服的势头很旺，皇帝女儿不愁嫁，不是我急着找钱，而是许多人抱着钱来抢投。实不相瞒，这几天我就见过好几拨投资人，许多人开出的条件，远比许总高。我之所以还愿意坐下来与你谈，还是看重贵公司的 BAT 背景。咱们都是做投资的，知道找投资人，不能只盯着钱，更得综合方方面面的因素。"

许子牛也笑了："起码在这点上，咱们见解一致。没错，投资人带给创业公司的，绝不仅仅是钱，更重要的是资源。对于亿家这样的互联网金融企业，能搭上 BAT 的大船，绝对是各方乐见的事情。"

"不过，"方玉斌把圆珠笔塞进笔筒，"若是船票太贵，我也只能另想办法了。"

许子牛说："你的条件，确实太苛刻了。不客气地说，你只打算出经济舱的票价，却非头等舱不坐。我实在做不了主，只能回去跟大老板汇报。"

"那就辛苦你了。原则问题上我没法让步，不过有些枝节，还可以进一步沟通。"都是谈判桌上的老手，许子牛给自己留了后路，方玉斌也没把话说死。

与许子牛握手告别后，方玉斌重新坐回座椅，在笔记本键盘上敲敲打打。与苏晋的婚期已大致定下来，尽管苏晋不喜欢排场，但方玉斌下决心要把婚礼办得风风光光。婚礼是丈夫送给妻子的第一份礼物，况且经历之前的波折，自己也有一份补偿的心理。婚礼的事千头万绪，几乎不亚于运作一个项目。项目还能交给下属分担，婚礼的事却要亲力亲为。婚庆公司上午给方玉斌发来一封邮件，罗列了十多项问题，请他下午五点半之前确认。刚才一直抽不出时间，这会儿好不容易空下来，得赶紧给人家回邮件。

邮件还没写完，手机又响起来。方玉斌盯着笔记本屏幕，连来电号码也没看，直接接起来："喂！"

"在上海吗？"对方问道。

方玉斌听出来了，这是千城集团常务副总虞东明的声音。方玉斌答道："在呀。怎么，你来上海了？"

虞东明说："我来上海出差，就想着顺道过来看看你。"

"好啊。你能来，可真是蓬荜生辉。"方玉斌说着客气话，心里却认定，虞东明不是顺道会朋友的人，他这一趟，自然是无事不登三宝殿。

"那好！"虞东明说，"我一会儿就过来。"

十多分钟后，虞东明出现在方玉斌的办公室。方玉斌的邮件还没回完，只得合上笔记本。

方玉斌给客人沏上茶，说："什么风把你吹过来了？"

"亿家金服的风。"虞东明倒也不绕圈子。

"我就说你没这么好心，平白无故上门看我。"方玉斌笑着说，"前些日子，亿家召开新闻发布会，蒋若冰三请四邀你都不来，只好拉伍俊桐救场，今天怎么主动上门了？"

身为王诚的铁杆心腹，虞东明对伍俊桐既没什么好印象，更用不着客气："发布会这种场面活，无外乎坐到台上，说几句漂亮话，换阿猫阿狗都可以。"

方玉斌点上一根烟，说："这么说，你今天来是要谈重要事情了。"

虞东明点了点头，说："亿家发展势头不错，C轮融资应该迫在眉睫吧。"

方玉斌说："刚才还有一家投资基金，来我办公室谈这事。不谦虚地讲，如今的亿家已经成为各路资金抢投的对象。"

虞东明抿了一口水，开门见山地说："与其别人投，不如我们来投，你看怎么样？"

"你来投？"方玉斌吃了一惊。

虞东明说："没错，由千城集团来投。对于我们的实力，你不会担心吧？"

方玉斌还记得，王诚曾说过，千城有意进军互联网金融。没想到，人家不仅言出必行，还把第一个目标瞄准了亿家。方玉斌笑了笑："目前与我接触的投资人中，还没有哪一家的资金实力能够和千城相比。"

"那就好！"虞东明一拍大腿，"咱们是老朋友，直接切入正题。C轮融资，亿家打算融多少钱？"稍做停顿，虞东明又强调："咱俩之间，可别玩漫天要价、坐地还钱那一套。你给我说实话。"

虞东明不绕圈子，方玉斌也开诚布公："我与蒋若冰交流过，C 轮融资的底线，是 10 个亿。"

虞东明说："对照 B 轮融资时亿家的估值，这可翻了好几倍。"

"的确成长很快。"方玉斌说，"这里面既有企业本身业绩增长的原因，也有赖于跟千城的合作。自打与千城的合作战略发布后，各路投资公司蜂拥而至。"

虞东明哈哈笑起来："既然如此，索性帮人帮到底。这 10 个亿，千城出了。"

出手如此爽快，看来是志在必得！方玉斌还想确认一下："今天算是正式报价吗？"

"当然。"虞东明肯定道。

方玉斌笑了笑，说道："谢谢你的好意，不过我现在还不能答复你。"

"什么意思？给钱还不要？"虞东明问道。

方玉斌搓着手说："10 个亿只是底线，我把底线告诉你，只因为咱们是朋友。但在商言商，如今找亿家的投资机构很多，如果有人出价比 10 亿高，似乎也不应该拒绝。"

虞东明的手指头晃了晃，说："咱俩之间，还玩这套。我是代表王总来的，看在他的面子上，你就不能爽快点。"

商场上可是一分钱一分货，面子通常不大靠得住。方玉斌不好直说，只得找个托词："我没问题，但亿家的董事长是蒋若冰。白花花的银子放到眼皮子底下，人家没道理拒绝。"

虞东明脸色有些转阴，他沉默了一会儿才说："今天就给你表个态，不管人家出多少，千城一定加码跟上。对于千城的资金实力，我有一百个信心。"

方玉斌说："到了 C 轮，企业已经发展到比较成熟的程度。在这一轮的投资，几乎没有仅由一家投资机构来完成的。通常是一家领投，另外多家跟投，这也是圈内的规矩。尤其上一轮的投资者，通常都会参加下一轮融资，否则就说明不看好公司发展。"

"这个简单。"虞东明说，"由千城出面领投，星阑是上一轮投资者，这一轮跟投便是。"

虞东明又说："其实，谁领投、谁跟投都无所谓。与其他人合作，千城一定得领投。但跟你合作又不一样，星阑非要领投，千城跟投也没关系。这样，够意思吧！"

方玉斌心中暗笑，这个虞东明真会说漂亮话！明知道亿家如今估值飙升，星阑的家底想领投也有心无力。假若对面坐着的是一个实力雄厚的投资人，你一准不敢这么说。

方玉斌摆摆手："星阑倒是想领投，可惜力有未逮。这把交椅，还得由你来坐。"

"事情可就说定了。"虞东明语调轻松，几句话便把事情敲定，自己可以回去复命了。

"还有一件事。"方玉斌说，"C 轮融资后，各家的股权如何确定？"

虞东明盯着方玉斌，有些疑惑对方为何提出这件事。接着，他说道："这应该不是什么问题吧。各家股权大体按出资比例确定，至于管理团队的股权奖励计划，之前怎么规定的，未来还是照办。"

"这可不行。"方玉斌摆手说，"星阑往亿家前后投了 2 个多亿，你们一下就投 10 亿进来。真按出资比例，你们的股权岂不是我们的四倍多？"

方玉斌又说："星阑的 2 个多亿，是正儿八经的风险投资，是在亿家遭遇重大危机时，冒着巨大风险投下去的。你们呢，是在亿家蒸蒸日上时投钱进来。一个是雪中送炭，一个是锦上添花，两者大不相同。打个比方，井冈山时期参加革命的老红军，和抗美援朝才入伍的新兵，职务能一样？"

只听说人有论资排辈，怎么钱也要讲先来后到？虞东明抿了一口茶，说："你有什么想法，不妨直说。"

方玉斌说："千城对亿家有兴趣，愿意充当 C 轮融资的领投方，我很欢迎。但是，C 轮融资完成后，股权不能单纯由出资比例确定，而要使用另一套科学的计算方法。简单来说，千城的股权不能超过 45%，星阑的股权也应维持在 30% 左右。"

虞东明谈过的生意不算少，这种条件还是第一次听说。出资 10 亿只能占投45%，出资2亿多却要占股30%？他不由得咳嗽起来，嘴里的茶差点喷了出来。

止住咳嗽，虞东明说："你之前投的2个亿，随着亿家的发展出现升值，这也符合商业规矩。因此，我们投的10亿和你投的2亿，不能简单地按照5:1确定股权，这个还能商量。但涨价总得靠点谱吧！你提出的股权比例，跟抢钱差不多！这种条件，没人会答应。"

"那可不一定。"方玉斌说，"听我把道理摆出来，你就会明白。"

"你有什么道理！"虞东明挥了挥手，语调不再客气，"不就是老红军与新兵蛋子的差别吗？那是鬼扯！咱们在谈生意，不是闹革命。"

方玉斌说："这些道理，我刚和一家BAT背景的投资人说过，如今就再跟你讲一遍。你知道，星阑资本最近新投了哪些公司吗？"

虞东明冷笑一声："我管你新投了哪些公司，这跟咱们谈的事没关系。"

如果之前的许子牛也是这副居高临下的口吻，方玉斌早就把他扫地出门了。但虞东明毕竟与自己关系不同，方玉斌耐着性子说道："你别着急，这些事跟咱们谈的生意，关系可不小。"

方玉斌端起茶杯，不疾不徐地说："最近，星阑资本接连出手，投了好几家公司。一家是北京的互联网金融企业，专门做校园贷款的App，一家是重庆的小额担保公司。还有一家，上周刚签合同，是专门做信用卡还款服务的。"

方玉斌又说："我投这家信用卡还款服务的企业时，可有意思了。有投资机构报价2亿，而我只出1个亿，对方最后还是选择了我，知道为什么吗？"

"那人傻呗。"虞东明只当方玉斌在忽悠。

"人家可一点不傻。"方玉斌说，"我给他分析了，你做信用卡还款，需要建立一套严密的风控体系，需要稳定可靠的资金渠道，恰恰这些，星阑资本能给你。星阑是亿家金服的最大股东，可以撮合你们合作，亿家建立的风控体系，两家能够共享，亿家理财平台上的资金，也能以不高于市面的利率提供给你。"

前前后后谈了好几轮，方玉斌最终成功抢投这家信用卡还款服务企业。

提起此事，他依旧颇为兴奋："更妙的是，亿家不仅答应合作，还作为跟投方，投资了这家公司。你看，有人出2亿没有投到，我只出1个亿却笑到最后。"

虞东明是商场老将，从这个例子，似乎能摸出些方玉斌的套路。他侧着头，跷起二郎腿，继续听下去。

方玉斌又说："为什么我的投资额最少，创业者依然愿意同我合作？那是因为我手里掌握了资源。同样道理，尽管星阑出资并不多，但在未来的亿家，必然能发挥举足轻重的作用。"

虞东明说："方才说的案例，你能为创业者提供哪些资源，我大概听明白了。不过对于未来的亿家，你又有什么资源？"

方玉斌说："星阑资本近来接连出手，投的都是互联网金融企业。我的目标，就是以星阑资本为核心，打造一个互联网金融生态圈。亿家金服，只是这个生态圈中的一环。没错，如今的亿家实力最强，算得上领头雁。但是，离开了雁阵，领头雁也会变成落单的孤雁。"

方玉斌继续说："亿家的蒋若冰可是出了名的女强人，仅仅助人为乐的活儿，人家才不会干。她为什么一口答应合作，还不是看中了信用卡还款服务这座金矿！未来，人家发展得好，亿家就能拓展出一块崭新的业务领域。北京做校园贷款的公司，已经进入行业前三，与亿家的合作也实现双赢，两边互相导入流量。"

方玉斌滔滔不绝："还有那家重庆小额担保公司，在整个西南区域有几十间门店，依靠它，亿家能够轻易拓展西南市场，对方也借助亿家进入京沪两座大城市。这两家企业的合作空间宽广得很，它们一个精于线上，一个有线下优势，有关整合资源，线上线下互动的战略方案，前几天刚摆到我的案头。"

方玉斌一口气说完后，虞东明冷笑一声："与其说这是你的资源，不如说是你劫持的人质。"

方玉斌耸了耸肩，说："你要怎么理解，那是你的事。但有一个现实咱们必须认清，无论谁成为亿家大股东，未来都需要与星阑合作。一旦离开星阑建构的这个生态圈，亿家的成色将大打折扣。"

虞东明反问道："比星阑有钱的公司多了去了，比方说千城，实力就是你们的几十倍。你能构建生态圈，我们买了亿家后，干吗自己不去构建一个新的生态圈？"

"当然可以。"方玉斌并没有被问倒，而是信心十足地反击，"但商人是要计算成本的。你重建一个生态圈得花多少钱，与我合作又能省多少钱，这本账一目了然。"

"可与你合作，成本也不低。我们投 10 个亿进来，占股却只有 45%！"虞东明说。

方玉斌说："天下没有免费的午餐，付点成本在所难免。还是那句话，哪种方式更划算，大家心里明镜似的。"

方玉斌续上一根烟，说："咱们是朋友，我不妨打开天窗说亮话。自打亿家渡过危机后，我就一直思考一个问题——亿家发展越快，估值就会越高，等到下次融资的时候，星阑的资金实力势必无法支撑，到时怎么办？"

方玉斌吸了一口烟，自问自答道："星阑只是小投资公司，不可能一直充当领投角色，只能转而跟投。所谓跟投，就是抱别人大腿。但怎样才能抱得舒服，人家又凭什么要你抱？我以为，只能依靠专业性，多下功夫去找优秀项目，同时把这些项目串起来，构建一个生态圈。"

方玉斌加重语气："如今亿家是这样，未来星阑投资的其他企业依旧会如此。当它们发展越来越好，实力雄厚的投资人纷至沓来时，星阑只有依靠专业性，才能保证自己的话语权，避免被边缘化。"

虞东明调整了一下坐姿，说："你真是煞费苦心。"

"没办法呀。"方玉斌抖了抖烟灰，"星阑不比千城，只是个小企业。想要生存，就必须找到自己的生存之道。你看全世界，多元化是大企业的专利，小企业往往只能走专业化道路，道理就在这里。"

"别搞得这么泾渭分明。"虞东明脱口而出，"千城与星阑，本就是一家人嘛。"

虞东明不经意间这句话，却刺中了方玉斌最敏感的神经。什么叫一家人？自己与王诚只是合作关系，星阑是一家独立企业，绝不是千城的分公司，更不会唯谁马首是瞻。

攸关大是大非，方玉斌必须说清楚："朋友与一家人可不同。投资人与创业者应当充分合作，却绝非上下隶属。就说星阑吧，它是亿家最大的股东，但经营上的事，我只能向蒋若冰提供参考意见，决策还得由她来做。"

"你不用激动，并没有谁命令你嘛。"虞东明挥了挥手，"我是上门来谈生意的，你既然把观点亮明了，我回去再向王总汇报。"

虞东明起身告辞，方玉斌一直把他送到楼下。回到办公室，一看手表刚到五点，又想起给婚庆公司回复邮件的事，自己加把劲，没准还来得及。方玉斌紧赶慢赶，终于在五点四十几分把邮件发了过去。不过一打电话，对方却连说抱歉。原来，经办人员知道方玉斌是大忙人，始终不见回复，以为今天又没戏，便下班走了。原本打算晚上加班赶工的活，只能推到明天。

"没事，"方玉斌悻悻地说，"是我耽误了时间。再说婚礼还有些日子，不急这一两天。"

◎ 5 鸡蛋不要放在一个篮子里，道理自然没错，可要是手里只有两枚鸡蛋呢？

汽车飞驰在滨海的机场高速上，方玉斌坐在后排，两眼微闭，似乎正在休息。当然，他并没有睡着。

今天，方玉斌原本约好与杨韵一起喝咖啡。上次在酒店碰面后，方玉斌隔天便联系上杨韵，问她怎么来上海了。电话里，杨韵只说一言难尽。方玉斌约她抽空见一面，但两人的工作都很忙，始终没找到合适的时间。昨天，杨韵主动打来电话，方玉斌爽快地答应下来。

可就在昨天快下班时，王诚突然打来电话，邀方玉斌来滨海一趟。王诚并没说什么事，但方玉斌已大致猜到，肯定是为了亿家的 C 轮融资。距离虞东明上门已过去一段时间，这一回，轮到王诚亲自出马了。方玉斌只得推掉杨韵，奔赴滨海。

千城的企业文化中，并不看重迎来送往的礼仪。以往方玉斌来滨海，大多只有一名司机来机场接机。这一次，王诚却破例了。千城一名副总裁亲自到机场迎接，汽车快到总部大楼时，这位副总打了一通电话，接着笑呵呵地说："虞总已经在一楼大厅了。王总知道你要来，推掉了下午所有行程，专门在办公室候着。"

对方越摆出大阵仗，方玉斌心里越是忐忑。若论私交，王诚的确帮过自己，还是星阑资本的主要出资人。但是，方玉斌身为星阑资本管理者，认为报答出资人的最好方式只能是尽可能让公司赢利，而不是听凭谁指手画脚。然而，自己这番道理，能否说服王诚呢？

方玉斌走进那间熟悉的办公室，王诚立刻起身相迎："玉斌，一路辛苦了。"

王诚面色红润，穿着休闲西服，搭配一条牛仔裤，头发剃得很短，介于光头与寸头之间。假若只瞟一眼，一定看不出这是一位年过六旬的老人。但仔细端详一番，无论额头的皱纹或是手背的老年斑，都会出卖他的年龄。甚至刻意剃短的头发，也是在掩盖自己的秃顶。

王诚不爱喝茶，还是按老习惯给客人递上一瓶矿泉水。"自打在卢卡拉小镇别过，我可是直到昨天，才在电话里听见你的声音。都快小半年了吧。"

"也没那么久远。"方玉斌笑着说，"您成功登顶珠峰后，我给您打过祝贺电话。当时您说正在加德满都机场，准备转机回国。"

"对，对！"王诚坐回座位，摸着后脑勺，"我倒把这一茬忘了。"

方玉斌说："您 60 多岁还成功登顶珠峰，实在难能可贵。"

"不值一提。"王诚说，"日本的登山家三浦雄一郎，80 岁还登上珠峰，而且在那之前，他因为心律不齐，两次接受心脏手术。人家才叫老当益壮！"

聊到登山，王诚总是兴致勃勃："我之前有一个愿望，70 岁之后再登一次珠峰。看过三浦雄一郎的事迹，毅然打消了这个念头。人家 80 岁登顶，我 70 岁去，纵然成功也没啥意义。所以这一次，大概是这辈子最后一次站上珠穆朗玛峰了。"

一旁的虞东明说道："王总，您 80 岁还可以去登顶一回嘛，把这个世界纪录夺下来。"

王诚摆了摆手："80 岁？自问没那个本事。有人说过，永远不要和日本人比狠劲，这话有些道理。"

王诚又说："1979 年，75 岁的邓小平坚持步行登黄山。下山后，他说，黄山这一课，证明我完全合格。小平同志坚持步行，我想也有考验自己身体的意思。通过登山，证明身体没有问题，还能领导中国人民干一番大事业。"

王诚呵呵一笑："我也是向伟人学习，把登山当成最好的体检。"

方玉斌与虞东明都笑起来。王诚抿了一口水，对虞东明说："上午开的会，纪要怎么还没弄出来？"

虞东明立刻起身："你们先聊，我去催催这事。"

虞东明刚离开办公室，王诚便跷起二郎腿，说道："听说东明找过你？为了这事，我说了他一通。"

方玉斌说："他是来找过我。但您说人家干吗？"

王诚说："谈生意当然可以，但不要以为千城与星阑是亲密伙伴，就一副老大哥派头。当年的赫鲁晓夫，也以老大哥自居，想把中共的家当了，既要建长波电台，又要搞联合舰队，结果被顶了回去，碰了一鼻子灰。"

方玉斌笑了笑："也没您说的这么严重。"

王诚理了理衣袖："这段时间，千城的事情太多，对星阑没大关注，只是听东明说，你可弄出了大动静。先是不断投资互联网金融企业，接着再将这些企业的业务相互交叉，从而打通整个产业链。如此一来，面对新加入的投资机构，你就拥有了充足谈判筹码。"

方玉斌点头道："星阑是一家小型投资公司，想要立足只能走专业化的路子。"

"我有一个疑问。"王诚皱着眉头，"赤壁大战时，庞统向曹操献计，把战船用铁链连接在一起，这样就能如履平地。这一招，起初效果不错，但周瑜一用火攻，80万大军立刻付之一炬。你用业务交叉的方式，确实把力量整合到了一块儿，但如果有一家企业出问题，是否会拖累其他企业，甚至带来多米诺骨牌效应？"

王诚不愧为老江湖，一句话就点到要害。方玉斌搓着手说："您说的风险，当然存在。在实践中，我也想过如何去规避，可惜还没有万全之策。"

"明知有风险，为何还要执意去干？"王诚的目光咄咄逼人。

方玉斌并未躲闪王诚的目光："这样做，自然是有风险。但不这样做，风险会更大。就拿亿家的C轮融资来说，企业发展很好，估值快速增加，星阑的资金实力又有短板，假如不是借助于资源整合，星阆恐怕会把主导权拱手让人。"

方玉斌又说："鸡蛋不要放在一个篮子里，道理自然没错，可要是手里只有两枚鸡蛋呢？非得弄几个篮子，到头来篮子比鸡蛋还贵。就说曹操吧，给董卓献刀，与袁绍大战官渡，哪一样不冒险？当时他真就稳操胜券？我看不一定！只不过身为弱者，冒险可以求生，不冒险唯有等死。可惜到了赤壁，他已是强者，主动权稳稳握在手中。不就是北方士兵不习水战？花点时间，慢慢就习惯了，大不了把灭亡孙吴的时间拖个半年一载。此时，再去冒那么大的风险就颇为不智。"

王诚的眉头舒展开，笑道："我喜欢你的坦率，更欣赏你对历史的点评。没错，世上没有万无一失的事，我们能做的，仅仅是两害相权取其轻。"

王诚又说："起码从目前来看，你的冒险获得了成功。没有谁火烧连环船，反倒是你，任凭风浪起，稳坐钓鱼台。你投给亿家的不过 2 个多亿，如果按照上次和东明谈的，千城投资 10 亿只能占股 45%，你却要占股 30%，那就意味着，2 个多亿的投资，升值到了 6 亿多。"

方玉斌纠正道："不是我投的 2 亿多，而是星阆资本投的。如果说投资获得了收益，也应当属于每一位星阆资本的股东。"说"股东"两字时，方玉斌刻意加重了语气，他想提醒王诚，你既然是投资人，又何必与星阆争利？

王诚沉默了一会儿，接着挥了挥手："你讲了这么多星阆，我也说说千城的情况。千城与星阆不一样，我手里可不止两枚鸡蛋。如果说，星阆不得不走专业化道路，那么千城就必须搞多元化发展。"

王诚又说："当初在卢卡拉我就说过，千城有意进行互联网金融的尝试。只不过当时是大致想法，还没有具体思路。经过这段时间的谋划，步骤越来越清晰了。东明找过你，只说打算投资 10 亿给亿家，但他没有告诉你，这背后的战略究竟是什么。"

王诚兴致颇高，不断做出各种手势："千城既然决心进军互联网金融，如果仅仅掏 10 个亿去投资亿家，那也太小家子气了。我的目标，是在两年内组建起一家民营银行。"

王诚接着说："这些年，政策层面逐渐放开，民营银行在多地进行试点。腾讯的马化腾，搞了个微众银行；阿里的马云，搞了个浙江网商银行。还有新希望的刘永好，苏宁的张近东，老朋友们一个个摩拳擦掌，都要成立民营银行。这些已经组建或正在筹建中的民营银行，全都大打互联网牌。我统计了一下，一半的民营银行明确定位要做互联网银行，剩下那一半，也表示会依托互联网发展银行方面的业务。"

对于王诚的战略，方玉斌大致清楚了，他说："你们投资亿家金服，就是为组建民营银行铺路？"

"当然。"王诚说，"我早就说过，千城不鸣则已，一鸣必会惊人。最近几个月，我有一半时间在北京，多次去银监会拜访相关领导。领导们对于千城做民营银行的事，全都大力支持，只不过具体何时能把牌照批下来，还没个准信。"

王诚又说："毕竟，千城过去的主业不是金融，也不是互联网，要申请银行牌照，人家还需要一个全面评估。此时，千城若能把亿家收拢过来，无疑会有加分效应。"

方玉斌终于明白，王诚正在下一盘很大的棋。砸 10 个亿给亿家，不过是投石问路而已。

王诚拿起矿泉水，拧开瓶盖："玉斌，当着你我不必绕圈子。千城与星阑，于我来说手心手背都是肉。若是平时，你和东明怎么谈，我压根不会管。只不过这一次攸关千城的发展大计，希望你能顾全大局。"说完之后，王诚把头一仰，咕咚咕咚地大口喝起水。

方玉斌终于明白了对方为何如此坚持，但是，自己的坚持也不会因此有丝毫松动。他说："按照我提的方案，千城持有亿家 45% 的股权，是无可争议的第一大股东。这样难道还不够吗？"

王诚摇了摇头："我说过，千城要将亿家作为敲门砖，最终敲开民营银行这座大门。既然如此，就必须保证绝对控制力。千城拥有 45% 的股权，看上去是不少，但终究留有隐患。假如在申请银行牌照的关键时刻，其他股东联合起来反对千城，岂不是功亏一篑？一失万无的风险，绝对不能冒。"

王诚缓和了一下口气，说："我理解你的处境，亿家这么好的项目，拱手让人实在可惜。这样吧，千城投资 10 亿，持股比例为 51%，拥有绝对控股权。星阑不用花一分钱，依然持有 25% 的股权。按这样算，当初的 2 亿多投资，就升值到了 5 亿多，不错啦！"

人家已经把话说透，这是攸关千城发展的大计！但恰恰是这番顾全大局的说辞，让方玉斌无法认同。这是千城的大局，凭什么要星阑来顾全？刚才王诚提到了赫鲁晓夫，联合舰队、长波电台，还是苏联的大局呢，中国不一样给顶回去。道理很简单，伙伴归伙伴，但你的大局并非我的大局。

王诚要拿亿家做敲门砖，更令方玉斌忧心忡忡。敲门砖这东西，顺手就用，一旦用着不顺手，或城门太坚固，把敲门砖砸碎了怎么办？对于财大气粗的千城，10 个亿的损失可以承受，甚至关键时刻抛弃亿家也在所不惜。但亿家对于星阑与方玉斌，却有着举足轻重的地位。王诚说如今的星阑是连环船，这话或许不假。一旦身为旗舰的亿家沉没，对星阑简直就是灭顶之灾。

或许王诚认为，星阑是自己投资的，手心手背都是肉！赚是自己的，亏也是自己的，丝毫不必顾忌！即便星阑一蹶不振，也不过是千城进军互联网金融征途中的一场小挫折。而这，恰恰是方玉斌与王诚之间最大的分歧。王诚内心深处只把星阑当成千城的一家分公司，顶多身份有些特殊罢了。但在方玉斌看来，星阑是一家独立的企业，它与千城有大小之别，却无高下之分。在现代企业治理结构中，投资人与管理者并非主仆关系。方玉斌的义务，是努力替星阑赚钱，从而回报投资人，绝非因为其他任何原因，做出有损星阑利益的事。

方玉斌已打定主意，温和的语气中透出坚毅："王总，这绝不是赚多赚少的事。星阑近期的一系列投资，都是围绕亿家展开的。一旦亿家稍有闪失，离您所担心的多米诺骨牌效应，真就不远了。"

王诚脸色一沉，自己晓之以理，动之以情，给足了面子，没想到方玉斌竟然毫不退让。他敲打着椅子扶手，说道："你为星阑争取利益当然是对的，但不能只盯着自己的地盘，搞山头主义。"

方玉斌说："王总，有一点我必须提醒您，千城与星阑是两家独立的企业，不是上下级。各自争取利益是再正常不过的事，跟山头主义扯不上关系。"

王诚心里冒火，你小子翅膀硬了，跟我扯什么独立企业？他缓缓说道："你如果坚持己见，我只能提请召开股东大会。"

方玉斌也来了气："那是您的权力，我没有意见。但是，股东大会是决定企业重大事项的，不应该讨论具体经营事务。因此，您只能在股东大会上罢免我的职务，等新董事长上任后，再来改变之前的决策。"

王诚几乎要拍桌子了，凭借多年修为，才勉强压住怒火。他铁青着脸，说："该说的话我都说了，望你好自为之。"

方玉斌此时倒有些后悔，唉，自己这副冲脾气始终改不掉。王诚的辈分毕竟在那儿摆着，有什么话大可以好好说，不必硬生生给人家顶回去。

方玉斌试着想转圜几句，王诚却抬腕看了看表："今天就到这儿吧，我还有其他事。"

第三章
股权转移

越到艰困时刻，方玉斌越对毛泽东的一句话推崇备至——战略上藐视敌人，战术上重视敌人。在无数摔打中成长起来的方玉斌始终坚信，藐视困难的决心，比解决困难的方法更重要。遇到难题，越分析或许越觉得希望渺茫，最后自己都被吓倒。但是，一旦坚信我能，没准真会脑洞大开。退一步说，即便有些自信过于理想，但比起一开始缴械投降，也不会差到哪儿去。

◎ 1 孕育一家伟大的企业，必须有万亿级市场作为支撑

　　难得周末不加班，方玉斌与苏晋约好，一起回江州。苏晋特别提到，有一名与自己很要好的高中同学，刚从美国回来，如今人在江州，想与方玉斌见面聊一下。这位同学毕业于国内著名医学院，后来赴美进修，现在有意自己创业，成立一家医疗企业。她见方玉斌，就是想了解投资方面的事。

　　方玉斌与苏晋回到江州，连家都没来得及回，便来到一家水吧。坐下后，苏晋唤过服务员，点了三杯饮料。方玉斌问道："人家还没到，你就把饮料点上了？"

　　苏晋点了点头："我那位同学是个很守时的人，到了约定时间，她一定到。再说她喜欢什么饮料，我一清二楚。"

　　方玉斌耸了耸肩："你们关系这么好，假如她提出让我投资，怎么办？"

　　"你别说，人家还真有这个意思。"苏晋笑了笑，"不过我都跟她说好了，朋友与生意，一码归一码。帮她参谋一下，咱们肯定尽心竭力，至于是否投资，谁也不敢打包票。"

　　"你可真是贤内助，什么事都替我考虑周全了。"方玉斌说。

　　"打住。"苏晋说，"咱们如今只是朋友。什么贤内助的，等结婚之后

再说。"

方玉斌微笑着说："行，咱们按程序办事。"

苏晋抿了一口饮料："你倒说说，最近几天怎么回事，总是闷闷不乐的？"

"有吗？没有吧。"方玉斌强装出笑颜。

"刚才不还说贤内助吗？你有心事，难道我看不出来？以往一起回江州，哪次你不是海阔天空聊个没完，可今天一路上就没几句话。"苏晋说。

真是什么事都瞒不过苏晋的眼睛！没错，自打上周见了王诚，方玉斌的情绪确实不太好。苏晋追问："有什么事就说出来，别藏在心里。"

方玉斌说："上周去了一趟滨海，与王诚谈得很不愉快。"

很长一段时间，方玉斌并未告诉苏晋，王诚就是星阑资本背后的出资人。毕竟在千城股权大战中，王诚与苏晋的哥哥苏浩是对手，苏浩遭人设计栽了大跟头，也与王诚有莫大关系。直到前不久，方玉斌才把实情告诉苏晋。毕竟两人都快结婚了，实在不应该再隐瞒任何事。

方玉斌把大致情形说了一下，苏晋立刻问："王诚不是一个轻易认输的人，你拒绝以后，难道一切就烟消云散了？"

方玉斌说："我也知道王诚不会善罢甘休。等着吧，该来的终究要来。"

正说着，苏晋的同学走了进来。苏晋起身介绍："这位凌菲，念高中时就是我的死党。现在人家已经是留美医学博士了。"

苏晋又要介绍方玉斌，凌菲却主动伸出手："这位就不用介绍了，早听你说过无数遍，你的如意郎君方玉斌。你好！"

方玉斌与凌菲握手，苏晋却说："什么如意郎君？顶多只能叫未婚夫。"

"瞧你那嘚瑟样。"老同学之间开玩笑很随意，凌菲笑呵呵地说，"找到一个好老公，尾巴都翘天上去了。"

方玉斌打量了一眼凌菲，她戴着一副眼镜，五官清秀，身材也还算高挑。不过比起大美人苏晋，可差远了。

落座后，方玉斌开门见山："听说你打算成立一家医疗企业，主要做什么？开医院还是生产药品？"

"都不是。"凌菲摇着头，"开医院或建药厂需要巨额资金，我哪有这种实力？我想做医疗中介。"

"你是说海外医疗中介吗？"方玉斌知道，近年来赴海外求医，成为许多中国富裕阶层的选择，各种医疗中介机构也如雨后春笋。加上凌菲的海外求学背景，他一下便想到这里。

"没错。"凌菲不再像刚才与苏晋开玩笑那般轻松，而是一本正经地说道，"我在美国时，曾在休斯敦的安德森癌症中心见习过一段日子。那里被喻为全球癌症治疗的'最高法庭'。许多在中国被判处'死刑'的癌症晚期患者，在那里又多活了好长时间。"

"两边的医疗差距这么大？"健康话题任何人都会关注，苏晋插话道。

谈到自己的专业，凌菲侃侃而谈："之前国内媒体报道过，中国癌症平均五年生存率为 30.9%，美国则为 66%。以我的观察，美国肿瘤治疗已进入个性化治疗的'精准时代'，通过基因检测确定靶向药是癌症治疗的必备程序。而在中国，基因检测尚未普及，靶向药挨个试错看疗效是普遍做法。"

凌菲接着说："说一个我的亲身经历吧，北京一位唾液腺癌患者，被三家国内医院诊断为甲状腺癌，接受了半年治疗并切除了甲状腺，但术后病情仍在恶化。他最终在安德森癌症中心被确诊为唾液腺癌，通过基因检测找到了靶向药，病情得到控制。"

"除了治疗手段的差异，两边药物的差距更是显而易见。"凌菲又说，"中国新药审批，远比美国滞后。许多专业人士都说，中国癌症靶向药比欧美国家落后了五到八年。以肺癌靶向药物为例，中国市场上最新的肺癌靶向药是美国在 2011 年批准上市的，此后几年间美国陆续批准的相关新药，没有一个在中国上市。"

凌菲继续说："我见过许多国内过去的患者，积极争取'入组'的机会。"停顿一下，她又解释说："所谓'入组'，就是进入美国尚未上市的新药临床试验环节。尽管风险不小，但还是有人愿意尝试。毕竟对癌症患者来说，传统药物无效时，不妨死马当活马医，试一下那些新药。"

方玉斌笑起来："看来那些有病又有钱的中国人，如今都在休斯敦扎堆了。"

凌菲说："这么说并不夸张。不过除了休斯敦，还有一个热门城市，是马萨诸塞州首府波士顿。波士顿拥有多家哈佛大学医学院附属医院，受益于顶级科研能力和临床试验资源，美国半数以上的新药在此诞生。"

方玉斌问道："对国内患者来说，去海外治病，成本大概是多少？"

凌菲答道："不同的疾病，价格不一样。按最保守的计算，100万应该是起步价。"

"100万？人民币还是美元？"方玉斌追问道。

"人民币。"凌菲答道，"除了治病本身，还会产生家属陪同成本、异地生活成本。林林总总加起来，肯定不是小数目。因此，去海外看病，注定是小众人群才能享受的服务。"

方玉斌继续问："如今去海外就医的人群中，哪类患者最多？"

凌菲是专业人士，回答起这类问题驾轻就熟："主要是肿瘤治疗，占出国就医数量的40%以上。"

方玉斌思忖了一下说："我对医疗是门外汉，但根据你的介绍，大致认为海外医疗行业的持续性没问题。毕竟，中国有钱人越来越多，人吃五谷杂粮，又难免会生病。但是，这个行业的规模，恐怕很难做到很大。"

方玉斌又说："根据最新统计，中国千万富翁接近400万，亿万富豪有15万。但动辄百万起跳的治疗费用，哪怕千万资产的人也未必敢接招。这样算下来，有消费能力的客户最多200万。但是，这些人中不是所有人都会罹患重病。再者，中国人有很重的乡土情结，真要是七老八十，或许也不会冒着抛尸异国的风险千里迢迢去海外。因此，你们的目标客户顶多二三十万人。就算每人掏个几百万，也不过勉强有千亿级市场规模。用投资人的眼光来看，孕育一家伟大的企业，必须有万亿级市场作为支撑。"

方玉斌笑了笑："当然了，也没人指望在医疗中介行业诞生伟大的企业。尽管市场规模不大，但无疑是暴利行业。因为你们的服务对象，都是不差钱、想活命的人。"

凌菲也笑了："方总不愧是专业人士，说话一针见血。"

方玉斌说："据我所知，如今从事海外医疗中介的机构很多，你的优势在哪里？"

在凌菲看来，对方问得越多，证明对这个项目越感兴趣，自己拿到投资的机会就更大。她整理了一下思路，说道："与其他医疗中介不同，我能提供更多服务。其实，海外求医并不神秘，绝大多数美国医院都接受个人预约。如今，互联网已经普及，也就是说，只要你的英语足够好，能够完成基本的病历翻译上传工作，就能预约到国外医疗机构。尤其那些美国顶级医院，一个个牛得很，不会和中介签署任何排他性合作协议。对于不同中介输送的患者，也不会有'加快流程'等特殊关照。"

凌菲又说："许多国内的医疗中介机构，不过是干了翻译兼导游的活儿，技术含量很低。我知道一家中介机构，前些年是做留学中介的，近年见海外医疗势头不错，立刻就转行过来。"

"但我和这些人不一样。"凌菲加重语气，"我是正儿八经的医学博士，在波士顿的一流医学院学习，又在休斯敦的安德森癌症中心见习过。我熟悉美国的医疗机构，甚至清楚许多大夫的专业研究领域。"

凌菲接着说："如果患者找到我，通过分析病历资料，与国内主治医生交流，我就能大致判断出，这名患者去美国的哪一家医院，才能获得最理想的治疗效果。"

"我大概明白了。"方玉斌说，"就好比中美治疗肿瘤的手段差异那样，其他机构没有基因检测，只能广撒网，把靶向药挨个试错看疗效。你呢，却能通过基因检测确定靶向药，然后进行精准治疗。"

凌菲点头说："这个比喻很形象。"她难掩兴奋之情，接着说："如今，海外医疗的类型很多，去美国治疗癌症，去日本精密体检，去英国接受心脏手术，去韩国美容整形，去泰国做试管婴儿，去瑞士注射羊胎素……我绝不会涉足这么多！根据自己的专业优势，我会锁定美国的医院。"

见方玉斌听得很专注，凌菲趁热打铁道："我听苏晋说，你就是做投资公司的，不知咱们有没有合作的机会？"

方玉斌瞄了一眼苏晋，接着微笑道："现在我还没法答复你。不过你既然是苏晋的老同学，又有这样一番雄心壮志，无论最终是否合作，我都会竭尽所能助你一臂之力。"

　　谈完工作上的事，三人又闲聊了一阵。凌菲倒是很体贴，说道："你们大婚在即，要忙活的事一定不少。这次回江州，还没回家看望父母吧？我不能把你俩耽搁久了。"她主动起身，说："只要记住一件事就成，到时得给我寄一张请柬。"

　　"一定。"方玉斌与苏晋一齐笑道。

◎2 张仪被打得皮开肉绽，却上气不接下气地问妻子，你看我的舌头还在吗?

与凌菲告别后，方玉斌驾车朝苏晋家中驶去。刚开出一会儿，手机便响了。方玉斌接起来，说道："你可真会挑时候，我前脚到江州，你后脚就打来电话。"

电话那头的徐乐水略微惊讶："怎么，你到江州了? 有什么事?"

"放心，不是来找你讨债的。"方玉斌调侃道，"今天是周末，我和未婚妻回江州老家。"

"哦，对!"徐乐水似乎心情不错，语调也比往日欢快，"早就听说，你即将成为我们江州女婿。你的未婚妻苏大教授，是我们江州鼎鼎有名的才女。"

徐乐水接着说："不过，你就是来讨债，我也不怕!"

"怎么了? 快说。"方玉斌似乎预感到，徐乐水会有好消息告诉自己。

徐乐水说："上回说的特种钢，已经取得重大突破! 上周，我们生产出第一批样品，连夜送去北京进行检测。根据检测结果，样品的材质、成色与进口特种钢完全不相上下。"

"是吗? 可喜可贺呀!"方玉斌的心情为之一振。他接着问："这么说，你很快就能还钱了?"

"我都跟你说了，还钱是小事一桩。"徐乐水笑呵呵地说，"来得早不如来得巧，既然到江州了，就让我做回东，请你吃饭。"

"还钱求之不得，吃饭就算了。"方玉斌说，"我和苏晋还赶着回家呢。"

"你都快成江州女婿了，家有的是时候回。"徐乐水兴致勃勃地说，"我把话撂这边，不来吃饭，钱就不还，来吃了饭，不仅还钱，还有好事。"

一来徐乐水盛情难却，二来江州钢厂出现转机，方玉斌也是欣喜若狂，他把目光投向苏晋，像是在征求意见。苏晋虽没听清楚电话具体内容，但瞧方玉斌的神色，便说："听你安排吧。"

方玉斌答应下徐乐水，一拨方向盘，轻踩油门，朝钢厂驶去。

徐乐水等候在钢厂门口。方玉斌一下车，便开起玩笑："你难得请一回客，还这么抠门？江州的大酒店到处都是，非得叫我吃厂里食堂。"

徐乐水哈哈笑起来："食堂的东西干净卫生，岂是外头那些酒店比得上的！再说了，我为你准备好了大餐，一会儿就端上来。"

徐乐水领着方玉斌与苏晋上到二楼小包间，员工很快把饭菜端了上来，并没有什么大餐，只是两三样家常小炒。方玉斌并不在乎吃什么，而是急切问道："特种钢怎么样，快说说！"

徐乐水悠闲地夹着菜，不紧不慢地说："电话里不都告诉你了，我们已经把这块硬骨头啃下来了。"

"说详细点。"方玉斌催促道。

徐乐水说："我们的样品送上去之后，经过最严格检验，完全合乎标准。就在昨天，北京一位副部长和咱们省的常务副省长，全都到了厂里，开了现场办公会，让我们尽快实现规模化生产。"

徐乐水又说："原本打算在江州开一个新闻发布会，把我们攻克技术难题的喜讯发布出去。可副省长当场就否定了我的想法，说发布会由省里组织，去省城开。今天一早，那位副部长又打来电话，说他回北京后，把好消息向大领导汇报了，大领导做了亲笔批示，要求各级部门大力支持。"

方玉斌高兴地问道："怎么个支持法，大领导发话没有？"

徐乐水说："具体怎么支持，哪里用得着大领导说。人家批上几笔，下面就全动起来了。昨天的现场办公会上，副部长已经拍板，说江州钢厂的新生产线属于高科技项目，江州钢厂应当从去产能名单上划掉。政府不仅允许生产线开工，还要提供政策优惠。"

徐乐水放下筷子，越说越兴奋："副省长当场给各大银行行长打电话，指示在特种钢规模化生产过程中，如果有资金需求，银行应优先放贷。"

方玉斌拍着手说："领导们一句话，钢厂的资金链不就接上了吗！"

"何止是接上，简直是不差钱。"徐乐水得意扬扬地说，"除了让银行继续放贷，省里还要求几家国有大型投资集团向钢厂注入资金。副省长说了，要把江州钢厂的特种钢生产线，打造成我省制造业的明星项目。"

徐乐水重新拿起筷子，笑着说："刚才，我接到好几个银行行长的电话，要我念在当初的交情上，这回一定要优先使用他们银行的贷款。我心里想，当初逼债的时候，你们可没念什么交情！"

徐乐水这场翻身仗，打得实在精彩！送上门的贷款，他还牛气烘烘，得论交情才用一点。方玉斌笑着说："当初我可念了交情，没向你逼债。现在，你也得念交情吧。"

"当然。"徐乐水说，"这不，第一时间就请你来厂里吃大餐。"

方玉斌指着桌上的菜："就这些食堂伙食，也敢叫大餐？不过，吃什么不重要，你快表个态，什么时候把钱还上。如今你阔气了，多给我算点利息，不过分吧？"

徐乐水夹起一块肉，放到方玉斌碗里："我都说了，是请你来吃大餐的，怎么总是小家子气，对那点利息念念不忘。"

徐乐水接着说："钱我就不还了，给你债转股。这顿大餐，该满意了？"

方玉斌顾不得嘴里正嚼着肉，含混地说："啥？债转股？说了大半天你还是不还钱呀？"

徐乐水把着椅子扶手，缓缓说道："这么丰盛的大餐，你居然吃不出味来？如今的钢厂可和当初不一样，银行争相放贷，省里大型投资公司抢着投资。不是念交情，我一分股份也不给你。"

徐乐水又说："说实话，被催债的日子里，就数你仗义。不仅没有苦苦相逼，还帮我解围，替我出谋划策。一般的债主，我拿钱便打发了。偏偏对你，我还想着报答。现在答应你债转股，就是给你一个发财机会。人家副省长说了，这是全省的明星项目，未来是要争取上市的。你拿着这些股权，收益可比利息高得多。"

方玉斌明白了对方的意思，心中开始盘算起来。徐乐水又朝苏晋眨了眨眼："苏老师，你是大才女，又是学经济的，快开导一下未婚夫，怎么连这笔账都算不过来？"都说财大才能气粗，几个月前的徐乐水仿佛天生苦瓜脸，说话也是细声细气。如今阔起来了，口气和当初简直天壤之别。

苏晋淡淡一笑："你们的事，我掺和不了。"

隔了几分钟，方玉斌才缓缓开口："徐总，你的好意我心领了。不过最近手头急需现金，你还是把钱还我吧。债转股的事，我没这个福分。"

徐乐水愣了一下，旋即又追问道："你想好了？"

方玉斌点了点头，语气坚定："想好了！"

"好吧。"徐乐水叹了口气，"你真是急需现金，那也没办法。股份你不要，就当我欠你一个人情吧。"

"谢谢！"方玉斌说，"这笔钱什么时候能到位？"

徐乐水说："银行的贷款估计一周能批下来。钱一到账，我就叫财务给你们打款。"

大餐没吃上，方玉斌倒是狼吞虎咽，把桌上的几样小炒一扫而光。吃完饭，他与苏晋离开钢厂，徐乐水一直送到门口。

汽车驶上马路，副驾驶位置上的苏晋就问："徐乐水给你的股权，怎么不要？之前没听说星阑资本现金紧张呀。"

方玉斌说："星阑的资金并不紧张，我只是随便找个理由，搪塞人家一下。"

"你怎么想的？"苏晋追问道，"你觉得钢厂只是回光返照，长远并不看好？"

方玉斌点了点头，旋即又摇头，然后说道："不是看好或不看好的问题，而是压根没有看法。究竟是回光返照或凤凰涅槃，我说不好。"

方玉斌接着说："当初通过袁瑞朗，我才接触这个项目。对于钢铁行业，我根本一窍不通，自然也提不出什么看法。幸亏碰上徐乐水这样既懂技术，又善于经营的人，才让厂子渡过危机。"

"这我就不懂了。"苏晋说，"既然你认可徐乐水，干吗还退出？"

"决定退出，当然有我的道理。"方玉斌说，"在钢厂食堂里，我就琢磨，即便徐乐水所说最后都成真了，我也赚了一大笔，但这钱，究竟是凭什么赚到的？"

苏晋更加不解："你这人有意思，赚钱还不好，还要想凭什么赚钱？"

方玉斌握着方向盘，说："这么重要的问题怎么能不想？不想清楚这钱是怎么赚来的，将来亏钱时更会稀里糊涂。"停顿一下，他又说："有人赚钱靠的是垄断，那么你就得想方设法维持垄断地位；有人赚钱靠的是创新，那么你也得保持创新能力；贪官赚钱靠的是权力，所以得保住自个儿的位置；球星赚钱靠的是脚，那些大球星不都为自己的脚投了天文数字的保单么。"

方玉斌继续说："战国时的张仪，是出色的外交家，他以三寸不烂之舌破坏了六国'合纵'抗秦计划，让他们转而'连横'亲秦。你知道，张仪年轻时有关舌头的故事吗？"

苏晋不明白，说着钢厂项目，怎么扯到张仪身上？但以她的学问，自然知道这则典故。苏晋说："张仪从小读了很多书，又从鬼谷子那里学到纵横之术，他到各国游说，可因为自己出身寒微，很多人看不起他。后来张仪听说楚国的昭阳正招揽门客，就去投奔。昭阳四处征战，为楚国立下汗马功劳，楚王给了他一块玉璧作为奖赏。一天，昭阳大宴宾客后，拿出玉璧给大家传看。宴席散后，发现玉璧不见了。"

苏晋继续说："这时，有人对昭阳说，这宝贝一定是让张仪这个穷鬼偷去了。昭阳看着张仪的寒酸样，也起了疑心。于是叫人把张仪捆起来，用竹板和鞭子痛打，让他承认偷了宝玉。张仪被打得皮开肉绽，鲜血直流，也不承认。昭阳眼看张仪快不行了，才叫人住手。张仪回到家，妻子见他被打成这样，哭着说，在家老老实实种地，哪里会受这种罪？张仪气息微弱，上气不接下气地说，不要难过，你看我的舌头还在吗？他妻子又好气又好笑地说，你这个死东西，打得这么重还开玩笑，打在你身上，还能把舌头打掉？张仪安慰妻子，舌头没打掉就好，只要舌头在就不怕。"

"没错，就是这个故事。"方玉斌说，"张仪是个巧舌如簧的家伙，他更知道，自己这辈子只能凭舌头去赚取功名富贵。用现在的话来说，张仪清楚自己的核心竞争力是什么，明白自己应当靠什么去赚钱。"

苏晋笑起来："说了这么多，究竟你凭什么在钢厂项目上赚钱，想明白了没有？是不是也靠三寸不烂之舌？"

方玉斌说："我想了很久，最后终于想明白了。假若在钢厂项目赚钱，一不靠垄断，二不靠创新，更不靠舌头，就靠缘分与运气。"

"什么意思？"苏晋有些不解。

方玉斌说："钢厂项目不是我自己投的，而是在袁瑞朗手上烂尾，迫不得已转给我的，这不是缘分是什么？如果当初跳楼的温玉彪没有一个像徐乐水这样的妹夫，钢厂早垮了；假如徐乐水不是留学欧洲的技术专家，也研制不出特种钢；甚至，不是有位大领导突然在会上提到一句，即便徐乐水研制出特种钢，价值也不会太大。"

苏晋点着头："你说得没错，这些都是运气。但一个人运气好，有什么不对吗？"

方玉斌说："运气这个东西，是最说不清楚的。今天运气好，不代表明天还会好。做生意离不开运气，但我真没见过哪家企业，是只靠运气发展起来的。"

方玉斌接着说："我对星阑资本的定位很清晰，就是一家专注于互联网金融领域的投资公司。选择这个发展方向，是基于我对行业的了解，也是因为已投的那些公司，已经成为可供我整合运用的资源。星阑能赚钱，凭的是这个！即便面对强大的千城，我还能讨价还价，凭的也是这个！但对钢铁业，我除了认识徐乐水，其他一无所知。完全凭运气的生意，我看还是见好就收吧。"

苏晋说："我明白你的意思，就是坚持专业化发展，不熟不做。但凡事总有例外呀！江州钢厂这种好事，不是谁都能遇上，你就不愿破例一回？"

方玉斌摇了摇头："说什么破例一回，都是不了解人性。一旦破例之后赚得盆满钵满，肯定就会破例第二回、第三回。但是，当你的好运气用完，前面赚的钱，都会倒出去。"

苏晋说："你说的这些都对。但未来真如徐乐水所说，股权价值翻了好多倍，难道你不后悔？"

方玉斌想了想，说："过去十多年，是中国房地产的黄金年代。许多人从中发了财，但也有一些人，始终不去碰房地产，比如华为的任正非、娃哈哈的宗庆后，你说他们会后悔吗？要知道，他们有的是钱，也不缺政府资源，随便弄个地炒一炒，就能赚上一笔。"

方玉斌自问自答道："我想他们不会后悔。因为一个人的精力是有限的，分散精力去炒房，赚的只是小钱。打造出华为、娃哈哈这样的行业霸主，赚的才是大钱。"

苏晋说："看来你是要集中精力、心无旁骛地做你的互联网金融投资了。"

方玉斌点了点头，显得很有信心："假如未来钢厂的股权价值翻了两倍，只能证明我运气不错。有这样的好运气，在互联网金融投资上，一定能让钱翻上四倍、五倍。最近我一直在想，做生意与做企业有什么不同？或许做生意的人，什么行业利润高，就转到那个行业；做企业的人，想的却是怎样成为行业第一，因为行业第一的利润永远是最高的。"

苏晋投来赞许甚至是崇拜的目光："有舍有得，这是大智慧。"接着，她又叹了一口气："我的那位老同学凌菲，看来要失望而归了。钢厂这样唾手可得的项目，你都忍痛放弃，她的那个医疗中介，估计更不会投资了。"

"知夫莫若妻。"方玉斌笑呵呵地说，苏晋脸上也泛起幸福的红晕。

方玉斌又说："凌菲的那个项目，说得我挺心动。她有专业优势，假以时日没准真能做大。可惜我志不在此，只能心动，没法行动。但既然是你的同学，我会助她一臂之力。我在投资圈有许多朋友，可以尽力介绍一些靠谱的投资公司给她。"

"那就谢谢喽。"苏晋微笑着说。

一路上聊着，汽车已驶到苏晋家门口。这一趟回来，除了看望父母，还得给江州的亲朋好友送婚礼请柬，两人有的忙。

◎ 3 　日本究竟是缺乏大战略，还是狠劲用过了头?

　　为了办事方便，王诚此番进京，没有下榻在私人会所，而是选择了金融街上的威斯汀酒店。中午，他与伍俊桐从银监会大楼出来，步行回到酒店。

　　虞东明等候在酒店套房内，见到王诚与伍俊桐，便问:"怎么样，银监会的领导怎么说?"

　　王诚将外套递给秘书，坐到沙发上:"上午与银监会的领导沟通得蛮愉快，只是民营银行牌照什么时候能批下来，人家还是没松口。"

　　伍俊桐也坐到沙发上，端起茶杯抿了一口，说:"这种事得按程序走，急也急不来。这一趟，该见的人咱们都见了，还算不虚此行。"

　　"多亏了俊桐。"王诚难得地表扬起伍俊桐，"要不是你，真见不到这么多领导。"

　　伍俊桐笑着摆手说:"我只是得了个地利之便。荣鼎总部就在金融街，和银监会算是邻居，在这儿待了好些年，怎么着也混了个脸熟。"

　　"话不能这样说。"虞东明知道伍俊桐最喜欢听人吹捧，便投其所好，"中组部、中宣部还挨着西单商场呢。商场里的营业员，能随便进去和人家认邻居吗?还得是伍总，在圈子内有江湖地位。"

　　伍俊桐笑得更开心:"东明，你这可是抬举我了。"

王诚说："来北京几天了，公司里还有许多事要处理，我和东明下午回滨海。俊桐，你多留几天。你在圈子里熟人多，可以多走动走动，联络一下感情。"

"好嘞。"伍俊桐一口答应下来。

用过午餐，王诚与虞东明离开酒店，尽管再三推辞，伍俊桐仍坚持亲自去机场送行。过了安检口，离登机时间还有一会儿，王诚走进贵宾休息室。坐下后，他对虞东明说："伍俊桐这个监军，派到千城来有段日子了，这一回，好歹派上点用场。"

虞东明提醒道："伍俊桐可是个雁过拔毛的角色。你让他在北京请客联络感情，花了 10 万，回公司就敢报 20 万的账。"

王诚摆了摆手："鸡鸣狗盗之徒，也有人家的用处。伍俊桐虽是小人，但毕竟在荣鼎干过那么久，论起金融圈的人脉，比咱们强。"

虞东明问："靠伍俊桐在北京运作，就能把牌照弄下来？"

王诚摇头道："伍俊桐干的事，或多或少有些用，但绝不是最关键的。银监会领导的担心，我今天也听出来了，千城过去的主业是地产，从未涉足金融，缺乏相关经验。要打消人家的顾虑，只靠伍俊桐肯定不行。"

虞东明拍了一下椅子，说："如果能拿下亿家金服，我们的筹码就会多出一些。可方玉斌这小子给脸不要脸，你有恩于他，没想到他却翻脸不认账。"

王诚冷笑道："久负大恩必成仇，这也没什么奇怪。再说，咱们以为是恩，方玉斌还以为是他帮了咱们。"

"问题的关键不在方玉斌，而是我们。"王诚又说，"他可以给脸不要脸，但咱们的脸面，还得自己争回来。"

"是是。"虞东明说，"有拦路石不要紧，踹开就行。这段时间，我想了不少办法，还派人和亿家金服董事长蒋若冰联系过，希望争取管理层支持。只是，蒋若冰的态度有些含混。"

王诚阴沉着脸："你说你想了不少办法，可我听来听去，最后还是没办法。"

王诚很少像今天这样，对下属摆出重话，虞东明的心也提到嗓子眼。王诚跷起二郎腿说："有些事，得换种思路。射人不行，就射马，贼太多，不妨先擒王。你在亿家找不到突破口，就不能在星阑想办法？"

"在星阑想办法？"虞东明猜测，莫非王诚真要召开董事会会议，罢免方玉斌的董事长职务？

王诚说："你记得，我曾说过日本登山家三浦雄一郎 80 岁登上珠峰的故事吗？我还发出感叹，不要轻易和日本人比狠劲。"

"记得。"虞东明说。

王诚说："其实日本人的狠劲，远不止在登山。明治维新后，日本打了三场战争，打出了一个与欧美并驾齐驱的强国，最后也把自己的国土打成了一片废墟。关于这三场战争，有人认为，日本缺乏大战略，没有远交近攻的智慧。比如甲午战争，日本想的是吞并朝鲜，结果呢，攻进朝鲜不算，还和远比朝鲜强大的清国干一仗。日俄战争的目的是争夺中国东三省，日本不和中国打，却和远比中国强大的俄国斗。到了'二战'，所谓的大东亚共荣圈，觊觎的是中国领土以及英法在东南亚的殖民地，但最后，日本却偷袭珍珠港，向远比中国与英法强大的美国宣战。"

王诚说："说日本缺乏大战略不是没道理，但也应该看到另一面，人家可真叫一个狠呀，既要打狗，更要打主人。从不小打小闹，而是一锤子干到底，一劳永逸解决问题。"

虞东明问："你真要把方玉斌从董事长位置上拉下来？"

"有什么不可以吗？"王诚说，"你不也说了，有拦路石不要紧，踹开就行。"

王诚的表情显得严峻，说："当初投资星阑，既是想拉方玉斌一把，也是因为千城股权大战火烧眉毛，不得不抛出去诱饵。既然人家不领情，我就只能收账了。"

"对，是该向这小子讨账了！"虞东明挥舞起拳头，"我这就联系人，赶紧召开董事会会议。星阑那些股东，全都听咱们的。只要王总发话，分分钟叫方玉斌滚蛋。"

王诚轻摇起头："你这一招，还是不够狠。"

"还不够狠？"虞东明疑惑地说道。将方玉斌扫地出门还不够狠，不知王诚又有什么招数？

王诚冷笑一声："太平洋战争爆发前，日本军部有一个计划，先攻击美国在亚洲的殖民地菲律宾，打对手一个措手不及。这时，美军太平洋舰队势必千里远征，驰援菲律宾。日本联合舰队先期南下，在菲律宾外海以逸待劳。等美国人赶到，双方再展开海上大决战。"

王诚又说："日本这套计划，按说也不错。当年日俄战争，就是照这个剧本来的。日本先偷袭旅顺，封锁住俄国太平洋舰队。等波罗的海舰队绕了半个地球，赶来支援时，联合舰队司令官东乡平八郎在对马海峡列阵以待，一战便大获全胜。"

王诚接着说："对马海战中还是个少尉军官的山本五十六，在太平洋战争前已接过东乡平八郎的衣钵，成为联合舰队司令官。山本五十六认为，随着航空母舰以及舰载飞机的出现，海军战术出现了天翻地覆的变革。日本海军没有必要沿袭日俄战争的套路，守株待兔等着美军过来。山本五十六主张，以航母为核心，远征珍珠港，在开战第一时间，就把美国太平洋舰队歼灭在港口内。"

王诚往沙发上一靠，说："事实证明，山本五十六不愧是海军名将。擒贼先擒王，一开战就把美军主力舰队打瘫了，从而迅速夺取整个太平洋的制海权。正因为失去了海空掩护，美英军队在东南亚一溃千里，被日本人风卷残云。当然，战争后来的进程，实在是因为双方国力悬殊，再有什么名将也无力回天。"

历史典故虞东明听懂了，但他依旧不明白，何处才是星阑资本的珍珠港，千城又要从哪儿下手？虞东明试探着问："你的意思是……"

王诚重新坐直身子，说："召开股东大会，罢免方玉斌的董事长，在我看来还是太麻烦。既然星阑股东都是咱们的人，索性一不做二不休，由千城出面，从这些人手里收购股权。到时，千城就是星阑资本名正言顺的控股股东。"

"是呀！"虞东明恍然大悟，"我怎么没想到这一层，反倒舍近求远。星阑本就是亿家的控股股东，千城一旦成为星阑的控股股东，自然也控制了亿家，连收购的钱也省了。"

"不过……"虞东明似乎想到了什么，却欲言又止。

王诚明白虞东明的顾虑。当初为了拉拢方玉斌，王诚答应投资星阑资本。但正值股权大战如火如荼的敏感时刻，为了避嫌，王诚不便亲自出面，更不能用千城公司的名义。最后，王诚找到了几家千城的合作企业，让他们出资。当初这样做，是为了避嫌。如今千城直接控股星阑，就不怕授人以柄吗？

王诚缓缓说道："你的顾虑不是没有道理，但此一时彼一时，不必前怕狼后怕虎。当时，费云鹏、赵小轻这些人，个个虎视眈眈，我稍微露出破绽，就会被人抓住不放。现在，股权大战尘埃落定，不会有人再来翻旧账。"

虞东明点了点头："没错！既然没人来翻旧账，咱们就能名正言顺地去讨账。"

"你说方玉斌知道咱们釜底抽薪，他会做何感想？"虞东明得意地笑道。

"他有什么反应，我一点不感兴趣。"王诚依旧板着脸，隔了一会儿，又叹了口气，"唉，我本将心向明月，奈何明月照沟渠。"

这时，机场贵宾室里响起催促登机的广播。王诚站起身，抖了抖衣袖："就按我说的去做吧。"

◎ 4 没有财务自由，哪来思想自由？没有经济独立，哪来人格独立？

方玉斌看了看手表，已经下午6点。见众人意犹未尽，方玉斌说："咱们先找个地方把肚子填饱，晚上接着谈。"

"好啊，康总远道而来，今晚我请客。"凌菲一边收拾着桌上的资料，一边热情地说道。

这位康总是方玉斌的朋友，也是北京一家风投的合伙人。方玉斌向他推荐了凌菲的海外医疗中介项目，他很感兴趣，趁着来上海出差，专门约凌菲面谈。

下午的交流，康总很满意，他笑着说："等到签合同的时候，你再请我吧，今晚我来安排。别看我是北方人，却在上海念的大学，对这一带的美食，还是挺熟悉的。"

方玉斌说："你们别争着埋单了。今晚不吃大餐，随便找个地方，把肚子填饱就行。我看楼下的小杨生煎不错，咱们去那儿，简单方便，节省时间。百八十块钱的事，我来负责。"

康总与凌菲的心思全在生意上，对方玉斌的提议纷纷响应。三人下楼，进到餐厅，刚把菜点好，方玉斌的手机就响起来。拿起一看，这是杨韵在上海的手机号码。他滑动接听键，说："什么事？"

杨韵的声音有些低沉："晚上有时间吗，咱们见一下？"

"今晚吗？这个……"上回因为要去滨海见王诚，方玉斌爽约过一回，今晚再推辞，似乎不太礼貌。但康总与凌菲还在这里，先告辞也不大好。

"你忙就算了。"杨韵说，"我隔几天要离开上海，想着临走前见一面。你如果有事，以后再找机会。"

"你要离开上海了？怎么回事？"方玉斌有些诧异，杨韵不是刚来上海吗，为何又要离开？

"荣鼎把我炒鱿鱼了呗。"杨韵说道。

想必杨韵那边出了些状况，方玉斌说："我这会儿真有事，你看这样行不行，你等我一下，不管多晚，我都会联系你，咱们不见不散？"

"好啊，反正我现在是个闲人，等你多久都行。"杨韵说道。

方玉斌刚放下手机，康总便说："你有事赶紧去忙，我们这里不用你陪。"

凌菲也附和说："对，你去忙吧。"

"那不成。"方玉斌说，"你们一个从北京来，一个从江州来，我是地主，不能中途开溜。"

"什么地主？我们又不是不认识路。"康总打趣道，"你引见我和凌博士见面，任务就完成了。接下来，是我跟她谈。怎么，你赖着不走，指望项目谈成了，给你中介费？"

方玉斌笑道："你那点中介费，我才不稀罕。"

"快去吧。"康总说，"我都听见了，打来电话的是位美女。你晚了过去，容易把持不住犯错误。"

"鬼扯！听声音你就知道是美女？实话告诉你吧，人家是位女企业家，50多岁了。"康总只是一句玩笑，方玉斌却有些紧张。当初忘了告诉老康，这个凌菲是他未婚妻的闺密。你在这儿开玩笑，要是人家当真了，回头给苏晋告状，没准会闹出误会。方玉斌不惜撒了个谎，把青春貌美的杨韵说成年过半百的女企业家。

凌菲也笑起来："方总，你有事就去忙。去得太晚，我反而放心不下，没准真会给苏晋打小报告。"

"得得。"方玉斌本就想早点过去，正好顺水推舟，"你们慢慢谈，我就不打搅了。"

出了餐厅，方玉斌便给杨韵打电话，说把其他事推掉了。两人约好见面地点，方玉斌立刻赶了过去。

杨韵等候在一家咖啡厅里，她穿着一件淡红色毛衣，身旁放了件黑色皮外套。见到方玉斌，杨韵挥了挥手，并招呼服务员过来点咖啡。方玉斌没顾得坐下，便问："你刚来上海，怎么又要走？"

"刚才电话里不跟你说了，我被炒鱿鱼了。"杨韵苦笑道。

"怎么会被炒鱿鱼？"方玉斌追问道，"那天在酒店门口，赵海洋不是对你称赞有加吗？"

杨韵双手一摊，说："就是这位赵总亲自找我谈话，让我卷铺盖滚蛋。"

"为什么会这样？"方玉斌摇头不解。

"我怎么知道？"杨韵无奈地说，"就在开除我前几天，赵海洋还说对我的工作很满意。"

"这也太蹊跷了。"方玉斌一边说着，一边伸手掏手机，"我帮你问一问。"

掏出手机后，方玉斌并没有拨，而是放在茶几上。他在荣鼎多年，还当过荣鼎创投一把手，想打听一点事，自然有办法。不过，为了这种事开口去拜托昔日属下，似乎有些跌份。

犹豫了一阵，方玉斌拿起手机拨出去。他没有联系荣鼎的老部下，而是打给了吴步达。在荣鼎时，吴步达是自己一手提拔的，后来又跟随方玉斌来到星阑。这种事，用不着自己出面，交给吴步达就行。

吴步达不愧是做过荣鼎创投办公室主任的人，打听消息手到擒来。不到十分钟，吴步达就回了电话。

"怎么回事？"杨韵问道。

方玉斌说："赵海洋开除你的前一天，接到一个电话，足足说了半小时。而且就在接电话时，他专门吩咐手下，把你的档案调出来，送到他办公桌上。接完电话，赵海洋脸色大变，第二天就找你去办公室，说要解雇你。"

"他接了谁的电话？"杨韵愈发好奇。

"伍俊桐。"方玉斌说，"这个人，你以前认识吗？"

杨韵摇起头："不认识。但我知道他是荣鼎的副总裁，后来被派去千城集团。那天在上海，就是咱们见面那一回，他也在场，对吧？"

"是的。"方玉斌点了点头，"但这个伍俊桐，你应该认识呀，他是余飞的老朋友。"

"余飞的朋友，我不一定都认识。"杨韵说，"当年在余飞的公司，我不过是个打工的。有些人是余飞单线联系，比如这个伍俊桐，我压根就没见过。"

"不过，"经方玉斌提醒，杨韵似乎想到了什么，"我倒是听余飞说过，他在荣鼎有个朋友，难道就是伍俊桐？"

"没错。"方玉斌点头说，"当初就是他们两个，一起合谋陷害我。那些照片，余飞交到了伍俊桐手上。"

杨韵的脸忽然红了，一幕幕往事浮现在脑海：当初是如何给方玉斌下药，让他去宾馆和自己拍下艳照；方玉斌清醒后，两人还赤身裸体在床上坐了一阵……

方玉斌心想，当初杨韵只负责拍下照片，至于照片最后交到谁手上，她应该也被蒙在鼓里。可惜山不转水转，伍俊桐与杨韵又碰在了一起！还有那个伍俊桐，记忆力也忒好了！

杨韵一直不吭声，脸上既有愧疚也有羞涩。方玉斌点燃一根烟，主动打破沉默："对不起，是我连累你了。不是因为照片的事，你也不会被炒鱿鱼。"

"对不起有什么用？你一直就是我的灾星。"杨韵噘起嘴巴。

方玉斌说对不起，完全是客套话。当初可是你们设局陷害我，我哪有对不起谁？没想到杨韵竟拿自己的客套话较真，方玉斌既好气又好笑。他抖了抖烟灰："什么叫我一直是你的灾星？咱俩的交道不多吧？"

"是不多，但每一次都刻骨铭心。"杨韵也掏出一根烟点上，"不是你斗垮了余飞，我至于丢饭碗吗？到了荣鼎，原本想着能和以前的事做个了断，又被你搅黄了。"

方玉斌说："这些事还真不怨我。你在余飞那里吃的，都是昧良心的饭，我不砸你饭碗，迟早会有其他人砸你饭碗。至于这一次嘛，我也是受害者！要我说，罪魁祸首还是余飞和伍俊桐。"

杨韵无言以对，她心里烦得很，将才吸了几口的烟灭掉。方玉斌又说："对了，我还没问你，你不是在北京吗，怎么突然跑来上海，还到了荣鼎？"

杨韵苦涩地笑道："在北京的公司，我也被炒鱿鱼了。"

"是吗？你怎么成了鱿鱼养殖专业户？"尽管对杨韵的印象已和当初的憎恨厌恶大不相同，但方玉斌不时还会嘲讽挖苦几句。

"所以说你是我的灾星。"杨韵恨了方玉斌一眼，"聂远国对我不错，打算提拔我。没想到我的升职报告打上去，聂远国被大老板汪杰明叫去臭骂了一通，没多久，我就被解雇了。"

方玉斌一听，大致明白了是怎么回事。当初自己玩了一手欲擒故纵，把梦剧场高价卖给汪杰明，杨韵发挥了里应外合的作用。王诚早就说过，汪杰明是个人精，现在没瞧出破绽，总有一天会发现。到时他不能拿方玉斌怎样，还不得拿杨韵出气。

这件事上，方玉斌的确得感谢杨韵，他微笑道："要说我是你的灾星，似乎也有点道理。"

方玉斌的话一软，杨韵竟咧开嘴笑了："算了，过去的事不提了。蒋干盗书，原本就只能骗曹操一时。再说蒋干是正儿八经的天真幼稚，而我呢，还收了周瑜好处。"

方玉斌哈哈大笑："收了周瑜好处，那就不是蒋干，而是黄盖了。一个愿打一个愿挨嘛。"

方玉斌把烟头掐灭，抿了一口咖啡，说："就算你被汪杰明炒鱿鱼，怎么想到来荣鼎？我这个大灾星，可在荣鼎待了好多年，你就不怕晦气？"

杨韵叹了一口气："我在滨海的两套房子，都是按揭的。虽说此前有些积蓄，但没了收入，光房贷就压得我够呛。正好那时荣鼎招人，我一看待遇不错，就投了简历。再说当时你不已经离开荣鼎了吗？我更不知道伍俊桐这一茬。就这么误打误撞，找了间闹鬼的房子躲雨，你说我冤不冤？"

方玉斌说："滨海的房价那么高，你一个人就有两套房，不错嘛！"

杨韵说："父母年纪大了，身体又不好，我把他们接到了滨海。年轻人与老年人生活习惯不一样，住在一起未必方便，我就在一个小区里买了两套房，既挨在一起，彼此也不影响。当初在余飞那里，收入还行，想着还两套房的按揭问题不大。"

方玉斌是个大孝子，对于有孝心的人，会产生本能的好感，他点点头："父母能有你这样的女儿，可是福气。"

"什么福气？"提到父母，杨韵的脸上流露出落寞之情，"原本想着把他们接到身边，好好尽孝，不料余飞进了大牢，我在滨海混不下去。这一年多，北京、上海到处漂，跟父母没见上几面。前天我妈打电话，说爸爸的肺病犯了，已经住进医院。"

"怎么样，伯父的病不严重吧？"方玉斌问。

杨韵说："老毛病了，严不严重的不好说。"

方玉斌又问："你父母之前在老家干什么？"

"就是面朝黄土背朝天的农民。但他们对我很好，我爸忍着病去工地打工，替我挣学费。"谈到自己父母，杨韵俨然一个孝顺女，与平素妖娆的交际花形象相去甚远。

一样来自小城市平民家庭的方玉斌，自然会生出同理心，甚至连杨韵当初对自己的陷害，也多少释怀一些。没有财务自由，哪来思想自由？没有经济独立，哪来人格独立？对平民子弟来说，自由、任性无疑是最昂贵的奢侈品。自己没钱，只能见着有钱人就磕头烧香，先把别人伺候舒服，自己才能舒服。这种时候，干出一点违心事，不能说可以被宽恕，但确实有各自的苦衷。

"接下来，你打算怎么办？"方玉斌问。

杨韵说："先回趟滨海，看望一下父母。接下来，还得继续工作。"

"是在滨海吗？"方玉斌又问。

"不知道。"杨韵显得很迷茫，"我既想留在滨海照顾父母，但又厌倦了那块伤心地。况且余飞的事，对我还是有不小影响。"

得知杨韵因为帮助自己被汪杰明修理时，方玉斌心中便萌发出一个念头，如今看到杨韵处境艰难，他更坚定了这种想法。方玉斌说道："你如果愿意，来我的公司上班，怎么样？"

见杨韵一脸惊讶，方玉斌又说："余飞只给你一个总经理助理，到星阑来，让你做副总经理。至于工资待遇，起码不会比以前低。工作一段时间，生活安定下来之后，可以把滨海的房子卖掉，来上海买套房子，把父母接过来。反正你老家也不在滨海，住哪儿不是一样！"

"你真肯要我？"杨韵依旧将信将疑。

"当然。"方玉斌说，"你放心，我的这碗饭，一定比余飞的饭碗保险。起码，不会叫你去和谁拍照片。"

"去！"杨韵装出生气的模样，嘴角却分明藏着笑容。

"就这么说定了。"方玉斌说，"你赶紧回滨海看望一下父母，接着便来公司报到。"

"好，谢谢！"杨韵盯着方玉斌，目光中有感激，也不乏仰慕。

◎ 5　担心人家狗急跳墙，只是因为自家的墙还不够高

"这段时间，虞东明没再派人找过你？"方玉斌坐在办公室的椅子上，目光投向蒋若冰。

"没有。"蒋若冰摇了摇头，"不仅没找过我，反而刻意避着我。"

方玉斌的目光并未移开，蒋若冰有些不自在，说："别这么盯着我。"停顿一下，她又说："当初虞东明派人上门，打算策反亿家管理层，一起与星阑资本对抗。我之所以没一口回绝，只是想着能在接触中套出一些有用信息。我的心，可一直是向着你的。"

蒋若冰又说："都说背靠大树好乘凉，按说千城这棵大树比星阑茂盛多了。但我这个人就是死脑筋，宁愿在一棵树上吊死。"

"别误会。"方玉斌露出笑容，"我当然相信你。刚才不是目不转睛盯着你，而是在想事情。"

"想什么？"蒋若冰问。

方玉斌说："虞东明派人来找你，并不奇怪。奇怪的是，怎么半途而废了？"

"的确奇怪。"蒋若冰说，"星阑拥有亿家金服的控股地位，千城要夺下亿

家，照理说必须争取管理层支持。可为什么，他们的态度突然暧昧起来？昨天我主动给虞东明打电话约他见面，他还推三阻四。"

"是不是虞东明已经发觉，你跟他们不是一伙的？"方玉斌问。

"绝不可能。"蒋若冰说，"自问以我的演技，哄一哄虞东明还没问题。"

"虞东明不会轻易罢手的。"方玉斌若有所思地说，"他与你冷淡下来，似乎只有一种可能——去找了别人。"

"找别人？"蒋若冰不解道，"我是亿家金服董事长，他不找我，找别人有用吗？会找谁呢？"

方玉斌说："我说的找别人，不一定非指具体某个人，而是说他们有可能换一种套路来拿下亿家金服。正面强攻不行就迂回包抄，坦克不行就改飞机轰炸。主动权在人家手里，谁知道会使什么招？"

"这才是最可怕的。"蒋若冰说，"明枪易躲暗箭难防，不知道接下来人家玩什么花样。"

随即，蒋若冰又语气坚定地说道："不管千城使出什么花招，我和亿家金服都会站在你这一边。"

"谢谢！"方玉斌感激地说。

"这是应该的。"蒋若冰的语气变得温婉，"谁叫我死心塌地跟定你了。"

方玉斌的笑容有些尴尬，接着说道："你帮我想一想，对手还有哪些招可用？"

蒋若冰思忖一下，说："千城会不会想在星阑这边做文章，比如罢免你的董事长？"

方玉斌点了点头，说："有这种可能，但似乎又不像。要罢免我的职务，必须召开董事会会议，最近没有股东提议召开董事会会议呀。"

两人正说着，敲门声响起。方玉斌说了声"请进"。办公室的门推开，杨韵走了进来。

那晚方玉斌与杨韵一番长谈，之后杨韵赶回滨海看望父母，前些天已来公司报到上班。她拿着一叠文件走进来，要跟方玉斌汇报工作。

蒋若冰瞟了杨韵一眼，觉得有些面熟。她暗自纳闷，自己和星阑资本上上下下的人都认识，怎么记不起此人？

方玉斌主动介绍说："这位杨韵，是公司新任副总经理。这位蒋若冰，是亿家金服的董事长。"

杨韵主动伸出手说："蒋总，你好，一来公司就听说你的大名，说你是美貌与智慧兼具的商界奇女子。"

蒋若冰莞尔一笑："什么女人在你面前，也不敢说一个美字。玉斌真是福气，找了个大美女做副手。"接着，她扭头对方玉斌说："你们有工作要谈，我先走了。"

"不用。"方玉斌说，"都是一个战壕的战友，星阑的事还用瞒你吗？"

方玉斌与杨韵商量起工作，蒋若冰坐在一旁，目光始终在杨韵身上打转。这可真是一个美人坯子，五官清秀，身材傲人！但蒋若冰越看越不对劲，倒不是女人之间的妒忌，而是觉得杨韵实在是眼熟。不对，我和这个女人，一定在哪儿见过。

杨韵几句话就跟方玉斌说完，正要转身离开，蒋若冰说道："杨总，我觉得你特别面熟，咱们是不是在哪儿见过？"

"见过吗？没有吧！男人见着美女，才用这句话搭讪；美女遇见美女，怎么也用这一招？"方玉斌呵呵笑道。其实，他已经记起来，蒋若冰与杨韵那晚的确见过，在场的还有费云鹏、伍俊桐、赵海洋等人。但杨韵的经历有些复杂，方玉斌不想点破。

杨韵也记起了蒋若冰，见方玉斌有意遮掩，便顺着说："或许咱们神交已久吧。"

"对，对！"蒋若冰笑起来，心里却犯起嘀咕，今天真是见鬼了，不仅见着人眼熟，连"男人见着美女，就说面熟"这句话，怎么也听着耳熟？

蒋若冰猛然记起来，自己曾用这话调侃过伍俊桐。没错，是对伍俊桐说的！当时，伍俊桐见着一个女人，老说面熟。伍俊桐，伍俊桐……蒋若冰似乎意识到什么，再盯着杨韵的脸庞一瞅，天哪，这不就是伍俊桐当初说面熟的女人吗？我说怎么有印象，原来真是打过照面。

蒋若冰眉头一皱，但很快又变得十分开心，她对方玉斌说："咱们别光聊工作了，你的终身大事怎么样？听说你和苏晋都在发请柬了，怎么不给我发一份？"

方玉斌笑道："这种红色罚单，你想躲都躲不了。"

方玉斌桌上的电话突然响起来，他接起电话，说道："杜总，你可难得给我打个电话，有什么指示？"

打来电话的杜林祥，是洪西省一位地产大亨，虽说起于草莽，近年来事业发展却很快，旗下拥有数家上市公司。杜林祥与王诚私交不错，当初王诚请托，他欣然应允，成为星阑资本的股东之一。杜林祥对星阑的事几乎从不上心，与方玉斌也仅有数面之缘。

与方玉斌交情平平的杜林祥，这通电话却打了足足十多分钟。方玉斌的脸色越来越凝重，一旁的蒋若冰预感到有状况发生。放下电话，方玉斌一巴掌拍到桌子上，说："我说虞东明怎么不和你联系了。"

"怎么回事？"蒋若冰问道。

原来，杜林祥是向方玉斌通风报信的。他告诉方玉斌，虞东明已知会星阑资本各家股东，千城将收购他们手里的股权。杜林祥说，他与王诚是朋友，对方发了话，自然要卖个面子。不过他对方玉斌印象不错，认定方玉斌是青年才俊，特地打电话招呼一声。

蒋若冰摇头道："咱们想到了千城会向星阑下手，却没想到手段这么狠毒。王诚不愧为老江湖，一出手就奔着七寸。"

方玉斌愤怒地操起电话，拨给虞东明。起初，虞东明还矢口否认，见对方来势汹汹，他又打起哈哈，说千城确有类似计划，但没付诸实施。方玉斌懒得同虞东明啰唆，挂断了电话转而联系王诚。王诚的手机没人接，方玉斌又一连发了好几条微信消息过去。

其实，这时的王诚正在办公室看文件，手机就在身旁。见方玉斌打来电话，他不但没接，还调成了静音。批阅完文件，王诚拿起当天报纸。此时方玉斌的微信消息一条接一条，但王诚的注意力始终在报纸上，嘴角还挂着一丝冷笑。

虞东明走进办公室，有些气呼呼的。他说："不知道是哪个吃里爬外的王八蛋，把我们收购星阑的事捅给方玉斌了。刚才，方玉斌打电话兴师问罪，弄得我很被动。我已经安排人去查，一定要把这个内奸揪出来。"

虞东明坐到王诚对面，余怒未消地说："我给下面打了电话，那几家有泄密嫌疑的企业，与千城的合作全部暂停。我就不信揪不出内奸！"

王诚放下报纸，说："谁给方玉斌通风报信的，我已经知道了。"

"谁？"虞东明好奇地问。

"就是老杜。"王诚淡淡地说。

"真是杜林祥。"虞东明几乎要跳起来，"这家伙看上去一脸憨厚，其实一肚子坏水。"

"对了，你怎么知道的？"虞东明又问。

王诚笑了笑："消消气，更不要出口伤人。老杜这人挺不错的，我评价他是不学有术。国内这些所谓的地产大亨，能比上他的真还不多。"停顿一下，他又说："我怎么会不知道？就是我让老杜去跟方玉斌说的。"

王诚拿出手机，说："你看，方玉斌不仅找你，也找到我这儿来了。见我不接电话，发了好多微信消息。我看他简直像热锅上的蚂蚁。"

虞东明更是吃惊，问道："你怎么让杜林祥给方玉斌报信，这不是打草惊蛇吗？"

"没错。"王诚点了点头，"我就是要打草惊蛇。"

王诚站起身，在办公室里来回踱步。"方玉斌这小子，恃才傲物，的确可恨。但不管怎么说，毕竟有些才气。清代大臣胡林翼有三如：挥金如土，杀人如麻，爱才如命。对方玉斌这样的人才，我提拔过，如今也不想一棒子打死，最好是教训一下，让他知难而退。"

"这浑小子，他会知难而退吗？"虞东明说。

王诚坐回椅子上，说："杜林祥与其说是通风报信，不如说是给他一个严厉警告。局势一目了然，千城即将下手，取得星阑资本的控股权。把难题扔给方玉斌，看他何去何从吧。"

对王诚的做法，虞东明不以为然，但慑于对方权威，只能委婉提醒："你不仅有爱才之心，更是菩萨心肠。方玉斌忘恩负义，你却一而再给他机会。

只是，万一他不识相，狗急跳墙怎么办？"

王诚哈哈笑起来："担心人家狗急跳墙，只是因为自家的墙还不够高。如今的情势，可是我为刀俎人为鱼肉，提前打个招呼，也算仁至义尽。再不识趣，我的刀可就不认人了。"

素来自信的王诚，此刻更是胸有成竹："兵者，凶器也。上兵伐谋嘛！能和平解决，最好不要动武，一来耗费资源，二来也让外人看笑话。"

虞东明点了点头："方玉斌真能服个软，答应之前的条件，倒也省得我们动手。"

王诚问："刚才方玉斌找来，你怎么给他说的？"

虞东明说："我见他在气头上，就说这是千城的预备方案之一，并不一定会付诸实施。"

"很好嘛！"王诚点头说，"既晓以利害，又留有余地。"

王诚瞟了一眼手机，说："先让他着急一会儿，晚上我再打过去。形势已跟他挑明，就看他自己能不能抓住机会了！"

虞东明嘴上不敢讲，心里却在抱怨，王诚简直多此一举！按照之前的计划，三下五除二解决掉方玉斌多好。反复给人家机会，虽说无碍大局，却是画蛇添足。跟随王诚多年，虞东明也能猜出老板心思，他一来是爱惜方玉斌这个人才，二来也是故作慈悲，借此获得一种七擒七纵的成就感。我不仅要打你，打之前还要再三提醒你，如果不听话，最后才出手——这就不是战胜对手，而是实力远胜对方的一种碾压！

当晚，王诚并未如自己所说与方玉斌联系。他参加了一场财经沙龙，和老朋友聊得兴起，把回电话的事抛在脑后。直到第二天上午，他才拨通方玉斌手机，貌似关切地说道："玉斌，昨天事太多，手机都在秘书身上。微信消息我收到了，你打电话也是为这事吧。"

方玉斌知道王诚是故作姿态，沉住气说道："没错，正是为这件事。王总，千城这样做，不太妥当吧。记得千城股权大战时，面对华海的恶意收购，你曾公开说过，资本与经营者，应当是一种合作且相互尊重的关系。千城今日的做法，或许还不如华海光明磊落。"

"为这事，我已经批评了虞东明。"王诚笑着说，"我问他，这件事为什么不提前告诉玉斌，偷偷摸摸像做贼似的，难怪人家误会。"

方玉斌紧追不放："我是否误会倒不打紧，只是听这意思，你们真打算动手。你责怪虞东明，只因为他没有知会我一声。"

"这样理解也没错。"王诚轻松地说道，"是否通知你，或许只是细节上的瑕疵。但是，魔鬼往往就藏在细节中。日军攻击珍珠港时，山本五十六和外务省的人发生过冲突。按原计划，宣战书应提前一小时递交美国，外交人员却把时间延后了一小时。山本五十六说，递出宣战书的第一时间，联合舰队的轰炸机便出现在珍珠港，那是军事上的奇袭，如若不宣而战，就是偷袭。"

"我明白了。"方玉斌冷笑道，"不管奇袭还是偷袭，总之一定要扔炸弹的。"

王诚哈哈大笑："一次正常的股权交易，跟扔炸弹可不一样。我的态度很明确，股权交易顺利完成后，只要中途不出现意外，千城依旧会支持你出任星阑董事长。"

方玉斌明白，人家不只磨刀霍霍，更是剑已出鞘，必要见血而还。他说："你所谓的不出现意外，就是让我束手就擒吧。"

王诚的语气也强硬起来："什么擒不擒的？我刚才说得够清楚了，这只是一次正常的股权交易。我愿意买，人家愿意卖，不值得大惊小怪。"

方玉斌抑制住心中的愤怒，用平淡的语气说道："你们之间的买卖，我无从置喙。但我的态度也很明确，股权交易完成之日，就是我离开之时。"

"这么急着表态，太冲动了。以后的事，到时再说吧。好了，我还有事，今天就这样吧。"王诚挂断电话。接着又摇了摇头，自言自语道："年轻人，就爱耍性子。"

◎ 6　我们的战略是以一当十，我们的战术是以十当一

汽车行驶在高速公路上，后排的方玉斌忽然打了个喷嚏。接着，他揉了揉眼睛，一边伸手去拿身旁的外衣，一边对驾驶员说："把空调温度开高一点，别把我睡凉了。"

不待驾驶员动手，副驾驶位置上的吴步达赶紧旋转按钮，调高了空调温度。吴步达接着转头说道："我以为你在闭目养神，没想到真睡着了。"

方玉斌伸了伸懒腰，说："这几天太累，在车上没什么事，正好补一补瞌睡。"

吴步达说："老大，也就是你，换作其他人，恐怕怎么也睡不着。"

方玉斌盯着吴步达，说："其他人为什么睡不着？"

吴步达挠着脑袋，笑道："这几天公司不有事吗？换作其他人，还不愁得跟苦瓜似的，哪里还睡得着？也就你，该吃吃，该睡睡，泰山崩于前不变色。"

方玉斌哈哈大笑："你小子拍马屁的功夫见长呀！"他把外衣搭在胸前，又说："不过这话真还算说到点子上了。一个人，哪能一遇见事就愁眉不展。再说了，光愁有什么用？得想办法解决！不吃饱睡好，哪来的精力。"

"没错，这才是大将之风！"吴步达竖起大拇指，既是夸赞方玉斌，似乎也为自己拍准马屁而得意。

吴步达接着说："这一趟不虚此行，徐乐水一口答应借 5000 万。"

方玉斌点点头："钢厂虽说有了起色，毕竟才恢复元气。这时候掏 5000 万，徐乐水的确够朋友。"

吴步达说："前几天在上海，已经筹集了 1 个多亿，来江州又借到 5000 万，加上徐乐水之前还的 1 个亿，咱们账上差不多有 3 个亿了。"

"3 个亿，够吗？"方玉斌脸色又严峻起来，他不像在问吴步达，更像问自己。

王诚这一招，的确太狠了！星阑股东愿意卖，财大气粗的千城愿意买，你情我愿的事，方玉斌几乎陷入绝境。可方玉斌岂是一个轻易认输的人，他绝不会坐以待毙。明知局势危急，更要有亮剑的血性。

方玉斌盘算了一下，手里起码还有一件武器——优先购买权。方玉斌身为董事长，也是星阑股东，其他股东欲转让股权，自己是享有优先购买权的。于是，方玉斌马不停蹄筹钱。费尽九牛二虎之力，好歹手头攒够了 3 亿现金。

纵然 3 亿在手，笼罩在方玉斌心头的阴霾却没有丝毫减弱。千城既然势在必得，难道就不会加码？自己能出 3 个亿，别人就能出 4 个亿、5 个亿，乃至更多。法律赋予自己的，仅是相同价格下的优先购买权，可不是低价购买权。

"3 个亿，远远不够呀！"想到这里，方玉斌摇着头，自言自语道。

吴步达说："不行再去借点。我和上海一家做过桥贷款的企业联系过，他们原则上已经答应。"

方玉斌不置可否。或许吴步达说得没错，再使一把力，还能凑一笔钱。但是，自己面对的可是王诚。和这样的大佬级人物比着撒钱，打一场消耗战，真有胜算吗？哪怕借多少钱来，恐怕都不够人家塞牙缝。

越到艰困时刻，方玉斌越对毛泽东的一句话推崇备至——战略上藐视敌人，战术上重视敌人。在无数摔打中成长起来的方玉斌始终坚信，藐视困难的决心，比解决困难的方法更重要。遇到难题，越分析或许越觉得希望渺茫，最后自己都被吓倒。但是，一旦坚信我能，没准真会脑洞大开。退一步说，即便有些自信过于理想，但比起一开始缴械投降，也不会差到哪儿去。

方玉斌掏出一根烟，继续思索起来。他记得，毛泽东曾亲自为战略上藐视敌人，战术上重视敌人这句话做出过诠释——我们的战略是以一当十，我们的战术是以十当一。也就是说，越是面对强大的敌人，越要集中使用兵力，在局部空间形成压倒性优势。比照老人家的指示，如今四处筹钱的做法就值得商榷。与千城拼现金，绝不是什么以十当一的战术，而是傻乎乎的以一当百。自己九牛二虎，抵不过人家九牛一毛，在这个战场上，压倒性优势永远在对手一方。

方玉斌深吸一口烟，认为有必要对自己的战术进行一番检讨。但是，优先购买权似乎是手里唯一的武器。不这样干，还有什么办法？

方玉斌一时理不出头绪，焦躁地揉着太阳穴。此时，他又想到了对手。王诚的良师益友形象，已在方玉斌心中大打折扣。但作为对手，王诚无疑是可畏甚至可敬的。几个回合下来，自己学到了不少东西。

在方玉斌看来，王诚最厉害的地方在于阅读战场态势的能力。乱云飞渡之中，老谋深算的王诚一眼就发现了打开胜利之门的钥匙。人家的目标是亿家，却选择星阑动手——这就是左右大局的钥匙！既一劳永逸，又事半功倍。

提到钥匙，方玉斌又忆起一件往事。王诚曾讲过，多年前他与丁一夫一同去日本京都游览。在那里，两人见到一座房子，与周围风格大相径庭。丁一夫一眼就认出，这是自己老家，中国东北农舍的建筑风格。

一打听，这座房子果真来自中国东北。它的背后，是一段国人不堪回首的往事。日俄战争时，日军征用旅顺郊外柳树房村一周姓人家的农舍做司令部，日本陆军司令官乃木希典就住在里面。

这个乃木希典是战争狂人，在日本国内被誉为"军神"。乃木一生征战无数，自诩听到战场的厮杀声就兴奋。甲午战争时，乃木希典担任陆军旅团长，作为全军先锋在辽东半岛登陆。大战之前，乃木写诗一首："肥马大刀尚未酬，皇恩空沾几春秋。斗瓢倾尽醉余梦，踏破支那四百洲。"其狼子野心昭然若揭。

到了日俄战争时，已是东北战场陆军主帅的乃木希典抬棺出征。不过比起贫弱的大清，俄国无疑是更强大的对手。日军强攻百日，依旧未能拿下要塞。此时，日军伤亡已逾5万，乃木希典的两个儿子，一个战死在金州，一个战死在旅顺。

战场督战时，乃木希典也写过一首诗："山川草木转荒凉，十里风腥新战场。征马不前人不语，金州城外立斜阳。"诗的意境悲凉，比起甲午战争时的嚣张跋扈，可见他这回的确遇到了大麻烦。

旅顺久攻不下，伤亡惨重，乃木希典在司令部，也就是那户周姓人家的农舍里踱步。这时，房间的主人回来了。乃木希典问道："周先生，你回来干什么？"房主答道："回来拿钥匙。"

农夫一句话，让乃木希典大受启发。打开旅顺的钥匙究竟在哪里？他铺开军用地图，目光最后锁定在西线的203高地。乃木希典认为，与其到处开花，一顿狂攻，不如把好钢用到刀刃上。203高地就是左右整个战场形势的钥匙！拿下203高地，将日军重炮运到山上，不仅能够居高临下轰击旅顺城内所有俄军据点，火力范围甚至能覆盖旅顺港内的俄国舰队。

于是，乃木希典调整部署，对203高地发起无比惨烈的进攻，不仅使用人海战术，甚至采用了空前的肉弹自杀攻击。最后，日军以伤亡15,000人的代价，拿下203高地。尽管付出了巨大代价，但是当日军重炮运上203高地时，旅顺战局终于翻转。战后，为炫耀乃木希典的战功，日本将柳树房村用作司令部的房子整体迁到京都。

王诚似乎与乃木希典一样，也找到了左右战局的钥匙，欲夺下亿家，就从星阑下手。那么，自己的钥匙又在哪儿？方玉斌仍在苦苦思索着。

钥匙，钥匙，方玉斌心中一遍遍默念着。忽然，他似乎想到了什么！方玉斌有些兴奋，连身体都为之一振。熄灭的烟灰抖落在身上，他顾不得清理，只是顺手把烟头摁进烟缸里。

方玉斌细细梳理着思路：人家是釜底抽薪，我为何不能依样画瓢？王诚看似拿到了钥匙，却也送给了自己一把钥匙。为了拿下亿家，对手把枪口对准星阑。为了保住星阑，为何不在亿家身上做文章？这就叫以彼之道还施彼身。

方玉斌越想越兴奋，但他更十分清楚，这把钥匙不完全在自己手里，起码有一半，是被蒋若冰捏着，毕竟，人家才是亿家金服董事长。她愿意配合吗？

方玉斌迫不及待地拨通蒋若冰的手机，语气急迫地问道："你在哪儿？"

不知是否因为方玉斌问得太急，蒋若冰竟有些紧张。她没有回答，而是弱弱地反问："怎么了，出了什么事？"

方玉斌说："就是千城要吞下星阑股权的事。我想到一个计划，要和你商量。"

"就这事呀，我还以为什么呢。"蒋若冰仿佛松了一口气，"我在北京出差，你电话里说吧。"

"电话里说不清楚。"方玉斌说，"你什么时候回来，咱们见面聊。"

蒋若冰说："我本打算后天回来。如果确实很急，只能改签机票，明天上午赶回上海。"

方玉斌说："好，明天我来机场接你。"

"搞这么隆重？"蒋若冰笑起来。

"应该的。"方玉斌说。

方玉斌放下电话，吴步达迫不及待地问："你有什么点子？"

方玉斌笑了笑："如今八字刚有一撇，等写完了再告诉你。"接着，他又闭上眼睛。这一回，方玉斌当真睡不着了，接下来的每一步细节，都得在脑海中细细思量。

汽车驶入上海市区，方玉斌的手机响了起来。方玉斌不情愿地中断思路，掏出手机。一看是苏晋打来的，他问道："什么事？"

"没事。"苏晋的语气很平静，"刚好路过你公司楼下，想顺道上来瞅瞅。"

方玉斌说："我这会儿不在公司。"

苏晋说："你不在没关系。我又不是丁一夫、费云鹏这样的大领导，非得你全程陪同。"

苏晋过去很少去公司，今天怎么了，明知方玉斌不在，一个人也要去？方玉斌心里有事，也没工夫多想，便说："你去吧，正好我马上要回公司，你在办公室等我一会儿。"

　　苏晋没有答话，只是挂断了电话。

　　半小时后，方玉斌回到公司。推开办公室的门，只见苏晋与杨韵坐在里面。苏晋只用余光扫了方玉斌一眼，杨韵主动起身，招呼道："方总，你回来了。"

　　方玉斌点了点头，杨韵接着说："刚才苏老师过来，你办公室的门锁着。听说你们一会儿回来，我就拿钥匙开了门，陪苏老师坐了一阵子。"

　　"谢谢杨总。"苏晋礼貌地说道，脸上表情却十分僵硬。

　　方玉斌接过吴步达递上的水杯，一边去饮水机前接水，一边笑着说："你们是第一回见面吧？"

　　杨韵说道："是第一次，不过早听过苏老师的大名。百闻不如一见，苏老师可比传说中还漂亮。"

　　"过奖了。"苏晋冷冷地说。

　　杨韵与吴步达一前一后退出办公室，方玉斌喝了一口水，说道："我一大早去江州了。今天你过来有什么事？对了，你们学校老师的请柬，发出去了吗？"

　　苏晋摇了摇头："没发。"

　　"怎么回事？"方玉斌问道，"请柬上周不就给你了吗？"

　　苏晋的脸色愈发阴沉，说道："幸好还没发出去。"

　　从一进门，方玉斌就觉察出苏晋的神色有些异样。他走到苏晋身旁，伸手拍着对方手臂，笑呵呵地说："今天怎么了？什么事惹你不开心？"

　　苏晋一把将方玉斌的手挡开，说："请柬我不会发了，咱们的婚也别结了。"

　　方玉斌一头雾水："这好好的，你干吗呢？"

　　苏晋起身离开："今天我来，只是告诉你，咱们分手吧。是我当初瞎了眼，也怨不得别人。不过，现在结束还来得及。"

方玉斌赶紧去拉，不料苏晋伸出手，朝着方玉斌的脸就是一耳光。方玉斌呆在那里，等他回过神，苏晋已走出办公室。方玉斌想追赶出去，但这里毕竟是公司，当着那么多下属的面还得顾虑影响，只得止住脚步。

方玉斌坐回沙发，一个劲地给苏晋打电话。一连拨了好多次，苏晋终于接了电话："你还有什么事？"

方玉斌吼起来："你疯了，干吗无缘无故打我？"

刚才在办公室一直隐忍的苏晋，此时也大吼道："方玉斌，你就是一个王八蛋！"

"到底怎么了？"方玉斌问。

从手机话筒里，就能听见苏晋哭得很伤心："你自己做的龌龊事，还有脸来问我！方玉斌，真没见过你这么无耻下流的男人。"

方玉斌依旧不明就里："什么龌龊事，你能不能说清楚？"

"你干的那些事，我都说不出口！一会儿给你发几张照片，自己看吧！"苏晋说完这句，不由分说挂断电话。

泪水挂在脸颊，苏晋孤单地走在上海街头。曾经有过多少次心动，如今就有多少心痛。匆匆那年，相遇，匆匆那年，相识，匆匆那年，一切都回不去了。苏晋在心头埋怨，你为何这般命苦，总是遇人不淑？竟为了方玉斌这种男人，搭上自己大好时光。

今天上海的气温并不高，苏晋走在路上，却披起外套。怕冷的女人，心一定是凉的。

◎ 7　资源的配置很大程度是按照距离权力中心远近来安排的

方玉斌在办公室里呆坐了好一阵子，才收到苏晋发来的照片。对方玉斌来说，这些照片再熟悉不过——自己与杨韵正赤身裸体，拥抱在一起。

难怪苏晋如此生气！方玉斌的脑袋更是嗡嗡作响。当初自己被人下套，稀里糊涂拍下这些照片。事情过去那么久，苏晋怎么会收到照片？

方玉斌第一个想到的，是把杨韵叫来办公室。杨韵刚把门合上，方玉斌就气急败坏地问："这些东西，是不是你给苏晋的？"

杨韵愣了一下："什么东西？"

"自己看！"方玉斌把手机递过去。

杨韵瞟了一眼，先是吃惊，接着摇头："苏晋看到这些照片了？"

方玉斌追问："刚才在办公室，你和她聊了什么？"

杨韵说："就是普通闲聊。她冷冰冰的样子，弄得我挺尴尬的。"顿了顿，杨韵又说："你不会以为，是我把这些照片给苏晋的吧？"

见方玉斌不吭声，杨韵大声说："我有病呀我，怎么会把这些照片给你未婚妻！当年在滨海的事，把我伤透了。如今最想删掉这些照片的，大概就是我。"

方玉斌掏出一根烟点上，刚吸了一口又掐灭。刚才实在气昏了头，有些冲动，杨韵说得没错，她绝不可能干这种事。再仔细回想一下，苏晋今天给自己打电话时，语气便有些异样。应该她之前就看到了照片，来公司正是要见识一下照片中的杨韵。

杨韵说："不管怎么说，这事都是因我而起。要不我给苏晋打电话解释一下，其实咱们之间什么都没发生，你是被人陷害的。"

"现在解释，还有用吗？再说，谁会信呢？"方玉斌真有一种跳进黄河洗不清的苦涩。

这件事的始作俑者余飞进了监狱，方玉斌与杨韵不仅放下恩怨，还成为同事。没想到，偏偏在这个时候，会有人把照片翻出来。更要命的是，恰恰因为方玉斌与杨韵一笑泯恩仇，许多事更说不清。方玉斌想给苏晋打电话问清楚，究竟从哪儿得到的照片。只是苏晋正在气头上，怕是连方玉斌的声音也不想听。

"谁把照片给苏晋的？"杨韵也很好奇。

方玉斌说："当初知道这些照片的人并不多，谁存心和我过不去？"

杨韵说："最近你和千城的王诚闹得挺僵。"

方玉斌坐回椅子上，重新点燃一根烟，说："你说王诚干的？"

杨韵说："我只是怀疑。毕竟，王诚知道照片的事。"

方玉斌想了想，摇头说："不会是他。真要搞臭我，大可以把照片传到网上，干吗单独给苏晋？这说不通。"

方玉斌抖了抖烟灰，说："当初这件事，就是余飞和伍俊桐一手策划的，会不会是他们？"

杨韵说："余飞还在牢里，绝无可能。至于伍俊桐嘛，虽然是个下作货色，但你不也有他的把柄。按说双方谁都不敢轻举妄动。"

杨韵接着说："刚才你分析得没错，真要想对付你，大可以把照片公之于众。既然单独传给苏晋，那么意图就很明显了。"

"什么意思？说清楚。"方玉斌说。

杨韵两手一摊："这还不清楚？人家并不想搞臭你，只是不想你和苏晋在一起。我想，发照片的人，有可能是某个暗恋苏老师的男士，也可能是某个倾心于你的佳人。"

方玉斌眉头一皱："但旁人为什么会有这些照片呢？"

"这不是问题，反而是解决问题的线索。"杨韵说，"一个圆圈太大，不妨将两个圆圈交叉，再来分析重合部分，就容易得多。或许咱们可以画两个圆，一个是有可能获得照片的人，另一个是那些男士或佳人，到时看一看，重合部分里都有谁。"

方玉斌大口吸着烟，眉头越皱越紧。杨韵问："怎么，有怀疑对象了？"

"不好说。"方玉斌哼了一下。

杨韵说："谁对苏大美人念念不忘，或是谁一直对你暗送秋波，这是你们的私生活，外人帮不上忙。"

方玉斌将烟头掐灭，说："先不说这些了。事情来得太突然，还是等苏晋先冷静一下。"

"对了，"方玉斌又说，"一会儿给虞东明打个电话，约他来上海一趟，就说许多事双方可以商量着办，不必闹太僵。"方玉斌既爱美人，又爱江山，如今形势危急，只能放一放儿女私情，专心应付强敌。

"怎么，你打算退一步海阔天空，接受王诚的城下之盟？"杨韵问。

方玉斌瞪了杨韵一眼，说："你知道为什么你的前雇主，不是进监狱，就是把你炒鱿鱼了吗？"

"为什么？"杨韵问。

方玉斌说："因为不该问的事，你总是问个没完。"

"我去。"杨韵噘起嘴巴，"你太狭隘了，只看到事物的一面。没准正因为我多问几句，心中有数，所以才能出淤泥而不染。人家进了监狱，我还好好的。"

"哟，你的自我评价还蛮高。"方玉斌被逗笑了。此刻自己心中憋着一堆事，能笑一笑倒也不错。

方玉斌又说："你可以多问，但我不会多说。只管通知虞东明便是。"

方玉斌本想着让苏晋冷静几天，自己先集中精力把公司的麻烦解决。可第二天上午，苏晋母亲就打来电话，问发生了什么事。照片的事，虽说自己是被陷害，但面对长辈依旧羞于启口。方玉斌只能一个劲劝苏妈妈，说都是误会，很快就没事。

　　苏妈妈那边刚说完，苏晋哥哥苏浩的电话又打过来。苏浩说他正在香港出差，听说妹妹和方玉斌闹了别扭，专门打电话询问。苏浩与方玉斌毕竟是同辈，平常交流较多，许多话讲起来没有顾忌。方玉斌将事情的经过以及自己的分析向苏浩原原本本说了出来，苏浩听后说："我相信你，也希望你能把这件事处理好。"

　　与苏浩的电话说完，手机又响起来。一看是蒋若冰打来的，方玉斌赶忙接起，连说抱歉："对不起，对不起！说好来机场接你，可出了一点事，刚才一直在接电话。"

　　蒋若冰说："我一下飞机就给你打电话，你那边总是占线。出了什么事？"

　　"家里一点私事。"方玉斌说，"你还在机场吗？我马上赶过来。"

　　"不敢劳你大驾。"蒋若冰说，"见你电话一直占线，我自己打车回市区了，这会儿已经在机场高速上。"

　　"不好意思，实在不好意思。"方玉斌还在道歉。

　　"咱俩之间就甭客气了。"蒋若冰说。

　　方玉斌说："你一会儿去哪儿？我来找你。"

　　蒋若冰说："我打算直接回公司。"

　　"那好，我直接去你办公室。"方玉斌挂掉电话，若有所思地想了一会儿，接着便赶去亿家公司。

　　方玉斌刚到蒋若冰办公室门口，就听到里面传来一阵声音："你们是干什么吃的？这点小事都办不好！拿回去重写，下班前放到我办公桌。"

　　方玉斌敲了敲门。"进来。"蒋若冰的声音显得余怒未消。

　　推开门，只见蒋若冰坐在老板椅上，两名下属唯唯诺诺地站在办公室中间。一见到方玉斌，蒋若冰脸色立刻好了许多。她朝下属挥了挥手："你们出去吧。"

见两名下属转身离开，方玉斌问道："怎么了，一回来就修理人？"

蒋若冰耸了耸肩："没办法，有些人就是欠修理。叫他们弄一份计划书，花了几天时间，可弄出来的东西简直没法看。"

方玉斌笑了笑："你不能对下属太严厉。"

"不说他们了。"蒋若冰拉开抽屉，笑盈盈地说，"想喝什么？我这儿有刚从北京带回来的上等龙井，要不要尝一下？"

"你这可是舍近求远。"方玉斌说，"咱们隔着杭州不远，喝西湖龙井，还用得着你从北京带回来？"

"这你就不懂了吧。"蒋若冰打开一小盒茶叶，说，"没听过一首诗：一骑红尘妃子笑，无人知是荔枝来。资源的配置很大程度是按照距离权力中心远近来安排的，古代的新鲜荔枝都要先送京城，何况技术发达的今天。这盒龙井是一位朋友送我的，甭管在上海还是杭州，市面上都买不到。"

方玉斌拿过盒子，只见上面没有任何图案，底部只写了一行小字："非卖品，仅供品鉴。"

"这种龙井是没喝过。"方玉斌说，"怪不得你老往北京跑，大概尝到甜头了吧。"

蒋若冰沏好茶，端到方玉斌面前："甜头不敢奢望，只要不吃苦头，我就烧高香了。快说说，找我什么事？你说有个计划？"

"没错。"方玉斌点头说，"千城来势汹汹，硬拼绝不是办法。我想来想去，还得剑走偏锋。"

"怎么个剑走偏锋？"蒋若冰追问。

方玉斌说："王诚要吃下星阑，其实醉翁之意不在酒，他的目标是亿家。我就反其道而行，主动放弃星阑，转而死守亿家。"

蒋若冰说："别卖关子了，说说怎么个守法？"

方玉斌说："起码现在，星阑的掌控权还在我手里。利用这段时间，我把星阑资本持有的亿家股份卖出去。你想想，到时会是什么局面？"

蒋若冰陷入沉思，隔了半晌才重新开口："到那时，千城吃下星阑就变得毫无意义。王诚不能拿下亿家，对星阑也会失去兴趣。"

蒋若冰又说："你打算把星阑持有的亿家股份卖给谁？"

方玉斌说："当然是我能控制的公司。另外，亿家发展势头不错，许多投资人感兴趣。那家杭州投资基金的合伙人许子牛，跟我接触过多次。不妨趁着这次股权转移，将 C 轮融资一并完成。"

方玉斌又说："太平天国时，起义军发明了一种战术，叫作守险不守陴。精锐人员不聚在城内，而在城外险要之地守御。太平军守武昌时，就在花园、虾蟆矶筑垒；守安庆，则在集贤关筑垒，让清军吃尽苦头。为了守星阑，把重兵部署在星阑之外，这就叫古为今用。"

蒋若冰笑着说："其实这一招，不仅古人用在战场上，今人也用在商场上。马云是阿里巴巴创始人，大股东却是日本软银与美国雅虎。经过多年发展，阿里巴巴旗下全资子公司支付宝逐渐成为整个集团的核心优质资产。后来因为第三方支付牌照问题，阿里巴巴将支付宝的所有权转让给一家由马云控股的新公司——浙江阿里巴巴电子商务有限公司。这一来，可惹恼了阿里巴巴的大股东雅虎，双方的股权纠纷闹腾了好长一段时间。"

"类比很恰当。"方玉斌点了点头。

蒋若冰说："当初马云这样做，可是引发了一场有关商业道德的危机。你这样干，就不怕？"

方玉斌端起龙井茶，吹了吹杯里的茶水，说："马云当时就说过，这是个不完美的过程，却是唯一正确的决定。"

蒋若冰说："既然你主意已定，说说需要我做什么？"

方玉斌调整了一下坐姿，说："这次交易，关键是把握好时间，造成既定事实，打对手一个措手不及。既要动作迅速，又要做到保密。因此，我必须获得亿家管理层的支持，才有胜算。"

蒋若冰说："管理层可不止我一个人，这事还得去做其他人的工作。"

方玉斌说："你是亿家董事长，其他人都是你的属下，他们的工作只能麻烦你来做。"

"这时候就想到我了。"蒋若冰笑着说。

"这叫什么话！"方玉斌说，"任何时候我可都把你想着。"

"还有一个问题。"蒋若冰端起茶杯抿了一口，"站在管理层角度，我为什么要帮你？让千城成为亿家大股东，有什么不好？"

蒋若冰这一问，方玉斌真还答不上来。都说背靠大树好乘凉，人家凭什么放着千城这棵大树不要？

"亿家是一家互联网金融企业，而我是一名专业的互联网金融投资人。过去的实践证明，专业的合作伙伴对彼此都有帮助。千城虽然大，却并不专业。把亿家交到他们手上，可以说前途未卜。"方玉斌想了好久，终于搬出这番说辞，只是连自己也觉得底气不足。

蒋若冰笑起来："你的这些道理，不仅说服不了我，更无法打动其他管理层。千城或许不专业，但人家有钱呀，只要花钱就能请到专业人士。"

蒋若冰这一番反驳，让方玉斌哑口无言。隔了一会儿，蒋若冰又说："别担心，我并非不愿帮你，只是你找出的理由太缺乏诚意。要我说，这次帮你只有一个理由——看在彼此的情分上。"

"对，对！"方玉斌点头说，"情义无价嘛！"

"知道就好。"蒋若冰莞尔一笑，"我对你有情有义，其他人却未必。股权结构改变是大事，这种事还得在亿家内部召开会议讨论。到时能否过关，我没有十足把握。"

方玉斌说："你是董事长，驾驭属下一定是如臂使指。"

蒋若冰摇头说："刚才我说了，不是所有人都像我一样，对你方玉斌有情有义。利字当前，人心难测，我只能尽力。"

蒋若冰反复提到情义，自然是一语双关。这份情义，究竟是共渡危难的战友情，或是比翼双飞的男女情，就看你怎么理解了。方玉斌自然懂得，却装着糊涂，只是双手作揖，说："谢谢。"

蒋若冰又说："亿家的股东里，可还有一个人。"

方玉斌立刻反应过来："你是说袁瑞朗？怎么，你和他联系上了？"

"这位袁总神龙见首不见尾，谁能联系上他。"蒋若冰苦笑道，"自打当初不辞而别，他几乎同所有人断了联系。最近几个月，公司收到一封由他亲自签名的委托书，指定美国一家律师事务所全权代表他处理相关事宜。我猜他或许去了美国。"

"你见过袁总的委托人？"方玉斌问。

"没有。"蒋若冰说，"我和美国律师都是通过传真与邮件联系。"

方玉斌托着下巴，脑海中浮现出一幕幕往事。袁瑞朗忽然离去，真是越想越蹊跷，无奈自己烦心事缠身，一时顾不得其他。他摇了摇头："袁总不肯和我们联系，想必心头的气还没消。"

"真不知道他有什么气！"提到袁瑞朗，蒋若冰的火反倒被点燃，"当初亿家在他手上险些破产，如今我们拼死拼活，他在国外逍遥快活，股息分红还一分不少。"

方玉斌劝道："人家也想在第一线拼死拼活，是咱们不给他机会。"

"好了，不提他了。"蒋若冰说，"我只想提醒你，袁瑞朗是亿家股东，这次股权结构变动，最好给他的委托人发一份书面说明。他不回复没关系，只要过了期限，就视同默认。"

方玉斌说："好吧，还是你考虑周全。"

第四章
资本盛宴

　　王诚素以精明自诩，扬扬自得于玩弄别人于股掌之上。可悲的是，这一回却让方玉斌这个后辈给玩了。王诚心中的愤怒，甚至超过了昔日千城股权大战。当初自己的对手，毕竟是费云鹏、赵小轻这样一等一的高手，就连那个泥腿子曹伯华，也是精于世故的老江湖。可这一次，面对的却是初出茅庐的方玉斌。究竟是自己老眼昏花，还是方玉斌功力精进太快，已与费云鹏等人不相伯仲？

◎ 1 不要怪主子绝情，而要怪奴才自己入戏太深

　　湛蓝色的海水，绵绵细雨，咖啡飘香，"浪漫之都"西雅图处处弥漫着浓浓的文艺气息。"全美最佳居住地"的确不是浪得虚名，与大多数被水泥建筑包围的美国大城市不同，位于普吉特海湾和华盛顿湖之间，奥林匹克山脚下的西雅图，更像一座山水之城，镶嵌在海洋、湖泊与森林之间。

　　一大早，袁瑞朗就离开位于西雅图西区的公寓，开始了一天的闲散生活。比起北面的温哥华以及南面的加州，西雅图的房价原本并不高。但作为美国科技重镇，这里云集了众多顶级学府。素来重视教育的华人，逐渐将此作为定居地首选。在美国华人圈里有一句话："来西雅图定居，多半是为了孩子教育。"正因为这样，西雅图东区"学区房"的房价，近年来被华人炒了起来。走在街上，不时就能看见东方面孔。

　　袁瑞朗刻意避开了华人聚居的东区，将家安在西区。西区是老城区，居住的多是白人，房价也便宜一些。他选择这里，倒不是因为付不起高房价，而是另有原因。一来，袁瑞朗不愿他乡遇故知，二来自己留美多年，语言不成问题，住在老城，更能品味这座山水之城的风韵。

　　一路晃晃悠悠，袁瑞朗来到市中心的派克街。这里的派克市场，被称为"西雅图心脏"。在美国留学时，袁瑞朗住在东海岸，对于西海岸名城西

雅图，只是闻名已久，却素未谋面。袁瑞朗知道西雅图是大名鼎鼎的科技之都、时尚之都，微软、波音、星巴克的总部都在这里。想象之中，这一定是十分新潮的城市。

半年多前，浪迹天涯的袁瑞朗来到西雅图，短短几天的生活便颠覆了从前的印象，并决定停下流浪的脚步。让袁瑞朗心动的，正是"西雅图心脏"派克市场。谁能想到，这样一座现代化城市的心脏，竟会是一座农贸市场？

派克市场建于 1907 年。由于当时西雅图地区的洋葱价格突然上涨了 10倍，愤怒的市民要求市政府开办农贸市场，让民众直接向农民购买农产品，避免中间商的剥削。派克市场应运而生，8 个农民用篷车载来了他们的农作物，马上被 1 万多市民抢购一空。派克市场从此奠定了它不可取代的地位，成为全美最负盛名的农贸市场。

要感受一座城市的生活气息，一定得去农贸市场转转。而将农贸市场作为心脏的城市，无疑会饱含生活气息。况且，这还是一座能够生产出全世界最先进的电脑软件与喷气飞机的城市。

如今，去派克市场溜达一圈，已成为袁瑞朗的生活习惯。逛累了，就坐进咖啡馆里休息一会儿。派克市场内有许多咖啡馆，其中有一家可谓声名显赫——风靡全球的星巴克咖啡的诞生地。不知国内那些充满小资情调的男女是否知道，星巴克咖啡的第一家店，就在农贸市场里。

这家面积狭小的星巴克第一店，现在已没法喝咖啡。每天都有来自全世界的游客，在店门口排队参观。袁瑞朗不去凑这个热闹，不就喝杯咖啡嘛，在哪儿都一样。他随便走进一家咖啡馆，点上一杯咖啡，看着不远处熙熙攘攘的人群，绽放的鲜花，新鲜的糕点与果蔬……

袁瑞朗几乎快要睡着了，手机铃声又把他拽了回来。电话只说了几分钟，远在洛杉矶的私人律师告诉他，国内传来一份有关亿家金服公司股权结构变动的说明书，星阑资本持有的亿家股份，将转让给另一家公司。

"老办法，已读不回。不说同意，也不说不同意。"袁瑞朗说道。他抿了一口咖啡，又说："提醒你一下，下次不要说亿家金服，公司名字是我取的，叫作亿家金控。他们改名的事，我从没认可。"

"明白。"律师微笑着准备挂掉电话。

"对了，"袁瑞朗又说，"把说明书传我邮箱一份。"

律师顿了一下，才答道："好的。"过去国内传来的文件，只需要通报袁瑞朗一声，这一回，他似乎特别在意。既然客户提出要求，律师自然会照办。

很快，律师把文件传了过来。桌上的咖啡变得索然无味，熙熙攘攘的农贸市场在袁瑞朗耳中顿时安静下来，他全神贯注地看着文件，仿佛正在寻觅猎物的枪手。

袁瑞朗并不清楚国内发生了什么，但从这份说明书中，他已然预感到亿家会遭遇变局，有变局就好，越是天下大乱，才越是形势大好。然而，这样的变局是否就意味着自己的机遇？袁瑞朗不禁又摇起头。之前的教训太惨痛，就因为疏忽大意，自己仓皇出国，丢掉了一手创立的亿家。时过境迁，对手变得更加强大，自己岂能贸然出击？

将自己撵出亿家的人，是个心机深沉、手段毒辣的家伙。人家当初能把你绑去雁荡山，受尽皮肉之苦，如今若没有万全准备便出手，恐怕反被蛇咬。况且，这个人究竟是谁，是蒋若冰、方玉斌或是其他人，袁瑞朗还吃不准。他只知道，所有这些人，都不再是自己的朋友。

谋定而后动，在找到强援之前，还得观望一阵子。亢奋的情绪逐渐冷去，袁瑞朗重新端起咖啡，眼光又投向窗外的景致。多美的西雅图呀，可惜不是我的家。风一更，雪一更，聒碎乡心梦不成，故园无此声。

袁瑞朗的手机又响起来，是一位老同学打来的。老同学知道他正在四处找钱，为他介绍了一位纽约的投资公司老板。这位老板是印度裔，来美国四十多年了，是投资圈里的老江湖。刚好人家这几天来西雅图听音乐会，双方可以见一面。

投资人见得不少，谈成的没有一个。但袁瑞朗没有泄气，哪怕只有一丝希望，自己也要尽全部力量。他答应下老同学，并约好了时间。

一直闲逛到下午，袁瑞朗回到公寓整理好文件，换上一套西服，前往赴约。这位印度老板叫加拉瓦，住在华盛顿湖畔的一座高级酒店里。电话中，加拉瓦告诉袁瑞朗，自己的高级助理已在酒店大堂等候。

袁瑞朗走进大堂，正四处张望，耳畔突然响起陌生却又熟悉的中文："袁总，真是你吗？"

袁瑞朗回头一看，不由得吃了一惊。这不是燕飞吗？当初在荣鼎时的副手，后来又在亿家项目上捅过自己一刀。眼见燕飞伸出手来，袁瑞朗却不愿搭理，只冷冷地说："你也来西雅图了，真巧。"

燕飞有些尴尬，将伸到一半的手缩了回来，说道："是啊，无巧不成书。"

"我来这儿见一个人。你先忙。"袁瑞朗不愿与燕飞多说，打算告辞。

燕飞却笑起来："你不用找了，我就是加拉瓦先生的助理，在此恭候已久。"

袁瑞朗惊得合不拢嘴，这哪儿是巧合，分明是冤家路窄！燕飞笑了笑说："上午加拉瓦先生告诉我这事时，我还吃不准，想着是不是同名同姓。直到见着你，我才发觉，世界真就这么小。"

袁瑞朗愣了一阵子，才说："你不是在那家投资基金做亚太区总裁吗，怎么又成了加拉瓦的高级助理？"

燕飞摇着头："一言难尽。"顿了顿，他又说："加拉瓦先生正在等你，咱们赶紧上楼吧。对了，你最好别说咱俩认识。"

"当然，多一事不如少一事。"袁瑞朗是来见投资人的，他可不想扯出过往的是是非非。

因为偶遇燕飞，袁瑞朗多少有些心神不宁。但他还是努力让自己平静下来，向加拉瓦讲述了自己的计划。袁瑞朗说，自己在中国有一家估值不菲且潜力巨大的互联网公司，但因为各种原因，被人撵了出来。他需要一笔资金，重新去夺回公司控制权。

加拉瓦听完后，只说回去研究一下，并耸了耸肩："这个故事，听起来简直像《基督山伯爵》。"

正事谈完，袁瑞朗起身告辞。燕飞送他下楼，电梯上，燕飞说："袁总，这些日子你受苦了。"

袁瑞朗只当燕飞在取笑自己，说道："还好，也算苦中有乐！不过这一切，都是拜你所赐。"

"这话是怎么说的！我可不敢当。"燕飞苦笑道。

袁瑞朗憋了好久的火，终于倾泻而出："要不是你掐断了亿家的资金，也不会有后面的事。"

燕飞叹了一口气："各为其主，许多事我也没办法。"

电梯门打开，两人一前一后走出来。燕飞主动说道："在这儿碰上也是缘分，晚上加拉瓦要去听音乐会，我没啥事，要不咱们喝杯咖啡，叙叙旧？"

袁瑞朗冷笑道："不必了吧。咱俩之间，似乎没什么旧可叙。"

燕飞说："你不觉得，咱俩之间应该有很多共同语言吗？同是天涯沦落人，相逢何必曾相识。况且咱们不仅相识，还一起共过事。"

袁瑞朗仍是一肚子气："你正春风得意呢，可不是什么沦落人，不敢与你相提并论。"

"春风得意个屁！"燕飞看上去也愤愤不平，"我真要春风得意，能放着亚太区总裁不干，来给这个印度佬当助理？"

袁瑞朗起初拒绝燕飞，是不想让别人看自己笑话。见燕飞也是一副同病相怜的样子，便勉强答应道："那行，咱们找个地方坐一下。"

两人出了酒店，在附近找了一家露天咖啡馆坐下。袁瑞朗递过一根烟，问道："我的事，刚才在加拉瓦房间，你都听见了。你是怎么回事，好好的亚太区总裁不干，来当这个高级助理？"

燕飞接过烟，点燃后深吸一口，又顺溜地吐出烟圈："还能怎么回事！自己一张热脸，贴了人家冷屁股。真要说起来，也和你的亿家有关系。"

袁瑞朗把手上的烟点燃，说道："怎么说？"

燕飞抖着烟灰，说："离开荣鼎那块伤心地，来到美国以后，我真想从头来过。加入那家投资基金，我更是废寝忘食，一心扑在工作上。就说中止与亿家合作吧，明知你会怪我，也还是干了。当时想的是，袁瑞朗记恨我，只是私怨，可一旦投资失误造成损失，那就是对不起公司。"

袁瑞朗不屑道："这可不像我认识的那个燕飞。"

"你别不信。"燕飞说，"那时我就是这么想的。事后的发展也证明了我的判断，中国互联网金融行业遭遇调整，先前投的几家企业无一例外发生状况。若不是我踩刹车及时，美国的投资基金一定会损失惨重。"

袁瑞朗嘲笑道："你这假洋鬼子当得不错。为了美国老板的利益简直是殚精竭虑，人家就没犒赏你？"

"他们的犒赏，就是把我开了。"燕飞叹了一口气。

"这帮王八蛋！"燕飞忍不住爆了粗口，"中国互联网金融企业出现跑路潮后，基金对中国的投资也陷入停滞。没过多久，老板就让我卷铺盖滚蛋。"

袁瑞朗有些诧异："你不是帮公司减少了损失吗？"

"没错，我是有功劳，人家也认账。"忆起往事，燕飞长吁短叹，"但人家说了，当初招聘我，就是希望借助我的经验开拓中国市场。甚至一开始派我去其他分公司任职，也是一种历练，让我熟悉他们的企业文化，最终还是要把我派回中国。但是，中国的投资项目受挫，公司调整了战略，近期不会向中国市场投注资源。因此，留着我就没用了。"

袁瑞朗终于听明白了，摇头说："这些美国佬可真是一点人情也不讲。"

"我就是吃了老实的亏。"燕飞越说越气，"事后想起来，投资亿家是前任拍板的，真出了事，责任也不在我。而要找一个擦屁股的人，公司上上下下除了我没人更合适。当初我若是睁一只眼闭一只眼，甚至玩个养寇自重的心思，没准如今还在亚太区总裁的位置上坐着。"

"你说你，一辈子玩弄阴谋诡计，偶尔大公无私一回，还把自己给坑了。虽说到了美国，但兔死狗烹、鸟尽弓藏的东方智慧，你也不能全丢掉呀。"袁瑞朗心中暗爽，燕飞掐断了自己的资金，最后也自食恶果，这就叫报应！

"是啊！"燕飞缓缓说道，"我算明白了，甭管中国还是美国，有一条绝不会变——人不为己，天诛地灭。"

袁瑞朗又问："离开那家投资基金后，你就到了加拉瓦手下？"

燕飞点点头："加拉瓦是只老狐狸，在经济危机中发了国难财，近来在华尔街风头正劲。说白了，我就是他的一个跟班。只不过他知道我之前的经历，安慰性地在助理头衔前加上高级两字，成了高级助理。"

"那不错。"袁瑞朗竟安慰起燕飞，"假以时日，加拉瓦没准会成为真正的华尔街大佬，你这个高级助理也水涨船高。"

"什么不错！"燕飞摇头说，"仰人鼻息只是权宜之计。况且在美国待了一段时间，我还是觉得国内更适合自己。"

袁瑞朗说："怎么，还忘不了国内？"

"你不也一样！"燕飞抿了一口咖啡，"尽管住在西雅图这样美丽的地方，其实你的心依旧在故国。"

"你说得没错，我一定会回去。"袁瑞朗用力地掐灭烟头。

刚才在加拉瓦房间，燕飞将袁瑞朗的遭遇听得一清二楚，他说："我希望你成功，但说实话难度不小。你的对手是个厉害角色，仅靠你一个人，恐怕很难逆转局势。另外，我跟着加拉瓦有些日子了，从他的神情来看，应该对你的计划兴趣不大。"

袁瑞朗说："我也看出来了，不过我从不把希望寄托在哪一个人身上。没有加拉瓦，还有其他人。我记着中国那句老话：有志者，事竟成；苦心人，天不负。"

袁瑞朗不想过多谈论自己，又把话题扯回燕飞身上："你在美国干得不开心，随时可以回去嘛。你和我不同，我是有仇家在国内，你可有恩人在国内。"

燕飞摇着头："袁总，我今天可是和你开诚布公，你就不必挤对我了吧。"

袁瑞朗说："我说的可是实话。荣鼎如今的一把手费云鹏，不就是你的恩人。荣鼎上上下下，谁不知道？"

燕飞板起脸来："这么说就没意思了。当初我怎么离开荣鼎的，你又不是不知道。"

"我当然知道。"袁瑞朗说，"但当时情况特殊，费云鹏被丁一夫逼到墙角，不得已弃车保帅。如今棋局已经翻转，丁一夫死了，费云鹏才是荣鼎的当家人。"

"然而并不是这样！"燕飞恨恨地说，"不瞒你说，丁一夫死后，我回国找过费云鹏，人家一番嘘寒问暖之后，又客客气气把我拒之门外。甭管丁一夫还是费云鹏，到了那个位置，心里想的只有自个儿。我是戴罪之身，用我这种人，难免招来闲言碎语。人家高高在上，整天吃香喝辣，干吗为我去冒风险。"

"是啊。"袁瑞朗长叹一口气，没想到对跟自己素来不合的燕飞，今天竟会生出惺惺相惜之感，"当初在上海，咱俩搭班子，我是一把手，你是常务副总。在荣鼎总公司，丁一夫是董事长，费云鹏是总经理。所有人都知道，我是丁一夫的爱将，你当过费云鹏的秘书。可到后来，丁一夫为了自保，撤了我的职，再后来呢，费云鹏又让你做了替罪羊。说到底，咱俩不过是棋子，被人玩弄于股掌之上。"

袁瑞朗的话，说到了燕飞心坎上，他说："你说咱俩钩心斗角为什么，还不是替主子卖命。可卖到后来，人家又把咱们卖了。同是天涯沦落人，这话一点不假。"

"不说了。"袁瑞朗一脸沧桑，摆着手，"奴才被主子卖来卖去，或许本就天经地义。要怪，只能怪奴才自个儿入戏太深。"

"是呀。"燕飞感叹一声，接着说，"不过也有好命的奴才。比如那个方玉斌，丁一夫重用他，在费云鹏手下也捞着了好处。人家这奴才当得好，不仅没被主子卖，到头来还把主子卖了。"

燕飞又说："我记得，方玉斌刚进荣鼎，是个小虾米的时候，你就是荣鼎上海公司的一把手了。他姓方的，不也是你的奴才？最后怎么样，人家出息了，还把你给卖了。"

袁瑞朗脸一沉："我同方玉斌在工作中是有一些分歧，但使出下三烂手段，把我撵出亿家的，未必是他。"

燕飞笑了："我说老哥，你是在唬我，还是宽自个儿的心？事情明摆着，即便方玉斌不是主谋，也是个从犯吧。"

提到这些事，袁瑞朗气血又往上涌，他哼了一声，说："亿家如今的日子并不好过。我看他们很快就有现世报。"

燕飞不解地问："我听朋友说，亿家不是发展挺好吗？"

"那都是表象，底下暗流汹涌。你看着吧，很快就有事发生。"亿家股权变动的事，袁瑞朗不便对燕飞说，随口敷衍道。

对于万里之外亿家的事，燕飞并不关心，他说："他好不好，关我屁事。爹死娘嫁人，各人顾各人吧。"

袁瑞朗与燕飞的烟瘾都挺大，烟雾缭绕，遮住两个中年男人眼角的鱼尾纹，而那里，藏着他们层层叠叠的故国岁月。眼见夜幕降临，袁瑞朗主动说，换家酒吧来个一醉方休，燕飞欣然答应。

◎ 2　领导在下属面前，不必大呼小叫，但也不能太有亲和力

"嘭！"方玉斌坐上车，重重地把门关上。坐在驾驶室的杨韵被吓了一跳，她白了方玉斌一眼："你轻点行不行？"

方玉斌低着头，没有说话。杨韵又说："算了，反正这是公司的车，老板都不在乎，我瞎起什么哄？"

方玉斌与杨韵的关系有些微妙，既有过旧怨，如今又成了朋友，既清白无瑕，又曾光着身子睡在一张床上。正因为这些，两人说话没有太多顾忌。见杨韵抱怨，方玉斌说："哪来那么多废话！就你这认识水平，怪不得到处被人炒鱿鱼。"

杨韵也不生气，而是说："我这认识水平可不低。按说今晚是加班，我不也没找你要加班补助嘛。"

"关键你这班没加好，甚至适得其反。"方玉斌懊恼地说。

"这可不怨我。"杨韵发动汽车，驶了出去，"主意是你拿的，我一切照办。最后没效果，我能有什么办法。"

方玉斌叹了一口气，没再说话。杨韵又说："还有一个法子。你为了向苏老师表忠心，不妨把我炒鱿鱼。反正我到处被人炒，多你一个不多，少你一

个不少。况且这是为了你的终身大事，我认了。"

方玉斌冷笑一声，摸出一根烟点上，说："事情出了之后，我还真动过这念头。但转念一想，这样做别人岂不是以为我做贼心虚。"

杨韵笑起来："看来这班没白加，起码我的饭碗保住了。"

方玉斌却有些来气："眼见我碰了一鼻子灰，你非得幸灾乐祸？"

杨韵说："多大点事，看把你紧张的。以前我不清楚，但如今算明白了，你和苏晋之间，缘分深得很，分不掉。"

"何以见得？"方玉斌问道。

杨韵说："这你都不明白！你看，郎有情，妾有意，只不过冒出一点小误会，哪有解决不了的！"

方玉斌说："我算得上郎有情，但这妾有意，怎么没看出来？"

"看来你不懂女人心思，或者说还算不上一个老司机。"杨韵先是调侃，接着一本正经地说，"你瞧今天，苏晋把你骂得狗血喷头。离她看见那些照片可有些日子了，按说人早该冷静下来。人家那么好的修养，真要对你死心了，犯得着开口骂人吗？"

"我本来就不是老司机。"方玉斌脸上露出喜色，"不过你这么说倒有些道理。"接着，他又摇头："但你说是小误会，未必吧。苏晋可没相信我的解释。"

车内陷入了沉默，方玉斌依旧一脸沮丧，杨韵也替他着急。一连好多天，方玉斌都没能联系上苏晋。今晚，方玉斌拉上杨韵，在学校门口堵了两个多小时，总算见到了人。方玉斌本想让自己与杨韵一同跟苏晋把事情说清楚，没想到却闹了个不欢而散。唯一的收获，大概就是杨韵观察出来的"郎有情，妾有意"吧。也不知道，真是杨韵火眼金睛还是人家宽自己的心？

隔了一会儿，杨韵又说："揪出那个给苏晋寄照片的人，一切误会不就能澄清？"

方玉斌却摇头道："你这话，说了等于没说。给苏晋寄照片的人是谁，我怎么知道。"

"你就没有怀疑对象吗？"杨韵问。

方玉斌若有所思地说："怀疑归怀疑，但说不准。"

"只能盼望你早日查出真凶了。"杨韵说，"不过水落石出之前，你也不妨死缠烂打。今晚来了，明天、后天接着来，精诚所至金石为开嘛，让人家看到你的诚意。不过，要是不给加班补助，我就不陪着了。"

"不用你陪。"方玉斌说，"再说接下来我也没空。明晚约了蒋若冰谈事，后天亿家管理层召开会议，讨论是否接受股权移转方案，我必须参加。"

"你可真够忙的。"杨韵说，"江山、美人，哪样都舍不得。"

方玉斌又点上一根烟，说："最麻烦的是，如今两样都还悬着。"

接下来几天，方玉斌忍痛没再和苏晋联系，把精力投到工作上。毕竟，能否争取到亿家管理层的支持，是自己计划成败的关键。

亿家管理层会议如期登场。坐在休息室里的方玉斌心中难免忐忑，这时，亿家公司的秘书走进休息室，对蒋若冰说："蒋总，人都到齐了。"

方玉斌正欲起身，蒋若冰却用手拍了他一下，说："再坐一会儿。"蒋若冰转头对秘书说："我知道了，让他们等一会儿。"

蒋若冰见方玉斌脸上有些疑惑，说道："这是我的习惯，内部会议都得迟到几分钟。"

"这架子可够大的。"趁着调侃蒋若冰，方玉斌也试着让自己松弛一些。

"没办法呀。"蒋若冰说，"我接手的亿家，都是袁瑞朗留下的班底。对付这帮骄兵悍将，不能太仁慈。"

"慈不掌兵，义不理财，说的就是你吧。"方玉斌不禁想到，当年丁一夫说过，领导在下属面前，不必大呼小叫，但也不能太有亲和力，最好喜怒不形于色，有臣下不能测之威仪。自己跟随丁一夫多时，却始终没有学到这一招。准确来说，不是学不到，而是不愿学。方玉斌觉得，工作中大家是同事，生活中是朋友，没必要弄得阶级分明。倒是蒋若冰从没得过丁一夫的真传，却能无师自通。

"玉斌，你放心。"蒋若冰投来坚定的目光，"尽管今天难免会有些杂音，但我一定会尽力帮助你。"

"谢谢！"方玉斌点头微笑。

在习惯性迟到之后，蒋若冰终于走进会议室。她清了清嗓子，说道："今天召集大家开会，就为一件事。亿家的大股东星阑资本，有意将其所持有的股份转让给另一家公司。在座的既是亿家高管，也都持有公司股权。所以，征求一下各位意见。"

不待众人开口，蒋若冰便说："我是公司董事长，在管理层中持股最多，就先说几句。个人觉得，星阑手里的股权转到哪儿去，对我们来说影响并不大。打个比方，一栋四合院里，我们管理层有一间小房子，星阑住着一间大房子，彼此是邻居，相处得很融洽。如今，星阑要搬家，把房子卖给其他人。出于礼貌，知会我们一声是对的，但卖不卖、卖给谁，那是人家的事。"

蒋若冰接着说："当然了，这只是一个比喻，股权转让毕竟和卖房子不是一回事，要不怎么还有优先购买权一说呢。星阑要转让股权，有告知其他股东的义务，其他股东也有优先购买的权利。方总履行了他的义务，我们若是有心，也能行使自己的权利，比如管理层出资回购亿家股权。"

"只可惜，"蒋若冰话锋一转，"心有余力不足呀。反正我拿不出这么多钱，不知在座的有没有这个实力？如果有，咱们干脆把亿家股权买下来。如果没有，就只好放弃这项权利。"

"我们都是靠业绩分红才拿到一点股权，哪有钱去接下星阑转让出的股份。"高管中有人说道。

蒋若冰又说："我的态度已经很清楚了，但还得强调一点，这不是企业办公会议，我是董事长，你们是下属。今天，在座的都是亿家股东，只不过份额多少不同，各位都有表达意见的权利。我阐明自己的观点，你们也可以畅所欲言。"

蒋若冰刚说完，方玉斌就投来感激的目光。身为亿家董事长，蒋若冰抢在第一个发言，无疑具有定调意味。人家这个忙，帮得够卖力了！

高管中有人说道："我同意蒋总说的。这事知会咱们一声，就算把程序走到了。我们没啥意见。"接着又有人说："反正是个走程序的事，索性咱们开个短会，别耽误太多时间。"

"等一下，我有一个疑问。"在一片附和声中，坐在角落里的一名男士突然说道。

蒋若冰抬头望去，接着微笑道："好啊，有疑问就提出来。我说过，今天可以畅所欲言。"

这名男士说："我觉得，蒋总刚才的比喻很贴切，股权转让就好比是四合院里的邻居卖房子。但是，房子卖给谁，可是大不一样。如果搬进来一个乱七八糟的人，邻居就遭殃了。反之，李嘉诚要来和咱们做邻居，四合院立马升值。"

这名男士又说："我看了资料，星阑打算把股权转让给一家不太知名的公司，而这家公司的实际控制人，恰恰是如今星阑资本的董事长方玉斌先生。这不是左手倒右手吗？我不是反对这样做，而是希望方总能把其中原因说明白。你在资料中写了，股权转让是要便利企业未来经营，但这种说法太含糊。"

方玉斌心中的想法，此刻却不能说。昨天与蒋若冰交流时，对方再三叮嘱，千万不能暴露真实意图。千城意欲夺下亿家，始终在暗处使劲，并未大张旗鼓，因此了解内情的人不多。此时打个马虎眼，或许还能瞒天过海，一旦让所有人知道，股权移转是为了同千城争夺控制权，事情就难办了。谁都想攀高枝，在千城与方玉斌之间，选择前者的无疑更多。

真话不能讲，所幸方玉斌早就准备了假话，他说道："大家都知道，星阑投资了众多互联网金融企业，亿家是其中一家。如今市场上，甚至有星阑系的说法。人怕出名猪怕壮，尤其在中国，沾上什么系，监管层就会瞪大眼睛。互联网金融之前出过许多问题，上头原本盯得很紧，这种时候，低调才是处世之道。不久前去北京，一位领导就告诉我，中国资本市场上的这个系、那个系，不知垮了多少，星阑不过初出茅庐，凑这热闹干吗？"

方玉斌又说："领导的话有道理呀。我在想，最好能化整为零。此次股权转移后，亿家仿佛与星阑切断了联系。没有了亿家，所谓星阑系自然不复存在。这样，许多事反而好办。"

蒋若冰在一旁频频点头，不过心中却暗笑，这个方玉斌，撒谎功夫倒不错，一点不脸红，还扯出什么北京的领导。就星阑这点实力，能入了监管层的法眼？

这时，另一名高管问道："亿家处于 C 轮融资的关键时刻，我不知道，此时进行股权转移，对于 C 轮融资是否会造成影响？"

不待方玉斌回答，蒋若冰就说道："咱们今天讨论的，是股权转移的事，至于 C 轮融资，不在讨论范围。尽管鼓励畅所欲言，但还得扣住主题。毕竟，这不是茶话会、神仙会。"

趁着蒋若冰说话的间隙，方玉斌向身旁人打听，刚才发问的两人都是谁，怎么自己不认识。

旁边人回答，这两名高管都是最近才进入亿家公司的，一个是风控部主任，一个是行政副总监。

方玉斌心想，亿家的老人起码打过照面，这两位不是创业元老，而是蒋若冰新招入的，难怪不认识。那么也就是说，这两人不是所谓袁瑞朗留下的班底，而是蒋若冰一手栽培的亲信。一想到这一层，方玉斌的眉头不禁皱了皱。

蒋若冰说完之后，会场上不再有人开口。倒是方玉斌主动说道："刚才有人问 C 轮融资的事，我可以跟各位交流一下。亿家的发展势头不错，C 轮融资大功告成指日可待。最近，我接触了一家有 BAT 背景的投资基金，双方已达成一致。趁着这次股权转移，C 轮融资会同步推进。"

方玉斌又说："刚才不是有人说，想和李嘉诚做邻居吗？ BAT 投资亿家，说明对企业的高度认可，大家就等着四合院升值吧。各位手里的股份，也会出现可喜的溢价。"

方玉斌说完后，蒋若冰带头鼓起掌来。接着，她又问："对于这套方案，大伙还有什么意见？"

见众人摇头，蒋若冰说："那好，就算通过了。回头我会代表亿家管理层，以书面形式向方总做出回复。今天就这样，散会吧。"

过了亿家管理层这一关，几乎意味着大功告成。方玉斌自然喜形于色，待下属全部离开后，蒋若冰也笑起来："你吩咐的事，我可给你办好了。时间不早了，麻烦你开车送我回家，这个要求不过分吧。"

"当然。"方玉斌说,"别说开车送你,要我有飞行执照,恨不得开飞机。"

"你开的飞机,我可不敢坐。"蒋若冰笑得更开心。

汽车驶出车库,副驾驶位置上的蒋若冰却叹了一口气:"玉斌,你说我这样做,是不是有些公私不分?"

"什么意思?"方玉斌问。

蒋若冰说:"失去千城这座靠山,对亿家真是好吗?放着豪门不入,偏要跟着你私奔。"

方玉斌说:"一入豪门深似海,那里面有啥好的!亿家到了王诚手里,要么是一只做试验的小白鼠,要么是棋盘上的过河卒,人家用起来可不会有丝毫爱惜。之前我就讲过,千城是为了拿下民营银行牌照,才想起亿家这块敲门砖的。敲门砖这东西,打不开门没啥用,门开了也得立刻丢。我正是为了亿家的未来,才同王诚据理力争。"

蒋若冰说:"这么说,帮你也是为亿家好了?"

"当然。"方玉斌说,"帮我就是帮亿家,更是帮今晚在座的所有高管。"

蒋若冰显得有些不开心:"这么说,你也不必感谢我了。反正我是在帮自己,又不是帮你。"

"话不能这样说,你当然是在帮我。"方玉斌意识到自己失言,立刻纠正,"你首先是帮我,只不过未来将证明,你帮得值!"

蒋若冰噘起小嘴:"未来怎么样我不知道,我只晓得,这次如果不是你方玉斌,我就带着亿家去抱千城的大腿了。"

"是,是。这件事上,你居功至伟,滴水之恩定当涌泉相报。"方玉斌说。

"去。"蒋若冰说,"我这么做,可不指望谁报答。"顿了顿,她又说:"这世上,有一种感情是不求回报的。"

女人的这番表白,男人当然能听懂。方玉斌不敢接话,只是嘿嘿笑了两声。

蒋若冰又问:"听说你和苏老师闹别扭了?"

方玉斌有些惊讶:"你的消息这么灵通,什么事都知道?"

"亿家与星阑可是战略伙伴,我知道一点八卦,不奇怪吧。"蒋若冰继续说，"离你们大喜的日子不远了，红包我都准备好了，到时能送出去吗？"

方玉斌苦笑道："这个我说了不算，得看苏晋的态度。"

蒋若冰咯咯笑起来："不送最好，帮我把钱省了。"停顿一下，她又说："其实你和她闹别扭，我一点不奇怪。"

"怎么说？"方玉斌问。

苏晋说："你和她，根本不是一类人。"

"这种时候你就不能给我鼓鼓劲，非得泼凉水？"方玉斌说。

"忠言逆耳。你不要骗自己。"蒋若冰说，"扪心自问，你到底是觉得苏晋曾帮过你，不能有负于她，还是真正爱她？"

蒋若冰这一问，方玉斌竟有些语塞。隔了一会儿，他才说："我想自己是真正爱她的。"

"真正爱一个人，需要考虑这么久？"蒋若冰直视方玉斌，目光有些咄咄逼人。

方玉斌笑起来："终身大事，当然要好好考虑了。"

蒋若冰摇着头："正因为是终身大事，所以更不能骗自己。有些事情不妨冷静下来，给彼此一个机会。"

蒋若冰接着说："苏晋是个大小姐，从小饭来张口、衣来伸手。耍耍性子，在她看来是天经地义的事。而我和你，没有苏晋那样的好爸爸，所有一切都得靠自己打拼。出身、性格的差异，决定了苏晋并不适合你。更关键的是，她并不是最爱你、最懂得珍惜你的女人……"

"这些都是私事，我会处理好的。"方玉斌打断了蒋若冰。他唯恐蒋若冰一直说下去，人家真要表白出来，无疑会更加尴尬。

方玉斌主动岔开话题："亿家管理层已经同意了我的方案，袁瑞朗那边有什么消息没有？"

方玉斌一直闪躲，让蒋若冰心里很不痛快。她语气生硬地回了句："没消息。"

"一点消息也没有？没说同意也没说反对？"方玉斌追问。

"是的。"蒋若冰答道。

"那就好。"方玉斌说，"没有反对就是默认。"

方玉斌指了指前方："你家到了吧？"

方玉斌把车停在路边，说道："你如今住的是高档小区，我的车进不去，只能送你到这儿了。"

蒋若冰并没急着下车，而是说："我的新家你还没去看过吧，要不上去坐坐？"

方玉斌愣了一下，说："今天时间太晚了，改天吧。"

"没事。"蒋若冰说，"咱俩不都是夜猫子吗？平常也没这么早休息过。"

方玉斌有些挣扎，但很快还是下定决心，说道："我今晚还有其他事，就不上去了。"

"好吧。"蒋若冰翻身下车，用上车门。

◎3　方向错误时，停下就是前进

虞东明出了电梯，脚步匆匆地行走在走廊。来到王诚办公室门口，秘书起身相迎，问道："主席正在打电话，虞总有什么事吗，我马上进去通报。"

"不用。"虞东明拍了拍秘书的肩膀，接着自己扳动门把手，走进了王诚办公室。

王诚正在通电话，见虞东明走进不免有些诧异。他吩咐过秘书，这通电话很重要，有人汇报工作先等一等。没想到，虞东明还是径直闯了进来。

虞东明是个懂规矩的人，此时撞门而入，一定是有急事。王诚长话短说结束了这通电话，接着问道："怎么了？"

虞东明脸色严峻，心头更憋着火："方玉斌这小子，这回玩大了。"他坐到沙发上，又说："方玉斌把星阑持有的亿家金服的股权转让了。"

王诚很是吃惊："转让了？他转让给谁了？"

虞东明说："转让给了一家新成立的企业。虽说从工商登记资料上看不出多少名堂，但我敢肯定，这家公司的实际控制人，就是以方玉斌为首的星阑资本管理层。"

"他要干什么！"王诚一个巴掌拍在办公桌上，连门外的秘书听到声响都被吓了一跳。

对于王诚的暴怒，虞东明倒不意外。他只是摇头说："如今不是他要干什么，而是他已经干了。而且在股权转让同时，亿家与杭州一家投资基金签署了 C 轮融资协议。这家基金注资 10 个亿，拿到了相对控股权。"

王诚与虞东明都清楚，方玉斌这粒落子，已然颠覆整盘棋局。千城为了拿下亿家，选择借道星阑。方玉斌就更狠，玩起了釜底抽薪，直接斩断了星阑与亿家的联系。王诚费尽心机的借道，立刻成为不折不扣的跑冤枉路。此时即便拿下星阑，也不过是一座空城。

王诚站起身，在办公室里来回踱步。如果不是当着虞东明的面，得顾及自身形象，他没准会一脚踹向沙发。王诚的愤怒，绝不仅仅是因为方玉斌逆转了棋局，更源于高傲的自信心遭受到无情打击。

从一开始，王诚就认为局势尽在掌控。三番五次警告方玉斌，看似犯了兵家大忌，实则是追求一种七擒七纵，把对手打服的成就感。没有想到，方玉斌利用了这份自信，孙猴子真还跳出了如来佛的手掌心。

王诚素以精明自诩，扬扬自得于玩弄别人于股掌之上。可悲的是，这一回却让方玉斌这个后辈给玩了。王诚心中的愤怒，甚至超过了昔日千城股权大战。当初自己的对手，毕竟是费云鹏、赵小轻这样一等一的高手，就连那个泥腿子曹伯华，也是精于世故的老江湖。可这一次，面对的却是初出茅庐的方玉斌。究竟是自己老眼昏花，还是方玉斌功力精进太快，已与费云鹏等人不相伯仲？

王诚停下脚步，说道："方玉斌这样做，难道我们就束手无策？"

虞东明说："目前看起来已经是既成事实，阻止肯定来不及了。而且，方玉斌事前应当咨询过许多律师，在细节处理上相当谨慎。不过，我们真要反击，还是能找出其中瑕疵。我问了法律顾问，可以由星阑的其他股东出面，起诉方玉斌。一旦胜诉，转让合同就会无效。"

虞东明接着说："法律顾问还提到，除了打民事诉讼，甚至可以直接向公安局报案，就说方玉斌的行为已经涉嫌职务侵占，侵害了其他股东的合法权益。"

王诚思忖了一下说："像这种案子，可以说模棱两可，介于民事纠纷与刑事案件之间，公安局会立案吗？"

虞东明说："或许证据不是太充分，但只要前期工作到位，公安局经侦部门完全有可能立案。"

王诚坐回椅子上，陷入沉思。从内心来说，他恨不能动用所有的关系，把方玉斌弄进牢房去。但另一面又有些犹豫，同方玉斌开战，自己能得到什么？

拿下亿家，只不过是一种手段，王诚真正的目的，是为千城拿下民营银行的牌照增添筹码。若大动干戈，同方玉斌彻底决裂，就能拿回这个筹码吗？

想到这里，王诚不禁摇起头。起诉方玉斌或是向公安局报案，虽说够那臭小子喝一壶，可结局如何真不好说。即便往好处想，彻底灭了方玉斌，把星阑、亿家通通收入囊中，但这样的局面，难道不是一场惨胜吗？

以王诚的江湖地位，向一个后辈方玉斌下手，本就不是什么光彩事。况且，为此事闹得满城风雨，其他人尤其是那些掌管民营银行牌照的监管者怎么看？这不是告诉全天下，我王诚出师未捷就栽了个跟头！

王诚努力让自己冷静下来，这个方玉斌，不就是吃定我投鼠忌器，才敢玩这一招吗？可是，该忌的器还得忌，不能因为耗子太可恶，就真把手里的石头砸出去。

"到此为止吧。"尽管心里一百个不情愿，王诚还是说出了这句话，"大局已定，被叼走的羊拿不回来，圈里的羊谅他也没胆再来叼。此时亡羊补牢，反倒像是画蛇添足。"

"就这么放过方玉斌了？"虞东明忍不住问道。

"不放过又能怎样？"王诚表面镇定，桌下的拳头却使劲捏着，"方向错误时，停下就是前进。"

虞东明真想埋怨王诚几句，当初若不是你过于托大，哪会有今天？不过这话，虞东明可没胆子说出口，只能点头道："也就这样吧。不过星阑资本的董事长，不能再让方玉斌干了吧？"

王诚摆手说："拿下一座空城，意义不大，就让方玉斌继续在那儿守摊子吧。"

"这一回，实在便宜他了。"虞东明恨恨地说。

王诚强挤出笑容，说："以前只知道方玉斌是金牌投资人，没想到当他的身份变成创业者时，与投资人博弈起来花招也不少。"

"他的那些招数，入不了你的法眼。"办公室里太压抑，虞东明决定拍拍马屁，缓和一下气氛，"这么多年，你手里不也没有多少千城股份，却把千城牢牢掌握在手里。那么多野蛮人来敲门，都被你打得落花流水。"

王诚知道下属在拍马屁，心里却很舒坦，他笑了笑："星阑只是一家小企业，与千城不能同日而语。"

"是啊。"见马屁拍得正好，虞东明赶紧加码，"所以说，方玉斌那点小聪明，跟你比起来简直不值一提。"

这些话听着受用，但王诚心里也不糊涂，他摆了摆手："青出于蓝而胜于蓝，对这个方玉斌，不能等闲视之。"接着，他又冷笑一声："这次让他得意一阵子。君子报仇，十年不晚，将来有的是机会收拾他。"

方玉斌坐在办公室，还在回味刚才的电话。

亿家的 C 轮融资完成，收获了一场大捷的方玉斌，心头始终有一件事放不下——如何去面对王诚？在这场战役中，王诚是自己的对手，却又是一个曾有恩于自己的对手。无论基于昔日情谊，或是未来发展，方玉斌都不想同王诚彻底闹掰。思考良久，他终于拿起电话，亲自打给王诚。

王诚的语气很冷淡，只说过去的事就不提了，大家团结一致向前看。方玉斌几乎是站着听完电话，并一直点头说"好"。他心里清楚，王诚或许是大气量，宰相肚里能撑船，又或许，人家只是基于对局势的判断，不得已打掉牙和血吞。但是，无论大气度或是大格局，这种冷静到近乎冷酷的对手，无疑是可敬甚至可怕的。

正想着，敲门声响起。方玉斌说了声"请进"，蒋若冰快步走了进来。方玉斌立刻起身，笑容可掬地说："什么风把你吹来了，也不提前说一声。"

"还能什么风？当然是妖风。"比起以往的和颜悦色，今日蒋若冰脸上有些难看。

"怎么回事？"方玉斌佯装不解，其实心中已猜出蒋若冰为何冒火。

"你什么意思？"蒋若冰说，"C轮融资结束，公司上下一片振奋，大家都在谋划怎么推进下一步工作，你却非要掺沙子、扔石头？"

"别着急，坐下慢慢说。"方玉斌说。

蒋若冰始终站着，说："为什么把你手下的杨韵和吴步达派到亿家来，还要做什么执行董事？"

"就为这事？"方玉斌说，"一个电话就能解释清楚，哪用跑一趟。别站着了，坐下吧。"

蒋若冰终于坐下，脸色依旧十分阴沉。方玉斌说："C轮融资完成后，亿家的股权结构发生变动，董事会自然要重新改选。如今我是亿家的第二大股东，派两个人进入新董事会，有什么大惊小怪的？"

蒋若冰说："你派谁进董事会，我管不着。但执行董事与一般董事不一样，执行董事是要参与公司日常经营管理的。你的手伸得太长了吧！"

方玉斌依旧笑着说："我对以你为首的管理层十分信任，至于派执行董事这件事，并不是我的本意，主要是杭州的投资基金十分坚持。许子牛非要派出执行董事，了解公司日常经营状况。不过话说回来，人家投了那么多钱，提这个要求也不过分。"

方玉斌又说："许子牛固执己见，我见劝也没用，便提出一个折中方案。执行董事可以派，但只带着眼睛与耳朵去，嘴巴最好缝起来，只听、只看，不要说，更不能指手画脚。另外，执行董事有三位，我派两位，剩下一个由许子牛指定。"

方玉斌继续说："杨韵与吴步达都是我的人，跟你也挺熟，派他们去，总比许子牛派个陌生人要好。再说了，我会同他们打招呼，全力配合你的工作。"

"真的？"蒋若冰将信将疑道。

"当然。"方玉斌说。

蒋若冰脸上终于露出笑容："你怎么不早说？"

方玉斌说："我正说什么时候跟你通气，没想到你就找上门来了。这事也是昨天上午定下来的，下午一直开会，没抽出时间，晚上又去学校找苏晋，便给耽误了。"

蒋若冰哼了一声："为了给苏晋负荆请罪，你的忘性倒不小，看来你还真是痴情。怎么样，人家领情没有？"

方玉斌面露尴尬："好事多磨，不着急。"

蒋若冰冷笑道："我有什么好着急的，就怕你孔雀开屏，自作多情。"

"你不懂了吧，这叫情之所至一往而深。"以往谈到感情问题，方玉斌总会刻意回避，今天却一反常态，大大方方地秀起恩爱。

"但愿吧。"蒋若冰心里不是滋味，嘴上淡淡地说。

"对了，还有一件事，"方玉斌说，"原本说好下周咱们一起去香港，出席一场互联网论坛。我临时有事，就不去了。你和许子牛一起去吧。"

"你有什么事？"蒋若冰问。

方玉斌伸了个懒腰，说："其实也没什么事，就是这段时间太累了，想休息一下。下周打算去美国度假。"

"怎么，同苏老师和好如初，一起去度假了？"蒋若冰又问。

"没有。"方玉斌摇了摇头，"这一次，我一个人去。"

"一个人去美国？你可真有兴致！"蒋若冰的眼光中有些疑惑。

方玉斌笑着说："来一场说走就走的旅行，不挺好吗？"

蒋若冰也微笑着说："真羡慕你呀。我一直想出去转一圈，却始终没找到合适的机会。"

方玉斌说："好啊，下次有机会，组织咱们公司员工一起出去。这一次，由我先去踩点吧。"

"旅行愉快。"蒋若冰脸上的笑容有些僵硬。

蒋若冰离开后，方玉斌又把杨韵叫了进来。见着杨韵，方玉斌问道："怎么样，休息好了吧？"

杨韵说："有什么事快吩咐吧。瞧这架势，就根本不打算让我休息。"

"辛苦辛苦！"方玉斌笑着说。

"没事，老板才是身先士卒。"杨韵说，"昨天从下午到晚上，你不一直在办公室陪我们加班吗！"

"没办法呀。"方玉斌说，"下周我去美国，公司的事只能赶工。"

"对了，"方玉斌抿了一口茶，问道，"昨晚说的事，办好了吧？"

"知道你要问这事，都办好了。"杨韵点头说，"从上海直飞洛杉矶的机票，一大早就订了。"杨韵又从文件夹中抽出一张 A4 纸："这是袁瑞朗的私人律师在洛杉矶的地址，我已经核对过了。"

方玉斌接过 A4 纸，瞟了一眼，放到办公桌上，接着说："自打袁总出国，就联系不到他。所有事情，他都是委托律师处理。趁着这次去美国度假，争取能透过律师见他一面。"

杨韵笑了："你真是去美国度假？"

方玉斌反问道："机票都订了，难道我跟你开玩笑？"

杨韵说："没错，你去美国不假，但我看着不像度假。"

方玉斌瞅了杨韵一眼，说："不像度假，像什么？"

杨韵说："除了要我确认袁瑞朗的律师的联系方式，昨晚你还特别交代，让我以执行董事的身份去亿家后，马上调阅袁瑞朗与亿家联系的所有相关资料，赶在出国前交到你手上。这连轴转的样子，哪像是度假？"

方玉斌说："记性是不错，但怎么把最重要的一条给忘了？"

"哪一条？"杨韵问。

方玉斌说："我叫你一定得保密。"

杨韵赶紧说道："我没对任何人提过。这不是在你办公室，只有咱们两个人嘛。"

方玉斌说："保密原则中，除了不该说的不说，还有一条：不该问的不问。"

杨韵吐了吐舌头："看来是我多嘴了。"

◎4　方玉斌获得一场资本盛宴的入场券

杨韵办事很是利落，距离启程赴美尚有两天时间，方玉斌就收到了从亿家调出来的整套资料。方玉斌没有片刻耽搁，认真看起这些资料。近一段时间以来，自己心头的疑惑越来越重，他渴望这趟美国之行能见到袁瑞朗，从而找出事情的真相。

刚看了没多久，手机便响起来。见来电号码并不熟悉，方玉斌直接挂断，继续埋头阅读材料。但十多秒后，手机铃声又响起来。拿起来一看，是苏浩的手机号，方玉斌接起来，亲切地叫道："哥！"

苏浩笑呵呵地说："方总，你的谱可越来越大。我用宾馆座机打给你，直接就挂了，非得让我用手机。"

原来之前的电话也是苏浩打来的，方玉斌解释说："我哪知道是你呀？现在推销电话太多，都产生心理阴影了。"

方玉斌想起来，刚才的来电座机号码是"021"开头，便问道："你来上海了？"

"是呀，"苏浩说，"昨天就来了。怎么样，今晚有空没有，我请你吃饭？"

方玉斌说："你来了，我哪会没空？不过不能你请我，得我请你才行。"

苏浩说："一家人，谁请谁不都一样。今晚我通知了苏晋，她也答应了。"

方玉斌心想苏浩肯定是来做和事佬的，连声说着谢谢。

晚上，方玉斌提前半个小时赶到餐厅，坐了十多分钟后，苏浩才走进来。见方玉斌一脸憧憬，苏浩却有些歉疚："对不起，让你空欢喜了一场。"

方玉斌问："怎么，苏晋不来了？你不是说她已经答应了吗？"

苏浩叹了一口气："上午给她打电话时，她的确答应了。不过当时，我没告诉她你会来。后来我思前想后，认为还得跟她说一声。我这个妹妹呀，心高气傲惯了，若是不打招呼，没准会弄得很尴尬。"

苏浩把手一摊，无奈地说："我跟苏晋说了之后，她马上变卦，说不来了。她还说，自己的事自己会处理，让我别瞎操心。"

方玉斌沮丧地摇起头："她对我的误会实在太深。"

苏浩拍着方玉斌的肩膀，说："你对我妹的感情，我们都看在眼里。实话告诉你，这一趟我可肩负着特殊使命，是苏晋亲友团的代表。知道我要来上海见你，江州的伯父、伯母都很关心，让我给你捎句话：只要是误会便不要怕，迟早能解释清楚。"

方玉斌心里泛起激动，说："谢谢你们的信任，这事我一定会处理好。"接着，他又笑了笑："哥，你得帮我一把。不是我不愿解释，实在是苏晋不给我解释的机会。"

苏浩说："我不正帮着你吗？但解铃还须系铃人，关键在你自己。恕我直言，你的解释还缺乏足够说服力。"

方玉斌点头说："没错，事情太蹊跷，光自证清白不行，得拿出有力的证据。"

苏浩说："你是聪明人，事情到底怎么回事，心里有谱没有？背后是谁在给你下套？"

方玉斌掏出一根烟，递给苏浩："有些眉目，但还不好说。"

苏浩接过烟，点燃后说："行，我们等着你把事情搞个水落石出。"吸了一口烟，苏浩又问："最近工作怎么样？"

提起苏晋，方玉斌心中一团乱麻，实在没心思聊工作，便随口说道："还是那样吧。"

"那样，究竟哪样呀？"苏浩说，"我可是听圈内朋友说，亿家刚完成 C 轮融资，你打了场大胜仗。"

苏浩一再追问，方玉斌终于把思绪拉回工作上。他向苏浩介绍了亿家 C 轮融资的情况，甚至并不为外界所知的与千城之间的暗战，他也一一道来。

听完方玉斌的讲述，苏浩禁不住拍掌道："你行啊，王诚那样的老江湖，都没玩过你。"

方玉斌笑着说："运气好，侥幸胜出吧。"

"也给你说说我最近的状况。"苏浩主动说道，"我去到海丰银行后，重点工作就是推动银行挂牌上市。看上去进展不错，假若一切顺利，明年就能大功告成。"

苏浩又说："尽管海丰银行的效益很好，但为了符合上市资格，还得进行相应的股份化改造，引入一批有实力的投资者。你的老东家荣鼎资本，刚向海丰银行进行了股权投资，成为我们上市过程中的战略合作伙伴。"

方玉斌忆起，上回在上海遇见费云鹏时，对方提过这事。他点头说："荣鼎的实力在业界有口皆碑，能拉上他们，自然如虎添翼。"

苏浩显得兴致很高，从海丰银行的历史到未来发展计划，一个人滔滔不绝说了近半小时。方玉斌却有些纳闷，苏浩工作上的事，干吗给自己说这么详细？

苏浩看出了方玉斌的心思，笑着说："不要嫌我啰唆，我可不是同你唠家常，而是意有所指。"

方玉斌愈发不明白了："什么意思？"

苏浩说："跟你说这么多，就是想问一问你，有没有投资海丰银行的意向？"

"投资海丰银行？"方玉斌先是吃惊，接着摇头说，"你没开玩笑吧？"

"当然不是玩笑。"苏浩斩钉截铁地答道，"这次来上海见你，我是公私兼顾。于私，是为了我妹妹的终身大事；于公，就是想同你商量投资海丰银行的事。"

苏浩夹了一筷子菜，接着说："我可是送来了一顿大餐，怎么瞧着你没有动筷子的意思？"

方玉斌两只手拿起筷子，左右比画着，又敲了敲："这的确是道大餐，但我手里的筷子，实在夹不动呀。"

方玉斌放下筷子，说："你问我有没有投资海丰银行的意向？别说我了，是个人都会有。海丰银行效益不错，又上市在即，这么好的项目，有多少人抢着去投？不过你刚才也说了，股份化改造过程中，引入的投资者全是财大气粗的巨头。别的不说，就说荣鼎吧，那可是我的老东家，投资圈里响当当的大腕。星阑资本跟人家比起来，差距显而易见。我倒是想来掺和，但谁肯带我玩呢？"

苏浩哈哈大笑："担心没人带你玩是吧？如今我不是海丰银行的行长吗，我带你玩！"

方玉斌问道："你为什么带我玩，就因为咱们的关系？"

苏浩摆手说："公私兼顾的事可以做，但公私不分的事我绝不会做。别说你正跟苏晋闹别扭，就算你成了我亲妹夫，也不会凭私情办事。"

苏浩一本正经地说道："眼看着海丰银行上市在即，许多投资人抱着钱来投，我们还不要呢。不谦虚地说，如今海丰不差钱，我们并不在乎谁投多少钱进来，而是在乎谁能带给我们需要的资源。"

"譬如说荣鼎，"苏浩接着说，"尽管费云鹏投的钱不少，但我们更看重的，是荣鼎在资本市场的影响力。有了荣鼎助阵，上市进程有望大大提速。"

方玉斌点头说："你说得没错，投资不仅是投钱，更是投资源。"顿了顿，方玉斌又问："你看中了我手里什么资源？"

"互联网金融呀。"苏浩说，"近来你投资了好几家互联网金融企业，发展势头不错。论规模，星阑资本并不大，但说到互联网金融的专业度，你们大概算得上业界翘楚。互联网＋是大势所趋，海丰银行自然也想在互联网金融领域大展拳脚。我与董事长宋长海商量过，与其自己砸钱从头做起，不如寻找一家有实力的合作伙伴。"

"我答应带你玩，可不是无条件的。"苏浩继续说，"未来，海丰银行会与星阑资本投资的互联网金融企业进行线上线下深度合作，而且这种合作将具有排他性。也就是说，星阑旗下的互联网金融公司与其他银行之间的合作，必须征得海丰银行同意。"

方玉斌逐渐明白过来，并竖起大拇指，说："不错！线上线下的整合，绝对会有一加一大于二的效果。"方玉斌既在夸赞苏浩，内心更不免自鸣得意。当初在众多诱惑前不为所动，给星阑定下的专业化发展路径，总算结出了硕果。不仅亿家的 C 轮融资获得成功，还能凭借自身专业性受到海丰银行青睐，进而获得一场资本盛宴的入场券。

苏浩指着桌上的菜，笑道："看来你是打算动筷子了？"

"当然，这样的商机我怎能错过？"之前尽顾着说话，方玉斌这时终于拿起筷子夹菜。

方玉斌又想到一件事，将夹起的菜放入面前的餐盘，问道："这次主投的是荣鼎吗？"

"没错，如今主投方是荣鼎。"苏浩说，"不过你要能拿出那么多真金白银，由星阑主投也可以。"

"你别拿我开涮了。"方玉斌说，"论财大气粗，我哪里敢和荣鼎比。类似这种大规模股权投资，星阑能当个跟投方，分一杯羹就心满意足。"

"只是我有些担心。"方玉斌又说，"星阑毕竟只是家中小型投资公司，资金实力有限。银行上市前的股权投资，动辄以 10 亿起跳。以星阑的现金状况，即便跟投也很吃力。"

"这一点，我都替你想好了。"苏浩说，"邀请你投资，原本就不指望你能拿多少钱，只是希望与你掌握的互联网金融资源进行整合。因此，你可以不必拿现金，而用相互参股的方式。"

方玉斌脑筋一转，立刻说道："这法子好！"所谓相互参股，就是星阑成为海丰银行股东的同时，海丰银行也成为星阑资本的股东。双方以股换股，甚至不必使用现金交易。

苏浩说："在相互参股的比例上，你可别敲我竹杠哟。"

"瞧你说的。"方玉斌嘿嘿笑道，"这件事上你从头到尾都在替我着想，我还好意思敲你竹杠？再说了，把你敲冒火了，不带着我玩，那可要把肠子悔青。只不过，你们银行财大气粗，稍稍高抬贵手，关心扶持一下我们也是可以的嘛。"

苏浩也笑起来："早就听人说，方玉斌的算盘拨得精，什么好处都不肯落下。不过你那一套，别来对付我。携手合作可以，高抬贵手不行。"

"咱俩之间，一切好谈！"方玉斌大口吃起菜。

"咱俩之间好谈，你和王诚之间好谈吗？"苏浩说道，"明知星阑资金实力有限，我才想到相互参股的法子。但计划赶不上变化，谁知道你和王诚闹掰了。海丰银行入股星阑，会造成股权结构改变，王诚会答应吗？你刚摆了人家一道，人家就不会借机给你找点麻烦？"

方玉斌思忖了一下，说："我跟王诚也不叫闹掰，顶多算是心结吧。投资海丰银行，对于星阑的发展是好事，王诚是个有度量的人，再说他也不会同钱怄气。"

"但愿吧。"苏浩说。

方玉斌说："隔几天，我要去美国一趟，大概待半个月。回国后，我就去滨海找王诚，当面和他谈这事。"

"你去美国干吗？"苏浩问。

方玉斌说："在国内工作紧张，想去美国休息一下。"

"我劝你取消美国之行。"苏浩说，"这边军情紧急，你还休息什么？赶紧去滨海找王诚，把这事敲定，接着就来西海。下一周，荣鼎的费云鹏会来西海，最好到时你也在场，同费云鹏，还有我们海丰银行的董事长宋长海当面谈一次。"

"非得这么急？"方玉斌并不愿取消美国之行。

"就这么急。"苏浩说，"只有把新引入的投资者确定，海丰银行下一步的上市计划才好推进。"

方玉斌苦笑着摇头："好吧，我就把美国之行缓一缓。"

◎ 5　君子交绝，不出恶声；忠臣去国，不洁其名

在首都机场航站楼，伍俊桐一点也没给前来接机的千城集团北京分公司副总经理好脸色。他训道："你们订的什么机票？飞机足足晚点了两个钟头。"

"您批评得对，是我们办事不力。"副总经理赶紧赔上不是，心里却在抱怨，航班晚点关我们什么事？这个伍俊桐真是难伺候，架子比王诚还大。王诚来北京，顶多让公司派辆车。伍俊桐倒好，假如不来一个副总级别的人接机，便认为是有心怠慢。

"算了，现在说这些还有什么用？抓紧时间，马上去荣鼎总部。"伍俊桐背着手，大步朝前走去。那位副总拉着伍俊桐的行李，亦步亦趋跟在后面。

赶上晚高峰，机场高速堵得一塌糊涂。伍俊桐坐在车里，不停抬腕看表，脸上显得颇为焦急。这时，他的手机响了起来。一看是费云鹏打来的，伍俊桐赶紧接起，换上一副笑脸："费总，不好意思！航班晚点，让您久等了。"

费云鹏问："你现在到哪儿了？"

伍俊桐说："还在机场高速上，马上到三元桥了。"

"还没下高速呀，我都在办公室等了一个多小时了。"费云鹏说。

"对不起，让您久等了。航班晚点又赶上塞车，我也急得不行。"伍俊桐说。

"这样吧，"费云鹏说，"你不必来我办公室了，直接去钓鱼台国宾馆，正

好今晚我在那儿请人吃饭。"

伍俊桐赶紧点头："好的，好的。"放下电话，伍俊桐忍不住又把那位副总批了一顿。从荣鼎到千城，伍俊桐鞍前马后多年，早就以费云鹏的家臣自居。既然是家臣，怎能让主子久等？

伍俊桐总算赶到钓鱼台，他急匆匆地走进包间，见费云鹏正同几名部下谈笑风生。伍俊桐又是一通道歉，费云鹏却挥了挥手："没事，下午没等着你，吃完饭咱们还能谈嘛。"

伍俊桐知道，费云鹏对钓鱼台的环境与菜品情有独钟，经常来这里宴客，便问道："今晚是请谁？"

费云鹏抿了一口茶，说："说起来这人你也认识，黄文灿。"

"就是东华资产管理公司的黄文灿，黄老夫子？"伍俊桐问。

费云鹏点点头："对，就是他。你给他打个电话，问他到哪儿了。我们这一大帮人，都等了快半小时。"

伍俊桐赶紧打了一通电话，接着对费云鹏说："黄老夫子说他已经出了白堆子地铁站，走过来差不多十多分钟。"

费云鹏笑起来："我在这么豪华的酒店请客，他却坐地铁来。"

伍俊桐摇头说："黄老夫子这个人，就是喜欢装。"顿了顿，他又问："您今天请他，有什么事？"

费云鹏说："既是受人之托，也是利人利己。待会儿你就知道了。"

约莫十分钟后，黄文灿走了进来。此人年纪五十出头，身材高大，头发花白，戴一副黑框眼镜。他脱下灰色羽绒服与一条红色围巾，露出熨得笔挺的白色衬衣。将外套与围巾挂在衣架上后，黄文灿转身与费云鹏等人握手寒暄，一举一动显得文质彬彬。

伍俊桐一边握手，一边说道："老黄，你也是堂堂大型金融国企的副总，怎么跑去挤地铁？"

黄文灿摇头笑道："公司是给我配了车，但那是供工作使用。上下班我都是开私家车，今天赶上限号，只能坐地铁了。"

伍俊桐又问："你的私家车更新换代没有，还是那台卡罗拉？"

黄文灿说："那台车开得好好的，干吗去换？"

费云鹏接过话茬："别说换车了，就说老黄这身打扮吧，这么多年就没见他换过。上班是黑西装，出了办公室，再套一件羽绒服。对了，脖子上还有一条夫人亲手织的围巾。"

伍俊桐笑起来："就这身打扮，怪不得大伙叫你黄老夫子。"

黄文灿坐到座位上："老夫子也没什么不好，我本来就是教书匠出身。隔几年退休了，还想回大学教书呢。真要当个教授，没准工资比现在还高。"

"你这玩笑开大了吧。"伍俊桐说，"一个金融国企的副总，工资赶不上大学教授？"

黄文灿说："我和你们不一样。荣鼎毕竟是股份制企业，里面有国企股份，也有外企与民企股份，一直以来都是按市场化运作，高管薪酬更和市场接轨。东华资产管理公司是一家根正苗红的国企，管得很死。这几年的态势大伙也知道，像我们这类国企，对高管都限了薪。如今我的收入，还真比不上那些大学教授。"

费云鹏脸上似笑非笑，说："和你这样的廉政模范共进晚餐，我们既有压力，更能学习进步。"

服务员开始上菜，费云鹏端起酒杯，说了一通祝酒词，接着便一饮而尽。其他人干了杯中酒，只有黄文灿抿了一口果汁。费云鹏也没劝酒，他知道黄文灿有糖尿病，多年来从不饮酒。

放下酒杯，费云鹏问道："老黄，最近工作忙吗？"

黄文灿说："你又不是不知道，我在所有副总中排名末尾，就管些杂事。每天事情不少，但都是瞎忙。"

"这么多年了，你怎么还是排名末尾的副总？"费云鹏问。

"冯唐易老，李广难封。有什么办法？"黄文灿摇头叹道，"自己就这样了，事业上没啥奔头。许多事得过且过吧，只要守住自己的底线就行。还是那句话，同流不合污，随波不逐流。"

黄文灿又说："不过就这个排名末尾的副总，也得感谢老费你。当年我被人撵出西海，流落京城，若不是你仗义相助，连这个副总也捞不着。"

费云鹏摆手道:"都是些陈谷子烂芝麻的事,你还没忘。"

"不敢忘呀。滴水之恩当涌泉相报。"黄文灿说,"对了,你岳父身体还好吧?俗务缠身,有些日子没去看望老爷子了。"

"还好。"费云鹏说道,"他也经常提到你。"

费云鹏与黄文灿聊到的这件往事,外人并不知晓。黄文灿是西海市人,年纪轻轻就成为省财经大学教授。当年为了组建西海市商业储蓄银行,市领导三顾茅庐,去省城邀请黄文灿,希望他投身家乡经济建设。

黄文灿回到西海,参与了西海市商业储蓄银行的创建工作,是不折不扣的创业元老。再后来,银行发展势头喜人,成了业界知名的区域性股份制商业银行,并更名为海丰银行。黄文灿成为海丰银行首任行长,并一度有望问鼎一把手宝座,担任海丰银行董事长。

但后来,空降而来的宋长海成为董事长,黄文灿只能屈居人下。与学院派出身、拥有专业背景的黄文灿不同,宋长海来自公务员系统。宋长海是技工学校的中专生,在工厂当过车工,后来进入政府,从普通办事员做起,官至西海市财政局局长。十多年前,宋长海离开财政局,来到海丰银行。

宋长海与黄文灿的合作并不愉快,两人很快爆发明争暗斗。最后,黄文灿被撵出海丰银行。那时,心情晦暗的黄文灿来北京漂泊,一个偶然的机会结识了费云鹏。费云鹏不仅慷慨解囊,资助了落魄中的黄文灿,还时常带他出席各类饭局,结交京城达官显贵。费云鹏的岳父也对黄文灿青睐有加,在老爷子的大力引荐下,黄文灿进入东华资产管理公司,当上部门主任,几年后又升任副总经理。不过近些年,黄文灿却原地不动,在副总位置上迟迟没有进步。黄文灿知道自己年纪不小,未来很难再上层楼,便把兴趣投向书法篆刻与花鸟虫草,他常对外说,奢侈的爱好玩不起,在家写写字,养几盆花还凑合。

黄文灿很注重养生,挑了几口蔬菜后,便不再动筷子。他端起面前的果汁摇了摇,说:"老费,今天有什么好事,你会想着请我吃饭?"

费云鹏口里嚼着菜,说:"十多年的老朋友了,有空聚一下,难道非得有什么事?"

黄文灿抿着果汁，说："正因为是老朋友，这顿饭才更蹊跷。咱俩什么关系，用得着靠吃饭来联络感情？有什么事，就直说。"

费云鹏笑道："一切都瞒不过你。"费云鹏放下筷子，说："要说事情，还真有一件。最近，我去了你老家好几趟，打算在那儿投资一个项目。"

"你去西海了？"黄文灿问，"你可是做大买卖的，打算投什么项目？"

费云鹏说："海丰银行即将上市，荣鼎资本看好它的发展前景，打算进行股权投资，成为战略投资者。双方已经签署了合作协议，荣鼎的资金也打过去了。"

提到海丰银行，黄文灿的脸一沉。旋即，他又恢复正常，说："这可不是打算投资，而是已经投了。"

费云鹏说："你是海丰银行的创业元老，既当过行长，又和宋长海做过搭档。怎么评价我的决策？"

黄文灿拿起热毛巾，擦拭着手，说："你们都签合同了，我怎么评价还重要吗？这不是让我打马后炮吗？"

费云鹏略微扬头，语气温和却又透出一股子气势："纵然是马后炮，也不妨打一下嘛。"

黄文灿冷笑一声，说："这马后炮我还真不能打。我有个原则，不去评价曾经工作过的单位与同事，好的不说，坏的也不说。"停顿一下，他又缓缓说出一句话，语气平静却又显得力道十足："君子交绝，不出恶声；忠臣去国，不洁其名。"

"黄老夫子不愧教授出身，引经据典就是贴切。"费云鹏拍掌笑道，"这十六个字，应该出自《战国策》吧。战国时，燕国国力空虚，齐国经常侵犯。燕昭王励精图治，筑黄金台向天下求贤，终于引来魏国名将乐毅等俊杰。乐毅率领燕军连战连捷，攻克齐国七十余城，震动一时。"

"不过，"费云鹏又说，"君臣一心的美谈终归无法长久。燕昭王死后，燕惠王即位。燕惠王不喜欢乐毅，齐国又使反间计，于是燕惠王削了乐毅的兵权，乐毅怕被诛杀，逃亡到赵国。再后来，齐国大败燕军，燕惠王恼羞成怒，想把逃亡的乐毅抓回来治罪。乐毅给燕惠王写了一封信，说'君子交绝，不出恶声；忠臣去国，不洁其名'。意思是说一个君子，如果与人绝交了，不说对方坏话；忠贞之臣离开了国家，亦不解释自己的高洁之名。"

黄文灿点头说："你是饱学之士，解释得一点不差。"

费云鹏说："这十六个字说得太好，足可为警世良言。真有这个胸怀，倒是令人敬佩。不过，你的心口是否如一呢？"

黄文灿脸色陡变，说道："你什么意思？"

费云鹏挥了挥手，示意下属出去。众人知趣地起身离开，费云鹏却单独叫住了伍俊桐："你和老黄也是老朋友，用不着回避。"

伍俊桐得以留下来，自是一副受宠若惊的样子。只听费云鹏说："老黄，咱们之间说话不必兜圈子。我可是听说，你不仅四处出恶声，还把告状信雪花般地撒出去。"

黄文灿盯住费云鹏，说："这些都是宋长海给你说的？"

费云鹏点头说："咱俩是老朋友，但我和宋董事长也成了新朋友。"

黄文灿摇头冷笑："有了新朋友，就忘了老朋友。"

"不对。我既要帮新朋友，更要拉老朋友一把。"费云鹏摆手说，"这都过去多少年了，还有什么解不开的结，何苦自寻烦恼？到处去告状，于人于己有什么好处？"

黄文灿说："瞧这样子，你是替宋长海当说客来了？"

费云鹏呵呵一笑："你要这样理解也没错。但关键是，我说得有没有道理？"

"没道理。"黄文灿满脸怒色，指头敲到餐桌上，"我同宋长海不是个人恩怨，而是大是大非的原则问题。作为一名海丰银行的老人，我不能看着他肆意侵吞银行资产中饱私囊而无动于衷。"

费云鹏苦笑着摇头："你看你，动不动就给人扣帽子。我承认，你有能力、有水平，对海丰银行做出过巨大贡献。但人家宋长海，也是难得的人才嘛！你离开后，在宋长海的率领下，海丰银行高速成长，业务范围遍布全国各地。说实话，我没发现他侵吞银行资产的证据，倒见识了他让银行资产翻了好几番。"

黄文灿立刻反驳："十年过去了，中国哪家银行的资产没有翻几番，这是他宋长海的功劳？就算他有点能力，那也是有才无德。你应该知道吧，他身为一把手，竟给自己发近千万年薪。此外，银行每年还有数千万的董事长特别经费，供他吃喝玩乐，游山玩水。他一大把年纪，娶了一个小自己20岁的芭蕾舞演员，还给她买别墅，买奔驰车。他这些钱是哪儿来的？"

"老黄，看事情不能一叶障目。"费云鹏轻拍着座椅扶手，"我承认，论品德修为，宋长海不如你。你洁身自好，生活勤俭，简直是道德模范。但是，你不能拿自己的道德标准去要求所有人吧。人家领高薪，那也是经过董事会批准，合理合法的。人家有了钱，爱怎么花咱们管不着。宋长海和他前妻感情不好，离婚后重新组织家庭，更是人家的私生活。我可还听人说，宋长海一年替银行赚几十亿，自己拿一千万工资，太低了。"

黄文灿怒火中烧却努力克制着，始终维持着一位高级知识分子的风度。他说道："这话如果是别人说的，我毫不意外。如今的海丰银行已是宋长海的一言堂，马屁精比比皆是。如果是他自己说的，那更是不知廉耻。"

"别说这么难听。"费云鹏劝道。

"这么说还算客气的。"黄文灿毫不退让，"宋长海给自己发高薪，过着纸醉金迷的生活暂且不提，单说他在银行股权上动的那些个手脚，就已经惹得天怒人怨。我离开海丰银行时，那是一家正儿八经的国企，西海市国资委持股比例近六成。这些年，宋长海步步蚕食，国有股权降低到30%。而宋长海和他那帮徒子徒孙，却差不多持有了银行10%的股权，并美其名曰高管股权激励。宋长海搞的所谓股份化改革，已让银行股权结构异常分散，连西海市一个做餐饮的老板，也成了银行的股东。"

黄文灿继续说道："如今我远在北京，按说眼不见为净，自己的日子也过得去，不必搅和这些烂事。可许多银行老员工找到我，说起这些事泪流满面。这种时候，我还能坐视不管吗？"

费云鹏夹了一筷子菜，放进黄文灿的餐盘，说："吃点东西，消消气。"接着，他又说："老黄，你也是金融教授，谈起自由经济学头头是道，怎么在这件事情上，却如此保守？没错，海丰银行的国有股份大幅降低，但这正是股份化改革的需要嘛。当初国有股份有六成，企业效益如何，这些股份值多少钱？如今虽说只有三成，价值却比之前翻了几倍。这就是蛋糕做大之后的共赢局面！你说国有资产是流失了还是增值了？不瞒你说，这次海丰银行成功上市后，国有股权还会进一步稀释。但这些股权的价值，却又要暴涨一轮。上回去西海见到市委书记，他可对海丰银行赞不绝口，说当初的股份化改革，路子走对了。"

费云鹏继续说："至于推进高管持股以及引入其他股东，就更是股份化改革的必经之路。做餐饮的怎么了？如果麦当劳要入股荣鼎，我举双手赞成。"

黄文灿瞟了费云鹏一眼，说："我说老费，你是真糊涂还是装糊涂？宋长海把股权结构弄这么分散，你会不明白其中玄机？他这么做，就是避免一股独大的局面。在彼此制衡之下，以他为首的管理层便能稳如泰山，他这个董事长，才能一直当下去。"

在旁边听了这么久，伍俊桐大概明白是怎么回事。他开口说道："老黄，你还真不能钻牛角尖。即便你说得对，宋长海故意制造股权分散的局面，为的是维护管理层地位，但人家这么做，犯哪一条法了？只要他能做成，就是他的本事。"

伍俊桐既在劝黄文灿，更想起了王诚。多年来，千城集团不就这样干的？王诚自己并不持股，却努力平衡着各方股东的势力，为的便是借力打力，让管理层立于不败之地。

黄文灿笑了笑，说："你们一唱一和的，真是配合默契。宋长海为了请动你们做说客，给了多少钱？"

费云鹏侧转身子，说道："宋长海真还给出了大价钱。荣鼎已经投资海丰银行，一旦成功上市，这笔投资将带来几亿甚至数十亿的利润。一旦中间出了什么差池，这笔投资就会前途未卜。"

黄文灿明白，宋长海给费云鹏的可不单是一点好处，而是两人已蹚进一个战壕。房间内沉默片刻，黄文灿说道："我向上级机关与新闻媒体反映的，是宋长海的个人问题。把他扳倒了，换个清廉正直的人，银行未来的发展会更好。"

"你是在说梦话呢，还是书生气太重？"费云鹏面露不悦，"荣鼎砸这么多钱进去，就巴望着海丰银行赶紧上市。宋长海被扳倒了，能否换个清廉正直的人，银行未来会怎么样，谁也说不清。我只晓得，一旦宋长海出事，上市进程延宕，我就要损失真金白银。"

黄文灿说："宋长海是不是知道咱俩的关系，才拉着你投资海丰银行，目的就是堵我的嘴。"

费云鹏哈哈大笑："老黄，不是我说你，知识分子老是自视甚高甚至自作多情，觉得地球离了自个儿不转。我和宋长海谈的股权投资，可是几十亿的生意。花几十亿来堵你的口，可能吗？"

费云鹏又说："实话告诉你吧，我和宋长海签合同之前，人家压根不知道咱们是朋友。后来闲谈时，宋长海提到你在北京告状，我才把这层关系告诉了他，并自告奋勇来当个和事佬。"

黄文灿刚才的话，一来出于气愤，二来的确托大了，被费云鹏这么一挖苦，索性闷不作声。

费云鹏抿了一口茶，说："我知道你和宋长海的梁子很深，但不看僧面看佛面，念在咱俩的交情，能不能退一步？等到海丰银行上市成功，我的钱获利套现，到时哪怕你把宋长海告去联合国，我也绝不多嘴。"

"再说了，"费云鹏缓和了一下语气，"如今的宋长海岂是你能告倒的？你寄给媒体的那些材料，人家投个几百万的广告，分分钟便公关掉。作为朋友，我不希望你撞了南墙还不回头。"

黄文灿哼了一声，重新开口："真像你说的那样，宋长海应该高枕无忧，用得着你自告奋勇来做说客？"

费云鹏抖了抖袖子，说："当然了，如今毕竟是上市前的敏感期，多一事不如少一事，你在北京不停告状，谁不怕个万一？"

"我这个人，有了新朋友，更不会忘老朋友。"费云鹏又说，"我同宋长海说了，这个和事佬不能白做，他得拿出诚意来。我告诉他，老黄早就不想当那个副总了，不如让他提前退休，去大学当个教授。另外，海丰银行聘请人家做独立董事，每年给几百万薪水。宋长海拍着胸脯向我保证，绝对没有问题。"

这一回轮到黄文灿哈哈大笑："宋长海不愧官僚出身，最会玩的就是拉拢利诱，分化瓦解。这套权谋之术，我当年没玩过他，以后也不会同他玩。一个独立董事就招安了？那就不是我黄文灿！"

见费云鹏又要开口，黄文灿挥了挥手："不过你也放心，我不会为难你。你们一家有恩于我，我说过，滴水之恩当涌泉相报。就按你说的，我暂且隐忍一段时间，同宋长海的账，回头再来算。"

费云鹏双手作揖："够朋友！我替宋长海谢谢你了。"

黄文灿说："替宋长海道谢就免了。我答应退一步，是看你的面子。"

"还有一件事。"费云鹏说，"你的告状信里，涉及不少海丰银行内部财务数据，这一定是有人透露给你的。能否告诉我们，究竟是谁？"

黄文灿脸色铁青，一个巴掌拍到桌子上："过分了吧！我已经答应你的要求，你却得寸进尺！这些给我提供资料的人，一来是出于正义感，实在看不惯宋长海胡作非为；二来是基于对我的信任。我出卖朋友，眼睁睁看着宋长海把他们往死里整，还叫人吗！"

"好，好！你不说也行。"费云鹏说，"这种事情，我不会勉强你。但是，你也要劝劝那些朋友，敏感时期最好谨言慎行。咱们都了解宋长海，要把他惹毛了，手底下可不会留情。"

"我只能管住自己，对其他人的行为无法负责。"黄文灿口气生硬。

费云鹏说："我没叫你负责，但去劝劝他们，应该做得到吧？这也算是我这位老朋友，对你最后的一点请求。"

黄文灿沉默半晌，才说："话既然说到这个份上，我试着去劝劝他们吧。"

"这就对了嘛。"费云鹏举起酒杯，"来，接着喝酒！"

晚宴继续，气氛却大不如前。黄文灿寡言少语，倒是伍俊桐异常活跃，端着酒杯到处敬，不时还抖出几条段子，强撑着场面。

晚宴结束后，费云鹏要派车送黄文灿回家。黄文灿看了看手表，说地铁还没收班，自己坐地铁回去。费云鹏也没勉强，只把黄文灿送到宾馆楼下。

◎ 6 一个优秀的创业者，往往让投资人又爱又恨，见不得又离不得

钓鱼台国宾馆内，古木茂密、碧水潺潺，石桥小径通幽，楼台亭阁间点缀碧水红花。但凡在这里宴请完宾客后，费云鹏都会散会儿步。今晚，伍俊桐陪在费云鹏身后，两人漫步于遍植名贵花草的林荫道上。

费云鹏一边走着，一边摇头叹息："这个黄老夫子！"

伍俊桐接过话，说："你别和他一般见识。咱们认识黄文灿好多年了，知道他就是个迂腐之人。这种人，就该当一辈子教书匠。"伍俊桐又说："不过你的面子可真大！黄文灿多倔的一个人，但你一发话，哪怕他一百个不情愿，还是妥协了。"

费云鹏笑了笑，接着停下脚步，回头盯住伍俊桐，说："你和黄文灿也打过多年交道了，你就是这么看他的？他只是一个迂腐、固执之人，甚至还有些不合时宜的书生气？"

伍俊桐愣了一下，说："他就是这样一个人嘛，否则怎么叫他黄老夫子？"

"你呀，还是没有识人之明。"费云鹏摇了摇头，继续迈开步子，"你觉得，一个迂腐、固执的书呆子能和我交朋友？"

伍俊桐似懂非懂地说："你是说，黄文灿有过人之处？"

"当然。"费云鹏斩钉截铁地说，"书呆子不过是假象，此人有城府、有谋略，才干过人，恩仇必报。"

伍俊桐问："既然黄文灿是个厉害人物，那他这次会听咱们的吗？"

"这个倒不必担心。"费云鹏轻松地说，"识时务者为俊杰，黄文灿一定会对局势有清晰判断。"

费云鹏伸了伸胳膊，接着坐到树下一条木凳子上，说："这次叫你来北京，是想问一问千城的情况。你在电话里说，王诚被方玉斌给耍了，究竟怎么回事？"

"王诚不只让方玉斌给耍了，而且叫人一连耍了两回。"伍俊桐露出舒心笑容，汇报起王诚欲吃下星阑资本，最终偷鸡不成蚀把米的情形。

在费云鹏眼中，王诚与方玉斌同自己早就是貌合神离，明友暗敌，得知两人大打出手，他忍不住哈哈大笑："这就叫狗咬狗，一嘴毛。王诚也不想想，方玉斌是什么人？当年他能背叛我投靠王诚，如今为何不能再背叛一回？想必王诚一定气急败坏吧？"

伍俊桐说："表面上倒看不出。但他越是假装镇定，心里一定越窝火。以他的江湖辈分，被一个后生小子玩了，说出来都丢人，只能一个人窝在心头。"

"你说得没错，现在他不得不装，但越装也就越难受。"费云鹏笑得更开心，"哪怕隔着千山万水，我都可以想见王诚哑巴吃黄连，有苦说不出的糗样。"

"对了，"费云鹏又问，"你刚才说一连耍了两回，是怎么回事？"

伍俊桐答道："方玉斌这臭小子，如今得寸进尺，吃定王诚了。就在昨天，方玉斌去滨海找到王诚，说是要给星阑资本引入新股东。"停顿一下，他又说："事情明摆着，王诚控制着星阑的绝大多数股份，是一股独大。引入新股东后，之前的股份会被稀释，王诚对星阑的控制力势必减弱。"

费云鹏点点头："方玉斌刚打了一场大胜仗，对手的伤口还没愈合，他又发起攻势。假若再得手，打破一股独大的局面，他就能将星阑稳稳操控在手中。"

费云鹏从木凳子上站起来，继续散步，说："王诚答应了吗？"

伍俊桐说："听说王诚答应了。"

"王诚除了答应，实在也没其他更好的法子。"费云鹏微笑着说，"尽管方玉斌离开了荣鼎，我却一直关注着他。这小子是条喂不熟的狗，也是条有能耐的恶狗。星阑在他手上，资产翻了几番，尤其是他打造的互联网金融生态圈，让星阑投的各家企业形成一荣俱荣、一损俱损的关系。王诚要撵走方玉斌或许不难，但没了方玉斌，星阑必定大大贬值。"

费云鹏又说："一个优秀的创业者，往往让投资人又爱又恨，见不得又离不得。方玉斌做到这一点了。"

伍俊桐冷笑道："这小子是越来越出息了。"

"出息大了。"费云鹏说，"你只看到方玉斌得寸进尺，却不知人家背后还藏着大招。"

见伍俊桐一脸茫然，费云鹏说："你知道方玉斌为星阑引入的新股东是谁吗？"

"谁？"伍俊桐问。

"海丰银行。"费云鹏说："方玉斌打造的互联网金融生态圈，不仅让王诚投鼠忌器，连宋长海也是垂涎三尺。宋长海的副手苏浩，据说是方玉斌未婚妻的哥哥，利用这层关系，苏浩主动上门与方玉斌谋求合作。方玉斌手里没多少钱，只好与海丰银行相互参股。"

费云鹏接着说："方玉斌这步棋走得漂亮，既参与到海丰银行上市的资产盛宴，又巩固了自己在星阑的地位。"

"想不到，方玉斌也参与到海丰银行项目。"伍俊桐刚听着费云鹏与黄文灿一直在聊海丰银行，却不知方玉斌也搅和了进来，不是冤家不碰头呀！

伍俊桐又说："方玉斌要参与，你就答应了？"

"我能不答应吗，又为何不答应？"费云鹏说，"荣鼎虽说投资了海丰银行，但宋长海才是当家人，人家有意邀请方玉斌，我有什么理由反对？再说了，方玉斌介入后，可以帮助海丰银行拓展互联网金融业务，对上市也有帮助。"

伍俊桐却摇起头："话虽这样说，但方玉斌是个刺头。这些年来，但凡有他搅和的事，都会给我们带来麻烦。"

费云鹏沉默了一会儿，脑海中浮现出许多往事，接着又说："我同方玉斌是八字不合，但愿这一次是例外吧。如今，咱们都成为海丰银行股东，利益是一致的。海丰银行尽快上市，我能发财，方玉斌也会赚钱。"

"也是。方玉斌总不会阻挠海丰上市，同自己过不去。"伍俊桐说道。

费云鹏说："要是方玉斌搞定了王诚的话，隔几天他就会去西海，与宋长海签署合作协议。到时我也在。既是故人，正好见面叙旧。有句话说得好，衣不如新，人不如故嘛。"

"你再给我详细说说，方玉斌用了哪些手段，让王诚也败下阵来。"费云鹏的脚步越走越快，"又要跟这臭小子打交道了，我得看看他的功力修炼到了哪一层。"

伍俊桐亦步亦趋地跟着，详细说起星阑控制权之争的来龙去脉……

第五章
见猎心喜

方玉斌说："费云鹏是谁？堂堂的荣鼎资本董事长。能坐上这个位置的人，也许是好蛋，也许是坏蛋，还可能是浑蛋，但绝不会是蠢蛋。这一次他怎么了？费尽心机把黄文灿扶上去，就为了找一个跟自己作对的人？"

◎ 1　金融强人宋长海：九龙治水不如一龙独尊

　　飞机缓缓下降，费云鹏拉开遮光板，俯视机身下的景色。宽阔湛蓝的海面上，白色帆船点缀其间，远处的海岸线，宛如一条素雅的飘带。多美的海景呀！费云鹏去过全世界众多滨海名城，但西海的风韵依旧能令他眼前为之一亮。

　　费云鹏从皮包里拿出一本书，随手翻起来。这本名叫《长海破浪》的书，正是西海商界强人，海丰银行董事长宋长海的自传。在费云鹏看来，以宋长海的文字水平压根没法著书立说，此书必定是请人代笔。里面言及海丰银行的发展历程，也大多是涂脂抹粉之词，实在不值一读。不过书中开头、结尾处，对于西海风光的描述，确是委婉动人。

　　全书开篇，写到幼年时的宋长海，一个人坐在海边，静静咀嚼着海上的风华，出神地凝望着海天一色，看帆船越过浪头，走向悠远；看前浪和后浪迂回交错；看吹海造田的磅礴与恢宏……年幼的宋长海，便觉得大海是一个负阴抱阳的宇宙，自己无时无刻不在海的怀抱里，吸吮着海天之气，成长为内心的巨人。

　　结尾处，描写了今日西海的海滨景色：栈道一米多宽，由一条条规则的木板铺成，起点在一个浴场，一路蜿蜒通向远方，像是通向幽处的曲径，穿梭在芦苇、树丛中。栈道的一边是海，一边是现代化的高楼大厦，自然与现代构成一幅硕大风景，三五成群的游人在风景中奔放着、鲜活着。历史激荡，翻涌出日月经天；江河行地，俯仰之间……

飞机降落在填海而成的西海新机场，费云鹏一行走出机舱，便瞧见停机坪上一字排开的三辆奥迪A8轿车。宋长海伫立在车旁，挺直了腰板，正向费云鹏挥手致意。西海的气温较低，许多人都裹着厚实的冬装，唯独宋长海只穿了一件灰色西服，显得精神焕发。

费云鹏快步走下舷梯，与前来接机的宋长海握手寒暄。宋长海个头不高，皮肤黝黑，但与人握手时却异常有力，说话声音更是响如洪钟。

费云鹏一行分乘三辆轿车，缓缓驶出停机坪。坐上车的费云鹏笑道："老宋，这规格搞得太高了吧，直接把车开到了停机坪。"

宋长海解开西服纽扣，满不在乎地说："开来停机坪怎么了？当初修建新机场，可从我那里贷款了十多亿，现在没还清。我去停机坪接个人，难道不行？"

费云鹏说："知道你在西海说一不二，走路都是横着，只是我有些不习惯。记得第一次来西海，可没这待遇。我从普通旅客通道出去，不仅你没来接机，连苏浩也没来，好像就派了个副行长，开了一辆别克商务车。"

"你还记着呢！"宋长海哈哈大笑，"当初生意没敲定，咱们是谈判桌上的对手，自然不能太热情，免得你以为我就差荣鼎的那点投资。如今正式协议签了，咱们是合作伙伴，待遇肯定不一样。"

"我这合作伙伴，可不是白当的。"费云鹏说，"这几日在北京，一直帮你跑腿。"

"怎么，你见着黄文灿了？"宋长海压低声音问道。

"见了。"费云鹏点头道。

"他怎么说？"宋长海追问。

费云鹏说："人家不是不明事理的人，另外我这张老脸也还有点用。黄文灿答应不再纠缠下去。"

"但愿姓黄的不要口是心非。"宋长海说，"对了，我准备的东西，你交给他没有？"

费云鹏摇头道："那倒没有。我这次去，只是站在朋友立场，动之以情、晓之以理。把你准备的东西拿出来，就成了赤裸裸的威胁，没准会适得其反。"

"也是。"宋长海说，"只要他能闭嘴，用什么方法都无所谓。"

费云鹏说："不过，究竟是哪些人把银行内部数据透露出去的，黄文灿怎么都不肯说。"

"他不说没关系。"宋长海原本肤色就黑，一旦黑着脸更让人生畏，"我一直在查，而且已经有了眉目。"

费云鹏微笑着说："我就说嘛，在海丰银行里还有你查不出的事？对这些人，你怎么处理？"

"谁让我一阵子不开心，老子就要他一辈子不快活。"宋长海说，"这几个泄密的人，自己屁股就不干净，有人还涉嫌挪用资金。一旦把证据坐实，我会立刻报案，让他们去牢里老实待着。"

"有这个必要吗？下手太狠了吧？"费云鹏说。

宋长海语气坚定："他们对我下手的时候，可没半点心慈手软。上市在即，留着这些人在外面始终是祸害。"

"这是你的事，总之不要节外生枝。"费云鹏说，"对了，你的那位客人来了吗？"

"你说方玉斌吧？昨天上午就到了。"宋长海说，"我同这位方总，聊了一晚上，简直是一见如故。"

"你这么抬举那小子？"费云鹏呵呵笑道。

宋长海说："后生可畏呀。方玉斌的一些理念，让我很受启发。今天我来机场接你，苏浩还在办公室同他磋商合作细节。如果一切顺利，明天就能签合同。对了，听说当年在荣鼎，你对他有知遇之恩。"

"我是荣鼎董事长，对企业的每一名干部，都可以说有知遇之恩。"费云鹏不在乎地说，"真要细究起来，我当上董事长后，第一批提拔的干部中，倒有方玉斌。"

"哦。"宋长海似笑非笑地点着头。

"咱们这是去哪儿？银行总部吗？"费云鹏岔开话题。

"不去办公室，"宋长海说，"带你去个好地方。尽管你老费见多识广，但即将展现在你眼前的庄园，一定能让你有不一般的感受。"

"庄园？"费云鹏问道，"莫不是海龙酒庄？"

宋长海有些诧异："你怎么知道海龙酒庄？我从没带你去过呀。该不是苏浩告诉你的？"

费云鹏笑道："我的确没去过海龙酒庄，苏浩更没对我提过。我是从黄文灿的告状材料上看到的。材料上可写了，你一个银行董事长，曾经还是党员领导干部，生活腐化堕落，斥巨资修建酒庄，供自己寻欢作乐，纵情声色。"

"放屁！"车工出身的宋长海，虽已贵为金融高管，言谈举止间仍会流露出草莽本色，"海丰银行已经改制成股份制银行，怎么花钱由董事会决定，用得着他黄文灿操心？银行发展到今天，难道就不需要一个从事商务接待的场所？再说了，我五年前买下这座酒庄时，许多人还没有投资酒庄的概念。多亏我眼光不错早早下手，如今这酒庄的价值翻了两倍，就算把几千万装修款折进去，还替银行赚了几千万。"

倾泻了一通怒火后，宋长海又得意扬扬地介绍起酒庄："这座酒庄是1989年建立的，后来转了几次手，才到了我手上。酒庄的地势背山面阳，形成了一个难得的天然小盆地气候，冬无严寒夏无酷暑，加上沙砾质土壤，自然条件得天独厚。"

宋长海继续说："庄园位于九龙湖畔，之前一直叫九龙酒庄。我从一位港商手里买过来后，觉得名字不好，才改了名。都说九龙治水，群龙无首，那怎么行？"

费云鹏听着介绍，插话道："改成海龙酒庄，不再是九龙治水，而是一龙独尊。从此海丰银行里，便只听宋长海这条大龙的。"

宋长海哈哈大笑："这可是你说的，我还不能说这么直白。"

汽车驶下高速，又在省道上跑了十多分钟，海龙酒庄便映入眼帘。见酒庄门口停着一排车，宋长海说："苏浩和方玉斌已经等着咱们了。"

车一停稳，苏浩、方玉斌便迎上前来，与宋长海、费云鹏握手寒暄。费云鹏问苏浩："听说你正在同玉斌谈合作细节，敲定没有？我和玉斌之前便是同事，还指望你们早点谈出成果，我和玉斌能再次合作。"

方玉斌说道："费总太客气了，您是老领导，过去跟着您学，以后还得向您讨教。"

苏浩笑呵呵地说："费总的指示我一定落实。与玉斌谈得很顺利，明天就能签协议。"

宋长海打断道："什么协议不协议的！工作时间谈生意，下了班咱们就享受生活，把那些烦心事抛得远远的。"

宋长海领着众人步入酒庄，并一路兴致勃勃地介绍："你们看这座池子，我在里面放生了数千尾鱼和几十只小乌龟，还请书法大家题写了'放生池'三个大字。"

宋长海又指着庄园中的塔楼，说："它是酒庄的制高点，高为 19.89 米，标志着酒庄的创建时间是 1989 年。塔楼是我接手酒庄后特别规划的，修楼用的木材，全部从俄罗斯进口。"

众人啧啧称赞，费云鹏却心中暗笑，怪不得黄文灿怒火中烧，死咬住不放。敢情你宋长海过的，的确是神仙日子。

◎2 唯大英雄能本色，是真名士自风流

宋长海为远道而来的客人安排了西餐，外籍厨师精心烹饪的香煎法国鹅肝，赤霞珠、澳洲神户牛排依次端了上来。桌上的酒，当然是酒庄自酿。上菜前，宋长海吩咐侍者："我的那一份，还是按老规矩。"

侍者清楚宋长海的习惯，他盘中的西餐在厨房就被切好。因此，摆在面前的刀叉派不上用场，侍者又单独递上一双筷子。

宋长海用筷子挑起切好的牛排，大口吞咽着。放下筷子，他热情地问道："怎么样，味道能将就吧？"

看着宋长海拿筷子吃西餐的模样，方玉斌真是哭笑不得。但这酒和菜的味道，确实不错，方玉斌说："这味道可不是将就，而是讲究。"

宋长海笑起来："你是见过大世面的人物，能得到你的夸奖，不容易。"

费云鹏说："且不说这些美酒佳肴，光是酒庄的风景，已然令人陶醉其中了。我说老宋，你和你那位年轻漂亮的芭蕾舞明星妻子，是不是把家都安在这儿了？"

宋长海摆手道："我除了招待客人，平常压根不来。这里跟家可不一样，回到家能感受到一份温馨，酒庄留给我的几乎全是痛苦回忆。"

"这话怎么说？奢华得堪比宫殿的酒庄，还让你痛苦？"方玉斌问。

宋长海说:"这里是海丰银行接待贵宾的场所,既然是贵宾,能不开怀畅饮吗?我来这里十回,起码要醉七八回。想着在洗手间里吐得昏天黑地的样子,真叫一个苦。"

宋长海叹了一口气:"我知道,因为这座酒庄,外头有些闲言碎语。其实,建酒庄是为了企业形象,哪是给我个人享受的?你看法国那些大企业,不在蔚蓝海岸买一座城堡、酒庄,简直没法出来混。台湾的郭台铭,人家还在捷克买了一座城堡。企业发展到一个阶段,就要做与自己身份地位相匹配的事。"

对于宋长海的说法,众人笑而不语,费云鹏说:"酒庄虽然带个酒字,但实则是一种生活方式,哪能光当成喝酒应酬的地方?你呀,太不懂生活。"

"你说得对。"宋长海端起杯子,自个儿吞下小半杯,"我就是个劳累命,没啥生活情趣。这一点,苏浩比我强多了。有时工作忙碌之后,他还会一个人来酒庄,小住两日。"

费云鹏把目光投向苏浩:"苏总,你真是一个人来的?来到这样的世外桃源,就没带上一两个红颜知己?在这浪漫的葡萄园里,戴上草帽、挎起竹篮、拿起剪刀,轻轻摘下一颗葡萄,放入美人口中?"

苏浩呵呵笑道:"费总才是有情趣的人,我可没那福分。我来这里,就是喜欢一份宁静。入眠时,能闻到园中清新的植物气息。半夜醒来,恍惚间听到屋外的蛙鸣鸟啼,而不再是嘈杂的车声。"

"一句玩笑,千万别介意。"费云鹏说,"苏总是大才子,情趣自然与一般俗人不同。听说你对东坡的诗词文章钻研颇深。闲暇之余,带上几本东坡的书,来到这世外桃源,倒是心旷神怡。"

本是风花雪月的场合,话题又扯到苏东坡,苏浩的话匣子立刻被打开。宋长海不擅文墨,难免云里雾里,方玉斌在苏东坡身上下功夫不深,也只能听个大概。倒是费云鹏谈兴甚浓,正好与苏浩唱和。

难得觅知音,苏浩欣喜地问:"莫非你也喜爱东坡?"

费云鹏说:"我喜欢东坡的诗词文章,但对他这个人倒谈不上特别偏好。"

苏浩是狂热的东坡爱好者，忍不住问道："似乎很少有人仅喜欢东坡的文章。就像现在年轻人追星，通常不会喜欢一个歌星的歌，却不喜欢这个人。"

"文章与人不能画等号吧。"费云鹏说，"东坡雄文天下流传，不过此人的人品，后世也有不少争议。就说他对女人的态度吧，一面能写出'十年生死两茫茫，不思量，自难忘'这样令人潸然泪下的词，一面却又风流成性。当然了，唯大英雄能本色，是真名士自风流。男人风流并没什么，可起码的责任心还得有。苏轼贬官之时，将身边的姬妾一律送人，其中不少已经身怀有孕。只管播种，不管收秋，这就不太好了。以至于几十年后，市面出现了许多自称苏轼儿子的人。"

苏浩淡淡说一句："那时的道德观念不同，不好苛求古人。况且北宋的文人向来爱打笔墨官司，互相泼脏水。"

"你这是在说扒灰吗？"费云鹏笑起来。

或许有人不了解苏东坡，但一定知道爬灰的意思——专指公公和儿媳之间发生性关系的乱伦。关于扒灰，还有一则典故。

公公见到年轻貌美的儿媳妇，有点忘乎所以，飘飘然起来。儿媳妇问道："公公为什么脸红？"公公不答话，接过茶杯，在书桌上写了两句诗："青纱帐里一琵琶，纵有阳春不敢弹"。桌面上有一层厚厚的灰，所以那字迹看得非常清楚。儿媳妇不禁羞赧，但看后还是用手指快速在后面续写了两句："假如公公弹一曲，肥水不流外人田"。写罢红着脸就跑出去了。正当公公看得洋洋得意之际，儿子突然回来了。公公赶紧以袖子将桌上的灰抹去，然后若无其事地说，没事没事，扒灰而已。

至于典故中的公公是谁，有人说是苏轼，有人说是他的政敌王安石，还有一说是另有其人，反正谁也弄不清。这便是苏浩所谓的泼脏水。在他看来，文人相轻，甚至还会给对方编排段子，把压根没有的事说得活灵活现。

方玉斌插话说："文人之间难免互相看不顺眼，尤其在北宋时，国家太平久了，文人们编个段子，讽刺挖苦一下，也不奇怪。到了南宋，山河破碎，文人就没有这等闲情逸致了，他们笔下随处都是慷慨激昂的家国情怀。"

费云鹏抿了一口红酒，说："我倒是喜欢北宋的词人，彼此挖苦几句，旁人也能看个乐子。南宋那些看似大义凛然的爱国词人，或许还不如北宋。"

南宋时期，朝廷偏安江南，面对北方强敌的铁蹄，那些壮怀激烈，渴望北伐中原，光复故国的诗词，堪称中国文学史上的一座高峰。为何费云鹏竟对此不屑一顾？

苏浩不解道："你何以这样认为？"

费云鹏也是风雅之士，谈起人文典故兴致盎然："如果说在岳飞的时代，北伐中原还有些许可能的话，岳飞死后，尤其是蒙古崛起，光复故国就只能是痴人说梦。横刀跃马的蒙古人扫荡了半个地球，什么金、西夏、花剌子模，还有欧洲那么多强国通通被打得落花流水，羸弱的南宋能保住半壁江山就不错了，北伐岂不是以卵击石！"

费云鹏接着说："北伐不是一句空话，而是要同勇武善战的女真人、蒙古人干仗的。那可不比写文章，说空话，光'梦回吹角连营'不行，得真刀真枪地上阵厮杀。"

对费云鹏的观点，苏浩不置可否，只在夸奖他旁征博引，信手拈来。这时，久未发言的宋长海说道："从老费的话里我听出来了，空谈误国，光务虚可不行，还得务实。关于海丰银行的下一步，我便有一个打算。"

费云鹏转过头，微笑着说："刚才不是你说的，上班谈生意，下班就享受生活吗？"

"是我说的没错。"宋长海说，"可我现在要说的，就跟生活息息相关。海丰银行上市前，我打算推出员工持股计划。银行发展的红利，得让广大员工分享。员工有了钱，才能好好享受生活嘛。"

宋长海又说："关于员工持股方案，我向西海市国资委汇报了，他们表态支持。如今荣鼎是海丰大股东，我想听听你的看法。"

"我的态度很明确：反对。"费云鹏斩钉截铁地说，"上市前的工作千头万绪，已经够多的了，再去折腾员工持股，又要耗去许多时间、精力，岂不是节外生枝。再者说，员工持股怎么实现，还不是靠增资扩股。如此一来，原股东的股权就会被稀释。农民杀猪都知道，先养肥了再说，我刚成为海丰银行股东，屁股都没坐热，你就要从我身上剐肉，忍得下心吗？"

"荣鼎可是大肥猪，身上的膘厚着呢，剐你的肉我有什么不忍心？"宋长海笑呵呵地说，"在银行业，员工持股是大势所趋，许多已上市银行都推出了员工持股方案。我琢磨着，既然迟早要做，不如趁着上市前的机会一步到位。海丰的发展，离不开每一位员工的付出。让员工持有股权，既是一种回馈，更能激发大伙的积极性。"

费云鹏聊人文典故信手拈来，谈起生意更是咄咄逼人："据我所知，你们高管层持有的银行股份已接近10%，够多的了，怎么还不满足，非要趁上市前的机会再大捞一票？"

"这你可误会了。"宋长海说，"管理层持股前些年就在搞，这次为了避嫌，我不打算加码。管理层可以做出承诺，绝不利用这个机会增持股份。我说的是员工持股！这一回，主要针对普通岗位的老员工，他们兢兢业业多年，工资并不高。说实话，企业对他们是有亏欠的。"

费云鹏哼了一声："好一个为员工谋福祉的董事长，我简直快要给你送锦旗、立牌坊了。咱们都是明白人，不妨打开天窗说亮话。搞员工持股，是否还有一个目的——进一步分散股权结构？股东越多，股权结构就越分散，当任何一名股东对海丰都没有绝对控制力时，银行便能彻底控制在你们管理层手中。"

宋长海说："你打开天窗说亮话，我也不拐弯抹角。不排除你说的这条原因，但也绝不是主因。推行员工持股，最重要的还是让员工分享发展红利，调动他们的积极性。"

费云鹏把目光投向方玉斌，说："先别说我这个大股东了，就问一问即将成为小股东的玉斌，他怎么看。"

费云鹏把难题抛了过来，方玉斌暗自叫苦。从心里来说，他当然不希望此时推出员工持股方案。增资扩股损害的，是所有原股东的权益。一样是剐肉，无非费云鹏称斤，自己是论两。但是，能参与投资海丰银行，原本就是搭便车进来的。既然搭便车，总不能再对车上的盒饭挑三拣四。

方玉斌模棱两可地说："你们说的都有道理。此时推行员工持股，难免节外生枝，耽误上市进程。况且，海丰银行的股权结构已经够分散了，进一步增资扩股，恐怕会衍生出许多新问题。但宋总说的调动员工积极性也不容忽视，从长远看，让员工持股当然有利于银行发展。"

"方玉斌是在耍滑头。"费云鹏直截了当地说，"我是荣鼎董事长，必须对荣鼎的每一分钱负责。此时启动员工持股方案，我不可能视若无睹。实在不行就召开董事会会议甚至股东大会，交由全体股东决定。"

"多大点事，你还要去会上闹？"宋长海说。

"这还真不是小事。"费云鹏说道。

宋长海说："我在政府工作多年，信奉民主集中制。要有民主，也要有集中。董事会会议可以开，但开会前，几个大股东最好能达成统一。一时统一不了，咱们就慢慢沟通。反正老费这趟还要待上几天，咱们有的是时间。"

宋长海又举起酒杯："事情明天接着谈，这会儿还得喝酒。"

◎3 敌人越强大的地方，朋友就越多

趁着宋长海还没到，方玉斌又把协议扫了一遍，厅内的工作人员则准备好了开香槟的工具。尽管宋长海突然抛出员工持股计划，但"搭便车"的方玉斌觉得，自己大可不必在这件事上太较真。就让费云鹏这个大股东去和宋长海过招吧，无论胜负，自己依旧能继续搭便车。

所有细节都已敲定，签字仪式是最后程序。仪式定在上午9点，此时已过了10分钟。方玉斌抬腕看了看表，又瞅了瞅旁边的苏浩。苏浩脸上也有一丝焦急，他说："再等一下吧！尽管这份合同是由我签字，但宋总说了要亲自出席仪式。"

"没事，不着急。"方玉斌当然懂得客随主便的道理，笑着说，"是不是昨晚在海龙酒庄，宋总喝多了？"

"不可能！"苏浩说，"你还不知道他的酒量，就昨晚那点酒，简直是小儿科。再说他是出了名的铁人，以往哪怕喝得再醉，第二天也会一早就出现在公司。"

"哦。"方玉斌点了点头，端起茶杯抿了一口。

又过了10多分钟，宋长海依旧没有现身。方玉斌问道："宋总是不是去找费总了？昨晚他不是说，今天要和费总谈事情吗？"

"不会呀。"苏浩说，"今天他俩是约好了要谈事，但那是在签字仪式结束后。宋总很守信用，承诺的事不会中途变卦。"

苏浩掏出手机，试着联系宋长海。电话很快拨通，却一直没人接听。苏浩又打给宋长海的秘书，秘书说，昨晚宋长海交代过，今天参加完签字仪式后就赶去酒店，和费云鹏谈事情，他还让秘书先去酒店陪着费云鹏一行。

"这么说，你没和宋总在一起？"苏浩问道。

"是啊！"秘书答复之后，又问一句，"怎么，宋总没来签字仪式现场？"

苏浩挂掉电话，摇头不解："他到底去哪儿了？"

"要不问一问司机？"方玉斌提醒道。

苏浩说："宋总的家离公司很近，每天都是走路上下班，从没让司机去接过。"

过了一会儿，苏浩又掏出手机，打给宋长海的夫人询问情况。对方说宋长海昨晚回家后，在书房看了半小时文件便休息了。今天她有演出任务，一大早就离开家，走时宋长海还没起床。宋夫人也有些着急，说是打电话让保姆再上楼去瞅瞅。

打了一圈电话，眼看时间已快到 10 点，苏浩说："宋总或许有什么急事，反正合同之前他看过，咱们先签吧。"

方玉斌点头答应，两人掏出笔，干净利落地签下名字。接下来的仪式早已排练好，方玉斌与苏浩的手久久握在一起，礼仪小姐端出香槟，所有人举杯同庆，工作人员忙着拍照。

现场已有记者抢着发问，苏浩笑容满面地说："请大家少安毋躁，海丰银行与星阑资本的合作，是传统银行与互联网金融之间的一次成功携手，意义十分重大。我们准备了专门的新闻发布会，将向媒体朋友做详细说明。新闻发布会十分钟后举行，有劳各位移步到楼上多功能厅，届时我与方总会——回答各位的提问。"

记者们拥往楼上的多功能厅抢位置，苏浩与方玉斌也说笑着往外走。这时，苏浩的手机响起来，他接起手机只说了几句，面色顿时变得煞白。

挂掉电话，苏浩立刻唤过秘书："我有急事，把新闻发布会取消。"

秘书不明就里，说道："记者都到场了，临时取消不太好吧？"

苏浩语气急迫："没什么好不好的，叫宣传部的人自己想办法安抚。"他一边说着，一边已扭头而去。

方玉斌愣住了，反应过来才快步追上苏浩："发布会怎么取消了，有什么事？"

"宋总出事了。"苏浩快步小跑，"你跟我一起去吧。"

出了办公大楼，两人一路小跑赶往宋长海家中。在路上，苏浩才跟方玉斌说，保姆接到宋长海夫人的电话，进到楼上卧室，却发现宋长海瘫在床上，半边身子已不能动弹，嘴里唧唧呜呜，连一句完整的话都说不出。看样子像是突发疾病，保姆已经叫了救护车。

宋长海家与银行总部隔得很近，苏浩与方玉斌只花5分钟便赶到。两人冲上楼去，苏浩俯下身子，几乎贴住宋长海的脸，问道："宋总，怎么了，哪里不舒服？"

宋长海脸上痛苦万分，口里哼了几句，却没人能听得清。苏浩想扶宋长海起身，但不知他究竟得了什么病，又不敢贸然移动他的身体。

方玉斌站在一旁，嗅到一股异味。他从脚下轻轻掀起被子，见床单全是湿的。看来，宋长海不仅身子不能动弹，连大小便也失禁了，这病确实不轻。

又过了几分钟，救护车终于赶到。年轻医生经过简单检查后说："看样子是脑血栓，得马上送医院。"

"行，我们跟着一起！"苏浩帮着医护人员抬担架，并一起上了救护车。

在车上，苏浩先给一名副行长打电话，让他联系医院领导，确保院方派出最精干的力量为宋长海治疗。接着他又吩咐办公室主任，立刻派出几路人马，去省城和北京，务必请国内最好的专家来西海会诊。打完电话，苏浩又问方玉斌："你看还应该做什么？"

方玉斌说："目前能做的就这些了。另外最好叮嘱一下这些人，宋总的病情务必保密。若是病情很快能好转，就没必要让太多人知道。"

"你说得对。"苏浩又拨出电话，吩咐下属暂时不要声张。担架上的宋长海此时也哼了几声，瞧那眼神，对方玉斌的建议颇为赞同。

年轻的急诊医生在一旁看着，知道这位病人绝非一般人物，态度也愈发认真。救护车刚启动，他就电话通知急诊科主任，让接担架的工作人员早点到停车场候着。

宋长海突发脑血栓，卧床不起后的一周，远在北京的黄文灿却起了个大早。黄文灿的家颇为简朴，两室一厅不到70平方米。身为高级知识分子的他，却将这个狭窄空间布置得书卷气十足。妻子住在次卧，黄文灿居住的主卧几乎被当成了书房。里面堆满书，墙壁上贴着他手书的《陋室铭》。

客厅也很局促，餐桌只能贴着墙壁摆放。但黄文灿却坚持在沙发旁辟出一块地方，放置自己喜欢的老式唱片机。

黄文灿坐在沙发上，捏着一根烟，跷着二郎腿，唱片机里反复播放着一段低沉的音乐。随着音乐节奏，他时而用手拍击，击节咏叹，神情悲怆。

"黄老师，今天怎么起来这么早？你听的是什么？"妻子披着睡衣走了出来。她与黄文灿当年同在大学任教，如今仍称呼对方老师。

黄文灿坐着纹丝不动，说道："怎么，刘老师没听出来？再仔细听一下。"

只听唱片机里缓缓唱道："梦绕神州路。怅秋风、连营画角，故宫离黍。底事昆仑倾砥柱，九地黄流乱注？聚万落千村孤兔。天意从来高难问，况人情老易悲难诉，更南浦，送君去！凉生岸柳催残暑。耿斜河，疏星淡月，断云微度。万里江山知何处？回首对床夜语。雁不到，书成难与？目尽青天怀今古，肯儿曹恩怨相尔汝！举大白，听金缕。"

妻子说："如果我没有记错，这应当是南宋词人张元干填的《贺新郎》。"

黄文灿点了点头："刘老师不愧是中文系教授，一下就听出来了。"

妻子不解地问："你大清早起来听这首词做什么？"

黄文灿淡淡一笑："你虽是中文老师，却不大懂历史呀。在灿若群星的唐宋名篇中，张元干的《贺新郎》算不得出类拔萃。但你知道让这首词声名鹊起的人是谁吗？"

妻子好奇地问：是谁呢？

黄文灿笑了笑，跟妻子说了起来……

　　妻子渐渐明白了黄文灿的心思，说道："张元干的词写得好呀！那句'目尽青天怀今古，肯儿曹恩怨相尔汝'，是说你我都是胸怀古往今来和国家大事的人物，不是那些卿卿我我谈论儿女恩怨私情的人。这或许是相斗几十年的老对手在谈心。"

　　黄文灿说："词的最后两句'举大白，听金缕'，表示无可奈何，只能借饮酒听唱来消愁。后经人修改，重新演唱录音。这一改，使送别的意味达到高潮。"

　　"这一改，确是大家手笔。"妻子微笑道，接着话锋一转，"不过，你如今听这首词，或许并不十分应景。你的老对手宋长海可还没死，人家只是得了脑血栓。"

　　"不死也差不多。"黄文灿冷笑道，"听说宋长海已经在医院住了一周，身子瘫了，嘴巴说不出话。就他那样子，简直生不如死。"

　　妻子叹息道："没想到宋长海的病这么重。当年看着多精神的一个人，一下子就垮掉了。这病能治好吗？"

　　黄文灿说："幸运的话，命大概能保住，但绝回不到从前了。宋长海的下半辈子，只能在轮椅上过了。"

　　黄文灿站起来，关掉了唱片机，说："但你说得对，我也许还没有资格听这首词。我只是宋长海的手下败将。"

　　妻子劝道："这么多年过去了，那些恩怨早该放下。"

　　黄文灿站在原地，背着手说："恩怨可以放下，是非不能模糊。"顿了顿，他吩咐妻子："我要出门了。去，把我的西服找出来，熨一下。"

　　妻子说："你平常上班穿的西服，昨晚就给你熨好了，就挂在衣架上。"

　　"不是那件。"黄文灿说，"该换件衣服了。把我当年在意大利买的灰色西服找出来。"

　　妻子有些诧异："那衣服还是你在海丰银行当行长，去欧洲出差时定做的。这么多年没穿，还能穿吗？"

　　"能不能穿，试一下就知道了。"黄文灿坚持道。

妻子翻箱倒柜，终于找出这件西服。熨烫之后，黄文灿上身试了试，他照着镜子，满意地点头："你别说，买东西真还是一分钱一分货。这西服3万多人民币，当初花了我一个多月的工资。但你看这款式跟材质，现在穿也一点不落伍。"

妻子笑道："衣服是不错，但关键还是你自个儿。十年过去了，身材竟没变，一点没发福。"

黄文灿哈哈笑道："不敢发福呀！这些年，我除了养些花花草草之外就是健身，为的便是保住一副好身板。我就知道，有了一副好身板，终究会派上用场。"

妻子问道："今天去哪儿？还是去单位吗？"

黄文灿摇头说："不去单位。我约了费云鹏。"

"哦。"妻子点了一下头，接着问，"费云鹏这回能帮你吗？你们可是多年的老朋友。"

黄文灿依旧在整理自己的西服，说："正因为是多年老朋友，所以我太清楚这个人。他绝不会帮我，但一定会帮他自个儿。"

上午10点，黄文灿准时来到荣鼎资本总部。费云鹏的秘书抱歉地说，费总上午临时有个活动，要半小时后才能回公司。黄文灿笑着说："没关系，我等他。"

黄文灿坐在休息室里，无聊地翻着杂志。休息室里的人越来越多，都是找费云鹏的，有人是来汇报工作，有人拿着文件找费云鹏签字。直到11点，费云鹏才赶回办公室。不一会儿，秘书走进休息室，对黄文灿说："费总请您进去。"接着，秘书又对其他人说："费总与黄总有事情谈，上午估计没时间了。你们下午再来吧。"

黄文灿走进办公室，费云鹏起身相迎："老黄，不好意思！临时有事耽搁了，让你久等。"

黄文灿一边握手，一边说："我是闲云野鹤，你是大忙人，等一会儿应该的。再说你为了和我谈事情，把其他人都打发走了，这面子可不小。"

"咱俩谁跟谁，还跟我客气。"费云鹏笑呵呵地说。

落座后，费云鹏问："昨晚你给我打电话，说有事要谈，什么事？"

黄文灿说："什么事还用我说吗，你会猜不出来？"

费云鹏说："若是我猜得没错，应该是海丰银行的事吧。"顿了顿，他又叹了口气："谁能想到，宋长海竟然一病不起。他发病那天下午，我就赶去医院，看了很是伤感。一个人甭管多么英雄盖世，病倒了也就只是个病人。"

"是啊。"黄文灿也叹息道，"我与宋长海的感情，比起你来复杂得多。听到这个消息，心里难受得很。"

"这是真心话？"费云鹏问道，"他可是你的死敌呀！"

黄文灿摇着头说："我和他之间，绝不仅仅是死敌。蒋介石死后，张学良送了一副挽联：关怀之殷，情同骨肉；政见之争，宛若仇雠。这十六个字，或许也是我内心的写照。"

黄文灿又说："听说宋长海的病没有起色，至今连话也说不清。不过他却在病床上，手把手指定了接班人。"

费云鹏抿了一口茶："怎么宋长海病房内的事你也一清二楚？"

"敌人越强大的地方，朋友就越多。"黄文灿说，"宋长海在海丰银行太霸道了，得罪的可不是一两个人，有许多人只是敢怒不敢言而已。"

"看来你的朋友果真不少，消息也很准确。"费云鹏说，"宋长海发病后的第三天，就知道自己很难痊愈，更不可能继续当海丰银行董事长。有人问他属意谁接班，他心里有主意，嘴巴却说不出。直到苏浩走近他身边，拉住他的手，宋长海才挣扎着点头。大伙都明白，他是打算让苏浩接班。"

黄文灿笑了笑："据我所知，海丰银行是股份制企业，不是一家一姓的封建王朝吧，能够像这样托孤吗？"

"当然不能。"费云鹏说，"宋长海只是提出个人意见，最终的董事长人选将在董事会会议上通过选举产生。不过站在股东的立场，宋长海的意见似乎并无不妥。苏浩原本就是二把手，熟悉银行情况。由他接班，有利于工作的连贯。"

黄文灿笑道："这么说，在即将召开的董事会会议上，荣鼎这一票会投给苏浩了？"

"起码目前看起来是这样。"费云鹏答道。

黄文灿轻拍了几下西裤，说："假如我希望你改变主意，能否考虑？"

"改变主意？"费云鹏似笑非笑，"不支持苏浩，还有其他人选吗？"

"当然。"黄文灿说。

"谁？"费云鹏追问道。

黄文灿信心满满地说："远在天边，近在眼前。"

费云鹏沉默了半晌，接着哈哈大笑："我说老黄呀，你也真敢想。推你上去，真有这种可能吗？"

"为什么没有？"黄文灿说，"宋长海在海丰银行横行霸道多年，把里面搞得乌烟瘴气。如今该有个人，站出来收拾世道人心了！"

"没看出来，你还有拨乱反正的心思。"费云鹏的语气中有几许嘲讽，"且不说荣鼎支持谁，银行的大股东，西海市国资委这一票确定无疑会投给苏浩。还有那么多中小股东与银行高管，也会听宋长海的。这种时候，即便我支持你又有什么用？理想很丰满，但现实很骨感呀！"

当着费云鹏的面，很少有人会抽烟。但今天，黄文灿却悠闲地拿出一根烟点上，说："你看我一大把年纪，会是那种空有满腔热血，只知道蛮干的人吗？真是毫无指望的事，也犯不着向你开口。"

黄文灿接着说："刚才我说了，敌人越强大的地方，朋友就越多。宋长海看似一手遮天，但不满的力量早就在暗中积蓄。不瞒你说，我已经争取到很多人支持。甚至有高管明确说，只要能把宋长海钦定的接班人苏浩拉下来，不管换谁他们都支持。多年来，这些人受够了宋长海，如今总算逮着出气的机会了。"

黄文灿又说："西海市国资委领导昨天来京出差，我与他见了一面。他对我说，宋长海是海丰银行的功臣，他们不能翻脸不认人，因此这一票会投给苏浩。但是，其他人的票投给谁，他们管不着。无论最终投票结果如何，他们也会尊重董事会的决定。"

看着在自己面前吞云吐雾的黄文灿，费云鹏说："这几天，你可没闲着呀。"

"这种时候，我能闲吗，敢闲吗？"黄文灿反问一句，接着说，"如今的态势，荣鼎这一票至关重要。只要你支持，董事会就将上演逆转的好戏。"

费云鹏想了想，又摇起头："咱们是多年好友，从个人情感来说，自然希望你能杀个漂亮的回马枪。但从企业发展角度考虑，苏浩或许比你更合适。毕竟你离开海丰银行十年了，许多工作未必熟悉。上市箭在弦上，苏浩接班是顺理成章，换作你，谁也不知会出现什么插曲。"

"这个你不必担心。"黄文灿说，"尽管我离开海丰有些日子了，但里面的情况绝不陌生。宋长海病房里的情形，我不就一清二楚吗？再说了，以我的能力与经验，掌舵海丰银行，不敢说小菜一碟，起码是驾轻就熟。"

费云鹏依旧一脸为难的表情："你说这事吧，出于私谊我应当帮你，但为公司着想，还要谨慎。你也知道我这个人，其他没什么优点，就是把公与私分得很清。所以，这事我还得考虑一下，甚至去征求其他人的意见。如今的荣鼎，可不是我的一言堂。"

"董事会会议近在咫尺，哪有你犹豫的时间！"黄文灿逼问道。

费云鹏把手一摊："这种事，你逼我也没用。假若草率决策，给公司造成了损失，那便是我这个董事长的失职。"

黄文灿弹了弹烟灰，说："老费，你今天的官话可不少。"

费云鹏笑了："老黄，你又给我说了多少实话？"

黄文灿问："你到底想听什么？"

费云鹏说："我不唱什么公私分明的高调，你也别一口一个拨乱反正、世道人心。老实告诉我，你的底牌是什么，我凭什么要帮你？"

"我就知道，在你这儿打不了马虎眼。"黄文灿掐灭烟头，缓缓说起来……

◎ 4　新董事长产生，有人开始鼓掌，苏浩却感觉每一巴掌都是扇在自己脸上

　　方玉斌再次来到西海，走出机舱时，身后还跟着两人。其中一人是金发碧眼的洋人，另一人便是苏晋的老同学凌菲，如今她已是康成医疗公司CEO。经由方玉斌牵线搭桥，凌菲从北京一家风投获得了投资，她筹划多时的海外医疗服务项目投入运营。

　　苏浩亲自来机场接机，方玉斌正想向他介绍凌菲，苏浩却早已热情地伸出手："我妹妹的好闺密，还用得着你给我介绍吗？"

　　凌菲亲切地招呼道："哥，我们可有些日子没见了。记得上回见面是在美国，我还去你那儿蹭过饭。"

　　方玉斌恍然大悟，说："敢情你们才是老熟人。"

　　苏浩说："我有些日子没见着凌菲了，不知道当年的医学博士，如今成了成功企业家。宋总的病，这次还得有劳你。"

　　凌菲客气了几句，又把身旁的洋人介绍给苏浩。这位从美国远道而来的乔森教授，是脑血栓治疗方面的权威专家。

　　汽车驶出机场，径直前往医院。车上，方玉斌问苏浩："海丰银行明天就要开董事会会议，你接任董事长的事已是板上钉钉了吧？"

"不敢讲板上钉钉，只能说把握挺大。"苏浩话说得谦虚，得意之情却写在脸上。

方玉斌笑着说："有把握就好。"

苏浩说："多亏了宋总，他在病床上，话都说不清楚，还为这事操心。他把好几位股东叫到病床前，然后拉着我的手不停点头。所有人都明白，他这是拼了命举荐我。"

"是啊。"方玉斌点了点头。

苏浩忧心忡忡地说到宋长海的病情。国内专家来西海会诊过，一致认为宋长海的病很重，会留下终身后遗症，甚至从此站不起来。正因为这样，苏浩才对凌菲以及远道而来的乔森教授寄予厚望。

进入病房后，方玉斌见到了病床上的宋长海。据医生介绍，他的四肢已经有了知觉，口里也能断断续续说出几个字。但何时能下床，谁也没把握。医生更直言，即便治疗取得重大进展，依旧会留下严重后遗症。

乔森检查了宋长海，又查看了病历资料，并与医院医生进行交流。苏浩与凌菲在一旁，为乔森当着翻译。

对于宋长海的病情，乔森与国内医生的判断大致相近。通过磁共振发现，宋长海脑内血栓的位置正好在关键区域，因此病情远比一般患者来得重。经过前期治疗，病人已脱离生命危险，后期治疗主要以溶栓为主。乔森说，美国刚好出了一种新药，对于溶栓很有帮助，但这种药目前并未在中国上市，而且价格昂贵。

宋长海的年轻夫人立刻问道："可以在美国买了带回来吗？不管多贵我们都买。"

得到乔森肯定答复后，苏浩说："需要什么药，乔森教授可以列一个清单，我们派人去美国采购。"

乔森开出清单后，又说："想要最大限度减少后遗症的影响，还是需要将宋长海先生送去美国治疗。"

凌菲解释说："现代医学有四个家族成员，预防医学、保健医学、临床医学、康复医学，其中康复医学的职能是让患者'虽病不残、虽残不废'。有别于其他临床治疗，康复治疗几乎没有所谓的标准化治疗，更强调的是私人定制。整个康复治疗过程耗时长，且需要有治疗师全程跟踪，并及时评估康复疗效，适时调整治疗计划。"

凌菲又说："中国一直有重治疗、轻康复的观念，这跟美国大不一样。目前国内大部分医学院校还把康复医学作为选修课。而在美国，康复医学是必修课。所以，两国在这方面的水平差异很大。"

宋长海夫人问道："是否等老宋病情稳定之后，就可以进行康复训练？"

乔森说："按照美国医疗界的观点，康复训练越早进行越好，甚至可以与治疗同步展开。"

凌菲补充道："乔森教授说的是理想状态，但考虑到宋总目前的状况，最好还是等他病情稳定一些再去美国。因为民航飞机上没有完备的医疗器械，不知道长途跋涉中病人是否会出现突发状况。"

"哦。"宋长海夫人先点了点头，接着又说，"普通民航飞机上没有医疗器械，但要是包机去呢？"停顿一下，她又说："我就是希望老宋早点接受先进的治疗，这样康复的机会就大一些。"

凌菲做海外医疗服务，整天和有钱人打交道，但像宋长海这样土豪的客户，主动提出包机去美国的，还是第一次遇到。她与乔森商量之后答道："目前美国有医疗专机服务，必备的医疗器械专机上都有。乔森教授说，到时他还可以将一些专业器械以及自己的医疗团队一起带上飞机。以宋总目前的状况，只要保障措施到位，飞去美国应该没问题。"

"那太好了。"宋长海夫人有些兴奋。

凌菲又说："只是这种医疗专机，比起一般的专机服务，收费会贵上好几倍。"

"钱不是问题。"宋长海夫人与苏浩异口同声说道。

接下来，苏浩便忙着协调宋长海赴美治疗的事。由于要和美方人士进行视频会议，加之两地时差，他几乎一宿都没休息。

第二天，苏浩洗了个冷水脸便坐车出门，赶赴董事会会议现场。在会议室外，方玉斌正和一人抽烟聊天。见苏浩走过来，他一把将苏浩拉到旁边，说："今天的董事会会议上，不会出什么岔子吧？"

"你怎么这么问？"苏浩忙活了一晚，累到不行，无精打采地问道。

方玉斌说："我在会场转悠了一圈，感觉气氛不太对。按说这种会只是走个形式，大家应该很轻松。但我怎么瞧着，许多人绷着脸，一副大战在即的模样。"

"大战在即？我怎么没觉得？"苏浩揉了揉因为熬夜而泛红的眼睛，"你是不是太敏感了？"

苏浩接着说："前天，我和费云鹏以及西海市国资委的领导通过电话，他们明确表态支持我。再说银行内部，即便谁对我有意见，也不敢忤逆宋总的意思。"

方玉斌点了点头："荣鼎与西海市国资委这两大股东都支持你，那应该稳当了。"

"别担心。"苏浩拍了拍方玉斌的肩膀，"走吧，进去开会。"

因为宋长海病重，这段时间苏浩已在代行董事长职权。他坐在会议室中间过去宋长海坐的位置上，清了清嗓子说："人都到齐了，现在开会吧。"

就在这时，会议室大门被推开，一名五十多岁、西服革履的男士走了进来，他面带笑容，手上提着一个老式公文包。苏浩与方玉斌都没见过此人，目光中有些诧异。会议室内的好多人却禁不住交头接耳。

"这位是……"苏浩问道。

他坐到椅子上，点了点头："鄙人黄文灿。"

来者正是黄文灿！他穿着那件意大利定制的灰色西服，头发乌黑发亮，显然刚染过。

会议室内又是一阵骚动。方玉斌并不知道黄文灿是谁，但苏浩早听说过此人。他是海丰银行的创业元老，宋长海的搭档，后来又被宋长海扫地出门，最近似乎一直在北京举报宋长海的问题。

来者不善，苏浩心里紧了一下。他很快平复了情绪，说："早就听说过黄先生大名。只不过，我们马上要召开董事会会议，你有什么事，可否等会议结束后再说？"

黄文灿笑着说："你们继续开会。我没什么事，今天只是来列席会议的。"

苏浩说："你早已离开了银行，今天会议也没有邀请你。你坐在这里，不太好吧？"

黄文灿从公文包里拿出水杯，抿了一口，说："我再不懂事，也不会不请自来。参加今天的会，实在是受人之邀。"

"有人邀请你？"苏浩觉得不可思议。

"是我邀请的。"坐在苏浩左侧的海丰银行副行长郑庆云大声说道。

苏浩盯住郑庆云，目光中透出一阵寒意："老郑，你邀请人，怎么不给我说一声？"

郑庆云毫无惧色，笑着说："对不起，是我疏忽了。我是想，银行经营上的事，你是行长，我是副行长，自然得请示汇报。但今天是董事会开会，大家以董事身份出席，有什么意见都可以讲出来，所以就没提前跟你说。"

"你有什么意见，现在就说！"苏浩不客气地说道。

"也没什么。"郑庆云搓着手，"我知道今天董事会会议是要推举新董事长，我打算推举黄文灿先生为海丰银行新任董事长。黄文灿作为董事长候选人之一，列席本次会议想必是合情合理吧？"

苏浩终于意识到，方玉斌所说的气氛诡异，看来并非敏感。黄文灿、郑庆云敢跳出来公然叫板，一定是有备而来。

苏浩又将郑庆云打量了一番，心里想到了一句话：咬人的狗不叫。过去，莫说在宋长海面前奴颜媚骨，即便当着自己，郑庆云也从不敢说半个不字。郑庆云比苏浩年长十岁，在办公室他称呼苏浩"行长"，私下更是喊"大哥"，一点没觉得不好意思。宋长海的夫人才二十多岁，苏浩从来都称呼她"小何"，这个郑庆云却一口一个嫂子，叫得人肉麻。

宋长海生病之后，郑庆云每天往医院跑。听说宋长海后半辈子将成为废人，郑庆云的眼泪唰的一下流出来。现在想来，人家可不是伤悲，而是喜极而泣。山中老虎没了，狗终于能出来咬人了。

郑庆云喝了一口矿泉水，说："对黄文灿先生，不用我多介绍了吧。他是金融教授，业界专家，更是海丰银行创业元老。我以为，在宋总之后，只有他能扛起这副重担。接下来，我们就按照会议议程，进行表决吧。"

"等一等。"方玉斌预感到形势不妙，决定使出拖字诀，"作为海丰银行股东，此前我并不知道黄文灿先生是董事长候选人，因此对于他的情况不甚了解。是不是把会议延期，让我们进一步了解候选人情况，进行比较后再做出判断。"

"我看不必了吧。"郑庆云说，"老黄又不是新人，在座的大多对他很熟悉。"

方玉斌说："别人是否熟悉我不清楚，起码我就不熟悉。董事长人选是大事，谨慎一点不会错。"

郑庆云还想争辩，黄文灿却挥了挥手示意他住口，接着自己说道："这位想必是星阑资本的方总吧？早听过你的大名，久仰了。你提出的意见的确有道理，老董事们应该都认识我，新进入的则未必。不过，幸好我不是什么神秘人物，想了解我不需要费多少时间。如果方总同意，我可以马上跟大家说明报告。说得不准确的，在座的老伙计们还能补充。"黄文灿的普通话很标准，举止也温文尔雅，比起嗓音粗犷、一口方言的宋长海，风格可谓天差地别。

黄文灿又说："至于会议延期的要求，我却以为不必。董事会会议议程中可没说，有新候选人出现就要延期。假若今天延期了，下次开会时又有人提出一个人选，是不是还得延期？提出不同人选是董事们的权利，假如一直有人提出人选，这个会是否就永远开不成？"

黄文灿这么一说，方玉斌反倒语塞了。这是他与黄文灿的第一次过招，却能觉察出对方是个厉害人物，不仅口齿伶俐，逻辑清晰，口气中更有一股不怒自威的气势。

这时，西海市国资委的代表说道："董事会会议还是按议程进行吧。老宋一时半会儿好不了，董事长位置长期空着也不是个事。"

费云鹏并未现身今天的董事会会议，代表荣鼎出席的一位副总裁也附和说："对，还是接着开会吧。"

苏浩分明感受到一种自己已被孤立，黄文灿却能一呼百应的氛围。但事已至此，只能硬撑下去，他说："那好吧，就按会议议程进行。大家都知道，为了海丰银行，宋总呕心沥血，最终积劳成疾。他也希望，银行尽快选出董事长，能够继续他的事业。"苏浩提到宋长海时，特意加重语气。这也是在最后关头替自己拉票！在座的好多人，都得过宋长海的恩惠，前几日在病房，更是拍着胸脯保证，要遵循宋长海的意愿，把苏浩推上去。但愿你们不会像郑庆云这只白眼狼！

进入选举环节，西海市国资委的代表投出第一票——苏浩。能够得到大股东旗帜鲜明的支持，苏浩总算松了一口气。接下来，好几位董事投出自己的一票，局势却是忧喜交加。那些在宋长海病床前宣誓效忠的人，有人遵守了诺言，但也有人翻脸不认账，竟投票支持黄文灿。所幸的是，西海市国资委占股比例较大，享有的投票权更多，因此在总体形势上，苏浩依旧领先。

最后，轮到荣鼎资本表态了。局势已经十分明了，苏浩得票始终领先，哪怕荣鼎选择弃权，董事长宝座也非自己莫属。然而，一旦荣鼎支持黄文灿，黄文灿便会以微弱优势当选。联想到数日前费云鹏对自己信誓旦旦地保证，苏浩悬了好久的心似乎可以放下。

荣鼎代表缓缓说道："我们支持黄文灿先生出任海丰银行董事长。"

此话一出，会议室内顿时鸦雀无声。紧接着，有人欢欣鼓舞，有人面面相觑，唯独黄文灿纹丝不动地坐在椅子上，脸上没有任何表情。

郑庆云站起身来说："选举结果已经出来了，让我们一起鼓掌，欢迎新董事长。"郑庆云第一个鼓掌，此后不断有人加入进来。掌声越来越大，苏浩却分明感觉每一个巴掌都是扇在自己脸上，火辣辣的。

会议一结束，方玉斌立刻来到苏浩办公室，问道："怎么会这样？"

苏浩铁青着脸，痛苦地摇着头："我哪里知道？要是早有察觉，就不会出这档子事。"

方玉斌也觉得自己这一问实在多余，他叹口气："大意了，实在大意了。"

方玉斌问起黄文灿的背景，苏浩向他讲了黄文灿与宋长海的恩怨情仇。方玉斌又是一阵感慨："古时候矫诏篡位，也得等老皇帝一命归西。现在倒好，宋长海还躺在医院，下面人就迫不及待动手。"

苏浩又想起郑庆云，忍不住骂道："那个姓郑的，真是连条狗都不如。"接着，他又把怒火朝向费云鹏："费云鹏好歹是个商界大佬，怎么说话跟放屁一样？"

方玉斌冷笑道："费云鹏这种人，哪有什么诚信可言。但话说回来，今天这事绝不仅是这几个人鼓捣出来的。你没发觉，中小股东和高管层里有不少人反戈。当然，他们反的并不是你，而是宋长海。"顿了顿，他又问："事已至此，接下来怎么办？要不要给宋长海说一声？"

苏浩思忖一下，说："黄文灿已经当上董事长了，只能等着他发招。至于宋总那里，暂时别说，赶快把他送去美国治病。他现在那样子，不仅帮不上咱们，知道消息后，没准病情还要加重。"

方玉斌点了点头："也只能这样了。"

◎5　奖金发多了，谁都是人才

苏浩正在办公室里批阅文件，房门被推开。

"老苏，在忙呢？"黄文灿招呼道，一脸的笑容可掬。

黄文灿走马上任已一月，苏浩也继续当着二把手。曾有人劝苏浩，道不同不相为谋，既然被黄文灿偷袭得手，索性一走了之，爷不伺候了还不行。苏浩思前想后，并没有这样做。他并非放不下行长的位置，而是感念宋长海的恩情。尽管以自己的资历，来海丰银行做个二把手实属屈就，但苏浩深知，那时正值人生低谷，宋长海能力排众议接纳自己，已是难能可贵。苏浩太清楚海丰银行之于宋长海的意义，此时宋长海卧床不起，远赴他乡，多年宿敌又接掌海丰，自己再挂冠求去，谁来替宋长海守这个摊子？

"黄总，有什么事吗？"苏浩站起身，礼貌地说道。一个月接触下来，苏浩对黄文灿的印象谈不上多好，却也没有多坏。起码，在各种场合，黄文灿对苏浩都体现出足够尊重，对其他宋长海的旧部也没有大开杀戒。

黄文灿示意苏浩坐下，接着说："是有些事想和你谈。我的办公室刚装修好，乱糟糟的，就上你这儿来了。"

苏浩知道，黄文灿并未使用原来宋长海那间堪称豪奢的董事长办公室，而是重新装修了一间。新办公室面积不大，装修前黄文灿再三吩咐，只讲求实用，绝不可铺张。

黄文灿左手端着水杯，右手夹着一本书。他把水杯放到桌子上，又将书递给苏浩："知道你是大才子，恰好我也爱读书。有一本我非常喜欢的书，送给你。"

苏浩接过书一看，这是一本《王安石传》，作者同样大名鼎鼎，是清末民初的泰斗级人物梁启超。苏浩道一声谢，接着又说："王安石是北宋的改革家，梁启超推动了戊戌变法。由改革家来为改革家立传，这样的巨著，纵观古今并不多见。"

"是啊。"黄文灿点头说，"梁启超是不世出的大才子，著作等身，而我却对他的两本书推崇备至。一本是《王安石传》，另一本是《李鸿章传》。梁启超评价李鸿章的那句'吾敬李鸿章之才，吾惜李鸿章之识，吾悲李鸿章之遇'，说得何其好。归根结底，还是你刚才那句话，由改革家来为改革家立传，彼此心有灵犀。"

黄文灿又说："但我送你这本书，倒不仅仅因为王安石是一位伟大的改革家，更因为他是苏东坡一生的政敌。我可听说了，你是东坡的忠实拥趸。"

"这你也知道。"苏浩笑着说。

"在一起共事，还能不了解一下？"黄文灿抿了一口茶，说，"既然喜好东坡，对于他和王安石的恩怨，应该很清楚吧？"

苏浩点点头："王安石力推变法，东坡却认为变法过于冒进，甚至是祸国殃民。当时变法派主持朝政，苏东坡多次遭到贬谪。"

黄文灿说："你说得没错。王安石与苏轼政见相左，更没少打笔墨官司。但你知道，两人第一次见面在哪儿吗？"

这个问题自然考不倒对东坡研究颇深的苏浩，他说："在江宁。那时的王安石已经辞去相位，隐居钟山。仕途不顺的东坡在流放途中，不断写出光耀千秋的文章，逐渐声名鹊起。"

苏浩又说："那一年，东坡顺流而下路过江宁，退隐的王安石穿一身与农夫没有多大区别的衣服，骑着一头毛驴到江边迎接。东坡听到消息，来不及整理衣冠便出船长揖而礼，说道：'轼敢以野服拜见大丞相。'王安石拱手说：

'礼岂是为我辈设！'两人哈哈大笑。"

苏轼与王安石的相见，早已成就一段佳话。同为文人的黄文灿与苏浩，想起骑着毛驴的王安石，衣冠不整的苏轼，还有那句豪迈异常的"礼岂是为我辈设"，不禁流露出向往之情。

黄文灿说："北宋的文人，堪称中国士大夫的典范。王安石力推变法，司马光、苏轼反对变法，政见各异，势同水火，却又能彼此惺惺相惜。王安石打击反对变法者，从来只是贬官流放，绝不罗织罪名陷害对手，更不会置人于死地。甚至当苏轼因为乌台诗案，险些人头落地时，已辞官的王安石还上书皇帝，直言'岂有盛世而杀才子乎'，积极营救自己的政敌。"

黄文灿又说："王安石变法失败，昔日政敌却不断送上温暖。司马光评价他'文章节义，过人处甚多'。苏轼更是挥动如椽大笔，说王安石'名高一时，学贯千载，智足以达其道，辩足以行其言；瑰玮之文，足以藻饰万物；卓绝之行，足以风动四方'。这才是君子之争，无论谁胜谁负，大不了辞官走人，大可不必以命相搏。与晚唐、明末党争时的你死我活，腥风血雨，实在不可同日而语。"

苏浩也有感而发："北宋的确是一个可爱的朝代，人文风流，灿若群星。真正不必完全依附于权力，堪称精神贵族的士大夫阶层，大概也就在那个时代才有。东坡与王安石，既政见相左又彼此敬重，这或许就是一种高度的政治文明。"

黄文灿笑着说："咱们不敢妄比古人，但还可以见贤思齐嘛。"

苏浩一面点头称是，一面揣摩着黄文灿送书的用意，他知道我喜爱东坡，就用王安石与东坡的例子，寄望彼此能捐弃前嫌？

黄文灿说："我知道，是宋长海请你来海丰的，你也知道，我和宋长海之前有过分歧。但是，老宋虽然为人霸道，脑瓜子却清楚得很，否则也不会有海丰的今天。他请你来当行长，在我看来是为企业延揽人才，绝不是培植私党。"

黄文灿真是推心置腹来了？既然人家已把话说开，苏浩不能不有所表示，他说："在我心里一直也是这样认为的，身为海丰银行行长，我的职责就是辅佐董事长，让银行能够持续健康发展。"

"没错。"黄文灿点头笑道，"我就知道，一个喜爱东坡的人，一定会是坦荡君子。"

"你过奖了。"苏浩对黄文灿的戒心，当然不会因为一席话就烟消云散。但不可否认，自己对黄文灿的印象又好了些，谈话氛围也越来越轻松。

黄文灿说："无须讳言，我对宋长海的某些做法不太认同，但他对于海丰，的确是有大功劳的。我听说，你曾和他夫人承诺过，赴美医疗专机的费用由银行承担，怎么最后这笔钱还是由他自己掏了？"

苏浩说："我是承诺过，后来不是情况有变嘛。"

"有什么变化！"黄文灿说，"你现在还是行长，这么点小事，难道做不了主？再说了，以宋长海对银行的贡献，这钱也该我们掏。回头你把这事批给财务部，我看谁有意见？没有规矩不成方圆，不买行长的账，就是不讲规矩，我这个董事长就能撤他的职。"

苏浩有些诧异与感动，尽管与宋长海争斗多年，但此时的黄文灿，却颇有古君子之风。

"除了送书，我还有正事。"黄文灿调整了一下坐姿，"这几年银行发展不错，但员工的待遇却没跟上。我一直琢磨，能否把这个短板补上？"

"你有什么想法？"苏浩问。

"我想专门拨出一笔钱，为所有一线员工补缴社保。"黄文灿说，"咱们银行挺正规，所有员工一直买了社保。但社保有不同标准，银行出于成本原因，都给员工按中间标准买的。我问了人力资源部的人，刚好国家出台了政策，允许按最高标准补缴社保。"

黄文灿又说："社保缴的标准越高，退休后领的钱就越多。这一回银行出点血，员工们退休后的生活就更有保障。我觉着这钱花得值。"

苏浩说："海丰银行的员工有上万人，一旦从头补缴社保，开支不小吧。"

黄文灿点头说："人力资源部与财务部测算了一下，大概要好几个亿。"

苏浩"哦"了一声，又说："为员工谋福利是好事，我当然支持。"

黄文灿递给苏浩一根烟，接着自己也点上，说道："光支持可不够。几个亿也得是真金白银呀，筹钱的事，可要交给你。"

苏浩说："银行就是和钱打交道的，有太多方式筹钱。同业担保、过桥贷款、不动产抵押，随便想点办法，几个亿应该不在话下。"

"看来我是找对人了。"黄文灿弹了弹烟灰，又说，"另外，我想把海龙酒庄和海丰号游艇出售，仅这两样，差不多就能变现一个亿。"

黄文灿接着说："我知道，有关那个酒庄与游艇，外面争议不少。有员工说那是纵情声色的场所，搞腐败的温床，而宋长海却把它们视为得意之笔，觉得代表了企业形象。要我说，两种观点都有道理，但又不全面。辩证来看，银行发展需要方方面面的支持，当年的好多政策，就是在酒庄里争取到的，好多生意，也是在游艇上谈成的。但同时，搞这么奢华的东西影响确实不好，难怪员工有怨言。海丰发展到今天，实力摆在那儿，不必再用什么酒庄、游艇撑门面。再说全国都是打贪禁奢，虽说海丰银行不是一家纯粹的国企，早改制成了股份制企业，但酒庄、游艇不处理掉，毕竟有些刺眼。"

"这个辩证法讲得好呀！"在这件事上，苏浩倒与黄文灿不谋而合。他早就劝过宋长海，在目前的大气候下最好低调，宋长海却不为所动。

黄文灿笑道："说到辩证法，就还得啰唆几句。给员工谋福利，这里面也有个辩证法。不要以为这些钱是成本，其实何尝不是投资？它们是能带来生产力的。员工待遇有了保障，才会有归属感、积极性，才能努力为企业创造价值。华为的任正非表示过，奖金发多了，谁都是人才。人家说的就是这个道理！我们花那么多钱，盖气派的写字楼，上马最先进的财务管理软件，都不心疼。难不成给员工一点钱，就心疼！"

黄文灿继续说："有种观点认为，先把蛋糕做大了再来切。那是胡扯！一开始蛋糕不切好，大多数人就会觉得，这蛋糕做再大，和我有什么关系？这样一来，大家就没有做大蛋糕的积极性了。"

"你这认识很深刻，"苏浩说，"我完全同意。放心，我会想办法将补缴社保的钱尽快凑齐。"

"好啊！"黄文灿说，"这个问题上，咱们看法一致了。不过，补缴社保只是解决员工后顾之忧，真正让大伙的荷包鼓起来，仅靠这个可不行。"

"还要做什么？"苏浩问道。

黄文灿说："趁着上市的机会，员工持股计划必须推动。要让员工成为股东，一起分享发展红利。"

苏浩说："员工持股计划，之前宋总也想推，只是遇到的阻力不小。补缴社保，只是从咱们自己口袋里掏钱，推进员工持股，可是从所有股东碗里分食。比如荣鼎的费云鹏，他就坚决反对。"

"触及人家的利益，反对不奇怪。"黄文灿刚端起茶杯，接着又放回桌面，"但我们得让他明白，反对无效！费云鹏在乎的，是海丰银行尽快上市，这样他才能获利套现。不妨明确告诉他，员工持股问题不解决，上市的事情只能暂缓。我倒要看一看，究竟是他急还是我急？"

苏浩真没想到，教授出身的黄文灿竟会展现出如此强势的态度。纵然宋长海这样的强人，也只是同费云鹏商量，还不敢给人家下最后通牒。

"就这么直接对费云鹏说？"苏浩既是询问，言外之意更是说，人家可刚把你推上董事长宝座，就这样报答？

"就这么说。"黄文灿斩钉截铁地说道，"我知道荣鼎当初投了我一票，但我不必感恩戴德，更不会拿员工利益做交换。"

◎ 6 能坐上这个位置的人，也许是好蛋，也许是坏蛋，还可能是浑蛋，但绝不会是蠢蛋

海边的天气说变就变。上午还是晴空万里，下午便乌云密布，再过一会儿，豆大的雨珠便倾盆而下。

轿车行驶在机场高速上，雨刮器摆动臂膀，发出"吱吱"的声响。苏浩紧握方向盘，目不转睛盯着前方。副驾驶位置上的方玉斌说道："你太客气了，我又不是第一次来西海，你还顶着这么大的雨，亲自送我。"

苏浩说："这可不单单是送你一程，而是有话想同你说。"

方玉斌笑了笑："是关于上午的董事会会议吧？"

苏浩点了点头："西海的天气变化无常，可海丰银行里的局势，就更让人看不明白。"

方玉斌说："说实话，对那几个人，我也真心犯糊涂。"

"你还有犯糊涂的时候？"苏浩说道。

车内的方玉斌与苏浩，不禁回想起上午的董事会会议，那可真是刀光剑影，杀机重重。这次董事会会议由黄文灿提议召开，为的就是讨论员工持股计划。荣鼎在董事会会议召开前，向所有股东发出公开信，明确反对员工持股计划。费云鹏更是飞来西海，亲自出席会议。

会上，苏浩刚介绍完员工持股计划，费云鹏就掏出准备好的讲话稿，连抛十问，质疑这套方案。苏浩一一作答后，费云鹏并不满意，依旧穷追不舍，炮声隆隆。黄文灿也不含糊，立刻站了出来，坚决捍卫这套方案。接下来的会议，几乎成为黄文灿与费云鹏的辩论大赛。

到了最后，黄文灿使出撒手锏，明确表示员工持股计划不通过，上市就无限期推后。用黄文灿的话说，"海丰银行不差钱，上市的事，早几年迟几年，无碍大局。"荣鼎可是指着海丰尽快上市，费云鹏气得拍桌子，一名荣鼎副总裁更是放话，"假若一意孤行，荣鼎将以大股东的身份，提请改组管理层。"

雨越下越大，车内的方玉斌问道："如果荣鼎提议罢免黄文灿，能成功吗？"

苏浩摇头说："他们把黄文灿扶上去容易，再拉下来可就难了。西海市国资委的态度很清楚，不反对员工持股计划，况且董事长刚上任，不宜再出现人事变动。至于银行员工，更是黄文灿的坚定支持者。你想呀，黄文灿上台后，推出了一揽子员工福利计划，谁会不开心？这个员工持股计划，更是替大伙争取权益。"

方玉斌说："这么说，黄文灿是吃定费云鹏了。"旋即，他又摇头说："不对呀。"

"哪里不对？"苏浩问说。

方玉斌说："费云鹏是谁？堂堂的荣鼎资本董事长。能坐上这个位置的人，也许是好蛋，也许是坏蛋，还可能是浑蛋，但绝不会是蠢蛋。这一次他怎么了？费尽心机把黄文灿扶上去，就为了找一个跟自己作对的人？"

方玉斌又问："你和黄文灿接触有段时间了，他是什么样的一个人？"

苏浩说："据行里老人说，黄文灿当年就有个绰号，叫黄老夫子。此人的确文质彬彬，里里外外都透出高级知识分子的气质。他做工作也是废寝忘食，而且对员工福利特别上心，大会小会讲共同富裕，说要让全体员工分享发展红利。"

"这简直是圣人了。"方玉斌说，"但就他这样的老夫子，能把费云鹏给玩过？照目前局势，仿佛费云鹏被卖了，还得替黄文灿数钱。"

"是啊！所以我看不懂。"苏浩说，"费云鹏当初吃错药了，非要扶黄文灿上来，他图什么？黄文灿是靠什么争取到费云鹏的支持，如今又为何急着翻脸？"

"一切都是刚刚开始。"方玉斌说，"放心吧，接下来一定还有好戏。"

"那你干吗急着走？"苏浩说，"董事会会议明天接着开，黄文灿和费云鹏还得大战三百回合呢。你却中途请假，着急忙慌赶回上海。"

方玉斌说："费云鹏和黄文灿神仙打架，我这小股东插不上嘴。再说上海那边有点急事，我得回去处理。"

"什么事？"苏浩问。

"好事。"方玉斌笑了笑，说，"你妹妹至今误会着我，我得赶紧想办法呀。"

"怎么，你赶回去见苏晋？"苏浩追问道。

方玉斌说："她现在哪肯见我！不过等我把这件事办好了，没准她就会见我了。"

刚才还是瓢泼大雨，可车开到航站楼时，天空又放晴了。方玉斌打开车门，与苏浩告别："董事会会议上有什么好戏，及时告诉我一声。"

苏浩笑着点头："我也等着你的好消息。"

方玉斌赶回上海时，已是晚上7点过。杨韵驾车来机场接他，坐上车，方玉斌就问："人在哪儿？"

杨韵说："我把人安顿在酒店。人家要价可不低，说要50万才开口。"

方玉斌说："我们是做投资公司的，又不是开印钞厂的，哪能她说多少就多少。你就没和她砍砍价？"

"砍了。"杨韵说，"她已经同意，只要30万，便知无不言言无不尽。"

"这就对了嘛。"方玉斌笑起来，"不过依我看，30万还是太高。以她如今的落魄样，20万就不错了。"

杨韵噘起嘴："你可真是方扒皮，一点亏也不吃。"

方玉斌说："我这已经够仁慈了。换作你以前的老板余飞，估计派几个黑社会去一顿拳脚，她啥都说了，一分钱都不用花。"

杨韵白了方玉斌一眼，说："你只是恨余飞，却并不了解余飞。人家也是有礼有节，讲策略的。以我对余飞的了解，他会这样干——先把50万答应下来，让她好好说。说完后再告诉对方，你这些事已经涉嫌违法，我如果报案，你可吃不了兜着走。所以，我给你50万，算情报费，你还我50万，算封口费。相互抵销，咱们两不相欠了。"

方玉斌笑起来："这才是黑吃黑！"

杨韵掏出一块口香糖递给方玉斌，见方玉斌摆了摆手，便自己嚼起来。接着，她又说："你说说你，人家对你一往情深，你怎么却怀疑上人家了，还叫我去刺探情报？"

方玉斌知道杨韵在说蒋若冰，让杨韵去亿家金服探查情况，的确是自己交代的。方玉斌叹了口气："有些事，蒋若冰从头到尾就很可疑。不是我太蠢想不到，只是不愿意怀疑到她身上。"

杨韵调侃道："看来不仅妾有意，郎也有情。"

方玉斌的脸微微一红，接着训斥道："别吊儿郎当打岔，我在说正事。"停顿一下，方玉斌又说："就说当初把星阑持有的亿家股权转移出去那件事，蒋若冰的确很配合我，我也很感激她。但有时候，演戏的痕迹太重了。"

杨韵问："怎么个痕迹重法？"

方玉斌说："蒋若冰召集亿家的管理层开会讨论，公司的老人一个个慑于她的权威噤若寒蝉，倒有几个新人跳出来公开质疑，接着蒋若冰出面把那几人弹压了下去。这不是存心演戏给我看，证明她为了帮我，付出了多大努力？"

杨韵立刻明白过来，笑道："亿家的老人，多是袁瑞朗的旧部，尚且被蒋若冰收拾得服服帖帖。那些个新人，全是她招进来的心腹，这些人平时在蒋若冰面前大气都不敢出，却选择在如此重要的会议上打横炮，实在太反常。最大的可能，就是蒋若冰安排他们出来演一场戏。"

杨韵接着说："蒋若冰那么聪明的人，也有演戏演过头的时候。不过想想也正常，女人面对爱情时，通常会出现低级失误。这一切，只怪人家爱你太深。"

方玉斌真拿杨韵没办法，她总是毫无顾忌地在自己面前开着不荤不素的玩笑。方玉斌没好气地说："我说正事，你总要扯其他的，存心不让我好好说话。得，我也不说了。你就说说，你是怎么突破并找到关键证人的？"

杨韵说："电话里，不都跟你说过了！我去亿家金服做执行董事后，悄悄查了公司的账，发觉有一笔很可疑。袁瑞朗当初借过一名温州老板孔德惠的高利贷，蒋若冰接任以后，还钱时却多打了100多万。当时我就纳闷，蒋若冰精明过人，干吗平白无故多给孔德惠钱？"

杨韵又说："孔德惠前不久翻了船，公司破产，自己跑路去了国外。可正因为树倒猢狲散，反而给了我机会。孔德惠一个留在国内的手下告诉我，孔德惠曾在酒后说过，蒋若冰能当上亿家董事长全靠他。"

杨韵接着说："我又辗转联系到孔德惠的情妇。他的情妇叫陈妍，还是公司的法人代表。这次孔德惠听到风声溜了，陈妍却被公安抓进去关了一阵子，刚被放出来。陈妍说自己知道整件事的来龙去脉，但没钱不会开口。"

方玉斌竖起大拇指说："你这顺藤摸瓜的本事，简直可以当福尔摩斯了。赶明儿你出来开家私人侦探公司，我可以考虑投资。"

杨韵继续嚼着口香糖说："你再拿我开涮，我可又要扒一扒你与苏老师以及蒋董事长的三角恋了。"

"去！"方玉斌说道。

两人来到市区一家酒店，进到房间，只见一个皮肤白皙、年轻貌美的女子坐在里面。方玉斌主动上前打招呼："你好！你就是孔德惠的女朋友吧？"情妇一词毕竟太正式，又带有些许贬义，方玉斌便用了女朋友一词。

"什么女朋友！"陈妍似乎一肚子火，"我就算吃错药，也不找孔德惠这种男朋友。"

方玉斌一时不知说什么好，倒是杨韵反唇相讥："不是女朋友，难不成是明媒正娶的老婆？"

陈妍更来气了："你去民政局，可永远查不到我和那个王八蛋的结婚证。"

杨韵说："既不是女朋友，又不是老婆，那要我怎么介绍你跟孔德惠的关系？"

"这个简单。"陈妍说，"以往孔德惠在外面喝酒，有人问到我和他的关系，他说既不是老婆，也不是女友。准确定义，我就是他儿子的妈。现在这话可以还给他了，他就是我儿子的爸。"

方玉斌使劲憋住没笑出来，接着说道："你看你俩娃都有了，还搞这么生分。"

"就是不够生分，才上了这王八蛋的当。"陈妍恨恨地骂道，"孔德惠说是信任我，让我当什么公司法人代表。我一开始没弄明白，真以为他变大方了。结果当了几年法人代表，什么好处没捞着。如今出了事，他一走了之，外头的债主，还有公安局竟然找到我。"

方玉斌这回实在忍不住，和杨韵一同笑出声来。顿了顿，他又说："陈小姐快人快语，一定是性情中人。好了，你和孔德惠的关系，我也没兴趣多问。我想打听什么事，你应该清楚吧。"

陈妍点头说："清楚。你的钱准备好了没？"

方玉斌却摇起头："你的要价太高，我顶多出 15 万。"

陈妍先是一惊，接着几乎要蹦起来："没见过你们这样出尔反尔的！既然没钱，还谈什么！"

方玉斌笑了笑："我们找你谈，其实是相信你。你也清楚，我所要打听的，是亿家前任董事长袁瑞朗在一次重要会议前突然失踪的事。尽管具体隐情还不甚清楚，但里面肯定有许多不可告人的东西，甚至会触犯法律。"

方玉斌掏出一根烟点上，接着说："如果指望不上你，我只能报案，求助公安局把事情查个水落石出。一旦这里面有什么违法的事，你岂不是又有麻烦？我知道，你才从公安局出来。你瞧你，年纪轻轻的，模样又这般俊俏，别弄个二进宫，可就划不来了。"

"你别吓唬我。"陈妍吼起来，"这些事都是孔德惠干的，和我有什么关系？"

方玉斌说："我知道和你没关系，但孩子他爸不是跑了吗？再说亿家多付的 100 多万，可是打到公司账上。你才是公司的法人代表，要说这事由你来扛，我看也没什么不合适。"

"我都说了，这法人代表就是挂个名。"陈妍嘴上不服输，语气却缓和了许多。

方玉斌说："法人代表可不是过家家，一句挂名就能推得干干净净？前几天你在公安局里，警察同志没给你进行普法教育？"

见陈妍脸上红一阵白一阵，杨韵说道："大家往日无怨、近日无仇，没必要僵着嘛。要我说，陈妍你就退一步，别咬着 30 万不放。方总，你也高抬贵手，不要为难人家一个女孩子。20 万，怎么样？"

刚才在车上，方玉斌说的是 20 万，见到陈妍后，却变成了 15 万。杨韵知道，这是方玉斌的一种技巧。无论什么谈判，报价都应该与心理价位有一段距离。方玉斌唱完黑脸，现在轮到杨韵唱红脸了。

陈妍思忖了一阵，说："杨小姐是个爽快人。行，我听你的。"

方玉斌心想，杨韵倒与自己配合默契。不过他仍假装恨，瞪了杨韵一眼，说："你倒好，尽替别人说话。"

价格终于谈妥，陈妍将自己知道的一切说了出来……

◎ 7　难道真是狡兔未死，走狗便烹不得？

　　杨韵发动汽车，驶上大街，副驾驶位置上的方玉斌神情落寞，脑袋斜靠在车窗上。隔了一会儿，杨韵说道："其实，一切都没有出乎你的意料。"

　　又隔了好一阵，方玉斌才缓缓说道："其实，我多想事情能出乎我的意料。"

　　一直以来，方玉斌就觉得，袁瑞朗缺席亿家董事会会议以及此后的神隐，一定有不得已的苦衷。但直到从陈妍口中获知了整件事情的真相，他才不得已确信，蒋若冰是真正的幕后黑手。

　　蒋若冰的胆子竟如此之大，手段竟如此毒辣！而且，这绝非一时兴起，而是蓄谋已久。蒋若冰早就在暗中搜集袁瑞朗的把柄，并最终利用这些东西，逼迫袁瑞朗屈服。

　　方玉斌突然想起一件事，大声说道："当初给楚蔓通风报信的，一定也是她。"

　　杨韵被吓了一跳，问道："什么通风报信？"

　　"当时你还没来公司，自然不知道这事。"方玉斌说，"亿家的资金链出了问题，这是公司核心机密。形象代言人楚蔓却知道了，还逼着我们撤下她的所有广告。那段时间，楚蔓和蒋若冰走得很近，我想是她故意把消息透出去的。"

杨韵说："这个女人心机太重！眼瞅着亿家出问题，她大概想着自己的机会来了。只有撵走袁瑞朗，她才能坐上董事长的位置。"

"唉！"方玉斌重重地叹了口气，"袁总当初就告诉我，蒋若冰心术不正，要我提防着。没想到，还是被她利用了。"

杨韵说："既然这些事都是她干的，那么给苏晋发照片的，一定也是她。"

方玉斌点头说："以她的手段，干出这种事丝毫不令人意外。再说她和伍俊桐走得很近，完全有可能从伍俊桐那里探听到消息。"

"接下来，你准备怎么办？"杨韵又问。

方玉斌说："我早就起了疑心，如今只不过是把事情坐实了。派你和吴步达去亿家做执行董事，就是留一个后手，现在可以派上用场了。我会尽快提议召开董事会会议，罢免蒋若冰的职务，让吴步达接任亿家董事长。"

"不对吧！"杨韵笑着说，"整件事可是我查出来的，论功行赏也该我当亿家一把手，怎么便宜了吴步达那小子？"

方玉斌知道杨韵又在开玩笑，也笑道："既要论功行赏，也得论资排辈呀。吴步达可比你有资历。"

"好吧。"杨韵噘起小嘴，"不过蒋若冰是出了名的女强人，她会这么坐以待毙？"

方玉斌说："我手里的股份比她多得多，她纵然不甘心，也翻不起什么浪。"

杨韵提醒道："要是她联合许子牛呢？亿家完成 C 轮融资后，许子牛持有的股份可能足以和咱们分庭抗礼。"

方玉斌想了想，说："我会提前与许子牛沟通。老许是个明白人，在我们与蒋若冰之间，他知道该如何取舍。"

方玉斌一个人坐在一家上海本帮菜馆里，低头滑动着手机。其实，他的心思压根不在手机上。方玉斌已经下定决心，把蒋若冰从亿家董事长的位置上拉下来。一开始，他甚至打算仿效黄文灿，在董事会会议上突然发难，但思前想后，还是决定先跟蒋若冰打声招呼。蒋若冰虽然干了太多龌龊事，但她对自己毕竟还算有情有义。一想到这些，方玉斌又重重叹了口气。

蒋若冰走了进来。她一落座，便笑盈盈地说："今天有什么好事，主动约我吃饭？"

"是有点事。"方玉斌点了点头，说，"这家餐馆，你还记得吧？"

"当然。"蒋若冰说，"咱俩第一次吃饭，就在这里吧。我们在复旦旧书店里偶遇，接着便来到这家餐馆。"

方玉斌说："没错。就在这家餐馆，你给我讲了许多有关P2P金融的知识，让我受益匪浅。"

蒋若冰投来一缕温柔的目光："正是那次见面，你给了我难以磨灭的印象。"

方玉斌叹了一口气："人生若只如初见，那一切该多好。可惜，谁也回不到过去。"

蒋若冰眨了眨眼："今天怎么了，这么多愁善感？"

"算了，我也别发什么感慨了，还是聊正事吧。"方玉斌夹起一块蟹壳黄，放到蒋若冰的餐盘，说，"今天叫你来，有件事告诉你。作为亿家金服的大股东，我打算提议召开董事会会议，对亿家管理层进行改组。"

见蒋若冰一脸疑惑，方玉斌又说："我会提议罢免你的一切职务，同时由吴步达接任。"

蒋若冰拿筷子的手微微发抖，脸上却使劲挤出一丝笑容。"你为什么这样做，我哪里做错了吗？"

方玉斌表情郑重："你自己做的事，心里应该清楚。"

蒋若冰重重地摔下筷子："我不清楚。"

方玉斌说："当初亿家资金链出现状况，是谁把消息透给楚蔓的？董事会会议召开前，袁瑞朗又为何突然不见？"

蒋若冰依旧一脸镇定："这些事你问我，我怎么知道？"

方玉斌摇了摇头："你可真是不见棺材不掉泪。前几天，我见到了孔德惠的情妇，她把所有事情都说了。外人说你是女强人、铁娘子，但我真不敢相信，你连绑架的事也干得出来？这强过了分，铁过了头吧？"

方玉斌又说："罢免你的职务，已经算是仁至义尽。假若我对面坐着的是其他人，我会毫不犹豫报案。"

蒋若冰愣了片刻，才重新开口，但语气却无半分软弱："既然你知道了，我也不必隐瞒。不过我当时那么做，是有不得已的苦衷。"

"什么苦衷？"方玉斌质问道，"你的苦衷，就是想利用我，自己当亿家的董事长吧？这叫利令智昏，不叫苦衷！"

蒋若冰低下头，语气总算软了下来："我承认，我有私心，但这一切，也是为了亿家，为了你！"蒋若冰重新抬起头，声调也逐渐拉了起来："袁瑞朗的固执，咱们都看在眼里。不用非常手段，他不会退出。到头来，亿家就毁了，你的投资也只能打水漂。"

蒋若冰又说："我执掌亿家以来，企业发展如何，你心里应该有数吧。如果不是那时当机立断，就不会有今天的局面。"

方玉斌叹息道："事到如今你还执迷不悟！别忘了，亿家的创始人是袁瑞朗，不是你！你坑蒙拐骗，用尽龌龊手段，把别人的孩子拐到自己家，纵然含辛茹苦把孩子抚养大，之前的事就能一笔勾销？我看你卸下亿家的职务后，好好休整一段时间，把过去的事从头到尾想清楚吧。"

蒋若冰猛然拉高声调："你别一副自命清高的样子！如今的亿家，不是你一个人说了算。你是大股东，但管理层也有股权，还有许子牛，人家同样是大股东。我的去留，不能凭你一句话。"

方玉斌说："其他股东那里，我会挨个去沟通。至于你，最好听我一句劝：不要自作聪明。罢免你的职务，我会找一个让大家都下得来台的理由，不会伤了谁的面子。但你若一意孤行，我只能把整件事公开。"

蒋若冰的泪水在眼眶里打转。方玉斌犹豫了好一会儿，最终还是递过去一张餐巾纸："擦一擦吧。我只是说一说，事情不会到那一步。"

蒋若冰并没接下餐巾纸，而是冷笑道："我不是一个爱哭的女人，更不会因为对手的恐吓、威胁就哭。我伤心的是，你竟这样对我。痴心换绝情，我算领教了。"

方玉斌一时语塞，隔了一会儿才说："不是我要为难你，这实在是原则问题。"

"方玉斌，你就是个伪君子！"蒋若冰吼道，"你扪心自问，自己真就那么高尚？你的心思，瞒得了别人，却瞒不了我。"

方玉斌把手一摊："我能有什么心思？"

蒋若冰说："你不是傻瓜！袁瑞朗缺席董事会会议，接着便出国躲起来，这些事当真你就没怀疑过？"

方玉斌说："我是有怀疑，所以去查呀。"

"得了吧。"蒋若冰说，"真要查，早就查清楚了，用不着拖到现在。其实，袁瑞朗的离开，同样是你希望看到的局面。你纵然有所怀疑，却不愿去查，只因为那时还需要我。你需要我带领亿家渡过难关，需要我去完成 C 轮融资，还需要拉上我一起去跟王诚斗。所以，什么怀疑你都可以按在心头，装作不知道。现在好了，兔死狗烹，鸟尽弓藏，终于可以去大胆求证自己的所有怀疑。"

"你这都是什么逻辑？"方玉斌说。

"我再告诉你一句，别以为几句话就能把我唬住。我能不能待在亿家，咱们董事会会议上见分晓。"说完这句，蒋如冰起身离开，头也不回。

方玉斌坐在位置上，久久未动。蒋若冰最后几句话，始终萦绕在他的脑海。她说得没错，如果早点查，或许不必拖到现在。况且对于整件事，他早就疑窦重重，但为什么迟迟不查呢？

方玉斌曾对杨韵说，不希望这一切是真的。其实，这也是方玉斌反复替自己解释的一个理由。蒋若冰人才难得，更对自己一往情深，他多么希望，蛇蝎心肠只是一种臆测，在蒋若冰动人的外貌下，还有一颗善良的心。

但是，蒋若冰却给出了另一种解释。是她胡言乱语还是火眼金睛，把人性中最残酷，甚至自己都不愿面对的那一面，无情揭露了出来？难道真是狡兔未死，走狗便烹不得？那些所谓"不希望这一切是真的"，不过是自我安慰的托词？方玉斌摇起头，心中竟有一丝迷茫。

一阵电话铃声，打断了方玉斌的思绪。是苏浩打来的，方玉斌接起来，问道："什么事？"

苏浩说："员工持股的事，已经敲定了。费云鹏与黄文灿在董事会会议上吵了几天，最后不欢而散。不过今天，荣鼎终于从北京发来传真，同意做出让步，答应了我们提出的员工持股计划。"

方玉斌说："是吗？这个黄文灿还真有两下子。"

苏浩说："费云鹏这次可栽了个跟头。"顿了顿，他又说："接下来海丰银行董事会还得讨论员工持股的细化方案，到时你过来吗？"

方玉斌说："我恐怕来不了，上海这边有一大摊子事。"

"怎么，事情弄清楚了？那个叫蒋若冰的，真就是幕后黑手？"在西海时，方玉斌同苏浩提过此事，苏浩这时问道。

方玉斌说："跟我之前的估计差不多吧。所以我得召开董事会会议，撤掉蒋若冰的职务。还有去美国的事，早就有这个计划却一直没能成行。现在水落石出了，我更得去见袁瑞朗，当面向他说清楚。"

苏浩又问："给我妹妹发照片的，也是这个蒋若冰？"

方玉斌说："应该是她。"

苏浩说："我这就去跟苏晋说。既然是有人存心使坏，我看你们之间的误会也该消除了。"

"哥，谢谢你了。"方玉斌感激地说。

第六章
鲸吞银行

费云鹏缓缓道出整件事的原委，伍俊桐在一旁听着，时而诧异，时而惶恐，时而涌动出兴奋，时而背心又冒出虚汗。他不得不感慨于商场形势的诡谲，以及费云鹏、黄文灿等人的心机与手腕，更明白了《金瓶梅》中那句富有深意的"赋便赋，有些贼形"。

◎ 1 窃钩者贼，窃国者侯；杀一为罪，屠万称雄。偷走一家银行的，岂能再用一个贼字？

西海大酒店的总统套房内，费云鹏斜躺在沙发上，手里拿着一本《金瓶梅》线装书。突然，他掩卷而思，旋即脸上又露出会心一笑。

这时，秘书进来通报："伍总来了。"

"叫他进来。"费云鹏依旧躺着。

伍俊桐走了进来，脸上挂着招牌式的媚笑。几十年来，对于一手栽培自己的费云鹏，伍俊桐从来就是这副表情。如今的伍俊桐，是荣鼎派往千城集团的高级副总裁。他明白，虽然在千城任职，但王诚不过是自己的监督对象而已。远在北京的费云鹏，才是能对自己耳提面命的衣食父母。因此，昨天接到费云鹏召唤，他立刻马不停蹄赶来西海。

费云鹏朝伍俊桐点了点头，问道："知道我这次来西海，做什么？"

伍俊桐摇头说："不知道。"

费云鹏似笑非笑地说："上一次同黄文灿过招，外人都说我栽了个跟头，迫不得已答应了他的那个员工持股计划。这次董事会要讨论细化方案，我只好亲自出马，小心应付，免得又让人看了笑话。"

费云鹏吃败仗的消息，伍俊桐有所耳闻，但他哪敢提这档子事，只是毕

恭毕敬地说："外人不清　　　　　　　　　　　　多少斤两，我还不清楚？他能是

费云鹏　　　　　　　　　　　　　，不妨分析一下，为何我竟今

　　　　　　　　　　　上来。费云鹏摇着头，一副恨铁不成钢　　　　　　　　　《金瓶梅》举起来，说："这本书，我不知看过　　　　　　讲过，凡将此书当成淫书的，都是冥顽不灵之辈。我　　　　《金瓶梅》，就读不懂《红楼梦》。"

　　　　是。"伍俊桐点头说，"把《金瓶梅》当淫书看的，都太浅薄了。"

　　费云鹏说："今天重读《金瓶梅》，刚好瞧见两个笑话，颇为应景呀。"顿了顿，他又说："书中，西门庆和他的两个狐朋狗友，就是应伯爵与常峙节，带着妓女去郊外花园喝酒。席间，西门庆说要行酒令。这三人肚子里没多少墨水，自然不能像《红楼梦》中的公子小姐们，吟诗作赋搞一场飞花令。西门庆的行酒令，就是说段子，讲笑话。"

　　费云鹏又说："酒桌上的应伯爵讲了一个笑话——一财主撒屁，帮闲道，不臭。财主慌道，屁不臭，不好了，快请医生！帮闲道，待我闻闻味道看。假意把鼻一嗅，口一咂，道，回味略有些臭。应伯爵讲这个笑话，正是嘲讽成天只会拍西门庆马屁的常峙节。"

　　伍俊桐再蠢也能听出来，应伯爵讲笑话是嘲讽常峙节，费云鹏讲笑话就是在嘲讽自己。不过追随费云鹏多年，伍俊桐早已经习惯了这种嘲讽，甚至将这些视作一种关爱。已然五十多岁的伍俊桐，脸上竟浮现出如少男般腼腆害羞的笑容。

　　"第二个笑话就更有意思。"费云鹏抿了一口茶，说，"笑话是这样的——一秀才上京，泊船在扬子江。到晚，叫艄公说，泊别处吧，这里有贼。艄公不解，问，你怎么知道有贼？秀才说，江中有块石碑，上面不就写着江心贼？艄公一看石碑，哈哈大笑，亏你还是个秀才，碑上分明写的是江心赋，你怎么认作江心贼？秀才说，赋便赋，有些贼形。"

　　伍俊桐有些糊涂了，如果说第一个笑话是嘲讽自己拍马屁的功夫不到家，

那么这则笑话，费云鹏又在说谁？

只听费云鹏解释说："许多人觉得，应伯爵的这个笑话，是用谐音在调侃西门庆，说西门大官人'富便富，有些贼形'。我却不这样看！应伯爵虽不通文墨，眼力却不差。这个赋字，有时看上去真像个贼。再往深处想，古往今来，那些能写出一手好赋的文人墨客，究竟几人是盗，几人是贼？"

博闻强识的费云鹏有些止不住话头，侃侃而谈说："西晋的潘安，又字安仁，就是那个有'潘安之貌'的美男子，不仅长得仪表堂堂，更是文学大家。他写过一篇脍炙人口的《闲居赋》，把自己标榜成无比清高的人。可实际上，他是个谄媚小人，马屁拍得非常出格。为了谋得官职，当朝权贵贾谧出行，他就跪在路边，朝着人家的车磕头。元好问写过一首诗感慨：'高情千古闲居赋，争信安仁拜路尘。'还有那个写过'小舟从此逝，江海寄余生'的苏轼，据说一辈子厌倦官场，却又从没辞职过。中国的这些文人呀，往往诗词妙计，人品烂透。"

伍俊桐终于听明白了，费云鹏这是在骂黄文灿！那个黄老夫子，不就是个自命清高的文人吗？伍俊桐赶紧附和说："古人早说过，文人无行。那个黄文灿，就是个白眼狼。咱们把他扶上海丰银行董事长的位置，结果屁股没坐热，就急着翻脸不认账。"

费云鹏又摇起头："你说得不全对。黄文灿的确是个假道学、伪君子，但还算不得白眼狼。"

"不是白眼狼，是什么？"伍俊桐问道。

费云鹏笑起来："赋便赋，有些贼形。这话说得多好！黄文灿就是个贼。"

"好了，暂且不说他了，说说你吧。"费云鹏摆了摆手，"听说你后天就要去美国？"

伍俊桐点头说："千城集团在美国有个项目需要考察，王诚去不了，就让我去。"

费云鹏冷笑道："哪里是王诚去不了，分明是存心把这趟美差留给你。估计这一路上，洋酒、洋钞还有洋妞，人家都替你安排好了吧。"

伍俊桐嘿嘿笑起来，接着一脸赤诚地说："我能吃香喝辣，不是他王诚的恩惠，全是靠了你老人家！"

费云鹏点了点头，说："一切也是你应得的。你鞍前马后这么多年，总该尝点甜头嘛。否则，人家就会怪我刻薄寡恩了。其实，无论在荣鼎或是千城，你当个副总裁，都有些屈就。所以，对你的位置，我也有意调整一下。"

伍俊桐一阵激动，敢情费云鹏千里迢迢召自己来，是有升官发财的好事等着。不过转念一想，上面还有啥位子呢？自己如今已是副总裁，总不能把我扶正，挤掉费云鹏吧？

费云鹏抖了抖袖子，说："派往千城之前，你就是荣鼎副总裁，再提拔，上头也没有位置。再者说，这些年你顺当几，得罪了不少人，即便哪天我退下来，把手的位置恐怕也轮不到你。"

"找可个敢有那奢望。自己还不能耐，也就跟着你打打杂。"伍俊桐一脸谦逊，心里却在嘀咕，既然没有位置，那还怎么提拔？

费云鹏说："既然荣鼎有天花板，索性就跳出去吧。外面的世界，那才叫一个海阔天空。"

伍俊桐更迷糊了，跳出去，外面的世界？费云鹏这番话究竟啥意思？但他嘴上无比坚决："总之我听你的，你叫我干啥就干啥。"

"好！"费云鹏满意地点了点头，"能守本分，终究会有一份。你去美国好好享受一番，回来就辞职吧。对于荣鼎，不要再有任何牵挂。"

伍俊桐顿时目瞪口呆，隔了好一会儿，才结结巴巴地说："我……我是不是哪里做错了？"

费云鹏坐直身子说："你一切做得很好，没有出错。"

伍俊桐哭丧着脸说："那你干吗撵我走？"

费云鹏盯着伍俊桐，目光犀利地说："我不是撵你走，而是要对你委以重任。"沉默片刻，费云鹏跷起二郎腿，脚后跟有节奏地抖动着："此事说来话长，我一时都不知从何说起。这样，就从黄文灿说起吧。"

费云鹏缓缓道出整件事的原委，伍俊桐在一旁听着，时而诧异，时而惶恐，时而涌动出兴奋，时而背心又冒出虚汗。他不得不感慨于商场形势的诡谲，以及费云鹏、黄文灿等人的心机与手腕，更明白了《金瓶梅》中那句富有深意的"赋便赋，有些贼形"。

听费云鹏讲来，一个个偶然叠加在一起，已让所有人来到了命运的十字路口。是畏首畏尾抑或放胆一搏，费云鹏选择了后者，并要拉上伍俊桐一道。

当初荣鼎对即将上市的海丰银行进行股权投资，属于荣鼎资本的常规业务。费云鹏想的，只是尽快推动海丰银行上市，替荣鼎赚回一笔可观的利润。然而就在这个过程中，第一个偶然出现——费云鹏竟从宋长海口中得知，黄文灿与海丰银行之间纠葛颇深。偏偏自己是黄文灿的多年老友，在当时背景下，费云鹏只能选择站在宋长海一边，游说黄文灿停止一切针对海丰银行的不利行为。

恰好这时候，第二个偶然出现——金融强人宋长海突发重病，成了一个废人。秦失其鹿，天下英雄共逐之。没有了宋长海的海丰银行，已然成为众多人眼中的肥肉。

就在那时，黄文灿上门找到了费云鹏，希望费云鹏助一臂之力，帮自己坐上海丰银行董事长的宝座。精明过人的费云鹏当然不会仅仅因为交情就送上这样一份大礼，同样精明的黄文灿也懂得对方心思。在费云鹏的办公室里，黄文灿亮出了自己的底牌。

黄文灿告诉费云鹏，你也一大把年纪，该为退休后的生活考虑了。这些年，你贵为荣鼎资本董事长，过着夜夜笙歌，酒皆佳酿，舞皆霓裳的生活。一旦退下来，所有一切随着权力的消失而烟消云散，你就真能适应？

一开始，费云鹏并不为所动。他告诉黄文灿，虽说荣鼎资本是股份制企业，这个董事长只能算高级打工仔，但比起政府官员以及那些体制僵化的国企，自己年薪够高了，足以一辈子衣食无忧，实在不必为了一点小钱去蹚浑水。

黄文灿哈哈大笑，说假若不是为了一点小钱，甚至不是为了大钱，而是为了一家银行，这浑水是否值得一蹚？

黄文灿接着说出了自己的计划——海丰上市在即，势必进行股权结构的改造，宋长海又在这时病倒。所有一切，恰恰给了自己一个天赐良机。一旦黄文灿当上董事长，便握有放贷大权，他运用手中权力，能将数以十亿计的资金通过各种名目贷给一家或多家特定企业。这些钱经过反复清洗以及复杂的辗转腾挪，就能进入费云鹏与黄文灿私人控制的企业。

以上仅仅是整个计划的第一步。骗贷这样低级的玩法，实在与费云鹏、黄文灿的身份不相符。计划的第二步，就是利用股权结构改造的机会以及从银行获取的资金，反过来收购海丰银行股权。在上市前的股份化改造中，由费云鹏、黄文灿掌握的数家企业将不动声色地成为银行众多小股东的一员。紧接着，这些小股东凭借"源源不断"的资金，大肆增持股份，并最终形成控股地位。

当然，这些由费云鹏、黄文灿掌控的企业，增持股份时会小心翼翼。他们不会一家独大，从而引来不必要的关注，只会小步快走，闷声发大财。在黄文灿的计划中，最终会有五家公司分别持有海丰银行3%到5%的股份，从财务报表来看，它们依旧是分散的小股东，丝毫不会引人注目。只有极个别的人才知道，这些看似不相干的企业，背后的实际控制人竟是费云鹏与黄文灿。而他们的合计持股将达到20%，成为银行的最大股东，并实际控制这家银行。

当黄文灿道出整个计划时，经历过太多惊涛骇浪的费云鹏也不禁倒吸一口凉气。这哪里是资本运作，简直是一场抢劫！

费云鹏知道，近年来凭借政商资源以及将资金杠杆运用到极致，市场上往往有蛇吞象的神话上演。几十亿的资金，却能买下数千亿的资产，已是屡见不鲜。但像黄文灿这样，自己不掏一分钱，从银行贷款来收购银行的，却还不多。这个黄老夫子，岂止学富五车，更是胆大包天。

短暂的震惊之后，费云鹏又仔细掂量起这个计划。黄文灿不愧是金融奇才，整套计划虽说大胆，但绝非胡思乱想。照此一步步稳扎稳打，海丰银行这个庞然大物，最后真就收入自己囊中。

在这个大饼面前，费云鹏终于动心了。如果说有些位高权重之人，热衷于给自己找个提款机，那什么样的提款机能比得上银行？自己辛苦操劳一辈子，退休后能把一家上市银行当成提款机，那我费家世代子孙，或许都不必为钱发愁了。

"如何，黄文灿这位老夫子，有些贼形吧？"说完这个计划，费云鹏笑着问道。

伍俊桐愣了一小会儿，才叹息说："窃钩者贼，窃国者侯；杀一为罪，屠万称雄。能偷走一家银行的，岂能再用一个贼字？"

费云鹏难得对伍俊桐的回答如此满意，点头说："看来你有些长进！"

伍俊桐轻轻一笑，心里却在感叹，岂止一个黄文灿是贼！黄文灿坐在海丰银行董事长的位置上，满脑子却想着监守自盗。但费云鹏又能好到哪里？这套计划一旦成功，他们几人坐拥天文数字般的财富，损失的却是其他股东的权益，而身为海丰银行大股东的荣鼎资本更是首当其冲。费云鹏此刻正是荣鼎资本董事长，他的行为难道不也是监守自盗？

费云鹏抿了一口茶，说道："海丰银行里，老黄已经是董事长，荣鼎那边由我坐镇，自然也不会出岔子。但外头的事情依旧千头万绪呀！从海丰银行贷出来的钱，必须反复洗几遍之后，才能用来收购银行股权。还有那些进行资金流转的空壳公司，既不能让人窥见我和黄文灿的影子，又必须确保在我们绝对掌控之下。处理这些事情，得要找有经验且绝对可靠的人。黄文灿推荐了一人，是他的表弟，我这边，自然也得安排一个人。"

伍俊桐知道，费云鹏口中那个绝对可靠的人，说的正是自己。打心底里，伍俊桐不想蹚这浑水。自己只是个胸无大志之人，能当上副总裁吃香喝辣已经心满意足，把银行当作自家提款机的事，可连想都不敢想。

伍俊桐脸上有些为难，说道："你也知道，我唯一的本事就是忠于你老人家，真要说到业务上的事，还不怎么在行。我怕自己愚钝，耽误了你的大事。"

一道阴冷的寒光从费云鹏眼中闪过，旋即，他又露出和蔼的笑容说："不要怕，有我在呢。一切按我说的做，就不会有差池。"

费云鹏眼中一闪而过的寒光，令伍俊桐不寒而栗。他明白，这可不是请客吃饭，人家主动邀请，你还能推三阻四。这是贼船，而且还是一条不为外人所知的神秘贼船。当人家一只手向你揭开谜底时，另一只手一定挥舞起了屠刀。要么自己交上投名状，乖乖上贼船，要么就只能被贼灭口。无论费云鹏还是黄文灿，都绝不会允许一个知道所有秘密却又独善其身的人存在。

没有选择的伍俊桐，只能选择服从。他拉高声调，说："这么多年来，我只明白一件事，你要我做什么，我便做什么！回头我就从荣鼎辞职，一切照你的吩咐办。"

费云鹏满意地点着头："衣不如新人不如故，关键时刻，还得靠老伙计。"停顿一下，他又说："当然了，我不会让你白忙活。一旦计划成功，你也会拥有海丰银行1%的股份。这事我同老黄说过，他也答应了。"

海丰银行是家资产数百亿的企业，1%的股份可是好几个亿。莫说对一般人，就连自己这样当上了大企业副总裁，拿着几百万年薪的人，依旧是一笔诱人的财富。无论身不由己还是利欲熏心，这贼船是非上不可了。

费云鹏又同伍俊桐聊起计划的细节。一晃已到晚上，伍俊桐一脸关切地问："你还没吃晚饭吧，要不咱们出去把肚子填饱？"

费云鹏摆了摆手说："不出去了，让酒店熬点粥，炒几样清淡的素菜送来房间吧。"

伍俊桐刚要起身去安排，费云鹏又说："多准备一份。今晚除了你我，黄文灿也会来。"

◎2　用霹雳手段，显菩萨心肠

　　晚上 8 点过，黄文灿姗姗来迟。见到桌上的粥和青菜，他笑着说："还是老费了解我，晚上就爱喝点稀饭。"

　　伍俊桐抱怨道："老黄，为了等你，粥都快凉了。"

　　黄文灿端起碗喝了一口，说："粥凉了才有味道。"放下碗，他又说："今天有点事耽搁了。有位分行的副行长辞职，我和人家谈了一会儿话。"

　　"一个分行副行长辞职，竟要你亲自谈话？你可真是事必躬亲。"费云鹏说道。隔了一会儿，费云鹏又似乎意识到什么，问道："哪个分行的副行长，是不是……"

　　黄文灿说："是城西分行的副行长田晓萌同志，她也是咱们银行的老员工了。"

　　"她辞职后去哪儿？"费云鹏追问道。

　　黄文灿说："据田晓萌同志说，她打算出国一段时间，具体是去澳洲或美国，目前还没定下来。"

　　费云鹏点头微笑："拿得起放得下，黄老夫子果真是干大事的人。"

　　听说黄文灿找人谈话，伍俊桐起初并未在意，但见两人话里话外都透着玄机，他却猛然记起费云鹏刚跟自己聊到的事。伍俊桐不禁大笑起来，口里的粥差点喷了出来："老黄，你刚才说什么来着？田晓萌同志？一口一个同志，你到底累不累？"顿了顿，他又说："叫声同志也许没什么累的，至于搞同志累不累，只有你清楚了。"

黄文灿表情如常，只是摇头说："怎么，你也知道这事？"

费云鹏解释说："刚才，我已经向俊桐交底了。既然是交底，自然不能有所保留。"

"惭愧，惭愧！"黄文灿轻叹道。

这个田晓萌，其实是黄文灿的情妇，当年黄文灿还在海丰银行任行长时，两人便好上了。然而，这一切却没逃过宋长海的眼睛。宋长海早知道两人有一腿，却始终引而不发，甚至在黄文灿被扫地出门后，依旧让田晓萌当着分行的副行长。

直到不久前，黄文灿在北京不停告状，宋长海唯恐耽误银行上市的大计，才决定祭出这件武器。宋长海请费云鹏去说服黄文灿时，便备着软硬两手。一面，宋长海承诺，只要黄文灿消停一阵，就可以拿独立董事作为酬谢；另一面，宋长海也把田晓萌的事告诉了费云鹏，并让他转告，如若黄文灿执迷不悟，这段婚外情就会被引爆。

费云鹏游说黄文灿时还算顺利，自然没有使出硬的这一手。事后他向宋长海交差时还专门提到，既然人家已经退步，婚外情的事就不要再提。

然而世事变化难料，宋长海重病在床，黄文灿却成了海丰银行董事长。为了接下来的计划，费云鹏倒要旧事重提。他告诉黄文灿，这个把柄已在别人手里，终究是个隐患。除了宋长海，还有谁知道此事，目前不得而知。保险起见，你必须把这个田晓萌安顿好。

黄文灿倒也干净利落，挥剑斩情丝，直接让田晓萌辞职，还安排去了国外。

伍俊桐调侃道："老黄，这些年你在北京，老相好留在西海，见一面挺难吧。如今好不容易回来了，正好和那个田晓萌长相厮守，却又要把人家撵走，可真狠得下心。"

黄文灿挥了挥手说："温柔乡是英雄冢，干大事的，岂能儿女情长！"

"没错。"费云鹏说，"为了咱们的大事，所有绊脚石都必须清理掉。宋长海病倒了，田晓萌也出国了，在海丰银行里，是不是就剩下苏浩这块绊脚石了？"

　　说话间，黄文灿已把一碗粥喝完，他放下碗，点上一根烟，缓缓说道："非我族类，其心必异。说到底，苏浩是宋长海的人，又坐在这关键的位置上，肯定是心腹大患。上任之后，我先想方设法稳住他，为的是找机会下手。经过员工持股这件事，苏浩对我的戒心应该小多了。"

　　费云鹏笑着说："员工持股这件事，搞得我灰头土脸，你却借此立威。不光苏浩对你刮目相看，据说银行上上下下，都对你心悦诚服。"

　　"立不立威，倒不打紧。"黄文灿摆手说，"当初咱们就说过，员工持股这件事必须搞。只有推动员工持股，银行的股权结构才能进一步分散。只有股权结构分散，咱们才能用最小成本掌握相对控股权。这就叫天下大乱，形势大好。"

　　伍俊桐在一旁听着，心中笑道，推动员工持股真可谓一箭双雕，既让新官上任的黄文灿立威，又让股权结构进一步分散，为最终控制银行创造了条件。可怜那些不知内情的银行员工，还在那里感念黄文灿的恩德，真是被卖了还替人数钱。

　　黄文灿接着说："我已经制定出员工持股的具体方案，就是通过特殊设立的公司，来安排员工持股。员工用集资方式设立若干个特殊目的的公司，通过受让原股东股权以及对拟上市主体进行增资扩股，使这些特殊设立的公司成为未来上市银行的股东。"

　　"这也是目前实现员工持股的普遍模式。"黄文灿又说，"但利用这个机会，咱们还得把该办的事办了。"

　　"好的。"费云鹏点头说，"总之一切按规矩来。"

　　费云鹏与黄文灿远非一般的毛头小贼，更不是那些抢运钞车的劫匪。劫匪们用武器抢来的，不过区区几百万现金，费云鹏与黄文灿用签字笔与合同，却抢下了整座银行。而且在他们口中，一切听起来都那么文质彬彬，温良恭俭让。一想就知道，利用设立特殊公司，推动员工持股的机会，他们会夹带私活，让自己操控的企业成为海丰银行股东，进而不断增持股份。但在黄文灿口中，这些只是"该办的事"，费云鹏还要殷殷嘱托，"一切按规矩来"。

伍俊桐知道，无论办该办的事，还是按规矩来，绊脚石一定都得踢开。他问道："老黄，拔掉苏浩，你究竟有什么法子？"

黄文灿说："要斗垮，先斗臭，还得往苏浩身上扣屎盆子。我早就吩咐下去，让人准备他的黑材料。"

黄文灿说起已经搜集到的黑材料，显得胸有成竹。费云鹏却没有丝毫轻松，脸色反而愈发严峻，还不时摇着头。黄文灿问道："怎么，老费在担心我收拾不了苏浩？"

费云鹏缓缓开口："对付一个苏浩，我相信你是手到擒来。我担心的，是苏浩后头的人。"

黄文灿不解道："苏浩后头有什么人？他的后台宋长海，如今生不如死，难道还指望得上？"

费云鹏摆手道："我不是在说宋长海，而是说的方玉斌。"

星阑资本也是海丰银行股东，黄文灿对方玉斌有些印象，却并不熟悉。他说："我听人说过，方玉斌的未婚妻是苏浩的妹妹。不过方玉斌手里才有多少股份，根本不足以影响大局。"

"不是股份多少的问题。"费云鹏说，"这个方玉斌，我太清楚了，绝不是盏省油的灯。他是丁一夫的关门弟子，当初在荣鼎，让我吃了不少苦头。后来他与王诚搅和在一起，结果却是青出于蓝而胜于蓝，不久前又给了王诚一记闷棍。"

能够给费云鹏、王诚苦头吃的人，自然不是善茬。黄文灿续上一根烟，说："照这么说，对这个方玉斌倒不能掉以轻心。"

费云鹏说："方玉斌既是苏浩的妹夫，又是海丰银行的股东，如果我们对苏浩动手，他一定不会袖手旁观。"

黄文灿说："姓方的不袖手旁观，又会出什么招？"

"能被人猜到出什么招，就不是方玉斌了。这小子贼得很，好多人都在他手上栽过。"提到方玉斌，伍俊桐又气又恨，简直咬牙切齿。

从费云鹏、伍俊桐的话语神态间，黄文灿已有一股来者不善之感。他抖了抖烟灰说："看来，咱们前面又多了一块绊脚石。"

"绊脚石，绊脚石。"费云鹏反复念叨着，猛然又拍了一下桌子，"你这话倒是点醒了我。干吗在这儿费心思，去猜方玉斌会怎么来解救苏浩？既然是绊脚石，索性就先发制人，把他和苏浩一道收拾了。"

一听说收拾方玉斌，伍俊桐立刻来劲："对！趁着这次机会，新账旧账一块儿算！"

费云鹏说："方玉斌毕竟是从荣鼎出去的人，我就不相信他白璧无瑕。哪怕挖地三尺，也要把他的那些烂事抖出来。"

"早该如此了，不能便宜了那小子。"伍俊桐一边说着一边撸袖子。方玉斌刚离开荣鼎时，他就去找过碴儿，最后被费云鹏制止。现在想来，依旧恨恨不已。

费云鹏听出了伍俊桐的意思，瞟了他一眼："当初让你住手，只因为你那是斗气。事到如今，咱们却是要斗人。"

"那就说好了！"黄文灿语气坚定，"苏浩交给我，方玉斌由你收拾。咱们一起动手，让他们疲于奔命，谁也救不了谁。这次一旦出手，就得往死里整，绝不能给谁喘气的机会。"

"当然。"费云鹏点了点头。

商量完正事，黄文灿斜眼一瞟，看见茶几上的《金瓶梅》，便问道："老费，你最近又在读《金瓶梅》？"

"是啊。"费云鹏点头微笑。

黄文灿说："老书新读，感慨不少吧。"

费云鹏说："是啊。每次读这书，难免会泛起一股子怜悯心。"

"这一点咱们倒一样。"黄文灿说，"有人说过，读《金瓶梅》而生怜悯心者，菩萨也；生畏惧心者，君子也；生欢喜心者，小人也；生效法心者，乃禽兽耳。看来，咱俩还都是菩萨心肠。"

"的确如此。"费云鹏说，"只是有些时候，不得已也只能用霹雳手段，显菩萨心肠。"

◎ 3 意大利警察的招数：谁被绑架了，就冻结他全家的账户，让绑匪拿不到赎金

夜幕沉沉。巨大的波音客机飞驰于高空，除了飞机引擎发出的声响，整个世界仿佛一片沉寂。这趟从美国西海岸起飞的航班，距离北京还有数小时航程。中美之间，通常有北极与太平洋两条航线。不过除了驾驶舱内的飞行员，普通乘客并不知晓飞机选择了哪条航线。此刻在自己脚下，究竟是茫茫雪原抑或浩瀚大洋，袁瑞朗与燕飞都不知道。

飞机前方的头等舱内，袁瑞朗、燕飞比肩而坐。他们曾是同事，亦是明友暗敌，最终又先后无奈离国。他们同样强烈地渴望归来，却无论如何想不到，会以这样一种方式一齐返回故国。

漫长的旅程中，两人几乎没什么交流。这会儿，燕飞拉下遮光板，眺望窗外，邻座的袁瑞朗捧着一本杂志。然而，除了一片漆黑，燕飞什么都看不到，袁瑞朗的心思也显然不在杂志的字里行间。他们都有太多心事，无法说出来，彼此却又大抵心知肚明。

燕飞重新拉上遮光板，把身子往后一靠，脑海中不禁浮现出半月前与伍俊桐在纽约的聚首。尽管谁也无法预知未来，但燕飞笃定，这场聚会将改变许多人的命运。

伍俊桐以千城集团副总裁的身份，最后一次踏上美国的土地。此行之后，他就将离开千城、离开荣鼎，把自己彻底绑上费云鹏的战车。一路上，王诚早为他备好了美人佳酿，伍俊桐更肆意享受，把一切视为大战前的放松。

花天酒地之余，伍俊桐从一名朋友处偶然得知燕飞的近况。一时起心动念，他主动联系对方，希望见面叙旧。

尽管有过不愉快，但燕飞与伍俊桐毕竟曾是一个战壕的战友，当初也共患难、互提携过，面对共同的主子费云鹏，更有许多感同身受之处。忆及当年，伍俊桐奉命南下，代表荣鼎总部宣布对燕飞的处理决定时，燕飞骂伍俊桐是条狗。这话当然没有错，但燕飞自己又何尝不是一条狗。主子翻脸无情，狗咬狗便在情理之中，难道还能指望狗来帮狗不成？

想通了这些，燕飞欣然接受伍俊桐邀请，坐进纽约的一家酒馆。相逢一笑，尽释前嫌，两人聊得颇为投机。借着酒劲，伍俊桐骂起了方玉斌，说两人的许多不顺，都与这小子有关。伍俊桐更放出话，说正在寻觅机会，一定要给方玉斌一点颜色。

伍俊桐知道，燕飞与方玉斌是老冤家，便随口问道，你有什么法子能修理方玉斌？燕飞并没在意，依旧大口灌着啤酒。放下酒杯，轻描淡写回了句，过去的恩怨就让它过去吧。否则，凭自己手里的东西，能把方玉斌送进监狱。

说者无心，听者有意。伍俊桐开始穷追不舍，问燕飞手里究竟有什么秘密武器。燕飞大致说了一下，伍俊桐顿时醉意全消，竟有一股踏破铁鞋无觅处，得来全不费功夫的兴奋。

在美国这几天，伍俊桐依旧关注着国内动态。他知道，为了抓出方玉斌的把柄，荣鼎上下已经查了个底朝天，只可惜收获寥寥，费云鹏因此还大为光火。真要对付方玉斌，燕飞手里的武器，岂不比翻荣鼎旧账有用得多！

伍俊桐当晚就通过越洋电话向费云鹏报告，费云鹏同样兴奋异常，还把伍俊桐大大夸奖了一番。随即，伍俊桐再次联系上燕飞，劝他立刻回国，一起对付方玉斌。燕飞自然是不解，早已时过境迁，伍俊桐为何要与方玉斌过不去？

伍俊桐起初支支吾吾，被逼到墙角后，只得回头去请示费云鹏。获得费云鹏首肯后，他才将海丰银行的事透出只言片语。燕飞是何等精明的角色，一听便大致明白了。他先是倒吸一口冷气，没想到费云鹏的野心竟如此之大。难怪他们急着除掉方玉斌，像这等大事，只能神挡杀神，佛挡杀佛了。紧接着，燕飞更清楚了自己的价值。这种送上门的买卖，可一定得谈出个好价钱。

燕飞已不再是从前那个忠心耿耿的奴才，流落海外这几年，他尝遍世态炎凉。他曾多次找过费云鹏，希望能重投麾下效力，结果却是痴心换绝情。是啊，他在荣鼎已是敏感人物，稳坐一把手宝座的费云鹏，绝不会因为念及旧情而去平白招惹闲言碎语。人情冷暖，本就如此。当初做牛做马，为的是把费云鹏推上董事长宝座。人家大功告成之日，却连做牛马的机会也不会给你了。

山不转水转，现在又想到我了！再当一回牛马也无妨，但草料得先喂够了，老子才下地干活。

燕飞清楚，费云鹏是个人精，想让他出大价钱，可不能光凭几句话，而得拿出足够的筹码。答应下伍俊桐后，他便马不停蹄地联络袁瑞朗。在整套计划中，袁瑞朗无疑扮演着至关重要的角色。

不出所料，说服袁瑞朗并没有花太多工夫。袁瑞朗念兹在兹的就是夺回亿家，只要能达成目标，无论谁递上的橄榄枝，他都会毫不犹豫地紧紧抓住。就这样，袁瑞朗与燕飞搭上同一架飞机，驶向了同一个目的地。

飞机上的广播响起，航班将在北京时间凌晨4点抵达首都机场。"快到了。"燕飞稍微坐直身子，挤出这句话。

"嗯。"袁瑞朗点了点头，算是回应。接着，又合上眼。

燕飞知道，袁瑞朗根本没有睡，也睡不着。但装睡的人，何必去叫醒，就让他再眯一会儿吧。

袁瑞朗的确无法入眠，他闭上眼，脑海中翻涌起太多事。终于回来了，不知熟悉的故国变成了什么样子？一切是否真能回到从前？刚才广播里说，航班将在凌晨4点降落。这个时间点可真有意思！那时的北京城，究竟是深夜抑或黎明，是意味着结束抑或开始？

袁瑞朗知道，燕飞对自己说的，除了胡话、鬼话、谎话，几乎就没几句真话。回到北京，见到费云鹏之后，情形大概也差不多。多少年了，难道还不清楚这帮家伙！指望从他们口中听到真话，简直比登天还难。但是，他们要对付方玉斌，却应当是千真万确的。

　　袁瑞朗并不在乎别人谎话连篇，他也清楚，费云鹏、燕飞绝不会帮自己，不过是利用自己扳倒方玉斌。但是，只要能夺回亿家，被费云鹏利用一次又如何？他利用我，我不也在利用他？这才叫相互利用！

　　想起方玉斌，袁瑞朗的心情变得复杂。方玉斌曾是自己最欣赏的部下，一路栽培拔擢。后来，看着方玉斌一飞冲天，也有一种青出于蓝而胜于蓝的成就感。然而，天下没有不散的宴席，友谊的小船终究翻覆。

　　袁瑞朗至今不相信，绑架自己去雁荡山，逼迫签下文件会是方玉斌的主意。能干出这种事的，多半是蒋若冰那个蛇蝎心肠的女人。但袁瑞朗对方玉斌的怨恨，却没有因此减弱分毫。正是方玉斌的苦苦相逼，才让自己四面楚歌。甚至可以说，蒋若冰能使出那些下三烂招数，全因为方玉斌替她创造出了条件。

　　方玉斌或是无心，但他的确干了亲痛仇快的事！方玉斌或许不是仇敌，但他也绝不再是我袁瑞朗的朋友！

　　因此，舍弃一个方玉斌，换回梦寐以求的亿家，纵然在袁瑞朗心中有犹豫与挣扎，却也是不得已的选择。

　　飞机轮胎与跑道发生剧烈摩擦，故国的土地终于出现在脚下。待飞机停稳，燕飞与袁瑞朗一前一后走出机舱。雾霾笼罩的京华大地，空气远不如大洋彼岸，两人的心头却涌出一阵激动。

　　尽管航班晚点，伍俊桐仍亲自驾车来机场迎接。他大老远就挥动手臂，燕飞快步走过来，两人握着手，还亲切地拍着肩膀。

　　虽然心中对伍俊桐有无尽厌烦，但袁瑞朗还得应付一下场面，他伸出手，说道："伍总这么忙，还亲自来迎接，太客气了。"

　　伍俊桐笑起来说道："客不客气，那得看迎的是谁。袁总回来了，我怎么也得亲自来。"

伍俊桐又说："宾馆都订好了，你们先休息，倒倒时差。晚上费总亲自设宴给二位接风洗尘。"

"哦。"燕飞点头答应着，心中却在冷笑，当初上门求费云鹏收留时，人家可没这么热情。时过境迁，自己带回了费云鹏最需要的东西，对方立刻张开双臂。

晚上6点，费云鹏准时现身。装饰豪奢的五星级酒店包房，原本能容纳十余人用餐，此时却只坐了费云鹏、伍俊桐、燕飞、袁瑞朗四人，显得颇为空旷。费云鹏十分热情，不仅频频举杯，还往袁瑞朗的餐盘里不停夹菜。

酒过三巡，费云鹏放下筷子，叹了口气："咱们都是荣鼎的老人，尽管因为各种原因离开了，但心都还在一起。不过有些人，离开荣鼎后实在走得太远。再不悬崖勒马，怕是要吃大亏。"

袁瑞朗知道费云鹏在说方玉斌，故意不搭话。只听费云鹏继续说："最近，荣鼎收购了美国一家风投基金，这家基金此前与亿家公司有过合作。我们接手后清理财务才发现，方玉斌不仅不念交情，把瑞朗从亿家撬走了，还把这家基金投给亿家的钱吞了。白道黑道，讲个公道，商场更是讲规矩的地方。方玉斌这样干，连起码的规矩都不要了，像什么话！"

袁瑞朗与燕飞都是一惊！

没错，利用美国风投基金向方玉斌发难，正是燕飞的主意。这事在座的都知道。但费云鹏什么时候竟把这家基金给买下了？

燕飞不禁回想起当初与伍俊桐密谋的一幕。在得知费云鹏为了扫除吞并海丰银行的绊脚石，决心对付方玉斌时，燕飞对伍俊桐说了一句话："世上的事，真有无巧不成书。"

在纽约一家酒馆内，燕飞说："假如荣鼎没有投资海丰银行，假如费云鹏和黄文灿不是朋友，假如宋长海没有突然病倒……没有这一连串的巧合，所有一切便无从谈起。而我和方玉斌之间，就更巧了！方玉斌投资了袁瑞朗的亿家金控，正巧我当初供职的美国风投基金也投资了亿家。那时，我分析局势，决定中止投资。后来，亿家挺了过来，袁瑞朗却和方玉斌闹掰。这还不算，关键是这么大个地球，居然让我和袁瑞朗又在西雅图碰上了。"

伍俊桐说："这些事，我有所耳闻。确实巧得很！"

燕飞拉高音调："这家美国风投可是往亿家投过真金白银的，尽管后来的投资款没有到位，之前的钱总该有个说法吧。我问过袁瑞朗，当初他把这笔钱挂在账上，成了应付款。再后来，经历几轮融资，亿家的股权结构变动很大，连公司名称都从亿家金控变成亿家金服，这笔账竟然被直接抹掉了。或许在亿家看来，既然美国风投违约在先，这笔钱自己就能心安理得揣兜里。"

伍俊桐大喜过望："他们还是太嫩，不晓得生意场上处处是陷阱。有时一份合同、一个签字，就会招来大祸。"

燕飞点头说："正是如此。只要把这笔账挂着，一切就好说。甚至亿家还能起诉美国风投，说对方单方面违背协议，主张赔偿损失。这些争议，都属于经济纠纷的范畴。可把这笔账抹掉，性质就截然不同了。往大了说，这就是职务侵占，把股东的投资款给吞了，是刑事案件，可以直接向警方报案。"

伍俊桐仔细听着，忽而摇头道："把美国风投的这笔投资从账上抹掉，的确是重大疏忽。但我怎么听着，这不是方玉斌的疏忽，而是亿家董事长蒋若冰的疏忽。说到底，方玉斌只是亿家的大股东，却并未在管理层担任职务。"

"所以我才说这世上的事，巧得很！"燕飞说，"袁瑞朗同方玉斌闹掰了，只要我们帮他重返亿家，他就会和咱们站在一起。更让我想不到的是，方玉斌同蒋若冰也闹掰了。袁瑞朗得到消息，就在最近，方玉斌会提请召开董事会会议，罢免蒋若冰的职务。蒋若冰为了自保，是否也有充足理由与我们结盟？"

伍俊桐双手一拍，说："方玉斌本来就是亿家大股东，如果前任董事长袁瑞朗与现任董事长蒋若冰众口一词，把屎盆子往他头上扣，说把美国风投的钱从账上抹掉是方玉斌同意的，他可跳进黄河也洗不清。"

当初在美国时，燕飞把这套计划在脑海里过了无数遍，自觉大体成熟。但唯一的问题，就在于法律主体。即便报案，也得由美国的风投基金出面。这些个美国佬，凭什么听自己的？况且，真要通过司法途径，方玉斌固然会有一大堆麻烦，可美国风投也未必能拿回钱。人家为什么平白无故去做损人不利己的事？

思前想后，燕飞向费云鹏献计，听说这家美国风投经营陷入困境，正四处找钱渡过难关。假若荣鼎能向对方提供援助，再附加一点条件，没准人家会配合此事。

费云鹏当初说考虑一下，没想到燕飞刚回国，就听到荣鼎收购这家风投的消息。费云鹏一出手，可真是稳准狠。如此一来，法律主体已经不成问题，荣鼎可以直接起诉方玉斌甚至选择报案了。

只不过，这家美国风投如今举步维艰，谁接手都是一个累赘。况且荣鼎主动上门急匆匆提出收购，那帮美国佬没准还会漫天要价。但转念一想，是否接下一个烫手山芋，是否被人敲竹杠，都不重要。收购的钱荣鼎出，又不必费云鹏自掏腰包。搞下方玉斌，控制住海丰银行，鼓的才是自家荷包。燕飞只恨自己醒悟太晚，当年初入职场时，居然相信过费云鹏在台上那一番公而忘私的慷慨陈词。

袁瑞朗也很诧异，为了搞掉方玉斌，费云鹏竟收购了美国风投，可真舍得下血本！以袁瑞朗对费云鹏的了解，深仇大恨他未必下狠手，重利在前倒会毫不含糊。只是各人有各人的账本，袁瑞朗不关心费云鹏的动机，只在乎未来的亿家，究竟是谁的天下。

"如此说来，荣鼎也是亿家的股东之一了。"袁瑞朗说，"既然大家都关心亿家未来，就更应该和衷共济。"

费云鹏说："对于亿家的未来，我的态度很明确。亿家的舵，必须由袁瑞朗来掌。除了你，交给谁我都不放心。"

"不过，"费云鹏话锋一转，"在畅想未来之前，旧账也得理清。美国风投，也就是荣鼎投给亿家的钱，怎么不明不白就没了？有些人胆子太大了，难道不晓得，侵吞股东投资款是犯罪？"

"的确胆大妄为。"袁瑞朗说。

"有人胆大妄为，对于你重返亿家，或许不是坏事。"费云鹏说，"我说这话，没有别的意思，而是说任何事都有主要矛盾与次要矛盾。解决问题，就得从主要矛盾下手。如今方玉斌是亿家大股东，不把这只拦路虎搬走，你哪那么容易回去。"

袁瑞朗点头说："你关于主要矛盾与次要矛盾的论述，很精辟。"

"本来如此嘛。"费云鹏抿了一口茶，微笑着说，"北宋皇祐年间，范仲淹在杭州任郡守，适逢大旱，市场上粮价飞涨，每斗达一百二十文钱，比全国平均价每斗七十文涨了近一倍，且势头不减，老百姓迫于饥荒纷纷流离失所。作为郡守的范仲淹看在眼里，急在心上，他也明白，官仓里也没有粮食来开仓放粮赈济灾民，一些富户藏有粮食，见粮价快速上涨，更是惜售，准备待价而沽，等粮价进一步高企后抛售发国难财。"

费云鹏接着说："后来，范仲淹派人四处贴出告示：官府高价收购粮食，每斗一百八十钱。这比市场上的粮价又高出一大截。告示贴出去不久，外地粮商见杭州官府高价收粮，觉得有利可图，于是大批的粮食涌进杭州市场。就这样，杭州市场上粮食充足起来，粮多价贱，粮价回落，逃荒的百姓得以回流安居乐业。"

袁瑞朗笑起来："费总还是那样博闻强识，引经据典，信手拈来。"

费云鹏又说："范仲淹抓住了主要矛盾，难题就迎刃而解。还有意大利的警察，当初面对黑手党绑票案件，一度束手无策。后来，政府出台一条法令，谁被绑票了，此人以及亲属的所有银行户头立刻冻结。家人取不出来钱，自然没法付赎金。一开始，舆论一片挞伐，说政府简直惨无人道。但渐渐地，绑票案越来越少，因为绑匪也清楚，把人抓来后，一分钱也拿不到，岂不是白忙活！"

停顿一下，费云鹏说："你想回亿家，主要矛盾就在方玉斌身上。解决了这个人，前方才能一片坦途。"

"怎么解决？"袁瑞朗明知故问。

费云鹏说："我不是黑手党，自然不能把谁绑票了。我打算通过法律渠道，讨回公道。"

袁瑞朗说："我毕竟曾经是亿家的董事长，对于美国风投的投资款为何消失，知道一些有限的情况。如果相关单位来了解，我愿意实事求是地说出来。希望我说的这些内容，对你们能有一点帮助。"

"一定会有帮助。谢谢了！"费云鹏举起酒杯，一饮而尽。两人都明白，他们之间的交易，已经谈好。

宴席结束后，袁瑞朗一个人离开。费云鹏与伍俊桐进到燕飞的房间，燕飞赶紧沏好茶，接着说："袁瑞朗这个人，我已经带回来了。今天，费总与他交流得很好。我的任务告一段落，接下来就打算回美国去。"

伍俊桐有些诧异："大战在即，你怎么走了？"

燕飞说："正因为大战在即，我才得好好准备。虽说荣鼎已经把这家美国风投收购了，但当初与亿家的合作，可是我经手的。有些重要文件，估计只有我手里才有。我不得赶回美国，把这些文件整理齐备？"

"你说你！"伍俊桐埋怨道，"怎么尽跑冤枉路？当初把这些资料弄好了，一起带回国，不就得了！"

燕飞说："当时不是催得紧嘛，我哪能面面俱到。"

费云鹏摆了摆手说："是否要回去一趟，那都是小事，燕飞自己把握吧。这次你能回来助我一臂之力，我很感动。接下来的事不少，还得往你肩上压担子。"

"这是哪里话！"燕飞做出诚惶诚恐的表情，"费总有什么差遣，我赴汤蹈火，在所不辞。"

费云鹏点头说："你和俊桐是我的左膀右臂。之前我对俊桐表过态，事成之后他会获得海丰银行1%的股权。这个承诺对你也一样。"

燕飞的弦外之音，费云鹏岂会听不出！这小子如今翅膀硬了，敢跟我讨价还价。不过费云鹏也深知重赏之下必有勇夫的道理，干这种事，不抛出重利是不行的。况且，海丰银行这餐盛宴，真不是凭自己与黄文灿两个人的胃口就能吞下的。不拉上伍俊桐、燕飞这些人，谁在前头冲锋陷阵卖命！

老领导就是老领导，压根不用自己张口，便把肥肉送上来。这就对了嘛！燕飞清楚这1%股权的价值，连声说着感谢。费云鹏把手一挥："谢就不必了，咱们又不是外人。"接着，他又说："我跟你自然是要交底的，但有些事还得内外有别。比如袁瑞朗那里，就不能让他知道太多。"

"我有分寸。"燕飞说道。

此时，伍俊桐也看出来了，刚才燕飞嚷嚷着回美国，还说重要资料自己才有，全是待价而沽。伍俊桐有些气不过，但又不好直说，便拿袁瑞朗来指桑骂槐："刚才看见袁瑞朗那副嘴脸，老子就来气。这次让他捡了大便宜，还一副扭扭捏捏的模样，他做给谁看？！"

费云鹏不动声色，心中却对伍俊桐的一片护主忠心颇为受用。燕飞淡淡一笑，说："袁瑞朗这便宜，自然不会白占。对待合作伙伴，咱们还得大气一些。"

"啥意思？"伍俊桐问。

燕飞说："咱们的目标不仅是搞掉一个方玉斌，而是在下海丰银行这盘大棋。越到后来，你就越会发觉袁瑞朗的用处。"

伍俊桐追问："你能不能别卖关子，说说姓袁的究竟有啥用处。"

燕飞瞟了伍俊桐一眼说："不是我存心卖关子，只是如今为时尚早，有些事说了你也不会明白。耐心等着吧，届时一切自会见分晓。"

伍俊桐心中一股气实在按捺不住："什么叫说了我也不明白？就你聪明，我们都是傻瓜？我看你是说不出来，随便给自己找个台阶下。"

眼看伍俊桐与燕飞抬杠，费云鹏岔开话题："以后的事以后再说，当务之急还是干掉方玉斌，不能让他坏了咱的好事。"

见费云鹏出手弹压，伍俊桐只能隐忍，说道："方玉斌这回在劫难逃了。我们的前期工作进行得很扎实，不仅请来了国内最优秀的律师，还利用人脉跟相关领导打了招呼。待资料进一步搜集齐全后，我们一报案，公安就会采取行动。"

"是向上海警方报案吗？"燕飞问。

费云鹏摇头说："北方一座城市的政法委领导，是我的好朋友。到时在那里报案，由他们出面抓人。"

燕飞有些疑惑："管辖权问题上，不会有什么争议吧？"

费云鹏说："这类经济案件，管辖权原本比较模糊，我咨询过律师，有些案例甚至采用过报案地管辖原则。不过，我为了稳妥，还是做足了功课。出面收购美国风投的，是荣鼎旗下一家子公司，这家子公司的注册地，就在那座北方城市。如此一来，一切就名正言顺，谁也不能挑出个不是。"

燕飞在手机上很快搜索出这座城市领导的简历，并笑着说："以你的人脉，收拾一个方玉斌，简直不费吹灰之力。"旋即，燕飞查看手机屏幕的手又停下来："不过，有一点你注意没有，虽说政法委领导是你的老朋友，但这座城市的市委书记曾在滨海工作多年。"

费云鹏问："那又怎么样？"

燕飞说："我听说，千城股权大战时，方玉斌卖身投靠了王诚。滨海是千城的大本营，王诚和这位领导想必有交情。像这类案子，究竟是民事纠纷还是经济犯罪，界限并不清晰。抓人有道理，不抓人似乎也能说得过去。如果王诚动用关系，跟上头领导说一下，会不会……"

费云鹏哈哈大笑，摆手说："你翻的都是老皇历了。我告诉你吧，方玉斌不仅同袁瑞朗、蒋若冰闹掰了，也跟王诚闹掰了。俊桐是千城副总裁，具体情况你可以问问他。"

伍俊桐也笑起来说："王诚对方玉斌，如今也是恨得咬牙切齿。不夸张地说，我们把方玉斌推下井，王诚就会忙着往里砸石头。"

燕飞点头说："方玉斌多行不义，终究成了孤家寡人。这一回，没人救得了他了。"

费云鹏加重语气："万事俱备，就差一个人了。"

燕飞问："你是说蒋若冰？"

费云鹏点头说："蒋若冰是亿家董事长，也是知道内情最多的人。她是否肯同咱们配合，可是左右全局的关键。"

燕飞说："我去上海，亲自找蒋若冰谈。"

"有你出马，我就放心了。"费云鹏微微一笑，接着又说，"回美国的行程，就暂时延后了？"

"延后吧。"燕飞说，"反正资料在那儿，什么时候拿都成。如今的关键，是攻破蒋若冰。"

◎4 有人愿意乘人之危，就说明危中还有机

蒋若冰的座驾，被堵在了上海高架上。司机一脸焦急，蒋若冰倒是气定神闲："别急。如今这交通，即便迟到了，相信闫主任也会理解。"

汽车在高架上如蜗牛般爬行，蒋若冰趁着这会儿时间，拿起电话打给一名公司中干。今天上午，她刚把人家臭骂了一顿。如今打电话，算是赔礼道歉。电话中，她称对方是老大哥，还希望老大哥不要和自己这个女流之辈一般见识。最后，蒋若冰说自己有一张美容卡，麻烦大哥转交给嫂子。

蒋若冰是出了名的职场铁娘子，训斥下属简直是家常便饭。但其实，铁娘子也有细腻的一面。否则，亿家岂能蒸蒸日上，那么多须眉男儿更不会心甘情愿受一介女流驱使。

好不容易驶出拥堵区，汽车在一家高档酒楼门口停下。蒋若冰快步走进酒楼，朝二楼包间走去。今天，是上海滩有名的大律师闫竹波主动约她，说是听闻亿家董事会的事，想帮她参谋一下。说来闫竹波与蒋若冰并不算熟，只是在一位朋友的饭局上见过。但闫大律师可是沪上名人，平常接受法律咨询，都是以小时计费，今天主动替蒋若冰支招，令她既感激又诧异。

因为塞车，蒋若冰已经迟到了十多分钟，闫竹波还打电话催过。然而推开包间门，却并没见到闫竹波。宽敞的包间内，只坐着一名穿休闲夹克的

男子。

蒋若冰以为自己走错了房间，正要退出去，男子却站起身，说道："蒋总，你好！没错，就是这个房间。"

蒋若冰止住脚步，问道："闫主任还没来吗？"

男子挪开椅子，请蒋若冰入座，说："老闫在路上了，一会儿就到。"

蒋若冰坐下后，男子斟上茶，接着说："蒋总，你不认识我了？咱们可是见过面的。"

蒋若冰打量了他一番，是觉得此人面熟，一时却又记不起来。她说道："不好意思，请问你是……"

男子呵呵笑道："贵人多忘事，可以理解。自报家门，鄙人姓燕，单名一个飞字。"

"燕先生，你好。"蒋若冰礼貌地招呼，但从表情来看，却并未记起自己何时见过燕飞。

燕飞又说："我曾经在美国一家风投基金工作，有个外国名字，叫维尔特曼。"

蒋若冰终于记起来，这不就是那个中途撤资，放了袁瑞朗鸽子的假洋鬼子！蒋若冰内心惊诧，表面却不动声色地说："原来是燕总，失敬。怎么，你和闫主任也是朋友？"

"岂止是朋友！"燕飞说，"老闫现在还是我的代理人呢。这次来上海，就是专程委托老闫替我打官司，清算一笔陈年旧账。"

从燕飞的语气中，蒋若冰已感觉出来者不善。她并未接过话茬，更忍住没去问燕飞的官司，只是淡淡一笑："哦。"

燕飞却主动说道："这场官司，和亿家脱不了干系。"

"哦。"蒋若冰还是这个字，表情平静如常。

燕飞接着说："当初我们投给亿家的 300 万美金，不知你们是怎么处置的？"

蒋若冰抿了一口茶说："我是董事长，不可能过问这么细的事，具体情况得回去问一下财务。不过据我所知，这事是你们违约在先，单方面中止了合同。"

燕飞说:"究竟谁违约,得法院说了算。但这钱总不能平白无故不见了吧。如果这钱还在账上,哪怕存在争议,也说明双方有解决问题的诚意。可要是账被抹平,这笔钱无影无踪了,性质可就不同了。打个比方吧,合伙开一家公司,我答应用一台电脑入股。一开始,我运去了主机,屏幕说是缓些时候再到。即便最后我的屏幕没到,你也不能擅自把主机卖掉,钱直接揣自己兜里。退一步说,哪怕法院最后判我违约,不但主机拿不回来,还得另外赔你一笔钱,那也是法院的权力。总不能不经过任何法律程序,你们就私自把这笔钱吞了呀。"

蒋若冰是金融专业高才生,对法律还不甚熟悉,但听燕飞这么一说,确也感觉当初疏忽大意了,没准会留下后患。她强装镇定,笑了笑说:"敢情燕总和闫主任是摆了一桌鸿门宴。可惜我一介女子,没有刘邦的大智大勇。再者说,我不是法律专业人士,如果要谈法律,还是再约个时间,让双方律师沟通吧。"

燕飞点燃一根烟说:"当年鸿门宴,刘邦可是费了老半天工夫才脱身。如今,总不能凭一句改日再约,就放你走吧?"

"那你想怎样?"蒋若冰的态度强硬起来。

燕飞抖了抖烟灰,说:"老闫还在路上,得一会儿才到。不过有一位老朋友可是早到了,你们还是见一面吧。"

燕飞掏出手机,用微信说了几句。两分钟后,房门推开,一名穿黑西装的男子走了进来。蒋若冰定睛一看,惊得几乎要叫起来。这不是袁瑞朗吗!

一想到当初伙同孔德惠把袁瑞朗绑走的事,蒋若冰就心惊肉跳。人家回来,该不是报仇的吧?

袁瑞朗却是一脸微笑,走近后还主动伸出手说:"若冰,好久不见。"

蒋若冰强撑着站起来,挤出笑容说:"袁总,你回国了?怎么也不提前说一声,好去接你呀。"

袁瑞朗摆了摆手说:"哪敢到处说!到时别又把我绑了。"

蒋若冰只当没听见这句话,忙着给袁瑞朗斟茶。燕飞掐灭烟头,说:"袁总能回来，可是不容易呀。简直是受尽磨难，九死一生。"燕飞又说起袁瑞朗被绑去雁荡山的事，一脸的怜悯与悲愤，蒋若冰满脸煞白，吓得大气也不敢出。

说到后来，燕飞一拍桌子说："袁总，你说是哪个坏良心的，竟然对你下此毒手？"

袁瑞朗瞟了蒋若冰一眼，接着说："目前我还不清楚。"

燕飞说："要我说，就数方玉斌嫌疑最大。只有把你赶跑，他才能独占亿家。袁总，当年你也是没有识人之明，重用了这样的部下。"

"是啊！用人失察，痛心疾首。"袁瑞朗叹了一口气。

燕飞又把目光投向蒋若冰，说："听说方玉斌要赶尽杀绝，把你从董事长的位置上撵走？"

蒋若冰知道燕飞与袁瑞朗在唱双簧，只好淡淡回道："燕总的情报很准确。"

燕飞捶着大腿说："这个方玉斌太过分，简直惹得天怒人怨。"

燕飞续上一根烟，说："袁总要重返亿家，蒋总想留在公司，还有我想要回那笔钱，看来都得找方玉斌。照目前这局势，咱们得团结起来。"

燕飞此言一出，屋内顿时陷入沉寂。袁瑞朗只顾闷头抽烟。隔了好一阵子，蒋若冰才开口说道："团结是好事，但怎么团结，请你说清楚。"

燕飞说："在即将召开的董事会会议上，咱们联手出击。董事长的位置，当然得还给袁总，这也是还人家一个公道。袁总这边也大气一些，把总裁的位置留给蒋总，而且要做出明确授权，有些事就交由蒋总负责。"

这个条件，燕飞早跟袁瑞朗说过，袁瑞朗一开始坚决反对，声言绝不和暗算过自己的人共事。但燕飞也撂下重话，袁瑞朗不让步，一切免谈！最终，袁瑞朗只能勉强答应。此刻当着蒋若冰的面，他阴沉着脸，既没说同意也没表示反对。

蒋若冰说道："谢谢燕总的好意。不过，即使我同袁总联手，把袁总手里的股份与管理层持股加在一起，还是远不如方玉斌的股权。董事会上，恐怕闹不出什么名堂。"

燕飞点头说："你们的股份加在一起，是比不过方玉斌，要是再加上许子牛呢？ C 轮融资时，许子牛可也成了大股东。"

"许子牛也答应合作了？"蒋若冰有些诧异。她早就想到，只有团结许子牛，再联合其他股东，才能对抗方玉斌。为了即将召开的董事会会议，蒋若冰还去找过许子牛，但对方似乎并无此意。

燕飞笑了笑："我知道你去找过许子牛，也知道他耍滑头不肯表态。许子牛这人，早年我和他打过交道，是出了名的墙头草。蒋总一个人毕竟势单力孤，即便许子牛答应出手，也没有绝对胜算。在没有十足把握时，他是不愿与方玉斌翻脸的。现在情况不同了，蒋总能控制住管理层，袁总也回来了，他毕竟是创始人，好些小股东还能买他面子。你们的力量加在一起，许子牛就不会犹豫了。"

燕飞接着说："实话说吧，许子牛对方玉斌也恼火得很。C 轮融资时被方玉斌狠敲竹杠不说，如今好多事还插不进手。许子牛告诉我，亿家的股东里就数他出钱最多，话语权却严重不符。"

"当然了，"燕飞继续说，"许子牛这回出了力，我们也得有所回报。改选后的董事会，让人家多派两个代表。"

"他倒想得美！"蒋若冰说道。

"凭什么听他的！"袁瑞朗难得开口，而且还附和着蒋若冰。

燕飞哈哈一笑说："瞧瞧，你们这董事长与总裁，还没开始搭班子呢，就配合这么默契。"接着，他又板起脸说："许子牛是在乘人之危敲竹杠，但你们也想清楚了，哪能既让马儿跑，又叫马儿不吃草？有人愿意乘人之危，就说明危中还有机。这是好事！假若许子牛无动于衷，袁总就永远回不了亿家，蒋总在这次董事会会议之后，也只能卷铺盖走人。孰轻孰重，你们好好掂量一下。"

房间再次陷入沉默。几分钟后，袁瑞朗口中终于吐出两字："好吧。"

燕飞盯了蒋若冰一眼，希望她尽快表态。蒋若冰跷起二郎腿，说："这顿饭的意思，我大概明白了。既然都到了这份上，就把话摊开了说。我可以答应许子牛的条件，但你们也把话说清楚。未来，袁总能给我哪些授权，管理层持股会做何种浮动，不妨现在就让我吃颗定心丸。"

袁瑞朗真有些火冒三丈。自己没追究绑架的事，蒋若冰倒来讨价还价！眼看袁瑞朗压不住火，燕飞说道："还是那句话，团结一致向前看，过去的是是非非，纠缠起来没意思。蒋总既然把话挑明，我看也好，咱们就好好合计一下。合作嘛，宁可先小人后君子，也不能先君子后小人。"

其实，袁瑞朗与蒋若冰心里都憋着气，谁也不想同谁合作。但他们更清楚，形势比人强，人在屋檐下不得不低头。接下来，两人你来我往，把未来亿家的权力分配大致敲定。

见两人基本谈妥，燕飞双手一拍："要不怎么说，团结就是力量呢！双方拿出诚意，就没有解决不了的问题。"他又点上一根烟，说："你们都达成所愿了，我的希望也不能落空呀。"

"你还有什么希望？"蒋若冰问。

燕飞笑着说："我费这么大劲，帮助袁总上演王子复仇记，又让你继续坐在亿家总裁的位置上，总不会是学雷锋做好人好事吧。我的愿望，就是拿回那 300 万美金。"

蒋若冰说："以后是袁总当家，只要他点头，我没意见。"

"你误会了。"燕飞说，"大家都是朋友，我怎么好意思叫你们掏钱？这300 万美金，我得找方玉斌出。"

燕飞又说："一会儿，闫竹波大律师就会到，他要向两位了解情况。你们只要把事情推给方玉斌就行。到时，我自会找方玉斌理论。"

蒋若冰说："300 万美金的事我清楚，这笔钱一直留在亿家，和方玉斌扯不上关系。况且如今亿家已走上正轨，想法子东挪西凑，300 万美金还是能还上。"

燕飞说："我说蒋总，方玉斌对你无情无义，欲除之而后快，你怎么还替他说话？这钱我去找方玉斌要，不也是替你们解围。"

袁瑞朗冷笑道："这就叫落花有意随流水，流水无心恋落花。"

"是吗？"燕飞嘲讽道，"既然你们还有这层关系，我也别瞎忙活了。你去找方玉斌好好诉一诉衷肠，让他继续支持你当亿家董事长。"

蒋若冰鼻子哼一下，说："你们不必说这些没用的废话，我也懒得去找方玉斌谈。我算明白了，燕总帮我和袁总是假，甚至要钱也是假。你不过是想借着这件事，去寻方玉斌的麻烦。"

"你要这么说，咱们可没法谈了。"燕飞眉头一皱。

"谈还是要谈。"蒋若冰说，"实话说吧，我如今这处境，哪里还会去管方玉斌的死活。把我逼到这份上的，不是别人，正是他姓方的。你要对付方玉斌，我要保住自己，咱们各取所需，各不相干。"

"好！"燕飞敲着桌子，"同蒋总这样的聪明人合作，就是痛快！接下来，你该怎么同闫大律师谈，想必不用我多说了吧。"

"如果这些都需要你教，亿家也不会在我手上欣欣向荣了。"蒋若冰笑着说。

燕飞打了一通电话，不一会儿，闫竹波就走了进来，身后还带着几名助理。简单聊了几句，闫竹波便让助理带着袁瑞朗、蒋若冰去隔壁房间做笔录。做完之后，闫竹波看了一遍，满意地点着头，还让两人签字摁手印。接着，他又说："今天这笔录，是由律师做的。往后如果公安介入，或许还会做笔录，到时你们就照今天这样说。"

蒋若冰问："怎么还要闹到公安那里？"

闫竹波说："我只说一种可能，有备无患嘛！"

"耽搁这么久，大伙肚子都饿了吧。"燕飞说，"所幸这酒楼是24小时营业，否则人家早就打烊赶客人了。吩咐上酒上菜，好好喝几杯。"

尽管酒桌上的气氛略显压抑，但众人毕竟是"酒精"沙场的老将，酒量没的说。尤其蒋若冰，杯杯硬干照样应付自如。燕飞与闫竹波都竖起大拇指，说早知蒋若冰是女中豪杰，但不知酒量也是巾帼不让须眉。

酒宴散去，已是深夜。燕飞与闫竹波同乘一辆车离开，闫竹波打了个酒嗝，又拍着燕飞的肩膀说："燕总出马就是牛，一个晚上就把事情搞定。"

燕飞说："你是上海滩的大律师，这事还得麻烦你费心。"

"一定。"闫竹波说，"费总交办的事，我哪敢马虎！你放心，这回一定要让那个什么方玉斌吃不了兜着走。"

燕飞点头道："来上海之前，费总对我说，和你是多年好友，这次官司的事，你不仅尽心竭力，连代理费都打了折，他心里惭愧得很。"

"这是哪里话？见外了。"闫竹波说。

燕飞说："听费总讲，你们刚在北京成立了一家律师分所？"

"对，"闫竹波点头说，"两个月前成立的。成立庆典上，来了许多政商名流、法界大咖，只可惜当时费总人在欧洲，没能莅临。"

燕飞说："费总也是遗憾得很。他说了，荣鼎之前的法律顾问，是一家北京的律师事务所。今年合同到期后，打算换一家。到时会按公开招标的模式选择新的法律顾问，费总让你们提前报名，在不违反大原则的情况下，他会尽量关照。"

"那可太好了。"闫竹波笑逐颜开。

燕飞说："荣鼎是家大公司，一年的法律顾问费，加上下属公司相关诉讼的代理费，轻轻松松就几千万。我先恭贺闫主任宏图大展，财运滚滚了。"

"承蒙关照。"闫竹波说，"亿家的案子，我会加紧处理。除了走正规报案途径，我也会动用所有关系。一定要让方玉斌知道咱们的厉害。"

燕飞说："你再写一份情况说明，主要内容就是方玉斌如何罪大恶极，请求相关部门迅速行动，保护企业合法权益。回头我把这份材料转交给费总。他说了，咱们这边加紧动作，他在北京也不会闲着。他会把这些材料通过特殊渠道递交给相关部门的领导。"

闫竹波挥了一下拳头说："费总亲自出马，这一仗更有把握了。"

◎5 一日之内三场变故，方玉斌竟成了通缉犯

方玉斌坐在会场里，心乱如麻。

这次来温州，是出席一场互联网＋论坛，自己是主讲嘉宾之一。不过就在几分钟前，杨韵打来电话，说亿家董事会会议上出了大事，不仅许子牛与蒋若冰联起手来，连袁瑞朗也意外现身。经过表决，方玉斌提出的罢免蒋若冰董事长职务的议案被否决。紧接着，会议选举了亿家新管理层。袁瑞朗出任董事长，蒋若冰任总裁。

对于这场董事会会议，方玉斌原本成竹在胸。他特意选择来温州，甚至就是不愿亲眼见到蒋若冰被撵出公司的场景。

然而究竟发生了什么？局面出现惊天逆转，袁瑞朗竟也意外现身？

该方玉斌登台演讲了。他把满腹心事稍微放下，健步走上主席台。十分钟后，演讲结束，台下掌声如鸣。他是脱稿演讲，不用收拾讲稿，只是拧开矿泉水瓶，抿了一口，接着后退一步，朝台下鞠了一躬，再步履轻快地走下主席台。

方玉斌坐回座位，立刻拥上一大帮人，争抢着与他交换名片，应付了好一阵子，终于清静下来。方玉斌掏出手机，打算与上海方面联系。

猛然，手机屏幕上推送来一条新闻。一看标题，方玉斌就吓了一跳——

海丰银行发布公告，免除苏浩的行长职务。

海丰银行又怎么了？免职的事，为何从没听苏浩提过？方玉斌小跑着离开会场，拨通了苏浩的手机。苏浩的声音听上去十分轻松："玉斌，什么事？昨天你不是说，要去温州出席什么论坛吗？"

"你现在在哪儿？"方玉斌问道。

苏浩说："在办公室呀。"

方玉斌追问："什么办公室？就是那间行长办公室？"

苏浩有些摸不着头脑："我就这一间办公室。除了这儿，还能有什么办公室？"

方玉斌更加诧异："你不是被免职了吗？"

"免职？你说什么呢？"苏浩反问道。

"怎么，你本人还不知道？"方玉斌说，"我刚从新闻上看到的，海丰银行发出公告，免除了你的行长职务。"

苏浩大惊失色："快，把新闻发给我看一看。"

挂断电话，一股不祥的预感涌上心头。几乎可以断定，苏浩又遭遇突然袭击了，在自己并不知情的情况下，被免除了行长职务。

几分钟后，苏浩打来电话，显得气愤异常："他们这是要干什么！完全是阴谋暗算，而且连起码的程序也不讲了。"

苏浩接着说："根据公司章程，免去高管职务，须经全体董事三分之二以上通过，董事应签字形成董事会会议决议，董事会会议决议还要在 10 日内向银监会备案。如果董事会在行长任期内解聘其职务，更得在一个月前提请监事会。他们免除我的职务，有没有向银监会备案，有没有提请监事会！"

方玉斌问："昨天海丰银行召开了董事会会议，你参加了吗？"

苏浩说："昨天我在北京出差，坐晚上航班回的西海，因此下午的董事会会议我请假了。不过前几天我收到了董事会会议通知，里面有四项议程，都是常规的听取报告，审议议案，压根没有人事变动的内容。"

方玉斌又问："你问过黄文灿了吗，到底怎么回事？"

苏浩说："刚才我给他打了好几个电话，他不在办公室，手机也关机。"

方玉斌说："看来这是人家存心整你。但他们这样做，究竟为什么呢？"

"等一等。"苏浩说，"有人敲门，我去看一下。"

"别挂。"方玉斌说，"估计是来找你谈这事的，你把手机放在办公桌上，我也听一听。"

"好！"苏浩把手机放到桌上，再拿一份 A4 纸盖着。

办公室门打开，立刻拥入五六号人。领头的两个，一人是海丰银行行政总监，一人是保安部长。

苏浩冷冷地盯着他们："要干什么？"

行政总监说道："苏行长，根据董事会的安排，我们来你这儿，把一些材料和电脑带走。"

苏浩顿时感觉到一股气往脑门上涌，他拍着桌子说："你们有什么资格来搜查我的办公室！都给我滚！"

保安部长说道："我们也不想这样做，但奉命行事，没办法。这不叫搜查，只是有几份重要文件，得从你这儿拿走。"

"你们还没资格对我发号施令。"苏浩吼道，"要文件是吧？把我的办公室主任和秘书找来，需要什么，你跟他们交涉。"

行政总监与保安部长相互看了一眼，最后，还是保安部长说道："他们来不了，这两人已经被带去公安局了。"

"公安局？"苏浩又气又惊，"他们犯了什么法？凭什么被带走？"

行政总监说："具体犯什么法，得看调查结果，谁也不能乱说。目前只知道，他们涉嫌盗窃与泄露商业机密。"

苏浩毕竟是经历过大风大浪的人，很快便控制住情绪。他回到椅子上，点燃一根烟，说："公安机关办案，我当然得配合。如果今天是警察闯进这间办公室，需要任何东西，我都会提供。但你们不是警察，没有权力随意搜查我的房间。"

行政总监说："不瞒你说，警察是准备来你办公室的，最后被黄总阻挡了。黄总说，你是银行高管，最好能内部解决，这样彼此都下得来台。"

"如此说来，我要感谢黄文灿了。"苏浩冷笑道，"你拨通黄文灿的电话，我要同他说几句。"

行政总监面露难色说："黄总不在办公室，我也联系不上他。"

"连谎话都不会说。"苏浩抖了抖烟灰，"我知道他不在办公室，平常用的手机也关机了，但你一定能联系上他，人家可还等着听你的汇报。"停顿一下，他又说："只要我同黄文灿说上几句，立刻离开办公室。里面的所有东西，全交出来，这样也免得你们为难。"

行政总监犹豫了好一阵子，终于拨通了黄文灿的电话。苏浩拿过手机，说道："老黄，什么事情，要弄这么大阵仗？怎么又是盗窃，又是泄露机密，听着怪吓人。"

黄文灿没想到会是苏浩，先是一怔，接着说道："这事我也很意外。下面有人反映，而且问题线索明确，有些还涉及你。职责所在，我总不能视若无睹吧。"

苏浩打这通电话，只想最后确认一下，整件事的幕后黑手是否就是黄文灿。对方的回答，已经说明了一切。至于那些线索、细节乃至免职是否合乎程序，都是欲加之罪何患无辞，苏浩懒得去问。

苏浩硬挤出笑容说："我的办公桌上，至今还放着你送来的《王安石传》。如今想来，这一切何其讽刺。让你的人，把这本书也收走吧。"

电话中，黄文灿也笑起来："尽信书，不如无书。除了送书，我还给你讲过一则典故。王安石第一次见东坡时，东坡来不及整理衣冠便出船长揖而礼，说道：'轼敢以野服拜见大丞相。'王安石却拱手说：'礼岂是为我辈设！'"

"我明白了。像你这种人，不会拘泥于礼法，甚至也不会有底线。"苏浩回了一句便挂掉电话，收拾好几件私人物品，离开了办公室。

下楼后，苏浩赶紧掏出手机，向方玉斌说道："刚才那一幕，你都听到了？"

方玉斌说："听到了。可以肯定，这事是黄文灿在捣鬼。如今人家是一把手，想收拾谁有的是手段。但是，他为什么这样做？"

"我也想不明白。"苏浩说，"不过事情已经发生，只能面对。我打算请律师，一来洗刷冤屈，二来也要状告海丰银行董事会，他们无权免除我的职务，一切行为都是非法的。"

方玉斌思忖了一下，说："这些事不妨从长计议，当务之急还是三十六计走为上，你得先脱身。我可不相信公安要抓你，黄文灿出面阻挡的鬼话。既然他出手了，一定不会善罢甘休。有可能他们炮制的黑材料一时还牵扯不到你，可一旦你的秘书屈打成招，或是从办公室搜出些什么，人家就不会手下留情了。西海如今是黄文灿的地盘，你得尽快离开。"

苏浩心中掂量了一下，说："你说得对，是非之地不宜久留。我回家收拾一点东西，今天就离开西海。"

方玉斌提醒说："目前这状况，最好不要赶飞机、坐高铁。你随便找辆车，自己开车来上海。咱们碰头之后再说。"

一连串的变故，让方玉斌无心留在温州。他向大会组委会请了假，接着赶往温州南站，搭上返回上海的高铁。

因为是临时预计车票，商务座与一等座都售完了，方玉斌与助理只能挤在二等座车厢。一路上，方玉斌几乎没说一句话，脑筋却一刻没闲下。从亿家金服到海丰银行，变化来得太快！这是偶然抑或其他，两者之间究竟会不会有联系？方玉斌苦苦思索，一时又找不到答案。

列车飞驰，浙南的高山被抛在身后，秀美的杭嘉湖平原出现在眼前。列车广播通知，前方即将到达杭州东站。方玉斌终于开口，对身边的助理说："杭州停站时间有几分钟，咱们下去抽根烟。"

车门一打开，方玉斌便跳下车。他刚点燃烟，却见站台上出现几名身穿制服的警察。方玉斌起初并未在意，仍和助理说着话。几句警察却越走越近，眼睛也一直盯着自己。方玉斌感觉到异样，心想是不是站台上不准吸烟，自己违反规定了？可放眼一看，站台上吞云吐雾的瘾君子多的是。

警察来到方玉斌身边，语气严厉地问道："请问是方玉斌先生吗？"

"是我。什么事？"方玉斌说。

警察亮出自己的证件，接着又掏出一张纸，抬头处写着"拘留证"。警察说道："你是网上通缉人员，现在被拘留了，请跟我们走一趟。"

方玉斌脑袋里嗡的一声，待回过神来，他语气关键地说："什么？通缉，拘留？你们是不是搞错了？我怎么会是通缉人员？"

"错不了。"对方说道，"通缉名单上，有你的详细身份信息。今天你在温州南站一上车，系统就自动显示了。我们是铁路公安的，奉命把你拦下。"

"你们一定是搞错了。"一旁的助理大声说道，"我们方总是著名企业家，今天还在温州出席互联网＋论坛，怎么突然就成了通缉犯？再说，有通缉犯拿自己身份实名坐火车吗？"

警察说道："你具体从事什么职业，与我们无关。通缉人员上了火车，我们的职责就是将他控制住。"

方玉斌整理了一下思路，对助理说："我跟警察走。你继续坐这趟车回上海，赶紧联系律师。"

"不，我还是留下来陪你吧。"助理说。

"糊涂。"方玉斌吼道，"都进公安局了，人家还能让你陪吗？你赶快回去！"

"好！"慌乱之中，助理只能点头答应。眼看火车即将发动，他匆匆跳上火车。

方玉斌又喊了一句："把亿家的事告诉苏浩。告诉他，今天发生的两件事，或许不是巧合。"

晚上 11 点过，苏浩终于赶到上海。在路上，他就听说了方玉斌被公安带走的消息。苏浩既觉得事情蹊跷，更愈发谨慎起来。他没敢用自己的身份证登记酒店，而提前让吴步达去酒店订好房间。

吴步达陪着苏浩进到房间，不一会儿，杨韵与公司的律师都赶到了。"到底怎么回事？"苏浩忙不迭问道。

"让律师先说吧。"杨韵坐到椅子上，把披肩长发往后一拨，"今天出了太多事，我脑袋都有点反应不过来。"

"我先去趟洗手间。"律师忙活了一晚，尿还憋着。从洗手间出来，律师说："我了解了一下，情况大致是这样——方玉斌的确上了通缉名单，因为有人报案，说他涉嫌职务侵占、合同诈骗。杭州的铁路公安只是依法办事，见有通缉犯在车上，就把他扣下。"

杨韵问道："仅仅有人报案，凭着一面之词，就让方玉斌成了通缉犯？"

"当然不是。"律师说，"当事人报案后，公安机关会进行侦查。既然把方玉斌列到网上通缉名单上，就说明侦查进行到一定阶段，警方认定方玉斌有重大嫌疑，需要到案协助调查。"

苏浩又问："谁报案的？"

律师说："荣鼎资本的一家子公司。"

"荣鼎？"苏浩摇着头，"玉斌离开荣鼎好些日子了，什么事又被扯出来？"

律师说："这事很复杂。人家告的，还不是方玉斌在荣鼎工作期间的事。好像是美国一家风投当初投资了亿家，中间有些账目对方有疑义。后来，荣鼎收购了这家美国风投。"停顿一下，律师又说："这些都是我从朋友那里打听来的。准确情况，还得看了案卷之后才清楚。"

众人正说着，酒店门铃响了。杨韵起身开门，只见苏晋站在门外。杨韵稍微一愣，接着招呼道："苏老师，你来了。"苏晋瞧见杨韵，隔了几秒才冷冷说道："你也在。"

苏浩招呼妹妹进来，说："大家都关心玉斌，得一起商量对策。之前的事我跟你解释过了，那是有人栽赃陷害。"

苏浩的确向苏晋说过，那些照片全是趁方玉斌昏迷时偷拍的，那个寄照片的人，更是居心叵测。而且这件事，方玉斌已经追查出了真相。苏晋得知这些后，气消了一大半，但一想到方玉斌赤身裸体搂住杨韵的样子，即便是昏迷时偷拍，心里仍不是滋味。所以这段时间，她虽然肯接方玉斌的电话，却一直不愿与方玉斌见面。

不过今天，得知方玉斌被警察带走后，苏晋第一时间便四处打电话了解情况，设法营救。有时苏晋在内心都会轻轻叹一口气，自己对方玉斌就是这样，只要听说他有难，什么矛盾、隔阂通通烟消云散，脑中就只剩下一件事——如何帮助对方。唉，这个今生的冤家！

苏晋坐下后，又向律师询问了情况。接着，她说："如果是合作过程中的分歧，应当算经济纠纷，怎么还出动公安了？方玉斌一个大活人，又没有躲起来，想找他在哪儿都能找到，干吗放上通缉名单，在火车站把人扣下？"

律师说："就目前掌握的情况来看，这案子属于民事纠纷或经济犯罪，界限并不十分清楚。公安方面把案件当作经济犯罪进行侦查，似乎也算有法可依。至于通缉嘛，可能只是人家的办案手段，也可能还有另一层意思。"

"什么意思？"众人齐声追问。

律师说："荣鼎是向北方一座城市的公安局报案的，通缉令也由当地公安局发出。如果在上海动手抓方玉斌，会有管辖权的问题，方玉斌常住上海，公司也在上海，上海警方是有充分理由主张管辖权的。铁路公安扣下方玉斌后，不会有管辖权的争议，应当很快会把人移交出去。"

"什么？"苏晋大吃一惊，"你的意思是说，方玉斌会被外地公安带走，甚至不会关押在上海？"

律师点头说："从目前情况来看，这种可能性很大。"

正说着，律师的电话响了，他接起电话，说了六七分钟。放下电话，他的表情更加严峻："情况比我们想象的严重。我的一位杭州朋友告诉我，北方的公安已经到了杭州，打算连夜把人带走。只不过碰巧铁路公安的办事人员今晚家里有事，请假离开了，所以才把事情拖到了明早。"

"不行！"杨韵着急地说，"今天的事太蹊跷，不能就这么让他们把人带走。"

"话是不错，但有什么法子？"苏浩把目光投向律师。

律师说："只有一个办法，申请上海警方介入。毕竟，亿家公司的注册地在上海，当初的合同也在上海签署，上海警方是可以主张管辖权的。"

苏浩仿佛抓到了救命稻草，说："那赶快申请呀。"

律师摇头说："这种事哪有这么简单。况且，真要明早就把人带走了，咱们无论如何也来不及。"

"杭州那边我去想法子。"苏晋说，"父亲在杭州有些熟人，我在杭州也有不少同学。无论如何也要把人多留在杭州几天，替你争取时间。"

"真要是这样，我倒可以努力一把。"律师说，"明天一早，我就把书面申请递交上去。同时，弄几份材料，争取让部分法界人士与企业家联署，造出些影响来。"

"辛苦你了！"苏浩、苏晋，还有吴步达、杨韵，同时投来托付的目光。

律师离开后，苏晋便不停地给父亲苏定国与杭州的同学打电话。事情终于有些眉目，她坐回沙发，望着苏浩："哥，到底出了什么事？你的行长莫名其妙被免，仓皇逃出西海，玉斌又被警察带走。"

苏浩叹气摇头，一旁的杨韵说道："方总被抓与海丰银行发生的事，究竟有什么联系，我不清楚，但一定和今早亿家的董事会会议有关系。"

"董事会会议怎么了？"苏浩与苏晋着急救人，还不知道亿家召开董事会会议的事。

杨韵将亿家召开董事会会议的情况说了一遍，接着又说："许子牛临阵反水，袁瑞朗突然现身，这都太反常。况且，方总被抓也是因为亿家的陈年旧账。所有这些绝不是巧合。"

苏晋想了想，说："照这么说，那个蒋若冰嫌疑最大。毕竟，今天的董事会会议是要罢免她的职务，她进行反扑也最有动机。"

杨韵点了点头，说："这个蒋若冰，心肠毒得很。当初为了当上董事长，居然指使人把袁瑞朗绑去雁荡山。方总正因为知道了真相，才要提请罢免她。"停顿一下，她又说："其实你收到的那些照片，也是蒋若冰寄出去的。"

杨韵又说："蒋若冰对方总一直有意思，方总却一直没领她的情。如今为了保住自己的利益，加上因爱生恨，可什么事都做得出。"

"照片的事我都知道了。"苏晋看着杨韵，"之前错怪你了，对不起。"

从今早到现在，杨韵第一次露出笑容说："没事。"

苏浩又说道："谁是幕后黑手，一定会揪出来。不过当务之急，还是把人救出来，起码不能把玉斌带到北方。"

苏晋"嗯"了一声，接着又说："哥，你也小心点，最近别抛头露面了。海丰银行的事和玉斌的事，究竟有没有联系，谁都说不清。他们能通缉玉斌，还指不定用什么法子对付你。"

苏浩思忖一下，说："好吧。"

◎ 6 虞东明心中暗笑，这究竟是帮朋友两肋插刀还是趁机给朋友补上几刀？

忙碌了一天，苏晋的身体疲惫至极。然而躺到床上，她又难以入眠。昨晚听到方玉斌被带走的消息，几乎一夜没合眼。今天一早，她便忙着四处找人、递材料。能用的关系都用上了，事情似乎有了一丝曙光。尽管方玉斌仍在杭州被关押，但铁路公安毕竟没把人移交出去。上海的多位法律专家也在联署信上签名，表态认为此案属于经济纠纷，公安不宜介入。况且即便是经济犯罪，也应由上海警方进行侦办。

苏晋打开台灯，又看了看床头的闹钟，已经快12点了。唉，这种身体极度疲惫与神经高度紧张的感觉，真是折磨人。嘴上呵欠连连，但一闭上眼，所有事又一股脑儿涌上心头，怎么也睡不着。

苏晋甚至有一种冲动，索性不睡了，坐起来看一会儿书。但很快，她又打消了这个念头。她已经同律师约好，明早赶赴杭州。越是这种时候，越需要充足的精力，哪怕强迫着，也得眯上一会儿。

苏晋重新关上台灯，扯过一件衣服，用衣袖蒙上自己的眼睛，希望借助这样的方法尽快入睡。

或许是催眠术起效，苏晋感觉周围一切越来越模糊，似乎很快就能进入梦境。忽然，电话铃声响了起来。一声、两声，直到第三声时，苏晋的眼睛一下子睁开，人也扑腾一下翻起来。之前的努力，显然又白费了。

苏晋拿过手机，见是律师打来的，立刻接起来问："什么事？"

"有个突发情况。"律师的口气很急，"杭州那边传来消息，说今晚就要把方总移交给北方城市的公安局。"

苏晋顿时有一种五雷轰顶的感觉，如果让他们把方玉斌带走，一天的努力岂不白费。她追问道："你的消息确切吗？我的同学可是保证过，起码要把方玉斌留在杭州三天。"

律师说："消息绝对可靠，所以才急着联系你。"

苏晋睡意全无，赶紧与杭州的同学联络。起初，同学也很吃惊，说不可能的事，但核实之后，证实了确有其事，而且连他也不知道发生了什么。后来，苏定国的一位老友传来确凿消息，北方城市的公安局施加了巨大压力，一名副局长还亲自飞来杭州。这位人士告诉苏晋："对方的态度很坚决。事情到了这一步，谁也无力回天了。"

苏晋又拨通了律师的电话，律师得知情况后，说道："我们已经尽力了，这也是没办法的事。再说了，无论什么地方的公安局，都得依法办案。即便方总被他们带走，想必也不会有什么太出格的举动。明早我就飞过去，争取尽快同方总本人会面。"

苏晋说："我总觉得蹊跷。纵然按他们所说，这件事涉嫌经济犯罪，但数额也不大呀，更算不上什么大案，犯得着一个堂堂的副局长亲自飞来杭州要人？"

律师说："的确令人费解。对了，还有一些情况，我没来得及告诉你。"

"什么情况？快说。"苏晋催促道。

律师说："我在上海，同样感受到了一股不同寻常的压力。荣鼎也请了律师，还是上海滩的大律师闫竹波。论辈分，闫竹波是我师叔。今天下午，一位师兄联系上我，说闫竹波对这案子志在必得，让我别冲太凶。我让他把话说清楚，他又不肯多讲。还有几位法律专家，上午在我们的联署信上签了字，下午又让助理找来，说是后悔了，让把自己的名字抹掉。估计是有人给他们打了招呼。"

苏晋说:"他们这是存心整人呀。"

律师说:"目前得出这样的结论还为时过早,但这个案子确实不简单,能感觉到下头暗流涌动。"停顿一下,律师问道:"明天你跟我一道去北方吗?"

苏晋何尝不想见上方玉斌一面,但理智告诉她,此刻还有更重要的事。她狠下心,说:"吴步达和杨韵跟着你过去,我就不去了。"

第二天一早,苏晋去到苏浩下榻的酒店,苏定国也从家中赶来上海。苏晋将昨晚发生的事叙述之后,便问苏定国:"爸,你在那边有什么老朋友、老部下没有?"

苏定国无奈地摇头:"孩子,你爸也就是个厅级干部,又不是什么封疆大吏,再说退休好些年了,哪能到处都有自己的老朋友、老部下?"

苏晋又把目光投向苏浩,说:"我记得昨天你说过,北方那座城市的市委书记,曾在滨海工作过,你认识他?"

苏浩点头说:"我在滨海时,此人是市委副书记,但他不分管金融工作,因此交道不算多。不过,我的一位老朋友,倒与这位领导的小舅子是好哥们。"

苏晋说:"事到如今,甭管什么关系,咱们都得试一试。"

苏浩说:"玉斌的事,我自然义不容辞。只要有一线机会,咱们都会尽全力。我的朋友也很热心,答应帮忙联系。不过当我把玉斌的情况介绍之后,他却提到一条重要信息。他说,如果方玉斌与王诚有交情,哪还用得着走这么多弯路?直接去找王诚,让王诚出面说话。"

苏定国插话说:"这该不是人家的推托之词吧?"

"还真不是。"苏浩说,"这位领导在滨海时,长期分管国土、城建,与王诚的交道很多。更关键的是,此人早年当过王诚岳父的秘书。没有老领导的提拔,他在官场走不到今天。"

苏定国点了点头说:"真有这层关系,事情或许有转机。不过,玉斌跟那个王诚,究竟怎么样,人家肯搭把手吗?"

苏晋说:"我只知道玉斌从前和王诚走得很近,最近如何我就不清楚了。

你们也晓得，我同玉斌好久没联系了。"

"你们哪，真是一对冤家，见不得又离不得。"苏定国叹了口气。

"这事我了解一些。"苏浩说，"从前玉斌和王诚，走得可不是一般的近，尤其千城股权大战，两人就是穿一条裤子的。玉斌离开荣鼎后创立星阑资本，其实也是王诚投资的。不过最近，为了公司控制权的事，好像闹出些不愉快。"

苏浩又说："但两人也没有彻底闹僵，那段插曲过后，依旧维持了合作关系。"

苏晋说："不管王诚是否愿意出手，我们都应该去找他一下。"

"对！"苏浩说，"我同妹妹一起去滨海，找王诚。"

"一起去？"苏定国说，"浩儿，你的麻烦事也不少，不是让你最近别抛头露面吗？"

苏浩说："滨海那边的事，毕竟我熟悉些。再说海丰银行那边，似乎没什么动静了。昨天，我的办公室主任与秘书都被放了出来。他们给我打来电话，说被带去公安局，只是简单询问了一些情况。老实说，我也担心像玉斌那样，被人网上通缉，然后莫名其妙就被抓了。但了解过后，确定西海公安没有进一步动作。"

苏定国皱起眉头说："如此说来，两件事同一天发生，只是一种巧合，未必有什么联系？"

苏浩说："一切还不好说。但从目前情况分析，也很难把两件事扯到一起。"

"那行吧。"苏定国说，"你们就一起去滨海，一路多加小心。"

苏浩兄妹立刻动身前往机场。在路上，苏晋拨通了王诚秘书的手机，自报家门后说有急事需要面谈。秘书说王诚正在开会，待会议结束，自己请示后再做答复。秘书迟迟没有回音，苏晋心想只要王诚人在滨海就好办，大不了硬闯他的办公室。他们到达机场后，直接买了时间最近的机票。

抵达滨海后，苏晋终于接到秘书电话，说王诚下午有时间。对方还问，刚才给你打电话，怎么手机关机了？苏晋一面感谢，一面解释说刚才人在飞机上。

下午，苏浩兄妹提前十分钟来到千城集团总部。王诚亲自到电梯口迎接，一见面，他便笑道："早听说玉斌好福气，有一位才貌双全的未婚妻。"

苏浩主动伸出手说："王总，你好！我是……"

王诚打断苏浩的话："你不用介绍！当年大安人寿的董事局主席，咱们滨海金融界的风云人物，我能不认识吗？"

苏浩笑了笑。两人虽未谋面，但在千城股权大战中交手过好几个回合，彼此都应该知道对方。

王诚走进办公室，并请客人落座。"你们兄妹俩有什么事，非要急着见我？听秘书说，连时间都还没约好，你们就搭上飞机了。对了，玉斌呢？怎么光你们俩来了，他上哪儿了？"

"玉斌出事了！"苏晋并未坐下。

"出事？出什么事？"刚坐到沙发上的王诚也是一惊，挺直身子问道。

苏晋将方玉斌的遭遇详细说了一遍，王诚仔细听着，中途，他还递给苏晋一瓶矿泉水，请她坐下说。

"现在，律师见到玉斌没有？"苏晋说完后，王诚问道。

苏晋说："来你办公室之前，我刚同律师通过电话。律师中午飞到了北方，今天晚些时候，应当能见着玉斌。"

"那就好。"王诚点了点头，说，"你们着急过来，需要我做些什么？"

苏浩说："北方那座城市的领导，是你的老朋友，不知你能否与他联系一下，把真实情况反映上去。这件案子完全就是个误会，清清楚楚的民事纠纷，怎么就给弄成经济犯罪了！相信领导得知情况后，打一个招呼，误会自然就能消除。"

"你说老秦呀。"王诚把身子往后一靠，"过去他在滨海，分管国土建设，是同我接触挺多。前些年他离开滨海，官倒越当越大了。"

苏浩说："我在滨海时，与秦书记也见过几次。不过那跟你没法比！你们才是正儿八经的老朋友，他在省委做秘书时，你们就认识了吧。"见对方态度并不明朗，苏浩隐晦地点出这层关系。

"你说得没错。"王诚说,"我同老秦认识的确有些年头了。玉斌出了事,我肯定不能袖手旁观。这样,我尽快同老秦联系,希望透过他那里,能把案子的来龙去脉弄清楚。"

"谢谢王总。"苏晋感激地说道。

"不过,"王诚又说,"从老秦那里了解点情况问题应该不大,但指望他直接过问,估计够呛。他是个很谨慎的人,尤其这种个案,不好直接插手。再说如今是依法治国的时代,让一个市委书记直接干预司法,也是为难人家。"

"当然不是让领导干预司法。只不过下面办案的人不知出于什么原因,处事的确有些荒腔走板。通过你的渠道,把真实情况反映上去,也是便于领导决策。"苏浩搞不清楚,王诚讲这通冠冕堂皇的话究竟有何用意。但此刻是求人家,只能把姿态放低。

"这么说也有道理。"王诚说,"我抓紧联系老秦,你们也弄一份材料,把整件事的过程客观清楚地写出来。如果需要,我派人把材料送给老秦。"

"材料昨天就弄出来了。"苏晋从皮包里掏出联署信,说,"事情一发生,我们连夜整理了一份材料。许多上海的法律专家得知情况后,还在上面签了字,表明了他们对此案的态度。"

"那行。"王诚接过材料,说,"你们先在滨海住一天,等我的消息。"

送走客人,王诚回到办公室,立刻给老朋友秦书记拨去电话。正在北京开会的秦书记,走出会场接了电话。秦书记说自己不知道这件事,但会马上派人了解。

挂掉电话,王诚将材料捧在手里,翻来覆去读了好几遍,接着,他又把公司常务副总裁虞东明叫来。将情况说了一遍之后,他把材料递给虞东明:"这是苏晋他们整理的东西,比我说的还详细,你可以看一下。"

虞东明快速浏览了材料,接着说:"久走夜路要遇鬼,这个方玉斌,还是被人给收拾了。"

"怎么听你这口气,有点幸灾乐祸呀?"王诚说道。

虞东明把材料往茶几上一搁说:"幸灾乐祸谈不上,不过倒真是一颗平常心。方玉斌这个人太好斗,有仇必报,有恩却又觉得理所应当,四处树敌,如今也只能自求多福了。这一回，可不止一个费云鹏要收拾他。"

王诚若有所思地说："费云鹏这一层，我也想到了。荣鼎出面报案，如果没有费云鹏拍板，下面人是不敢乱动的。但你说的其他人，还有谁？"

虞东明说："亿家最近有些新动向，我还没来得及向你汇报。不知怎么回事，方玉斌与蒋若冰闹掰了。方玉斌提请召开董事会会议，罢免蒋若冰的职务。没承想，就在会议上局势发生逆转，方玉斌的提案被否决，蒋若冰留任总裁，那个袁瑞朗也不知从哪儿冒出来，重新担任了董事长。"

王诚略微诧异："方玉斌是个精明的人，怎么对局面完全失去控制？比起被人报案通缉，我看亿家这场败仗，他吃得也不小。"

王诚思忖一下，说："你的意思，这次向方玉斌下手的，还有袁瑞朗、蒋若冰这些人？"

"应该是。"虞东明说，"前脚开董事会会议，后脚方玉斌就被抓，肯定不是巧合。况且，演戏还得找几个配角。虽说荣鼎报案，但告的可是亿家的事。没有袁瑞朗、蒋若冰的旁证，任凭费云鹏关系再硬，公安也不敢随便抓人。"

王诚又问："你觉得费云鹏与袁瑞朗、蒋若冰，谁是主谋，谁是从犯？再说了，费云鹏虽说人品不敢恭维，但起码的度量还是有的。方玉斌离开荣鼎时，双方尚且没撕破脸，如今时过境迁，他干吗突然发难？"

虞东明摇头说："这里面的门道，外人实在猜不透。"

两人正说着，办公桌上的电话响了。王诚拿起话筒，笑呵呵地说："老秦，不愧是一把手，这么快就把情况摸清楚了。"

电话那头的秦书记说："我秘书给公安局值班室打了个电话，叫他们局长马上给我进行电话专题汇报。政府机关里，也得讲究执行力嘛。你忘了，半年前我带领市委的同志来你们千城总部参观学习，学的就是企业执行力。"

"不错。"王诚说，"如今你们的执行力，已经值得我们去学习了。"

秦书记说："过奖了。说到学习，上回来滨海的同志毕竟人数有限。我可跟你说了好多回，请你专程过来一趟，给我们讲一讲企业化管理与执行力的问题。到时，我把四大班子的领导全叫齐，好好当一回学生。"

王诚推辞道："我不行了。如今企业的具体经营，都是东明他们在抓。要讲执行力，他讲得比我好。你真有心，我叫东明过去一趟。"

"好啊！"秦书记说，"东明能来，我同样热烈欢迎。"

两人把讲课的事敲定，才说起方玉斌的案子。对方一直在说，王诚认真听着，偶尔点头说声"嗯"。最后，秦书记问："大致情形就这样，还需要我做什么吗？"

"暂时不必了。"王诚说，"你能告诉我这些，已经很感激了。"

"那行。不用客气。有什么事随时可以联系我。"秦书记笑了笑，挂断电话。

王诚手里揉着矿泉水瓶，在办公室里来回踱步："东明，你猜得一点没错。这次不仅是荣鼎报的案，费云鹏甚至亲自出面，施加了巨大影响力。另外，袁瑞朗、蒋若冰等人的证词，对方玉斌都十分不利。"

虞东明心中得意，表面仍是格外谦逊的样子。"跟着你多年，好歹学了点皮毛。看来方玉斌这回，遇到大麻烦了。他做梦也想不到，费云鹏、袁瑞朗、蒋若冰这些人，竟然联起手来对付他。"

王诚坐回椅子上说："事情大致清楚了，现在咱们怎么办？苏晋那边可还等着回话。"

从王诚与秦书记的那通电话，虞东明已大致揣摩出了老板的心思。但人家没明说的话，自己可不能点破。他说道："我一时也说不好，主意还得你来拿。"

王诚微微一笑，自己栽培的这个接班人，优点是聪明，缺点是太聪明。他跷起二郎腿，说："玉斌的事，咱们理应两肋插刀，谁叫是朋友呢。老秦透出来的消息，全都转告给苏晋。解铃还须系铃人，不妨让他们趁早去找一下费云鹏，事情或许还有转机。"

停顿一下，王诚又说："只不过，帮忙也得把握好分寸。老秦是个好人，加之前途远大，咱们不能让他做违反原则的事。指望他出面说情，那就未免强人所难了。"

"对！"虞东明心中暗笑，表面却附和说，"能帮到这一步，也算对得起朋友了。"

"另外，"王诚的手指敲着办公桌，"帮忙归帮忙，公司的事也不能耽搁。方玉斌出了这档子事，肯定没法再履行职务。星阑资本那边，还得有人主持大局才行。董事长人选，咱们得尽快考虑。推出一个人来，提请董事会会议讨论通过吧。"

　　"好的。"虞东明点着头，心中却在暗笑，这究竟是帮朋友两肋插刀，还是趁机给朋友补上几刀？人没救出来，却趁着人家身陷囹圄，赶紧抢夺星阑资本的大权。最滑稽的是，王诚或许为声名所累，落井下石时还得装出谦谦君子的模样，说一番仁义道德的鬼话。不过转念一想，这也要怪方玉斌当初做事太绝。你让王诚哑巴吃黄连，有苦说不出，人家此刻也只能以其人之道还治其人之身。

第七章
老庄之道

当你把所有铜板、100%的利润全揣进兜里，赚了个盆满钵满时，别人赚什么？当所有人都认为你绝世精明，不愿和你打交道或是觉得与你相处占不到任何便宜时，你又和谁做生意？留出最后的铜板与利润，既是分担风险，也是交朋友。假若朋友赔了，怪罪不到你头上；假若朋友赚了，无论他是感激你仗义还是嘲笑你憨，总之会惦记着下次继续与你合作。

◎ 1 生活不仅有诗和远方的田野，更有眼前的苟且

打开杯盖，只见茶汤黄亮清澈，朵朵白花漂浮其上如同天降瑞雪——这便是碧潭飘雪。此茶采用早春嫩芽为茶坯，与含苞未放的茉莉鲜花混合窨制而成，花香、茶香交融，并保留干花瓣在茶中。发水冲泡，汤色澄碧，仿佛幽潭，乳花飘忽，浮悬水空。曾有人用藏头诗赞道："碧岭拾毛尖，潭底汲清泉。飘飘何所似，雪梅散人间。"

在咖啡与茶中，苏晋更钟爱前者。即便是茶叶，她对碧潭飘雪也谈不上任何偏好。今天坐进会所，点上一杯碧潭飘雪，全因想起了方玉斌。方玉斌是四川人，他曾说过，自己老家拿得出手的茶叶，碧潭飘雪大概算一个，因而对此茶也有一种情结。他还说，茶杯中，犹如白鹤在潭上飞舞，又似雪花般飘落的花瓣，一切都象征自由自在的精神意境。

只可惜，如今的方玉斌却失去了自由！

苏晋抿了一口，感觉味道普通。放下茶杯，她又呆坐在沙发上。这时，一位穿运动装的女子走了进来，她的长发盘起，额头上还渗着汗珠。苏晋振作起精神，朝她挥了挥手，招呼道："蒋总。"

蒋若冰也看到了苏晋，走近之后，主动伸出手："苏老师，你好。"

"请坐。"苏晋礼貌地说道。

"怎么,你喜欢喝花茶?"蒋若冰也注意到茶几上的碧潭飘雪。

"一般吧。"苏晋浅笑道,"玉斌有时倒是爱喝这茶。你也来一杯?"

蒋若冰先是一怔,然后说:"不必了。我刚从健身房出来,还是喝白水吧。"

服务员端上白水,蒋若冰连喝了几大口,接着抽出纸巾,擦拭额头上的汗水说:"你怎么知道我在附近健身?"

"杨韵告诉我的。"苏晋说,"她听亿家的员工说,每个周末你都会来健身房,我便提前在这儿等着你。"

"杨韵?"蒋若冰的表情很复杂,说不清是诧异或疑惑。

"对,就是那个跟玉斌一起出现在照片上的女人。"苏晋倒显得很平静,"这次玉斌出事,杨韵忙前忙后没少操心。时穷节乃现,患难见真知。别说那些照片是有人栽赃,就算是真的,我也为玉斌能有这样的红颜知己感到庆幸。"

蒋若冰强挤出笑容说:"方玉斌能有你这么宽宏大量的未婚妻,也应该感到庆幸。"

"也许吧。"苏晋说。

蒋若冰又端起水杯说:"突然打电话给我说要见面,究竟什么事?"

苏晋说:"你能答应见我,我就很感激了。说实话,之前我去过北京找费云鹏,直接被人挡在门外。我也给袁瑞朗打过电话,他一直不接。我又不停发短信,他只回了我一句:相见无言。所以,这时你能出来,起码说明你和其他人不一样。"

"这没什么奇怪的。每一个人都不一样,没有谁和谁会一模一样。"蒋若冰说。

蒋若冰话里带刺,苏晋却并不介意,继续说:"我听吴步达说,玉斌是去温州出席论坛,回程时被人带走的。不过,那个论坛他起初并不打算去,后来之所以决定去,是为了躲避一件事。"

"什么事?"蒋若冰问道。

苏晋说："当天上午，亿家要召开董事会会议，原以为在董事会会议上，你的职务会被罢免。尽管提出罢免要求的是玉斌，但那是有不得已的苦衷，他并不想亲眼见到那一幕，所以选择了缺席。"

"那不是躲避，是大意。"蒋若冰拉高声调，"方玉斌大概以为，一切尽在掌控，用不着自己亲上火线了。可惜呀，大意失荆州。"

"你不能把一切都往坏处想。"苏晋说。

蒋若冰冷笑一声："就算往好处想，我也想不出他方玉斌有什么好。躲避？分明是既杀了人，手上还不想沾血。这样的伪君子，比刽子手可恶得多。"

"他真没有一点好处吗？"苏晋笑了笑，"既然这样，那你干吗弄出那些照片？"

蒋若冰眼神中闪过一丝惊慌，接着强装出镇定："我不知道你在说什么，那些照片和我有什么关系？脱光了衣服抱着你未婚夫的女人是杨韵，不是我！你别搞错了对象。"

尽管得知了事情的原委，但一提起照片上的细节，苏晋心中仍像被扎了根刺。她强行忍下，说道："照片上的人是杨韵，寄照片的却另有其人。"

"别扯这些没用的。"苏晋越平静，蒋若冰反而越火大，"苏老师，你说这些话的目的，大家都清楚。但是，如今不是打温情牌的时候。方玉斌犯了事，只能自己去承担，谁也救不了他。"

"该他承担的事自然得承担，但也不能看着有人故意往玉斌身上泼脏水。"苏晋说，"律师已经调阅了所有案卷，里面的关键证词出自你和袁瑞朗，而且对方玉斌十分不利。"

蒋若冰冷笑一声，说："法律面前，我能做到的只能是实事求是。至于对谁有利，对谁不利，我可管不了。"

"真是实事求是吗？"苏晋质问道，"原本只是财务统计中的一项疏漏，你们非把它说成侵吞；原本是亿家管理层的过失，你们却硬栽到玉斌头上。"

蒋若冰摇头说："这些话，还是留到法庭上说吧。现在跟我说这些，一点意义也没有。"

沉默片刻，苏晋说："咱们都是女人，我也能猜出你的心思。如今你恨方玉斌，但这种恨，恰恰是因为过去爱得太深。玉斌已经这样了，你的气也该出完了。这一次，如果你能拉玉斌一把，我什么都可以答应。"

蒋若冰耸了耸肩说："法律面前，没有爱恨，只有是非。再说，我也没什么事需要你答应的。"

苏晋苦笑道："咱们能不谈法律吗？你说没有爱恨，那当初为何寄照片给我？我说过，为了玉斌我什么都能答应，包括离开他来成全你们。"

蒋若冰瞪着眼，半晌没接话。隔了好一阵，她才说道："苏老师，你这是言情剧看多了吧。据我所知，你是大才女，还任过企业高管，这种智商水平的话，实在不应该从你口里说出来。"

苏晋是个高傲的女人，今天一再被蒋若冰挖苦，实在忍无可忍，说道："我是带着诚意来的，你又何苦这般伤人。"

"对不起！"蒋若冰缓和了一下语气，"或许我的表达方式太直接，说的却是心里话。你答应离开，方玉斌能答应吗？我和方玉斌已经走到这一步，注定这辈子是仇人。此时如果我还有其他念想，那真是脑筋短路。"

停顿一下，蒋若冰又说："尽管这是病急乱投医，但能看出来，你对方玉斌的确一往情深。因此，也没我什么事了，还是祝福你们有情人终成眷属吧。"

"谢谢。"苏晋淡淡地说，"如此说来，你是不愿放方玉斌一马了？"

蒋若冰把身子往后一靠，跷起二郎腿，说："目前这局面，别说我没法放，就算我肯放，也救不了你的情郎。"

苏晋抿了一口茶说："好吧，就算你不放方玉斌一马，总该放自己一马吧。"

蒋若冰把头一扬说："什么意思？"

苏晋说："对于你们究竟有什么计划，我不知道，也不想知道。有一点却十分清楚，为了对付方玉斌，你和袁瑞朗联起手来。我很好奇，这样的联盟究竟能维系多久。咱们打开天窗说亮话，当初处心积虑赶跑袁瑞朗的是你，把人家绑去雁荡山的也是你。"

苏晋又说:"倒是方玉斌,与袁瑞朗顶多有点怨气而已,谈不上深仇大恨。怨气可解,恨意难消。蒋总与袁瑞朗联手,岂不是与虎谋皮?"

蒋若冰呵呵笑起来:"苏老师不谈情说爱,分析起商场局势,智商水平一下就恢复正常,说得头头是道。"

苏晋说:"既然认为我说得有道理,那你就应该替自己考虑一下。"

蒋若冰笑了:"早就知道,苏老师出身于官宦之家,从小衣食无忧,自然能风物长宜放眼量。我呢,是老百姓家的孩子,每天睁开眼只能同柴米油盐打交道。你尽可以去追求诗和远方的田野,而我却只能先解决眼前的苟且。都说人穷志短,鼠无寸光,其实他们哪里知道,不是穷人家的孩子看不见远方,只是登山远望前,还得自己动手拔掉身边的荆棘,辟一条上山的小路。否则,就连远眺的机会都没有。"

"你刚才提的这些事,我当然想到了。"蒋若冰又说,"没错,袁瑞朗或许会对我下手,但那是明天的事。可方玉斌今天就要把我从亿家撵走,这才是火烧眉毛。事情都有轻重缓急,我得先把今天的麻烦解决,才能腾出手去迎接明天的挑战。一个人得活在当下,是我从小就明白的道理。"

蒋若冰拿过水壶,自己往杯里加水,继续道:"苏老师,你今天找我来,先是动之以情,接着又晓之以理,目的其实只有一个——解救方玉斌。我也不妨如实相告,我没法救他,也救不了他。"

"不过,"蒋若冰话锋一转,"你们之间真挚的爱情,的确令我感动。我能做的,或许仅仅是给你一条建议。"

"请说。"苏晋说道。

蒋若冰说:"你不必去找费云鹏、袁瑞朗了,那都是白费功夫。如今有一个人,没准能救方玉斌。"

"谁?"苏晋迫不及待地问道。

"王诚。"蒋若冰说,"据我所知,王诚与一位领导交情很深,而这位领导,在方玉斌的案子上恰好能说上话。"

一听说王诚,苏晋满脸的希望顿时消失,她说:"你说的这些,我都想到了。我第一个去找的就是王诚,他呀,看上去挺热心,却是口惠而实不至。"

蒋若冰说："怎么，他还记着当初亿家的仇，这回要袖手旁观？"

"岂止是袖手旁观。"苏晋说，"他还要趁机改组星阑资本管理层，推出自己的人顶替玉斌做董事长。"

"没想到还有这一出。"蒋若冰把手一摊，"事到如今，真没人能帮方玉斌了。"

"你就不能再考虑一下？"苏晋仍抱有最后一丝希望。

"不可能！"蒋若冰回答得十分决绝。

苏晋知道今天的努力又白费了，而且还自讨了一顿没趣。她拎起皮包，起身离开。蒋若冰一直坐着，只是微笑着点了一下头。

苏晋离开后，蒋若冰继续坐在位置上，面色严峻，似乎在思索问题。十多分钟后，她掏出手机，拨了出去。

电话接通后，蒋若冰语气温婉地问道："燕总，周末在哪儿潇洒？"

电话那头的燕飞答道："我哪有你潇洒，周末就去健身房。我在香港出差。你有什么事吗？"

蒋若冰说："也没什么要紧事。就是刚才苏晋打电话约我，我想着跟她见上一面，探探虚实也好，便答应了。"

"你们已经见过了？"燕飞问道。

"见了，刚谈完。"蒋若冰说。

"她怎么说？"燕飞追问。

蒋若冰笑盈盈地说："能怎么说，山穷水尽，走投无路呗。"停顿一下，她又说："不过我倒是从苏晋那里了解到一个新情况，她去找了王诚，不仅吃了闭门羹，人家还来了个趁火打劫。王诚打算利用方玉斌进去的机会，改组星阑资本管理层，把董事长的位置换上自己人。"

燕飞也笑起来："这就叫众叛亲离，四面楚歌。其实，这也不是什么新情况，早在我们预料之中。方玉斌算计过王诚一回，以王诚恩怨必报的个性，能错过这种机会！"

蒋若冰说："是呀，一切都在你的算计之中，看来我的通报多此一举了。"

"不能这么说。"燕飞说,"很感谢你打来这通电话,战场上,有关对手的情报,无论如何也不算多。"

"苏大美女还跟我亮了一张底牌。"蒋若冰说,"她说,袁瑞朗迟早会对我下手,让我早做打算。"

"别听她挑拨离间。"燕飞说,"咱们都在一条船上,一荣俱荣,一损俱损。谁对谁下手,遭殃的都是一船人。别说袁总是个识时务的人,不会分不清轻重,纵然他有什么想法,我也会拦着。"

"明白。"蒋若冰开心地笑起来,"总之今后还得仰仗你的关照。"

"不敢。"燕飞说,"咱们得互相关照。"

挂断电话,蒋若冰收敛起笑容,面色愈发沉重。

◎2 利用银行对股东的授信，建立一套资金体外循环系统

千里之外的香港，计程车上的燕飞接完电话后显得兴高采烈。他把手机揣回兜里，转过身，对后排的费云鹏与伍俊桐说："蒋若冰打来电话，说她刚和苏晋见过面。苏晋黔驴技穷，只能哭丧着去求蒋若冰高抬贵手。这个傻女人也不想想，蒋若冰的手会抬吗？"

费云鹏却叹了一口气："为了救自己的未婚夫，苏晋忍辱负重，拼尽全力。这真是一位奇女子，但愿方玉斌渡过此劫后，能好好珍惜人家。"

燕飞点了点头，心中却大不以为然，怎么什么话到了你嘴里都那样冠冕堂皇，甚至是一片悲天悯人的菩萨心肠。要知道，把方玉斌往死里整的，可不是别人，正是你费云鹏！

燕飞接着说："蒋若冰还说，王诚对方玉斌动手了，他以方玉斌无法正常履行职务为由，提请星阑资本召开董事会会议，改组管理层。"

费云鹏摇头道："这个蒋若冰，背主求荣倒不含糊。还有那位王诚老友也真是小肚鸡肠，对方玉斌这样一个后辈还记着仇。"

伍俊桐没有费云鹏这般做作，他拍手说："你不整他妈，他就不知道你是他爹！方玉斌这小子，如今总算尝到苦头了。"

费云鹏瞟了伍俊桐一眼，仿佛在责怪他不该用如此粗鄙的言语。隔了一会儿，费云鹏又说："方玉斌进去了，苏浩也被罢免了行长职务，咱们的起手式，看来大功告成。但接下来的事，可一点也不轻松。"

费云鹏盯住伍俊桐，说："黄老夫子那里，对你可是颇有微词，说你的进展太慢。"

"黄文灿还好意思说我。"伍俊桐也有一肚子委屈，"进度是有些耽搁，但主要原因就是他畏首畏尾。分明已经当上董事长了，却连简化放贷程序这点小事也做不了主，好几个贷款申请就压在他手里，迟迟批不下来。银行不把贷款放出来，我拿什么去收购股权？"

伍俊桐似乎还要说下去，燕飞却转过身说："反正一会儿就要见黄总，有什么事见面再说。"

伍俊桐也意识到，不应在计程车上说太多，他将手抱在胸前，气呼呼的，不再言语。

十多分钟后，计程车在香港半岛酒店门前停下，三人下车朝里走去。费云鹏这次来香港，对外说探亲访友，实则是和黄文灿密会。为了避人耳目，两人最近联系很少，即便这次见面，也刻意选择来到香港。费云鹏昨晚从北京飞来，正在深圳出差的黄文灿，今天一大早也溜了过来。费云鹏此行没有知会朋友，更不敢惊动荣鼎香港公司的人，出行只能去搭计程车。

黄文灿已等候在房间，他同费云鹏、伍俊桐很熟，与燕飞却是第一次见。握手时，黄文灿夸赞道："一直听老费提起你，今日一见，果然是人中之龙。那个什么方玉斌，这一仗可让你给打趴下了。"

燕飞说："黄总以雷霆手段，罢了苏浩的官，那才叫一个精彩。方玉斌正是得知这个消息，急匆匆从温州赶回上海，结果就在路上被逮着了。"

黄文灿哈哈大笑："比起方玉斌，苏浩不过小菜一碟。你那边得手后，我故意放了苏浩一马。一来他已经不是行长，无法插手银行的事；二来他整日忙着营救方玉斌，根本无暇分身，我也懒得再修理他。"

燕飞恭维道："一紧一松，张弛有道，黄总的斗争艺术可谓炉火纯青。"

伍俊桐原本心里憋着气，此刻见黄文灿与燕飞互相吹捧，就更是火大。

他坐到沙发上，跷起二郎腿说："你们都旗开得胜，就我拖后腿了。"

黄文灿微微一笑道："看来我的话，老费都给你说了。拖后腿谈不上，原本你干的活儿，就是最难的。但是，再难也得加快进度，时间不等人呀。如今凭我们手上的股权，还远远无法掌控海丰银行。"

伍俊桐做出无奈的表情："巧妇难为无米之炊。按照咱们的计划，我负责掌控若干个公司，并以其中部分公司的名义不断增持海丰银行股权。但是，这收购资金还得从海丰银行里拿。之所以增持的事进展缓慢，就因为我手里缺少资金。好几份贷款申请，都被你压着，我拿什么去收购？"停顿一下，伍俊桐接着说："这些事，你派来公司的表弟也一清二楚。可不光是我，就连他有时都会埋怨几句，说表哥太谨小慎微。"

"他懂什么！"黄文灿点上一根烟，说，"那些贷款申请，与其说被我压着，不如说被我保着。这些个贷款项目，连最起码的条件都不具备，让银行怎么放贷？若不是我扣下来，真按流程进行，恐怕早就穿帮了。"

"多新鲜！"伍俊桐反驳道，"如果一切合法合规，还要你这个董事长干什么？咱们这次玩的，不就是羊毛出在羊身上？说白了，就是从你老兄掌控的银行里贷款，反过来收购这家银行。你要做的，正是让这些不合规的贷款变得合规，然后源源不断流到我手上。"

黄文灿也有些来气："你说的这些，我不是不知道，但麻烦你哪怕造假也认真些！那些贷款申请漏洞百出，我实在交代不过去。如果仅仅是一两笔，或是金额不大，我这个董事长还能冒着胆子硬批了，可这是涉及好多笔贷款，金额几十亿呀。"

伍俊桐说："我的手下，都是顶尖的金融人才。如果他们的造假水平还入不了你的法眼，恐怕真就没辙了。"

见两人争执不下，费云鹏说道："老黄说得有道理，越是这种时候越要谨慎，绝不能硬来。不过，俊桐也有他的难处。真的假不了，假的也真不了。那些新成立的空壳公司，所谓项目大多是虚构出来的，哪能跟真的一模一样。"

费云鹏加重语气："这种时候，不要互相埋怨，而是坐在一起，想法子解决问题。"

"没错，"黄文灿大口吸着烟，"这也是咱们此番来香港碰面的目的。"

费云鹏说："老黄，我和俊桐、燕飞都是做投资公司的。所谓隔行如隔山，对于投资我们很在行，但对银行这一块，肯定没你熟。你有什么想法，不妨说出来。"

黄文灿说："利用空壳公司去申请贷款，套取资金，严格说起来就是骗贷，风险不小。况且一旦露馅，会危及整个计划。哪怕如今我是银行董事长，这套把戏也不能肆无忌惮玩下去了。因此，面临的资金缺口，我想通过其他方式解决。"

黄文灿接着说："第一个方式，是让资金在体外循环，反复使用。对于银行的股东，按照持股比例都会有相应的授信额度，我们可以从这上面做文章。比如说，有A、B两家公司，都是我们能够掌控的，而且已是海丰银行的股东。A凭借手中的股权与授信额度，先从银行贷出钱，紧接着把钱交到B手上。B有了钱，可以收购银行股权，进一步提高持股比例，它的授信额度也能水涨船高。接下来，B就能从银行贷出更多的钱，这钱再交到A手上，A继续增持海丰银行的股权。"

"这法子还行。"伍俊桐点头说，"通过资金的体外循环，我们不用花多少钱，就能大幅增加持股比例。"

燕飞问道："A手里的钱，不能直接交到B手上吧？"

"当然。"黄文灿说，"假戏还得真唱，否则你也太不拿监管机构当一回事了。A的钱，必须在外面洗几遍，才能流进B的账户。"

费云鹏思忖了一会儿，说："建立资金体外循环固然可行，但真能完全弥补资金缺口吗？控股海丰银行，需要大量的资金，就靠几家公司把钱倒来倒去，估计不够吧。"

"完全弥补不行，只能算是一种补充。"黄文灿说，"所以我还有第二个方法，就是由海丰银行兜底，动用其他银行的同业理财资金。简单来说，就是其他银行的理财资金，基于海丰银行的信用，短期拆借3到6个月，以基金公司为通道，设立多个一对一的资管计划，对我们掌控的企业进行增资。"

黄文灿说："用这个方式，起码能调动几十亿资金。况且，虽说同业理财资金由海丰银行兜底，但这毕竟不是直接贷款，我这个董事长操作起来也容易一些。"

费云鹏问："凭海丰银行的信用，能把其他银行的理财资金弄出来吗？"

"这得一事一议。"黄文灿说，"中农工建这些个大银行，肯定没工夫陪你玩，实力雄厚的全国性商业银行，估计也够呛。但那些实力较弱的城商行，假若我们给出的资金回报率足够高，他们应该会接招。"

黄文灿又说："这些城商行运作灵活，但短板是资金实力有限。要完成我们的计划，起码得找五六家城商行，一起参与进来。如今，我已经谈好两家，还差几家，正在想办法。"

费云鹏抿了一口茶说："辛苦你了。城商行这边，我也努力想办法，争取再联系上几家。"

"我倒想起一家。"燕飞突然说道。

众人的目光齐刷刷投来，燕飞接着说："亿家金服虽说是家互联网金融企业，但论资金实力，不会比一般的城商行弱。它是有资金池的，一直以来也在进行理财资金运作。有海丰银行的信用兜底以及符合市场行情的资金回报率，再加上咱们与袁瑞朗的特殊关系，想必他不会拒绝。"

黄文灿想了想，说："我看行。亿家能承担一部分资金，我们的压力就会小一些。"

伍俊桐插话道："没想到袁瑞朗真还有点用！不仅替我们搞掉了方玉斌，还能帮着凑一笔钱。"

燕飞笑了笑说："记得之前跟伍总说过，对合作伙伴要大气一些。帮助袁瑞朗重返亿家，这个便宜人家不会白占。而且袁瑞朗的用处，还远不止这一点。"

燕飞又说："刚才黄总说了，资金体外循环的前提是把钱洗干净。说到洗钱，再厉害的地下钱庄，也比不上正规金融机构。亿家不是一家普通公司，而是响当当的互联网金融企业。人家有正儿八经的资金池，有理财平台，还能对外放贷。资金体外循环时，A公司的钱不妨以理财的名义投入亿家，接着，B再向亿家申请借款，名正言顺地拿出钱。比起让钱满世界转一圈才能勉强洗干净，亿家这条途径无疑是最便捷、最保险、成本最低的。"

燕飞说完后，费云鹏与黄文灿相视一笑，点头赞许。伍俊桐既为难题化解而开心，但想起当日与燕飞的争执，面子上又有些挂不住。最后，他只能自己找个台阶下："你就喜欢卖关子。这些话，当初就应该说出来嘛。"

"这一趟，真是不虚此行。"费云鹏一拍大腿，"资金的问题，看来是解决了。"

"有了方法，就得赶紧付诸实施。"黄文灿说，"银行的员工持股计划正在搞，上市前的股份制改造也在推进，趁着股权结构的剧烈变动，正是我们下手的最好时机。一旦这些工作结束，所有事都走上正轨，我们再闹这么大的动静，恐怕就瞒不过去了。"

"是啊！时不我待，咱们的进度必须抓紧。"费云鹏说，"现在方玉斌还关在看守所里，一旦这小子被放出来，不知道又会给我们惹出什么麻烦。"

费云鹏接着说："最近我一直在和律师沟通，他说就案情分析，警方把方玉斌带走接受调查，勉强还说得过去，但真要定罪，估计难度不小。况且像这类案子，即便最后判方玉斌有罪，很大可能也是缓期执行。那么就是说，方玉斌迟早会出来，留给我们的黄金时间不会太长。"

"老费，你太高看那小子了吧。"黄文灿说，"他真有那么大能耐？之前我没和他打过交道，但从最近几件事看起来，也没发觉他多厉害。咱们一套组合拳下去，方玉斌不就乖乖去看守所了？"

"你没和他打过交道，我却和他打了许多年交道。"费云鹏摇头说，"对这个人，任何时候都不能掉以轻心。这次得手，是因为他在明，咱们在暗。便宜，不能指望占两回。"

◎ 3　当初方玉斌被捕事发突然，但今天的获释，竟更加突然

雨越下越大，像瓢泼，像倾盆。大雨落到池塘里，池塘泛出了一个个小酒窝；大雨打在树叶上，把树叶姑娘的衣服洗得一尘不染。

沉重的铁门打开，方玉斌出现在门口，身后还跟着两名警察。"真的可以走了？"方玉斌回头问道。

"怎么，在里面住习惯了，还不想走？"一名警察奚落道。

"走，当然想走。"方玉斌说。

另一名警察抬头看了看天，说："这会儿雨下得大，要不回去躲躲雨，等雨停了再出去？"

"不用了，我身子骨硬朗，淋点雨没事。"方玉斌宁肯被浇成落汤鸡，也不愿在这儿多待半刻。

"算了，看你小子平时还算老实，把我的这把伞送你吧。"警察把自己手里的伞递给方玉斌。

方玉斌连声说着感谢，大步迈了出去。

雨实在太大，即便撑起伞，雨珠依旧不停地打在身上。看守所位于郊外，四周是连片的鱼塘，周围连个躲雨的地方也没有。方玉斌走了十多分钟，终

于看见路边有个小卖部，衣服已被淋湿的他赶紧钻了进去。

手机是警察刚还给自己的，早就没了电。钱包里倒还有些零钱，方玉斌买了一包烟，又赶紧把充电器插进插座。掏出烟，猛吸了几大口，接着，他搬来小卖部的凳子，一屁股坐下去。就在小卖部躲会儿雨吧，顺便还能给手机充一充电。

在里面的这段时间，方玉斌时刻想着离开，但他无论如何也想不到，最后会以这种方式走出看守所大门。

如果说他被捕事发突然，那么今天的获释，就更加突然！昨天，律师来看守所与他见面，说案子很快会进入审判阶段。律师还说，苏晋也来了，此刻就在看守所外。因为涉嫌刑事犯罪，判决前只有律师才能会见当事人，家属进不了看守所。律师曾劝苏晋，既然见不到人，就不必大老远从上海赶来。但苏晋坚持要来，说尽管看不见方玉斌的模样，但能和他隔得近一点，心里也会好受些。

方玉斌让律师转告苏晋，请她放心，自己一切很好，对未来的庭审也充满信心。得知苏晋与律师将连夜赶回上海，方玉斌还叮嘱他们路上注意安全。

然而，就在律师离开后几个小时，看守所突然通知方玉斌，案子了结了，明天就可以出去。方玉斌走出看守所大门，见一个迎接的人也没有。他立刻想到，不仅自己被打了个措手不及，估计苏晋他们也是很晚才得到消息。

充了十多分钟的电，手机总算能用了。方玉斌摁下电源开关，刚一开机，铃声便响起来。一看是苏晋打来的，方玉斌接起电话："苏晋，是我。"

"玉斌，你在哪儿？"苏晋显得既激动又焦急。

方玉斌说："我刚从看守所出来，正在路边一个小卖部休息，手机才充上电。"

"出来就好，出来就好。"苏晋说，"昨晚我们都回上海了，才接到你将被释放的消息。今早没有航班，我们心里着急却赶不过来。我们刚订了下午的航班，到时飞过来接你。"

"你们不用过来了。"方玉斌说，"这鬼地方，我一刻也不想待。帮我订一张回上海的机票吧，今晚咱们在上海见面。"

苏晋想了想，说："这样也好。不过你一个人，成吗？"

方玉斌笑着说："有什么不成！牢饭都吃过的人，还怕我走丢了？"

晚上7点过，方玉斌搭乘的航班抵达上海。他走出接机口，只见苏晋、杨韵、吴步达等人早已等候在此，苏晋手上还捧着一束鲜花。

方玉斌快步走出来，苏晋上前递过鲜花，两人紧紧拥抱在一起。

"欢迎回家！"杨韵接着走上来，握住方玉斌的手，"其实我也想抱抱你，只是当着苏老师的面，没这个胆子。"

方玉斌笑起来："你的胆子可不小，听说为了救我，你大闹亿家公司，让袁瑞朗、蒋若冰都下不来台。"

杨韵说："是呀，我让人家下不来台，他们就让我下台了。我和吴步达在亿家的执行董事职位，都让他们免掉了。"

"没事。"方玉斌说，"今天失去的，明天会加倍还回来。"

吴步达走上前来，手里拎着一个包。"这是下午专门去商场给你买的新衣服，赶紧去洗手间换上吧。人离开了看守所，都得换新衣服，把那身霉气扔掉。"

方玉斌说："步达想得周到，我是真想换衣服了，倒不是担心什么霉气，而是今天那边下大雨，出来时被淋得够呛。"

方玉斌接过包，正要往洗手间去，却看见几米外站着一个十分熟悉的身影，顿时愣住了。苏晋等人注意到了方玉斌的表情，转过身一看，同样也颇为吃惊。

站着的人正是蒋若冰，她穿一件深灰色风衣，戴一副大框墨镜。摘下墨镜，蒋若冰微笑道："玉斌，你都下飞机了，怎么手机还关机？"

"你有什么事吗？"方玉斌说，"我被关了那么久，手机里没电。今天出来时充了一小会儿，不过到这时也早用完了。"

"也没什么大事。"蒋若冰说，"就是知道你回来，想请你吃个饭，为你压惊。"

"压惊？你别不是见人回来了，给自己压惊吧。"在亿家，杨韵和蒋若冰大吵过几回，此时更是毫不客气地反唇相讥。

蒋若冰瞟了杨韵一眼，说："我又没说请你，那么激动干吗？"

杨韵岂是一个肯在言语上认输的人，她正要反击，却被苏晋拉住了。苏晋说道："蒋总，今晚我们都安排好了，就不劳你费心。如果是其他人，趁着玉斌回来，大伙一起聚一下也好。只不过，我猜你是不太愿意出席这种场合，跟我们在一起的。"

"当然。"蒋若冰说，"你们一个是他的未婚妻，一个是他的红颜知己，我可没兴趣搅和进来。"

"你到底想说什么？"方玉斌问道。

"就想请你吃顿饭呀。"蒋若冰说，"而且我知道，你一定会答应。"

方玉斌冷笑道："这么有把握？"

"因为你是个聪明人。"蒋若冰说，"你只要动动脑筋，就知道和谁一起吃饭更有价值。譬如说吧，你获释得如此突然，为什么我会知道，还能站在这儿等你？这些难道你不想弄明白吗？"

今天的获释，的确令方玉斌百思不得其解。蒋若冰出现在这里，足以证明她知道某些内幕。至于自己当初被人设计抓进去的事，她更是知情人。方玉斌犹豫了一下，说："好吧，我跟你走。"

杨韵很是诧异，大声说道："你真要跟她走？小心又是个圈套。"一旁的吴步达也附和说："是呀。"

方玉斌说："真有圈套，不去吃饭也躲不了。"

蒋若冰呵呵一笑说："当老板的，就是比下属有见识。"

苏晋拉住方玉斌的手，隔了几秒又缓缓松开，说道："去吧，但自己当心。"

方玉斌把装衣服的包还给吴步达，径直朝前走去。蒋若冰一副得意的神情，朝苏晋等人挥了挥手："再见。"

◎ 4　掏空银行的钱来收购银行，听起来简直是天方夜谭

下到停车场，蒋若冰走向一台崭新的别克君越轿车，并说："请进。"

"买了台新车？"方玉斌坐上车后问道。

蒋若冰点头说："上周刚买的。"

方玉斌语带讥讽地说："公司不是给你配了专车吗？再说你堂堂的亿家总裁，开辆别克未免低调了吧？"

蒋若冰发动汽车，驶了出去。她目视前方，淡淡说道："别寒碜我。很快，我就不是亿家的总裁了。一切从头开始，钱自然要省着花。"

"什么意思？"方玉斌有些吃惊。

蒋若冰说："我和燕飞、袁瑞朗闹掰了，在亿家待不下去。"

"燕飞？果然有他。"方玉斌心中默念着，蒋若冰的这顿饭，的确丰盛得很。刚开场，便收获到一条关键信息。在看守所里，方玉斌一直琢磨，谁在背后朝自己捅刀子。袁瑞朗与蒋若冰自然脱不了干系，但燕飞的嫌疑也很大。毕竟，自己被捕的罪名，正是燕飞当初撤走的那笔资金。蒋若冰的话，无疑证实了自己的判断。

"你们不是合作默契吗，怎么就闹掰了？"方玉斌缓缓问道，语气中既有

奚落，更暗含提防。

"为了你！"蒋若冰扭头看了方玉斌一眼。

"这可担当不起。"如今对蒋若冰的话，方玉斌不敢轻信。

"我知道你不会相信我。这也没什么，反正都习惯了。"蒋若冰摆出一副若无其事的样子，说，"但事实的确如此。为了救你，我同燕飞他们摊牌了。最终，他们妥协了。而我付出的代价，就是被撵出亿家。"

"编故事也不是这种编法。"方玉斌觉得难以置信，说，"当初栽赃我的，不就是你吗？要救我，早干什么去了？拜托，我可不是三岁小孩。"

蒋若冰猛打方向盘，把车停在路边。她盯住方玉斌，眼眶中噙着泪花："无论我做什么，你都认为我在骗你，对吧？但姓方的，你给我听着，我是骗过无数人，却唯独不想骗你！"

蒋若冰的情绪很激动，似乎不像撒谎的样子。但对这个女人，方玉斌着实猜不透。他说："别激动，咱们好好说，行吧？你说你救了我，但之前害我的，分明也是你呀。这一切，你总得自圆其说吧。"

不知是个性坚强，还是不愿在方玉斌面前落泪，蒋若冰竟把眼眶中的泪花硬生生吞了回去。对别的女人来说，这简直是无法想象的事。

情绪平复之后，蒋若冰重新驾驶汽车上路，并说道："之前，我是和燕飞、袁瑞朗搅到了一起，也的确想报复你。但我没想到，他们会把你送进牢房。不管你信不信，这就是真相，我是被他们给骗了。"

蒋若冰一五一十说起当初燕飞、袁瑞朗来找自己，密谋在董事会会议上发难的事。接着，她又说道："当时以我的处境，只能和他们联手。否则，就会被你撵出亿家。当然，我也有意教训你一下，免得你狗咬吕洞宾，不识好人心。但我所谓的教训，只是在董事会会议上否决你的提议，让你尝一尝失败的滋味。"

蒋若冰又说："至于燕飞说到那笔钱的事，起初我也没觉得有什么了不起。纵然人家存心找碴儿，大不了还他钱便是。"

蒋若冰继续说："燕飞派来的律师做笔录，我便按他的意思说了。隔了不久，公安又找上门，我开始觉察出不对劲，但又有些举棋不定。一来，自己刚上人家的贼船，想下来没那么容易；二来，我私下咨询过律师，律师说像这种案子，公安通常不会介入，即便最后当作刑事案件来侦办，也很难判你有罪。听律师这么一说，我更加心存侥幸。"

"若冰，"方玉斌重新唤起蒋若冰的名字，"就算你说的这些是真的，但当我已经被公安抓走，你却依旧和那些人沆瀣一气，这又怎么解释？"

"那你要我怎样？"蒋若冰说，"像苏晋那样，四处奔波营救你？那样做，除了给自己挣个有情有义的好名声，屁用没有！"

"怎么没用？"方玉斌说，"只要你肯站出来，把自己的证词推翻，我不就出来了？还用得着在里面受那些苦？"

"玉斌，你怎么就不想一想，"蒋若冰说，"整件事难道仅仅是燕飞在泄私愤？为了把你弄进去，人家可花了好大力气！可以肯定地说，仅仅以燕飞的本事，根本就办不到。那么，燕飞背后的人是谁，他这么做又是为什么？"

方玉斌鼻子里哼了一下，说道："燕飞背后的人，我大致也能猜到。这次报案的，是荣鼎资本的子公司，幕后黑手应该是费云鹏。但他为何这样做，我的确想不明白。"

"我跟你一样，"蒋若冰说，"也想到了费云鹏，但对于他的动机，却是百思不得其解。为了把你弄进去，他们花钱请来最好的律师，动用了数不清的关系，甚至大把撒钱将美国风投直接收购了。仅仅为了几百万美金，用得着这么大阵仗？况且，就案子本身来说，即便他们下了这么大的本钱，最后法院判你无罪或是缓刑的可能性依旧很大。他们做这一切，难道就为了让你在看守所待上几个月？"

"这一切是令人费解。"方玉斌说。

"所以，"蒋若冰说，"我决定暂时演场戏，探一探这帮人的底牌，看一看他们背后究竟有什么阴谋。打你进去之后，我对燕飞更加殷勤，希望能消除他的戒心。"

"燕飞不会这么容易上当。"方玉斌铁口直断。

"说得没错！"蒋若冰说，"燕飞也是老江湖，哪能这么轻易上钩？他对我的戒备始终很强，探不出一点消息。而且我冷眼旁观，不仅是我，就连袁瑞朗对许多事也未必清楚。"

"这么说，你的戏演砸了。"方玉斌说。

"可以这么说吧。"蒋若冰说，"但好些事，有心栽花花不发，无心插柳柳成荫。我的确没能从燕飞那里套出些什么，但人家最后主动送上门来了。最近一段时间，我发觉由燕飞牵线搭桥，有大笔资金从亿家路过。无论他如何提防，毕竟我才是亿家的总裁，这种事瞒不过我的眼睛。"

"大笔资金？是洗钱吗？"方玉斌问。

蒋若冰说："可以说是，也可以说不是，总之属于灰色地带。"

"也不对呀。"方玉斌摇头说，"总不至于说费云鹏处心积虑搞掉我，就为了掌控亿家，获得一条洗钱通道。像他这种人，想洗钱有的是办法。"

"这些洗钱的公司，都是什么背景？"方玉斌追问道。

"等会儿再说，没看我正忙着。"汽车已驶入市区，路上拥堵得厉害，蒋若冰手脚忙个不停，操控着汽车屡屡插队、超车。

方玉斌瞅了蒋若冰一眼，说："看你手忙脚乱的样子，驾驶技术也就一般般。可你又喜欢插队，一点马路公德也没有。"

"习惯了，改不了。我就喜欢挤到别人前面去。"蒋若冰回道。

驶过拥堵路段，轿车在一家餐馆前停下，蒋若冰熄灭发动机，打开车门："到了，下车吧。"

方玉斌下车一看，问："怎么选这里？"

"跟你当初的想法一样，咱们从哪里开始，就在哪里结束。"蒋若冰说道。

这家餐馆，毗邻复旦旧书店，正是两人第一次吃饭的地方。最后也是在这里，方玉斌向蒋若冰摊牌，提出罢免她的职务。落座后，蒋若冰点了几样菜，又把菜单递给方玉斌。

方玉斌摆了摆手："我随便。牢饭吃久了，外面什么都香。"

"好吧，反正你心思也不在这上面。"蒋若冰吩咐服务员上菜，接着说，"刚才你问到这些公司的背景，我这么跟你说吧：水深莫测。把钱投到亿家的，还有从亿家资金池里把钱拿走的，都是新成立的公司。我暗地里调查过这些公司，除了整日把钱倒来倒去，就没做过其他生意。从工商资料来看，这些公司的股东也是名不见经传。可以肯定，它们都是为资本运作而成立的壳公司，背后的实际控制者另有其人。"

"这不算什么有价值的信息。"方玉斌说。

"别着急，好戏在后头！"蒋若冰说，"这些公司的实际控制者虽然不得而知，但它们无一例外与海丰银行有千丝万缕的联系。甚至有几家企业，还是海丰银行的小股东。另外，最近亿家与海丰银行的合作忽然多起来，由海丰银行信用兜底，亿家给数家企业拆迁了大笔资金。"

"海丰银行……"方玉斌眉头紧锁，喃喃自语，接着从包里掏出一根烟。

"给我一支。"蒋若冰说。

方玉斌愣了一下，说道："你不是不抽烟吗？"

蒋若冰耸了耸肩说："这段时间精神压力太大，之前跟你斗，接着又和燕飞周旋，偶尔也会抽几支。"

蒋若冰点上烟，吸了一口，却剧烈地咳嗽起来。"这什么烟，味道这么呛，我抽不惯。"她把烟头掐灭，说道，"我调查了一下，荣鼎正是海丰银行的大股东。如今的董事长黄文灿，也是得益于费云鹏的鼎力支持才上位的。而且在你被捕的同一天，苏浩被罢免了海丰银行行长职务。"

"还有一件事。"蒋若冰说，"最近，伍俊桐频繁来上海与燕飞碰面。有一回，我在亿家楼下的停车场，看见燕飞与伍俊桐一块儿驾车出去。晚上，我给伍俊桐打电话，他却说自己在北京。以往伍俊桐来上海，老爱联系我，弄得我不胜其烦，如今却变成一副神神秘秘的样子。"

"伍俊桐不在滨海待着，老往上海跑干吗？"方玉斌若有所思地说。

"滨海？你说的可是老皇历。"蒋若冰说，"这也难怪，洞中方一日，世上已千年。你进去的这段时间，变化可大着呢。伍俊桐已经辞职，既没在千城上班，更没回荣鼎。我问他去哪儿高就，他也不肯说。"

方玉斌的大脑飞速运转起来。海丰银行、荣鼎，费云鹏、黄文灿、燕飞、伍俊桐，这些人与事凑到一起，绝不应当只是巧合。

方玉斌抖了抖烟灰，说："你的意思，我的事，还有亿家的事，背后都和海丰银行有关？"

蒋若冰说："反正我觉得可能性很大，但究竟有什么关联，一时却想不明白。"

方玉斌的手机没电了，他拿过蒋若冰的手机，拨出一长串号码。电话接通，方玉斌刚一开口，就传来苏浩欣喜的声音："玉斌，原来是你呀！听说你今天出来了！可惜我在北京，没能来接你……"

"先别说这些，如今有一件要紧的事。"方玉斌说，"海丰银行正在搞员工持股与股份制改造，股权结构应该变化很大吧。最近几个月股权变化的详细数据，你能不能搞到？"

苏浩说："这些数据其实不算机密，到了一定时候还会主动对外披露。你如果现在想要的话，虽然我不是行长了，应该也没问题。"

方玉斌说："那好！你把这些数据弄到手，立马发过来。对，就发到这个手机上。"

苏浩很快把资料传了过来。方玉斌认真看了一遍，接着问蒋若冰："把钱在亿家资金池里倒来倒去的海丰银行小股东，是不是就这几家公司？"

顺着方玉斌的手势，蒋若冰看了一下，点头说："没错！"

方玉斌把手机递给蒋若冰，说："你再仔细看一下，这里面究竟有什么猫腻没有？"

蒋若冰看过之后，摇头说："从这里面，我看不出什么名堂。"

方玉斌续上一根烟说："你有没有发觉，最近这几个月，海丰银行的股权结构变得愈发分散。还有，凡是与亿家有过业务往来的几家企业，它们手里的股权都有增加。"

蒋若冰点头说："你说得没错，但这些似乎也不足为奇。海丰银行正在搞上市前的股份制改造，还推出了员工持股计划，这些都势必造成股权结构分散。还有你说的那几家公司，毕竟只是小股东，它们的股权变化，无法左右大局。"

方玉斌摆了摆手说："单纯来看，的确不足为奇。可要把所有事串在一起，就显得不那么正常。"

"你究竟想说什么？"蒋若冰依旧不明就里。

"我说的仅仅是一种假设。"方玉斌说，"你想想，有没有这种可能——费云鹏和黄文灿在下一盘大棋。他们利用自己海丰银行大股东与董事长的身份搞股权改革，实际上却在监守自盗，通过隐秘的资本运作，暗地里想控制这家股份制银行。"

　　方玉斌又说："那些神秘莫测的空壳公司的实际控制人，或许正是费云鹏他们。利用股份制改造与员工持股的机会，他们制造出一大批中小股东，但这些中小股东背后，实际却是一个人。积少成多，利用这些股份，费云鹏等人就能控制住海丰银行。"

　　"还有一个问题，收购海丰银行的股权，需要庞大的资金。他们的钱从哪儿来？"蒋若冰又问。

　　"是啊！他们的钱从哪儿来？费云鹏与黄文灿只是大企业的掌门人，并不是真正的富豪。"方玉斌抠着脑袋，陷入了沉思。隔了好一阵，他猛然拍着桌子："你不是说，由海丰银行信用兜底，亿家拆借过资金给其他企业吗？没准，收购海丰银行的钱，就是从海丰银行里来。别忘了，黄文灿是海丰的董事长，对外贷款、信用兜底……总之，他有一箩筐的办法把银行的钱转移出去。接下来，再用这笔钱收购海丰银行股权。"

　　"太可怕了！"蒋若冰倒吸一口凉气，"掏空银行的钱来收购银行，听起来简直是天方夜谭。关键，你有证据吗？"

　　"仅仅是假设，一丁点证据也没有。"方玉斌两手一摊。接着，他的话锋一转："但是，如果这种假设成立，之前的所有疑团就全部解开了。扶黄文灿上位，撤苏浩的职，在亿家搞事，直到把我抓进去，所有事都能得到合理解释。"

　　"合理解释并非唯一解释。"蒋若冰说，"我们并不能排除另一种可能，你的假设从头到尾都是错的。"

　　"当然。"方玉斌说，"可以大胆假设，更得小心求证。但我相信，只要花一点时间，我一定能让整件事水落石出。"

　　"第一步，你打算怎么做？"蒋若冰问。

　　方玉斌笑了笑："把我的队伍重新拉起来。如今我已是光杆司令，趁着我进去，王诚给星阑资本找了位新董事长。我手下既没人，又没钱，怎么和人家斗？先把星阑资本夺回来，才能去找费云鹏算账。"

蒋若冰冷笑道："王诚可一点不比费云鹏好对付。"

"不好对付也得对付。"方玉斌说，"关关难过关关过，办法总比困难多。"

蒋若冰轻轻摇头："但愿你别太乐观。"

菜早已上齐，两人光顾着说话，一直没动。方玉斌拿起筷子，夹菜给蒋若冰："你再说说，你是怎么逼燕飞妥协，把我救出来的？"

"我晚上不吃肉。"蒋若冰拒绝了方玉斌夹来的菜，说，"摊牌这种事，再简单不过。眼看案子即将进入庭审，我知道不能再等了，就跟燕飞挑明，要么你自己去把案子撤了，要么我就翻供，还把所有事抖出来，到时大家都吃不了兜着走。"

方玉斌叹了一口气："事到如今，不知该恨你还是谢你。"

"都不需要。"蒋若冰说，"我做事，凭的只是一己好恶，没想过你的感受。"

方玉斌知道蒋若冰是个嘴硬的人，轻轻一笑，说道："其实，有些话你可以早点说。就像刚才在机场，你还是那么好斗，让所有人都误解你，何苦呢？"

"他们误解我，重要吗？"蒋若冰一副不屑的样子，"今天出现在机场时，你想让我怎样？向苏晋、杨韵这些人低头认输？上回苏晋来找我时，我就告诉过她，她来自官宦之家，我却是平民子弟，我俩生活在不同的世界。我一生下来，就不得已向命运低头认输，如今通过自己努力，终于改变了命运。所以，别指望我再会向任何人低头认输。"

方玉斌摇头道："平民子弟怎么了？我也是平民子弟。我们可以不向谁低头认输，但不能执迷不悟，更不能放弃底线。有一句话我必须得说，无论今天的袁瑞朗如何，但当初你对待他的那些做法，已经大大突破了做人的底线。"

"行了，我不想听你说教。"蒋若冰有些冒火。

方玉斌缓和了一下语气："下一步你打算怎么办？毕竟你离开亿家，也是因为我。有没有想过，咱们携手合作？"

蒋若冰自己夹了一片蔬菜，细嚼慢咽道："一点兴趣也没有。请不要自作多情，我离开亿家，不完全是因为你。燕飞与袁瑞朗的玩法，已经触碰到红线，没准哪天就会翻船。我离开亿家，是不想因为这些破事连累到自己。至于和你携手，我更是没想过。经历了这么多事，我们不可能走到一起了。我已经在你身上浪费了太多时间与感情，绝不能让这种错误继续下去。"

"从此，你走你的阳关道，我过我的独木桥。"蒋若冰的语气异常坚决，"刚下车时，我就说了，咱们从哪里开始，就在哪里结束。彼此之间，再无纠葛。"

"好好珍惜你的苏晋吧。她是一个好女人！"蒋若冰说完后，站起身头也不回地离去。

或许，世界上有一种爱叫争取，还有一种爱叫放弃。如果很爱，只要有一点希望在一起，你都要努力争取，因为错过就是一辈子。如果很爱，却让大家都痛苦，也许最好的方式就是放手，给对方一个空间。蒋若冰明白，到了该放手的时候了。在我路过的风景里，有你陪伴，我亦不曾孤单，在我散落的流年里，有你相陪，我亦是晴天。再见亦是不见，我的忧伤，掩埋了这一季的孤单。

◎5 谁再搞事，我就搞谁

"嘭！"茶杯被摔碎的声音，让伍俊桐身子颤了一下。他甚至有一种肝胆俱裂的恐怖，跟随费云鹏多年，还是第一次见对方如此动怒。

燕飞心中倒没有什么恐慌，心里还嘀咕着："每逢大事有静气！过去你都是怎么教导我们的，今天怎么自己却忘了？出了事，不赶紧想办法解决，光发火有屁用！"但表面上，他还是强迫自己低下头，一副虚心受教的样子。

费云鹏走到燕飞面前，劈头盖脸训道："我跟你说过多少次！方玉斌是心腹大患，把他放出来，没准会坏了大事！结果怎么样，你还是没把他看住！你不是口口声声说，蒋若冰没问题吗？"

"这个臭婊子！"燕飞恨恨地说，"我实在想不到，她竟然会反水。当初为了亿家，她绑架袁瑞朗，陷害方玉斌，什么坏事都干了。可如今，她却为了方玉斌，连亿家都不要了。"

"这有什么想不到？"费云鹏说，"女人为了爱情，智商往往可以归零。"

"是是！"燕飞点了几下头，接着又说，"要说为了爱情，我也能理解，可惜还是单相思。这不是犯贱吗？"

"这女人性子烈得很。她可以两眼一闭不管不顾，我们还得稳住大局。所以燕飞最后不得已妥协，让方玉斌出来，也是两害相权取其轻。"伍俊桐替燕飞遮掩了几句。回想起自己当初还打过蒋若冰的主意，简直有些后怕。

伍俊桐又说："即便蒋若冰反水，方玉斌出来了，或许也不必太忧心忡忡。有关我们的计划，从没向蒋若冰透露半个字，方玉斌就更不可能知道。"

"你以为人家都跟你一样，是猪脑子！"刚坐到沙发上的费云鹏，一下子又站起来，"低估对手，任何时候都要吃亏。方玉斌、蒋若冰全是人精，纵然我们遮遮掩掩，人家就不会推测、联想？"

这家会所的包间面积不大，费云鹏在里面来回踱步。"你懂不懂什么叫取法其上，得乎其中？懂不懂什么叫料敌从宽？从现在开始，我们就必须假设，方玉斌已经知道了我们的计划。别忘了，咱们的资金从亿家过了好几道。这些事，绝瞒不过蒋若冰。"

"假如我是方玉斌，得知整个计划后，会怎么做？"燕飞缓缓说道。

费云鹏停下脚步，盯住燕飞说："你会怎么做，说说看。"

"我想来想去，只有一条路可走——夺回星阑资本董事长的位置。"燕飞说，"尽管这次方玉斌大难不死，却终究元气大伤。他最引以为傲的亿家金服，掌握在我们手里，他的大本营星阑资本，又被王诚连锅端了。他想和咱们斗，别说没资本了，就连资格也没有。"

燕飞又说："星阑资本才是海丰银行的股东，只有透过这个平台，方玉斌才能把手伸进来。如今他已不是星阑资本董事长，只是游荡在外面的孤魂野鬼。对于海丰银行的事，他凭什么过问？"

"说下去。"费云鹏坐回沙发上。

燕飞说："无论方玉斌是想东山再起，还是知道了咱们的计划打算从中作梗，他都得先夺回星阑。这是必经之路，无论如何绕不开。而挡在这条路上的，不是别人，正是王诚。不妨这样说，他得先打败王诚，才有资格和我们交手。"

费云鹏托着下巴问："王诚会替咱们挡子弹？"

"当然不会。"燕飞说，"但他一定会捍卫自己的荣誉。王诚可是在方玉斌手里栽过一回的，绝不能再有第二回。否则，他江湖大佬的颜面何在？咱们都清楚，王诚是一个把面子看得很重的人。"

"说得有道理。"伍俊桐附和道,"我看这一次,方玉斌休想从王诚那里讨到便宜。另外,咱们是不是从旁协助一下王诚?"

"不用!"费云鹏挥手道,"咱们一出手,王诚反而会起疑。燕飞说得没错,王诚即便要收拾方玉斌,也不是帮咱们,而是为了自己。咱们需要做的,只是事不关己高高挂起。"

飞机刚在滨海落地,方玉斌就接到王诚秘书的电话,说老板临时有事,昨晚去日本了,这回没法见面,有什么事,让方玉斌直接与虞东明谈。

既然昨晚去了日本,干吗早点不说?在方玉斌的印象里,王诚是个十分守约的人。约好的会面,通常不会变卦。这一次,不仅失约,还掐着方玉斌抵达滨海的时间来通报。看来人家是故意不见,并把副手虞东明推到前台。

方玉斌倒也不慌张。躲得过初一,还能躲得过十五?所有事情,你王诚迟早得出来面对。再说,与虞东明谈也有好处。王诚的辈分毕竟摆在那儿,好些个重话自己还得掂量掂量才能出口。对这个虞东明,就没什么好客气的了。

方玉斌径直来到虞东明的办公室,敲开房门后,虞东明立刻起身,快步迎上来,一脸的殷勤:"玉斌,有些日子不见,还好吧?"

方玉斌不冷不热地回了句:"好不好,还得托你们的关照。"

虞东明没有吩咐秘书,而是亲自拿出纸杯,为方玉斌沏茶。他一边抓着茶叶,一边说:"当时你被抓进去,我们心急如焚。后来听说平安归来,都松了一口气。原本打算抽时间去上海看你,没想到你先到滨海来了。"

"听苏晋说,我出事以后,你和王总帮了不少忙。患难见真情,这次来,也是专程登门致谢。"方玉斌当然清楚,王诚并未尽力营救自己,甚至还落井下石,想起这些,实在心寒。不过场面话,还是得说上几句。

"不值一提。"虞东明将茶端到方玉斌面前,"路见不平拔刀相助,何况咱们还是老朋友。"

"是啊,老朋友。"方玉斌点了点头,说,"不过有件事,东明兄可有些不够朋友。"

"你是说星阑资本董事长的事吧。"虞东明说,"玉斌,这件事你得体谅我们。当时你出了事，谁也不知道结局会如何。星阑资本这么大一家企业，总不能一直群龙无首吧。推出新的董事长接替你，也是情势所迫。"

"当时的情势，我当然理解。"方玉斌说，"但昨天你亲自给秦太英打电话，逼着人家删微博，又是什么意思？毛主席可说过，让人讲话，天不会塌下来。东明，你怎么连这点雅量也没有？"

"秦太英这小子，尽整些不靠谱的事。"虞东明摇头说，"没错，让人讲话是毛主席的指示，但毛主席没让你发微博嘛。有话就不能好好说，动不动发什么微博？当面不说，背后乱说；开会不说，会后乱说——这些现象毛主席可也批判过。"

两人口中的秦太英发微博的事，就发生在昨天。秦太英当年从银行辞职创业，建立了一个专门用于信用卡还款的 APP。方玉斌与秦太英接触之后，果断决定由星阑资本投资。此后，秦太英的事业风生水起，两人的私人关系也不错。

方玉斌从看守所出来后，找了秦太英，希望对方支持他重新出任董事长。秦太英一口答应下来，昨天还发了一条长微博，大意就是说，众多与星阑资本合作过的创业者，都十分认可方玉斌的人品与能力。由方玉斌继续掌舵，符合所有人的愿望。

然而微博发出不久，秦太英就接到虞东明的电话，让他立刻把微博删除。秦太英无奈答应，并把这事转告了方玉斌。

虞东明说："秦太英希望由谁出任星阑董事长，当然可以有自己的观点，但他不必去微博刷存在感。如今的媒体，无风都能给你掀起几尺浪，你还制造话题硬塞给人家？"

"有件事我也得说说你。"虞东明又说，"玉斌，近来你在媒体连发两封公开信，还频频接受专访，言辞间火药味很浓，矛头全对着千城。这又是何苦？有什么话，咱们之间尽可以畅所欲言，非得让外人看笑话？"

方玉斌说："你刚才提到畅所欲言，我真希望能如此。"

"事实本就如此。"虞东明说，"尽管你已经不是星阑资本的董事长，但还拥有公司股权。前几天，你提出召开董事会会议，讨论管理层的人事问题。

据我所知，这个要求公司很快就批准，董事会会议近期将举行。到了会上，任何人的观点都可以充分表达。"

"其实，许多人的观点已经很清楚。"方玉斌从皮包里掏出一份材料，递给虞东明。

虞东明接过材料。这是一份要求方玉斌重新担任星阑资本董事长的联署书，诚如方玉斌所言，许多公司员工与合作企业的负责人，都在上头签了字。虞东明淡淡一笑："这份材料是吴步达与杨韵发动人整出来的吧？听说在星阑资本内部，几乎是要求人人过关，谁不签字立刻成为另类。"

"胡说八道！"方玉斌说，"这些签字，都是基于自愿的原则。"

"咱们不纠结这个。"虞东明摆了摆手，"不管东西怎么来的，起码也能代表一部分人的意见。"

当着王诚，方玉斌是很少抽烟的。不过如今对面坐着的是虞东明，他没什么顾忌，大摇大摆地掏出烟来。"当初罢免我的职务，的确是情势所迫。不过，法律已经还给了我公道，之前的事被证明完全是一场误会。既然是误会，想必就应当了结。"

虞东明用手挥散烟气，说："我说过，公司员工与合作企业的意见，一定会得到尊重。到了董事会会上，你尽可以把联署材料亮出来，这也有助于其他股东做出判断。不过，既然是畅所欲言，员工们能说话，合作企业能说话，股东们有什么想法，应该也能说吧。"

"当然。"方玉斌说，"我这次来，正是与股东做沟通的。如今，千城不就是星阑资本最大的股东？"

方玉斌抖了抖烟灰，说："我担任星阑资本董事长期间，不仅公司业绩蒸蒸日上，管理层与股东之间的合作也很愉快。即便双方有过一些争执，那也是工作方法的分歧。俗语不是说，牙齿与舌头那么好，有时还会咬着。此前董事长人选的变动，既是事发突然，也是迫不得已。如今一切恢复正轨了，我当然希望得到股东们一如既往的支持。"

方玉斌已经亮明了态度，虞东明心中却在冷笑，你这话说得好轻松！当初为了星阑资本的控制权打得不可开交，难道仅仅是舌头咬牙齿？好不容易把星阑资本董事长换成自己人，你方玉斌一逼宫就缴械投降，当我们是吃干饭的？

虞东明重新拿起联署材料，说："材料上写得还算委婉，只说强烈要求方玉斌出任星阑董事长。可我怎么听说，有人在私下串联，如果方玉斌不回锅，核心层员工就要集体出走？"

这些事方玉斌当然清楚，甚至颇为得意。亲手拉起来的队伍就是不一样，自己振臂一呼，立刻应者云集。表面上，方玉斌却装出惊讶的模样说："有这事？我还不清楚。或许有人情绪激动，说了些过头话。"

"我也希望你不清楚。"虞东明说，"说实话，这类某人不出，其奈天下苍生何，或是人民群众强烈要求谁当什么职务的劝进表，古往今来就没少过，但最后往往闹出笑话，甚至搬起石头砸自己的脚。"

方玉斌冷笑一声："看来你认定这事是我指使的？"

"我可没这么说。"虞东明摆手道，"企业之间的合作，是以利益为基础的。有句话说得好，以利相交，利尽则散；以势相交，势去则倾。所以，商场里哪来什么朋友？我不相信那些正处于上升期的企业，会因为某一个人，而对千城这样的靠山视若无睹。"

"所以呀，都是咋呼几句。"虞东明又说，"就说那个秦太英吧，他那么支持你当董事长，可怎么我一通电话，又乖乖把微博删了？商人嘛，都是将本求利，精打细算，没一个是热血青年。玉斌，对这些人，你得有个清醒的认识。"

方玉斌掐灭烟头："东明，听这话的意思，你是不支持我回任董事长？"

"这话应当这样讲。"虞东明说，"我们对你的能力以及之前对星阑资本的贡献，是高度认可的。但是，毕竟你刚经历了一起风波，从爱护你的角度，应当让你静下心来调养休息。另外，新董事长刚上任，马上又换下来，显得太儿戏，一动不如一静嘛。"

方玉斌一副咄咄逼人的模样："我的身体没问题，不用你们担心。至于说一动不如一静，我倒觉得，如果不对管理层进行调整，反而会引发动荡。"

虞东明笑起来："所谓动荡，是不是就你刚才口中那些个情绪激动，说了过头话的人，他们还真打算搞点事？"

方玉斌也不示弱："是否搞事，得看有人到底是想解决问题，还是存心激化矛盾。"

虞东明跷起二郎腿："情绪激动的人，到哪儿也不缺。员工里面有，股东里面也有。这几天，我就在忙着化解矛盾。不客气地说，也是在替你擦屁股。"

"什么意思？"方玉斌问。

"当初你把星阑资本手里持有的亿家金服股权，悄悄转出去的事，难道忘了！"虞东明说，"许多股东愤愤不平，认为这是商业欺诈，甚至还主张报案，说你的行为是赤裸裸的职务侵占，应当向荣鼎学，把你关进看守所。"

"是不是职务侵占，岂能由他们说了算。"对于虞东明的威胁，方玉斌毫不示弱。

"可也不能仅仅由你说了算，对吧！"虞东明说，"这次你去看守所待了一阵子，想必应当知道，有关商业行为与经济犯罪之间的界限，其实是很模糊的。另外，我还要提醒一句，过去你是星阑资本董事长，关于那场股权移转的许多文件与细节，外界不得而知。可如今董事长换人了，那些不得而知的甚至被刻意隐瞒的东西，通通将大白于天下。"

方玉斌冷笑道："若真有人对此感兴趣，不用费心去查，索性我主动向媒体公布，就让大伙来评评理。"

虞东明盯住方玉斌说："别动不动就诉诸媒体。真想把事搞大？这样对谁都没好处。"

方玉斌双手一摊："我也是迫于无奈，总不能任由别人把屎盆子往我头上扣。"

"你要怎么做，是你的自由。但还有一件事，不介意你就一起公布吧。"虞东明从抽屉里拿出一份材料，递过去，"对于你的一些做法，小股东早就憋了一肚子火。你看，告状信都寄到我这儿了。说你这个董事长无法无天，让身为大股东的我们必须挺身而出，捍卫中小股东权益。"

方玉斌一看所谓的告状信，简直气得全身发抖。这封告状信里说，方玉斌身为高管，毫无个人操守，把姘头杨韵安插进公司做副总，还赋予重任。

一家现代化投资企业，何时竟成了某些人的夫妻店？

方玉斌当然清楚，对手拿出的告状信与自己的联署书，都是假他人之手办自己的事。联署书里，员工强烈要求方玉斌当董事长，实际是方玉斌强烈要求当董事长。告状信中，小股东哭天喊地，希望大股东主持公道，实则却是大股东自己要收拾方玉斌。

方玉斌之前还奇怪，这段时间自己拜会合作企业负责人，吴步达、杨韵在星阑内部搞串联，对手为何出人意料地平静？现在明白了，人家早就留着撒手锏，而且不止一个！从股权转移到艳照门，王诚一旦动手，力道定不会逊于费云鹏。

自己之前对王诚的种种印象，在此刻完全崩塌。方玉斌当然晓得，王诚一副谦谦君子的模样，实则是心狠手辣的角色。但是，心狠手辣并非毫无底线。拿自己与杨韵的艳照来说事，这可是伍俊桐之流的下三烂手段，没想到王诚用起来竟也毫不含糊。这种伪君子，比真小人可鄙一百倍！

方玉斌努力平复情绪，说道："我和杨韵的事，王总是清楚的，怎么能张冠李戴，指鹿为马？"

虞东明说："王总当然清楚，但那些小股东不清楚。他们呀，见风就是雨，有什么办法？为这事，王总亲自出面解释过好几回，告诉他们方玉斌是遭人陷害。但股东还是不依不饶，非说有图有真相。后来，王总发火了，说谁再借此搞事，他就搞谁！王总毕竟德高望重，这一下，那伙人才消停一点。"

谁再搞事，我就搞谁！如此赤裸裸的威胁，当然是说给方玉斌听的。方玉斌气愤地说："一群宵小之辈，卑鄙！"他似乎在骂那些股东，实则骂的却是王诚与虞东明。堂堂江湖大佬，手段竟如此龌龊不堪！

虞东明说："你看看，股东对你的意见很大，王总和我可是费了九牛二虎之力，才勉强压下来。王总说了，看一个人，要看主流。方玉斌对于星阑资本，贡献是主流，其他都是枝节。但这种时候，我们再把你强推上董事长的位置，岂不是激化矛盾？"

见方玉斌面色铁青，虞东明心中暗笑，脸上却一脸真诚地说："许多事，硬来是不行的。为了星阑的大局，也是为了你，我们认为你还是休养一阵子为好。趁着这段时间，我们再努力做一做股东的工作。等关系理顺了，到时你东山再起也不迟。"

"谢谢你的好意。"方玉斌冷冷地说，心中满是不屑，王诚的伪君子做派，虞东明到底是学会了。分明把人往死里整，还一副推心置腹的模样。什么理顺关系，东山再起，骗鬼呢？不妨直说，只要有你们在，我就别想回星阑。

"不敢当。"虞东明说，"这可是作为一个朋友的肺腑之言，希望你能听进去。"

"再见。"方玉斌起身告辞。

"不留下来吃顿饭？"虞东明还在热情招呼。

"不必了。"方玉斌头也不回。

送走方玉斌后，虞东明立刻拨通王诚的手机。此刻的王诚，正和朋友在滨海市郊的高尔夫球场上挥杆。虞东明说："方玉斌今天气势汹汹而来，还拿出了联署信。但我把咱们准备的东西一亮，他立刻就像泄了气的皮球，灰溜溜滚蛋了。"

"意料之中的事。"王诚淡淡一句，便挂断电话，心思仿佛只在球场上。

◎ 6　曾国藩评价《道德经》用了八个字：大柔非柔，至刚无刚

方玉斌病了，一个人蜷缩在床上。上海滩浸在夜雨中，一阵阴风掠过，他不自觉忆起千里之外的故乡：落叶飞旋，霜草委顿，一条瘦骨嶙峋的狗在巷口沉思。

日暮乡关何处是，烟波江上使人愁。不知为何，病床上的方玉斌竟泛起一股乡愁。尤其故乡的那条老狗，总会以不同姿态侵入坚硬而冰冷的梦境。醒来之后，他更是自嘲，自己是否也成了丧家犬！

方玉斌知道，头疼脑热没什么大不了，难治的是心病。他曾坚信，青春终将腐朽，人世终将腐朽，可自己居然呼啸过，在山梁磷火和千秋月光之间盘旋过，这样的年月何其饱满，何其光芒，何其满面风尘，何其拈花不语。可惜如今，自己彻底失去了往日呼啸而过的魔力。

方玉斌不仅连吃败仗，而且输得太窝囊。与费云鹏交手，起初连对手是谁都不清楚，就已经丢盔卸甲。这一切，如同自己驾驶着一架老式战斗机，对手却拥有最先进的 F-22。刚上天，连敌人长什么样都没瞧见，就被对手的远程雷达锁定，接着又是一枚精确制导武器奔袭而至。换上王诚后，几个回合便被斩落马下。两边的战车似乎不在一个数量级上，只能眼睁睁

被碾压。

真是实力悬殊吗？方玉斌最难受的恰恰是这一点。这些年来，自己闯过了多少险滩暗礁，即便与费云鹏、王诚交手，也不乏得意之笔。这次究竟怎么了，竟然一触即溃？

方玉斌更清楚，自己不仅输掉比赛，更被赶下了赛场。星阑、亿家，通通不再属于自己，没了青山，哪来柴烧？他不是过去的金牌投资人，只是一个赋闲在家的失业者。自己还不到 40 岁呀，难道人生便就此腐朽？

心乱如麻的方玉斌又一次昏睡过去，直到被电话铃声吵醒。打来电话的是苏晋："玉斌，明天咱们一块儿去江州？"

对于苏晋，方玉斌通常会有求必应。这一次，他却拒绝了："我身体不舒服，想在家休息，你自己回去吧。"

苏晋说："这一趟就是带你回去治病的。父亲认识一位朋友，是妙手回春的老中医。"

"我这病没什么大不了的，休息几天自己就能好。"小时候，因为受父母影响，方玉斌笃信中医。长大以后，他对中医渐渐不屑一顾，认为那是前现代医学。别的不说，西医的检查手段，从 B 超、CT 到核磁共振，几乎每隔一段时间就会飞跃，中医几千年来还是望闻问切那一套。且不说是否科学，最起码没有与时俱进。

苏晋却坚持说："父亲专门给我打来电话，嘱咐一定让你去。你整天窝在家里可不行，到外面走一走，呼吸一下新鲜空气，对身体有好处。"

方玉斌无奈地说："好吧，就当去户外锻炼一下身体。"

第二天一早，两人便赶回江州。苏晋的父亲苏定国等候在高速路口，见面后，又一起上路，前往位于江州郊县的黄叶观。苏定国说，他的这位朋友不仅医术高明，更是仙风道骨，近来一直在道观清修。

中午时分，三人来到黄叶观。苏晋推开虚掩的竹门，院子里静悄悄的，沿篱笆种了一溜葫芦，青藤翠叶间，时而垂几个油绿发亮的小葫芦。

这些小葫芦，两个圆球配合，上小下大，造型天然成趣，给黄叶观增添盎然生气。一个身材颀长的年轻道人正在给葫芦藤浇水。道人背对着竹门，前面是高耸壁立的黛色山崖。

"好一幅令人羡慕的仙居图！"苏定国赞道。

道人转过身来，热情地说："苏道友来了，程先生已等候多时。"

一位老者走了出来，苏定国与他亲切地打起招呼，转过身又介绍说："这位便是程洁仁先生，是江州医界德高望重的人物。"

方玉斌打量了一番程洁仁，实在其貌不扬：眉毛稀稀拉拉，嘴唇略向右边歪斜，不过此人的两只眼睛却分外明亮宁静。

苏定国笑着说："你我之间，不必客套。此番打搅，是因为玉斌的病体。还望道友以悲天悯人之心，布春满杏林之德。"

程洁仁收起笑容，正色看了方玉斌良久，轻轻地摇摇头，说："能与方先生在此相会，也算是缘分，请随老朽进屋。"

道房里无甚摆设，几件简朴陈旧的日用家具收拾得干干净净，一尘不染，正面粉壁上悬挂一幅古色古香的老君炼丹图。程洁仁让座斟茶完毕，拿出一方薄薄的棉垫来，平放在茶几上，让方玉斌伸出一只手搁在其上，自己在对面坐下来，微闭双眼，默默切脉，不再说话。许久，他示意换一只手，又切起来。

对于望闻问切，方玉斌并无多少推崇，但看程洁仁的表情，的确从容安详，凝神端坐，似已忘却人世，遨游仙乡。切脉的时间很长，方玉斌索性也静下心来。所有人都不说话，整座屋子异常安静、清馨。窗外，可隐隐约约听见花丛中蜜蜂振翅飞翔的嗡嗡声。房里，小火炉上的瓦罐冒出咝咝的声响，传出沁人心脾的茶香。

程洁仁终于睁开眼睛，望着方玉斌说："先生贵体确有微恙，但只是偶感风寒，并无大碍，静心调养几日，不用药也能痊愈。"

"但是，"程洁仁话锋一转，说，"先生精神不振，目光黯淡，朦胧恍惚，语气低微，这是失神之状。病因乃心中有大郁结不解，积压而成。"

方玉斌不禁对程洁仁的医术暗自称奇。人家说得很对，这次病倒，七八分乃是心病。

"程老所言甚是，最近我是有些心烦意乱。请问该吃些什么药？"方玉斌问。

程洁仁摇头说："无情之草木，岂能治有情之疾病？身体之病，不吃药便能好；心中之病，吃了药也无用。"

"那该怎么办？"苏晋着急问道。

程洁仁说："岐黄医世人之身病，老庄医世人之心病。先生若能弃以往处世之道，改行老庄之道，则心可清，气可静，百病消除，万愁尽释。"

"如何潜心静气？"方玉斌又问。

程洁仁从床头取过一本书，说："这是一本《道德经》。此书虽只五千言，却揭出人世中奥秘之要点。可惜世人读《道德经》者多，懂《道德经》者少，以《道德经》处世立身者更少。先生每天读读此书，或许能助潜心静气。"

"程老，你还是给他开个单方吧！"苏晋见程洁仁说的都是不着边际的空话，心中着急。

"晋儿，"苏定国摆手道，"程老已经说了，心病还得心药医。这本《道德经》，就是最好的心药。"

苏定国起身说："烦劳你了。"

"客气了。"程洁仁说，"这就要走，不多坐一会儿？"

"不了。"苏定国说，"几个俗人，别搅了道友清修。"

众人离开黄叶观。苏晋满是疑惑，方玉斌手捧《道德经》，似乎在琢磨事，苏定国一副老神在在、气定神闲的模样。

苏晋驾驶着汽车，方玉斌与苏定国坐在后排。苏定国望着方玉斌说："心药究竟能不能治病，还得看自个儿呀。"

方玉斌点头说："心药如何暂且不论，您老的心意，我明白了。"在黄叶观时，方玉斌便知道，那位程老先生必是受苏定国所托来开导自己。

"你是个聪明人。"苏定国哈哈大笑，"前些日子的事，我也听说了一些。商场上的事我不大懂，但清楚一条——人要走出逆境，一要靠自己，二不能蛮干。"

苏定国又说："当初我仕途不顺，也曾满腹委屈，甚至有自暴自弃的想法。幸得高人点拨，一部《道德经》，让我明白了许多道理。老庄深邃的哲理，如一道梯子，让我从百思不解的委屈苦恼深渊中一步步走出来。"

苏定国接着说："有人说老庄主张出世，那是没有读懂。人家所谈，全是入世的道理。只不过孔孟是直接的，老子主张以迂回的方式去达到目的。'江河所以为百谷王者，以其善下之。'这句话说得多么深刻！老子真是个把天下竞争之术揣摩得最为深透的大智者。难怪近代的曾国藩评价老庄之学时，用了'大柔非柔，至刚无刚'八个字。"

"读这本书，一定要用心去读，结合这些年来的成败得失、人事纠纷去读。"苏定国语重心长地说，"它曾帮助过逆境中的我，但愿对你也有用。"

回到上海，方玉斌关起门来，一遍又一遍，反反复复地读着《道德经》。此书方玉斌早年读过，但诚如苏定国所言，当结合着自身的起落沉浮去读，立刻有不一样的收获。

类似于"合抱之木生于毫末，九层之台起于累土，千里之行始于足下"等格言，方玉斌早就耳熟能详。而对于该书退让、柔弱、不敢为天下先的主旨，年轻气盛的方玉斌曾不能接受。那时的方玉斌就是一心要做命运的主人。

改变命运，乃至与命运进行抗争，是每一个草根向上攀登的唯一通途，本身并没有错。但是，方法却可以千差万别。孔孟主张天行健，君子以自强不息，申韩崇尚严刑峻法，以强制强，老子却认为"柔胜刚，弱胜强"，"天下之至柔，驰骋天下之至坚"。既然直接的、以强对强的手法有时不能行得通，而迂回的、间接的、柔弱的方式也可以达到目的，战胜强者，且不至于留下隐患，为什么不采用呢？

方玉斌想到了自己，近来的丧师失地、一溃千里，是否正因为此前赢得太酣畅淋漓。自打创建星阖资本，便认为有了和任何人叫板的实力。逢山开路，遇水搭桥，一路披荆斩棘，看似风光与痛快，却少了圆融与变通。

C轮融资，自己同时摆下两个战场，一面与许子牛针锋相斗，一面对王诚寸土不让。但是，战胜了所有人，却也开罪了所有人。后来，当自己又向蒋若冰挥舞起战刀时，便已彻底沦为孤家寡人。

过去能战胜费云鹏，是因为背后有丁一夫、王诚，能赢得王诚，起码也还有个蒋若冰在鼎力支持。然而当所有敌人联合在一起，任凭自己有三头六臂也难以招架。

方玉斌早就听说过"不要赚最后一个铜板""一单生意只赚80%的利润"等商场箴言。过去，只把这些话当作风险提醒，似乎是告诫一个人见好就收。如今想来，这不也是老庄之学在商场的运用？当你把所有铜板、100%的利润全揣进兜里，赚了个盆满钵满时，别人赚什么？当所有人都认为你绝世精明，不愿和你打交道或是觉得与你相处占不到任何便宜时，你又和谁做生意？留出最后的铜板与利润，既是分担风险，也是交朋友。假若朋友赔了，怪罪不到你头上；假若朋友赚了，无论他是感激你仗义还是嘲笑你憨，总之会惦记着下次继续与你合作。

书中诸如"大方无隅""大音希声""大象无形""大巧若拙"的话，过去一直似懂非懂，现在一下子豁然开朗了。这些年来商场里的争斗，其实都是一种有隅之方，有声之音，有形之象，似巧实拙，真正的大方、大象、大巧不是这样的，它要做到全无形迹之嫌，全无斧凿之工。赢了对手，也不能得意忘形，得了便宜，还要懂得分享。

方玉斌甚至觉得，以往从丁一夫、费云鹏、王诚等人那里耳闻目睹来的商战争斗，仅仅只是一种术。自身经历过大起大落，再钻研老庄之学，似乎触摸到商道的真谛。李嘉诚对"建立自我，追求无我"推崇备至，甚至说日后要用这句话做自己的墓志铭。自我与无我之间，恰是术与道的差别。

心胸开阔起来的方玉斌，病体也很快痊愈。他给苏定国打去电话，感谢对方的一片苦心。苏定国颇为欣慰："当年我得罪权贵，被贬去一个清水衙门，心里郁闷得不行。读了半年《道德经》，才豁然开朗。你只用一周便融会贯通，实在难能可贵。"

两人又聊了一阵，正打算挂电话时，苏定国说道："别忙！苏浩就在我身边，他还有事和你说。"

苏浩接过话筒："玉斌，身体好些了吧？"

"好了。"方玉斌说，"你不是在北京吗，什么时候回江州了？"

苏浩说："昨天刚回来。明天我还要来上海，你若是身体痊愈了，就出来一下，见一位老朋友。"

"老朋友？谁呀？"方玉斌问。

苏浩说："到时你就知道。"

第八章
成王败寇

　　"是的。"方玉斌说，"把对手赶尽杀绝，你未必就能成功。给对手一条活路，未尝不是给自己下了一步活棋。我是在帮费云鹏解套，但也是替所有人解套。海丰银行一旦垮掉，中小股东的投资血本无归，许多人因此失去饭碗。这样的局面真是好事？只要自己稍微努一把力，或许能避免一场悲剧，何乐不为。"

◎1 方玉斌将不敢为天下先奉为圭臬

下午 6 点，方玉斌准时赶到位于陆家嘴的丽思卡尔顿酒店。见到苏浩，方玉斌立刻问："昨天你说的老朋友是谁？"

苏浩微微一笑："少安毋躁，他们一会儿就到。"

"他们？"方玉斌有些疑惑，难道老朋友不止一个？

"没错，"苏浩笑着说，"有好几位老朋友。"

见苏浩有意卖关子，方玉斌换了个话题："怎么突然回来了？前些日子你不是在北京联系律师，说海丰银行罢免你的职务是非法的，打算起诉他们吗？"

苏浩踱步到窗边，俯瞰脚下奔涌的黄浦江，说："起诉？算了吧！之前没搞清楚状况，连前提都弄错。"

"前提很重要啊。"苏浩感慨道，"撒切尔夫人与中国交手之后，总结出中国人的谈判策略——先给你一个前提，似乎只要接受这个前提，一切好谈；然而一旦你接受这个前提，终将发现失去所有。她与邓小平第一次见面，邓小平就抛出了这个前提——主权问题不能谈判。"

苏浩又说："对于海丰银行，我的前提也改变了。不是董事会罢免我的职务合不合法，而是黄文灿这个董事长自己就不合法。"

"出了什么事？"方玉斌不知苏浩为何态度大变。

苏浩说："之前的许多事，其实并不是孤立的，人家是打出了一套组合拳。"

方玉斌曾与蒋若冰聊过，觉得自己被抓、苏浩被免职以及亿家的变局，背后都与海丰银行有关。只是苦于没有证据，方玉斌从未对外提起过。莫不是，苏浩也有所察觉？

两人正说着，房门被推开。"你们好！"一位女士走了进来，笑容可掬地招呼道。

方玉斌定睛一看，这不是苏晋的老同学，康成医疗公司CEO凌菲吗？果然是老朋友！方玉斌上前几步，与凌菲握手，同时也大致猜到下一位老朋友会是谁。

果不其然，一个轮椅被一名黑衣男子推了进来，轮椅上坐着的，正是海丰银行前任董事长宋长海。宋长海年轻貌美的妻子，稍后也走了进来。

方玉斌打量着宋长海，比过去消瘦了许多，但神色看上去还不错。头发梳理得整整齐齐，还抹了啫喱水。"宋总，身体好些了吧？"方玉斌热情地伸出双手。

宋长海挥动手臂，示意方玉斌后退。接着他自己从轮椅上站了起来，黑衣男子赶紧把拐杖递过来。宋长海拄着拐杖，向前走了两步，握住方玉斌的手说："虽已是个废人，但自问还能废物利用。"

宋长海的方言很重，加之脑血栓后语言能力受损，说话有些含混不清，方玉斌连猜带蒙，才把这句话弄明白。不过，如今的宋长海已能自己行走，说话也比之前好了太多，实在令人欣慰。方玉斌笑起来："美国医生果真出手不凡，凌总这钱，挣得理所应当。"

"这都得益于宋总的坚强意志。"凌菲说，"负责康复治疗的美国医生都说，宋总是他见过的意志最坚强的患者。"

宋长海的夫人插话说："刚开始进行站立平衡训练时，我瞧他实在太辛苦，就去同医生商量，能否把运动量减小一点。老宋知道后，还把我训了一顿。"

宋长海缓步走到窗边，眺望黄浦江，说："无论锻炼身体还是做生意，其实都跟这江上行舟一个道理，不进则退。"

宋长海踱回餐桌旁，依旧没用任何人协助，自己挪动椅子，坐了下来。落座后，他还招呼道："大家都是老朋友了，快入座吧。"

苏浩欣慰地笑起来："宋总，看见你身体恢复，我们由衷高兴。"

"世上的事，总是几人欢喜几人愁。"宋长海说，"看到我这样子，你们自然开心了，但有些人恐怕开心不起来。"

"他们不开心，我们就更开心。"苏浩说道。

餐桌上，话题大都围绕着宋长海的康复过程。凌菲既在恭维宋长海，更是王婆卖瓜，把美国的医疗夸得天花乱坠。宋长海频频点头，不时聊起自己赴美生活中的琐事。方玉斌一旁听着，觉得宋长海的身体恢复状况的确超出所有人预期，甚至连宋长海的语言，适应一阵子后也能基本听懂。

方玉斌清楚，宋长海今日相邀，绝不仅是叙旧。果然，晚宴结束后，宋长海夫人拉着凌菲一起去逛街，黑衣男子也被打发出去。包间内，就剩下宋长海、苏浩、方玉斌三人。

宋长海拄着拐杖站起来，缓缓说道："我生病离开这段时间，让你们受委屈了。"他一边说着，一边朝窗台边的沙发走去。

方玉斌上前几步，想搀扶宋长海，对方却挥了挥手。来到沙发前，宋长海重新坐下，说："苏浩被罢免了行长职务，玉斌甚至蒙受牢狱之灾，是我对不起大家。"

"这两件事，有什么联系吗？"从宋长海的语气中，方玉斌已经听出来，自己当初的判断想必是成立的，所有事皆因海丰银行而起。但近来研习老庄之学，将"不敢为天下先"奉为圭臬的方玉斌并不想卖弄聪明，而是把话语权交给对方。

"当然。"宋长海说出了自己对整件事的看法，竟与方玉斌的猜测不谋而合。宋长海铁口直断，费云鹏、黄文灿等人正在有预谋、有计划地侵吞海丰银行股权，企图将一家业绩优良的股份制银行变成自家提款机。说起整件事，宋长海的情绪异常激动。对方玉斌而言，或许只是赶巧目击了一次路边打劫；

对宋长海而言，抢走的却是自家孩子。

宋长海说完后，苏浩阴沉着脸，良久才吐出一句话："这帮家伙简直无法无天。"方玉斌追问说："宋总，你说的这些事，究竟是有证据，还是个人猜测？"

宋长海说："过硬的证据自然是没有。若有证据，我们也不必坐在这里，可以直接去举报这帮家伙了。但是，这也绝非无中生有的猜测。我在海丰银行多年，门生故吏还有一些，获得消息的渠道也比你们多。综合各种消息，我可以负责任地讲，所有事绝不是捕风捉影，而是确凿无误。"

"哦。"方玉斌点了点头。宋长海毕竟曾是海丰银行掌门人，既然这般笃定，一定有他的道理。

方玉斌又说："费云鹏、黄文灿这么做，不仅要侵吞海丰银行，更是对广大中小股东一次赤裸裸的打劫。我们应该怎么做，才能阻止？"

"难啊！"宋长海叹了一口气，"费云鹏、黄文灿为了这个计划，可以说是处心积虑，步步为营，外人很难抓住把柄。中国的事，讲究不在其位不谋其政，如今我不是海丰银行的董事长，苏浩也被免了行长，听说玉斌还离开了星阑资本，咱哥仨都是山野村夫，别说阻止，连发言的机会都没有。"

方玉斌摇头说："事在人为，总不至于一点办法也没有。否则，宋总也不会从万里之遥的美国急着赶回来。"

宋长海把拐杖在地上戳了两下，说："海丰银行是我一生的心血，有人敢打它的主意，别说从美国赶回来，就算老子到了阴间，变成厉鬼也要和他们拼个鱼死网破。"停顿一下，他又说："照目前局势，就事论事肯定不行，得另辟蹊径，围魏救赵。"

"怎么个围魏救赵？"方玉斌问。

宋长海淡淡一笑说："我和黄文灿这个伪君子斗了多年，太清楚他的软肋。他有一长串辫子，被我抓在手里，随便牵出一条，就够他喝一壶。他在海丰银行有个情妇，第一步，就从这个女人身上打开突破口，把黄文灿从董事长位置上撸下来。"

宋长海又说："一旦黄文灿被免职，我会发动所有股东与银行高层，在董事会会议上跟费云鹏展开决战，一定要把苏浩扶上董事长的位置。"

宋长海把目光投向方玉斌，说："玉斌，我知道你如今赋闲在家。人才难得，我希望届时你也能去海丰银行，助苏浩一臂之力。你们兄弟齐心，其利断金。"

去给苏浩当副手，并不在方玉斌的规划之中。他说："我的事以后再说。只要能帮助到你们，去什么位置并不重要。但我担心，对手不会轻易束手就擒。仅凭一个情妇，就能扳倒黄文灿？"

"刚才说了，我这个废人，还能废物利用。"宋长海眼光阴冷得令人恐怖，"我手里的武器，可不止这一件。黄文灿跟他的情妇不仅鬼混在一起，私底下还干了不少龌龊事。相关资料我已经递上去。等着吧，黄文灿的末日就要到了。这段时间，咱们抓紧联系其他股东与高管，一旦黄文灿倒台，立刻把海丰的大局抓回手中。"

◎2 一般人有伤疤，都会遮遮掩掩。你却指鹿为马，把伤疤硬说成美人痣

一周后的西海，宋长海走进一家隐秘的私人会所，身后还跟着一名助理与两名保镖。会所的主人叫崔朝贵，是一位在西海颇有名气的建筑企业董事长。崔朝贵早就等候在院子里，一见宋长海，立刻三步并作两步，脸上更是笑开花："宋总，看到你康复归来，真是好人有好报。"

宋长海握住崔朝贵的手说："我算不得什么好人，顶多是个恶人。但就因为生得太恶，阎王爷也不要。"

崔朝贵哈哈大笑："你还是这么幽默。"

崔朝贵身后的中年男子也伸出手说："宋总，一个多月没见，你的身体又灵便了许多。"

说话的是海丰银行一家分行的行长，叫顾斌。一个月前，顾斌送女儿去美国留学，专程去探望过宋长海。

宋长海点头说："小顾，以往我大会小会没少训你，现在想来真有些后悔。你是讲良心的，还到美国来看我这个废人。"

"可别这么说。"顾斌说，"以前你训我，那是在点拨我。没有宋总，哪有我的今天。"

崔朝贵惭愧地说："比起顾行长，我就差远了。宋总赴美治疗，竟没抽出时间去探望。"

"别这么说。"宋长海挥了挥手，"你人没来，心意可到了。说实话，亏得我现在无官一身轻，放在之前，你托人送来的几万美金，真还不敢要。若我还是董事长，这岂不就成了受贿？"

一行人走进包间，崔朝贵、顾斌你一言、我一语赞颂着宋长海。崔朝贵说当初自己几乎快要破产，结果宋长海大笔一挥，送来几千万贷款帮企业渡过难关，后来又让自己成为海丰银行的小股东。讲起这些，崔朝贵简直激动得热泪盈眶。顾斌则回忆起自己进入海丰银行，如何在宋长海的拉拔下，从一名小职员成长为分行行长，话里话外皆是感恩之心。

宋长海很享受这种感觉，竟端起酒杯，说："按说我这个身体，应该滴酒不沾。但老朋友聚在一起，酒不醉人人自醉。我破例喝一杯，敬在座的二位。但我也把话说清楚，今天从头到尾就这一杯。"

崔朝贵与顾斌立刻站起身，说："宋总说怎么办，就怎么办。"

叙了一会儿旧，宋长海开始言归正传："实不相瞒，我这次回来是要收拾旧山河，绝不能任由黄文灿这个伪君子把海丰银行搞垮。我已经向上级部门实名举报黄文灿，他在董事长位置上待不久了。我这把身子骨，自然也没法再抛头露面出来工作。所幸苏浩是个值得信赖的人，希望以后你们像支持我一样，支持苏浩。"

崔朝贵放下筷子，说："你既然吩咐了，我们听着便是。"

"不是听着！"宋长海说，"而是得干。接下来的董事会会议上，希望你们旗帜鲜明地支持苏浩。"

顾斌问道："宋总，你这趟回来，是常住国内还是办完事接着赴美疗养？"

宋长海面露不悦："顾斌，你不要岔开话题，更不要耍滑头。我的事自己会安排，现在是你得表态。"

崔朝贵与顾斌互相望了一眼，脸上带着一丝苦笑。"怎么了？真是人走茶凉，我的话不管用了？"宋长海咄咄逼人地问道。

正好这时，屋外响起脚步声。一道声音由远及近传来："老宋，听说你回到西海遍邀旧友，怎么却把我这个故人给忘了？"

包间门被推开，黄文灿已站在门口，满脸的春风得意。崔朝贵与顾斌立刻起身，毕恭毕敬地招呼："黄总，你来了。"

宋长海先是一愣，旋即又反应过来——自以为曾有恩于对方，忠诚可靠的崔朝贵、顾斌，已经当了叛徒。

宋长海不肯示弱，挣扎着要站起来。崔、顾二人见状赶紧搀扶，宋长海怒目圆视，喝道："把手拿开，我自己能行！"

以宋长海的恢复状况，从椅子上站起来按说没有问题。许是此时怒急攻心，动作变形，一下居然没有成功，竟重重地坐回椅子上。

纵然又恼又恨，但宋长海毕竟是一代枭雄，他努力让自己平静下来，淡然一笑道："老友不请自来，本该起身相迎，无奈不良于行，只好失礼了。"

"哪里，哪里！"黄文灿几步上前，握住宋长海的手，"礼岂为我辈设——这话我对苏浩说过，如今也要对你老哥讲。你我之间，不必讲什么繁文缛节。"

黄文灿自己坐下，对崔朝贵、顾斌说："你们继续聊。但愿我这不速之客，没有搅了诸位雅兴。"

崔朝贵与顾斌表情尴尬，房间内一时沉寂下来。几分钟后，崔朝贵终于硬着头皮说道："宋总康复归来，是天大的喜事。黄总能够赏光，更让寒舍蓬荜生辉。两位是海丰银行的元老，更是我老崔的好大哥。对你们，我都有说不出的尊敬与仰慕。今日略备薄宴，也是希望大家凑到一起，叙叙旧，联络一下感情。有句话说得好，渡尽劫波兄弟在，相逢一笑泯恩仇。"

宋长海把玩着拐杖，说："老崔，我只知道你一个包工头出身，最擅长的就是在工程上偷工减料和在床上搞女人。这才多久不见，怎么也变得文绉绉的，说话还引经据典？也难怪，近朱者赤近墨者黑，你现在攀上黄总的高枝，跟着他这样一位大文化人，怎么着也得学着附庸风雅。只是可惜呀，火候差了点，到头来还是东施效颦，画虎不成反类犬。你这句诗，就没引用对。我和黄总，从来不是什么兄弟。"

崔朝贵被一顿洗刷，憨憨地笑起来。接着，他又说："让宋总见笑了。这首诗没说对，但有句话一定没错——冤家宜解不宜结。作为小兄弟，我真心希望两位大哥和衷共济。"

顾斌说道："老崔，你别唠叨个没完。宋总与黄总见面，一定有许多话说。咱们别打扰了人家，还是回避一下吧。"

"对！"崔朝贵赶紧点头，"你们先聊，我俩回避一下。"

偌大的包间，只剩下宋长海与黄文灿。黄文灿给宋长海斟上茶，又递上一支烟："老宋，我有句掏心窝子的话，不管你信不信，还是得说。"

"请说。"宋长海摆了摆手，"但这烟就不抽了，还想多活几年。"

"对，对！你这身体，应当把烟戒了。算了，我也不抽，省得你吸二手烟。"黄文灿把烟放到桌上，说，"看见你身体恢复，我打心眼里高兴。这不是老友之间的祝福，而是老对手之间的惺惺相惜。当初听说你一病不起，我心里难受呀！我在想，宋长海呀宋长海，你就这么狠心，不肯给我一个战胜你的机会。如今好了，你不仅捡回一条命，还杀了回来，咱俩又能大战三百回合。"

宋长海哈哈大笑："黄文灿，你这说的是真心话！"

黄文灿抿了一口茶，问："对崔朝贵、顾斌这两人，你怎么看？"

宋长海不屑一顾道："无耻小人，不值一提。"

"小人？说得好！"黄文灿点头说，"对这等卖主求荣的势利小人，黄某也深深以为不齿。不过，一路提拔栽培这些小人的，可不是我黄文灿，而正是你宋长海。实不相瞒，你回到西海后，找了不少旧部。其中好多人，都像崔朝贵、顾斌那样，一和你谈完就跟我告密。这些人，当年不就靠着在你跟前极尽逢迎才扶摇直上的吗？你的识人之明到哪儿去了？"

"对这些狼心狗肺的家伙，我的确看走了眼。第一个回合，算你赢。"宋长海说。

"怎么，还有第二个回合？"黄文灿明知故问。

宋长海说："既然那么多人向你通风报信，想必你早就知道，我已经实名举报了你。你包养情妇，收受回扣，难道还能继续在董事长位置上坐下去？"

"为何不能？"黄文灿说，"你举报那么久了，我不还好好的？"

宋长海说："不要故作镇静。咱们都知道这颗子弹的威力，让子弹飞一会儿，没准杀伤力更大。"

"老宋，你这一病，真还不复当年之勇。"黄文灿说，"你的消息已经落后了。子弹早就落地，我却毫发无伤。我和田晓萌是经过自由恋爱走到一起的合法夫妻，至于你说的什么回扣，更是张冠李戴，乌龙一场。"

"什么？田晓萌，合法夫妻？黄文灿，你要卖萌也不是这个卖法。"宋长海说。

黄文灿烟瘾有些发作，把一支烟夹在手里，却忍住没去点燃。"我是个读书人，一生谨慎，三省吾身，为的就是不让一世清名毁于一旦。但或许是自己太谨慎了，反倒让你觉得有机可乘。就我和晓萌那点事，你让费云鹏要挟于前，实名举报在后，简直没完没了。像这样用私生活攻击对手，实在称不上正大光明。"

黄文灿又说："实话告诉你吧，我和我的原配，准确说应该是前妻，多年前就已经离婚。而离婚的原因，是前妻身体出了些状况。前妻是知识分子，更是爱面子的人。她苦苦央求，在儿女成家前，两人表面上维持住关系。我是一个念旧情的人，最终答应了她的请求。也就是说，我和田晓萌认识以前，就已经是单身。你处心积虑搞到的那些开房记录、照片，只能算八卦新闻，毫无实用价值。我和田晓萌早就登记结婚，对于受法律保护的夫妻间的房事，如果还有人想一窥究竟，除了无聊实在不知如何形容。"

宋长海说："既然这么正大光明，干吗你一回海丰银行，就让田晓萌辞职？"

"这太好解释了。"黄文灿说，"于公来说，我是银行的一把手，妻子如果担任分行的领导职务，岂不成了夫妻店？于私来说，毕竟我对前妻有过承诺，不想招惹上闲言碎语。"

宋长海笑得更开心："别装模作样！我看你是怕田晓萌收回扣的事情败露吧。黄文灿，有一句话说得好，机关算尽太聪明，误了卿卿性命。正因为你和田晓萌是受法律保护的夫妻，她的事你更脱不了干系。"

"好！接下来就和你说说她的事。"黄文灿说，"我知道，你想说田晓萌当初负责信贷业务时，拿企业贷款回扣。这件事你早知道却引而不发，就为了关键时刻扔出来，对吧？"

黄文灿继续说："不过可惜的是，田晓萌辞职时，已经把这件事交代清楚了。当时拿回扣，不是个人行为，而是相关款项无法进入对公账户，只能挂在个人名下。拿这笔钱，田晓萌的上级是知道的。这么多年来，这笔钱也从没动过。田晓萌离开时，还把钱一分不少交到了银行。"

宋长海再也笑不出来了，而是一脸的惊讶与愤怒。他当然不会相信黄文灿的鬼话，却不得不面对一个现实——黄文灿知道了田晓萌身上藏着未爆弹，并先下手为强，拆除了炸弹引信。什么上级是知道的？田晓萌的上级如今全都是黄文灿的下级。屈服于黄文灿的淫威，做伪证替田晓萌解套，不会太令人意外。

"好手段！"宋长海强装出镇定，"一般人有伤疤，都会遮遮掩掩。你却指鹿为马，把伤疤硬说成美人痣。第二个回合，我认输。"

"能让你认输，实在不容易。"黄文灿得意地笑起来。

宋长海问："你和田晓萌偷情的事，我告诉过费云鹏。如今他和你狼狈为奸，把消息透出来不足为奇。但田晓萌拿回扣的事，只有我晓得，从未对任何人提起，你怎么知道？"

黄文灿说："你或许没对任何人提过此事，但当初暗地里调查田晓萌，搜证、取证一大堆的活，总得安排人去做吧。树倒猢狲散，如今我才是海丰银行董事长，既然崔朝贵、顾斌能出卖你，其他人为何不能？"

"明白了。"宋长海双手发抖，脸上却努力做出淡然的表情，"人情冷暖，世态炎凉，我领教了。"

黄文灿轻蔑地说："我听说，你这次回来联系了许多老朋友，就为了我下台后，扶持苏浩上位。可是，我一时半会儿下不了台，你的计划还怎么进行下去？"

"黄文灿，你不过是小人得志，不要太嚣张！"宋长海再也无法控制自己的情绪，一巴掌拍在桌子上。

"别动怒！当心自个儿的身体。"黄文灿脸上依旧挂着笑容，"我的话或许不中听，却是中肯之言。一个人应当生活在现实生活中，而不是虚幻世界里。"

"你到底想怎样？"宋长海努力让情绪稳定下来。他倒不是服软，只是自己病体初愈实在不宜大动肝火。

黄文灿终于忍不住，点燃了手里的香烟，说："当初你让费云鹏来找我，希望我闭嘴，还说识时务者为俊杰。如今，我只想把这句话还给你。只要你消停下来，一切好说。你的后续疗养费用，海丰银行负责到底。今后无论是用高级顾问或是独立董事的名义，每年还会继续给你高薪。兄弟我可以保证，我这个董事长一年的薪水是多少，老哥你只多不少。"

宋长海心中骂道，你都快把银行变成自家的了，还跟老子装模作样谈什么薪水？不过，此时还不到摊牌时刻，宋长海只是笑了笑："多谢你的好意，我会认真考虑。"

◎ 3 宋长海要大开杀戒。那些背叛我的，是死有余辜；那些忠于我的，也是死得其所

苏浩与方玉斌出了首都机场，直奔医院而去。昨晚他俩得到消息，宋长海生病住院了。

一进病房，苏浩关切地问："宋总，你怎么了，没事吧？"

宋长海吩咐助理把病床摇起来，挥了挥手说："自己的身体自己知道，没什么大事，就是偶感风寒，加上血压有点高。原本说在家休息，他们非逼我住进医院。"

这时，宋长海的夫人走了进来，与客人打过招呼后说道："老宋毕竟是个病人。身体本就没好利索，哪能再经受什么折腾。还是来医院住着，保险一些。只是辛苦你们，专程跑一趟。"

"对！"方玉斌说，"小毛病千万不能忽视，该住院就得住院。"

宋长海指了指桌上的水果，对夫人说："听说我住院了，黄文灿也派人来探望，这是他送的。你去削几个苹果，给大伙吃。"

"我不想吃水果。"苏浩说。

宋长海说："其他的水果可以不吃，黄文灿送的可一定要吃。快去削，我还要啃几口呢。再不吃，以后就没机会了。"

苏浩询问了宋长海的病情，接着说："西海的事我们也听说了。黄文灿这只老狐狸早就有准备，其他人更是见风使舵。不过宋总，你也不要太心急，事情总会有转机。"

"我不急。"宋长海津津有味地啃起苹果，"你以为我的高血压，是被这帮人气出来的？他们还不配！我是来北京后，加班整理材料，没休息好。所幸材料已经弄好，接下来可以轻松一阵子了。"

"整理什么材料？"苏浩问。

"举报材料。"宋长海说，"我得继续举报黄文灿呀。"

方玉斌开口劝道："田晓萌的事，人家掩盖得天衣无缝，咱们也不必钻牛角尖。"

宋长海将没啃完的苹果扔进垃圾筐，说："这次不关田晓萌的事。我要直接举报黄文灿贪污公款。"

见苏浩与方玉斌一脸疑惑，宋长海将事情原委一一道来。多年前，宋长海与黄文灿分别是海丰银行的一、二把手。有一笔3000万的贷款，一直追不回来，贷款企业后来也破产了。这笔账，在财务报表中就成为死账。但谁也没想到，破产清算时，居然发现这家企业名下还有一栋四层小楼，过去是招待所，后来出租出去成了经济型酒店。又过了一年多，这栋楼被纳入旧城改造范围，赔偿款就有3000万，刚好把之前的欠账还清。

银行早把这笔账划成了死账，一下子收了回来，竟不知如何处理。财务前来请示，宋长海拍板说，把钱作为高管奖金发了。从董事长、行长、副行长到几名关键岗位的总监、部长，一共十多个人，多则分三五百万，最少的也有一百万。

黄文灿当初还提醒过，这样做是否有贪污公款的嫌疑。宋长海火冒三丈，说你觉得不合适就别拿。一来慑于宋长海的霸道作风，二来面对巨款实在是心动，黄文灿最后也把钱揣进自己兜里。

宋长海下了病床，穿上拖鞋在房间里踱步。"黄文灿拿了300万，这可是没法抵赖的。婚外情还是生活作风问题，贪污公款就只能去吃牢饭了。所以我说，他送的水果，再不吃就没机会了。"

没想到宋长海手里还有这样的大杀器，方玉斌追问道："田晓萌的事，黄文灿尚且知道亡羊补牢，难道这件事他会毫无防备？"

宋长海说："账上白纸黑字的东西，他怎么防备？再说他肯定没想到，我敢把这件事抖出来。"

苏浩问："当时私分公款，你也拿了？"

宋长海停下脚步，点了点头。"我分了500多万，是拿得最多的。"

方玉斌明白过来，难怪黄文灿会疏于防范，明枪易躲，暗箭也能防，可自杀式炸弹真是防不胜防。宋长海押上自己的一切，发起了一场神风特攻。此事一旦曝光，黄文灿会坐牢，宋长海的罪责就更重。昔日光鲜亮丽的银行家，立刻变身罪大恶极的贪污犯。

苏浩摇头说："不行！你这样做，代价太大了。"

宋长海的身体毕竟虚弱，他坐回床边说："现在已是千钧一发的时刻，不付出代价，哪能扳倒黄文灿？难道我眼睁睁看着这帮浑蛋，把我一生的心血变成他们的私产！"

"我认真想过，这笔账划得来。"宋长海说，"私分公款，肯定罪不至死。且不说我有自首情节，就说像我这样好不容易捡回一条命的废人，甭管判多少年，估计也是监外执行。顶多名誉扫地而已，到了这般田地，管不了许多了。"

宋长海又说："黄文灿就不同了，他身子骨硬朗着，只能老老实实蹲在监狱里。况且，我一个废人和堂堂的银行董事长同归于尽，赚大发了。"

方玉斌清楚这件武器的威力，但正因为杀伤力太大，难免会造成误伤，便提醒说："一旦东窗事发，受牵连的可不只你和黄文灿，当时私分公款的人，谁也脱不了干系。这里面，有许多可是跟你一起打江山的老兄弟。"

"老兄弟也未见得可靠。"宋长海说，"这一次回西海之所以空手而归，不就是被老兄弟出卖。黄文灿有一句话说得没错，树倒猢狲散。眼看我成了废人，多少人改换门庭，卖主求荣。"

方玉斌说："势利小人的确不少，但也不乏忠心耿耿的。否则，黄文灿他们侵吞海丰银行的事，怎么会有人告诉你？"

"这话倒不错。"宋长海叹了一口气,"不过事到如今,已是敌友莫辨。不知谁还能相信,也不知谁投靠了黄文灿。既然这样,管他是敌是友,索性大开杀戒。那些背叛我的,是死有余辜;那些忠于我的,也是死得其所。"

方玉斌顿时哑口无言,只能在心里感叹,这个宋长海,论起心狠手辣丝毫不输费云鹏、黄文灿之流。宋长海不仅自己捆上了自杀炸弹,更要在广场上引爆。只要能干掉对手,才不管会不会伤及无辜。那些死心塌地跟着宋长海的人,真不知是死得其所还是死不瞑目?

宋长海把目光投向苏浩,说:"黄文灿倒台后,你立刻掌控局势,接下来就断贷,然后查它个底朝天,将他们侵吞银行的计划大白于天下。"

方玉斌认为宋长海的手段过于激烈,建议说:"扳倒黄文灿后,恐怕还应立足于收拾残局,而不是只想着同归于尽。真要在海丰银行弄出一场大地震,中小股东的利益与广大职工的饭碗,都会受影响。"

宋长海重新站起来,把手一挥说:"他们的饭碗原本就是我给的。宁可毁掉海丰银行,也得让费云鹏、黄文灿尝到报应。"

宋长海的情绪有些激动,没人再搭话,病房内陷入沉寂。隔了好一会儿,苏浩又关心起宋长海的病情,并要他保重身体。

离开医院,苏浩与方玉斌拦了一辆出租车,前往机场,他们打算乘坐下午的航班回上海。在车上,方玉斌说:"对宋长海的话,你怎么看?"

苏浩说:"他对海丰银行的感情太深,就像对自家孩子一样,因此绝不能忍受孩子被别人抢走。"

"但即便是父亲,也没有杀死孩子的权利,对吧?"方玉斌说。

苏浩说:"事到如今,他也没有更好的法子了。"

方玉斌叹了一口气:"宋长海被仇恨蒙蔽了双眼。他的目标与我更是南辕北辙。我是想解决麻烦,息事宁人,他却是一门心思报仇,甚至为了报仇不惜制造出新的麻烦。"

苏浩说:"息事宁人可不是什么褒义词,甚至让人联想起胆怯、懦弱。"

方玉斌笑了笑:"只要达成好的结果,用什么词来形容并不重要。"

苏浩也笑起来:"听伯父说,你最近钻研老庄之学,颇有心得。今日闻你一言，心境果然不同。"顿了顿，他又说："我承认，玉石俱焚不是一个好结果，但还有什么办法吗？"

"难道真没有其他办法了？"方玉斌既在问苏浩，更是问自己。

苏浩说："如今是两列既没有刹车系统，窗户还被锁死的火车高速驶来，对撞就在眼前。所有人无能为力，也下不了车，除非……"

"除非什么？"方玉斌追问。

苏浩说："这已经是个死局，局中的宋长海、费云鹏、黄文灿，乃至你我，谁都无法自救，更是谁也救不了谁。除非有个实力强大的新入局者，当一回接盘侠。关键是，这样实力的人不好找，人家也缺乏动机来帮所有人。"

方玉斌顺着苏浩的思路想下去，能解这个局的，当然不是阿猫阿狗，得有足够的实力与分量。这类人的确不多，但绝非没有。关键是动机！一池子浑得不能再浑的水，人家干吗来蹚？

方玉斌列出了几个人选，又一一排除掉。猛然，有一个人出现在自己脑海。此人有实力，似乎也有动机来完成此事。能解局者，或是此人，但自己最厌恶的，也是此人。

方玉斌想到的人，便是王诚！此前方玉斌遭遇一连串挫折，始作俑者是费云鹏，背后捅刀、落井下石的是王诚。背叛的朋友远比敌人可恶，因此方玉斌对王诚的憎恶，甚至超过了费云鹏。如果说费云鹏是真小人，王诚就是不折不扣的伪君子！此时大仇未报，却要上门求人家，实在是心不甘情不愿。

汽车已到机场，下车后，苏浩忙着办理登机手续。见方玉斌磨磨蹭蹭，似乎有心事，便催促说："时间快到了。"

"知道了。"方玉斌随口答道，心里却在想，方才说宋长海被仇恨蒙蔽了双眼，自己不愿在王诚面前放下身段，是否也和宋长海一样？

方玉斌还想到，近来与苏定国交流老庄之学心得时，对方讲的一则故事——在官场屡屡碰壁的曾国藩也曾潜心钻研老庄之学，大彻大悟后，不禁感叹："润芝啊，你竟比我早得道！"

润芝便是曾国藩的同乡好友，湖北巡抚胡林翼。身为湘军大佬，朝廷的东南柱石，胡林翼才干过人，但他委曲求全，刻意逢迎满洲权贵官文的事，也被许多人不解。

官文不学无术，却贵为湖广总督，是胡林翼的顶头上司。他窃居高位，又出于嫉妒以及满人防范汉人的本性，对胡林翼事事横加干涉，弄得胡处处为难。一气之下，胡要幕僚起草奏折，向皇上告状。幕僚劝告：江南汉人手握重兵，朝廷如何放心得下？官文名为总督，实是朝廷派到湖广监视汉人的耳目，告官文的状，只会徒增皇上的反感。最好的办法是取得官文支持，督抚同心，共成大业。

胡林翼经此指点，立刻醒悟。不久，官文三十岁的六姨太生日，总督衙门向武昌官场大发请柬，要为六姨太热闹一番。谁知湖北大部分官员平日对官文都无好感，耻于为一个年轻的姨太太祝寿。生日这天，日上三竿了，总督衙门还冷冷清清。官文心里着急，六姨太气得嘤嘤哭泣。将近正午了，武昌城里的重要官员，仍无一人登门。官文无法，只得降尊纡贵，派人四处再请。正在这时，一顶绿呢大轿抬来，前面仪仗森严，后面跟着几顶花呢绣轿。一个家丁飞奔过来，递上一个名刺。管家接过一看，上面赫然写着湖北巡抚胡林翼的大名。管家喜出望外，连忙进府报告官文。官文欢喜异常，亲到大门外迎接。胡林翼不但自己来了，还带来了老母和正妻静娟夫人，以太太之礼，给六姨太送了一份厚礼。宴席上，胡太夫人、静娟夫人尽选些好听的话恭维六姨太，把个六姨太喜得合不上嘴。临别时，胡太夫人又郑重邀请六姨太到巡抚衙门去做客，六姨太乐滋滋地接受了。

第二天一早，一辆花呢大轿将六姨太抬进巡抚衙门，胡太夫人、静娟夫人设盛宴款待，陪着玩牌听曲，扯家常。六姨太自幼丧母，见胡太夫人这样喜欢她，便认胡太夫人为母。

胡太夫人高高兴兴地收下这个义女，又叫她拜见了兄长胡林翼。胡太夫人送给六姨太一副金镯金耳环金戒指，算是给义女的见面礼。六姨太回府后，在枕边对着官文说起胡家母子的千好万好。并说，从今以后两家认了亲，就是一家了，就不要再为难胡林翼了。官文对这个娇媚聪敏的六姨太向来百依百顺，果然从此再不给胡林翼找碴了。军事民事，全付与胡林翼一手办理，他只在上面画诺而已；而胡林翼也表面上对他恭敬顺从。武昌城里督抚关系之亲密，为全国之首。

包括曾国藩在内的许多湘军将帅，都对胡林翼的这番举动一笑置之，认为胡太没有气节。自己攀附官文也就罢了，还拉上母亲与夫人？堂堂一省巡抚，竟认一个姨太太做干妹妹？真是羞先人！

但后来曾国藩明白了，这正是胡林翼的高明之处。"柔弱胜刚强"，为了心中的大事业，个人那点意气算什么！

方玉斌来到值机柜台前，刚把身份证交给工作人员，忽然下定决心。他拿回身份证，对苏浩说："你先回去，我还有其他事要办。"既然胡林翼能向官文折腰，自己为何不能在王诚面前服一回软？"知其雄，守其雌，为天下溪。"老子在《道德经》中说得多好啊！退让，未尝不是一种进击！

◎ 4 你搭建了一个让所有人合作的平台，大伙离不开这个平台，自然也就离不开你

顺着故宫旁的北河沿大街往北，位于皇城根下的一座高档会所，是王诚每次进京时下榻的地方。

方玉斌多次来过这里，今天，他又站到了会所门口。说来凑巧，从首都机场出来后，方玉斌打听了一圈，得知王诚这几日也在北京出差。来到会所前，方玉斌拨通了王诚的手机，说道："王总，我有一些重要的事想和你当面谈。"

王诚似乎并不想见方玉斌，说："什么重要事？电话里说吧。"

方玉斌把姿态放得很低地说："电话里确实不方便说。不过你放心，星阑资本的事已经过去了，我绝不是来无理取闹的。我要谈的，是另一件事。"

王诚想了想说："后天，你到滨海来见我吧。"

方玉斌说："我知道你这几天在北京，刚好我也在北京，而且这会儿就在会所门口。"

王诚说："可我不在会所，要晚上才回去。"

方玉斌说："我等着你。"

挂掉电话，方玉斌在附近溜达了一个多小时，王诚的车终于驶了回来。

方玉斌赶紧凑过去，王诚摇开车窗，显得有些惊讶："你真的就在门口？"

方玉斌笑着说："是呀。"

王诚打开车门，让方玉斌上车，还一脸抱歉地说："失礼了。我想着回来后再和你联系，没想到你一直等着。早点说，我也好派人来接你，到里面去坐嘛。"

"没事。"方玉斌说，"我这次来，既是有事和你谈，也是负荆请罪，等一等是应该的。"

负荆请罪？王诚真是怀疑自己的耳朵。这种话，可不像那个心高气傲的方玉斌能说出口的。他摆手说："这是哪里话？你有什么好负荆请罪的？当初你出了事，我没能帮上忙，实在有愧。后来星阑资本的事，主要是其他股东意见太大，我也没办法，还望你体谅。"

下车后，一行人朝里走去，方玉斌说道："我知道你有苦衷，好些事我也不够冷静。我从看守所出来后，原本应该找你好好谈一次，结果我却发公开信，鼓动员工签署，把矛盾激化了。"方玉斌说这番话，倒不全是客套。闭门研读《道德经》时，他就隐隐想到，许多时候事缓则圆，如果自己不是一副咄咄逼人的态势，而是放低身段找王诚谈一下，人家当然未必会高抬贵手，但起码不会赶尽杀绝，把关系彻底闹僵。

进到房间，王诚照例递上一瓶矿泉水，然后坐下说："过去的事就不提了。你说找我有事，什么事，直说吧。"

方玉斌坐到沙发上，说："这次把我弄进看守所的是费云鹏。但你知道，他为何痛下杀手吗？"

王诚跷起二郎腿，说："老实说，我对这事不太感兴趣。不过你愿意说，我也只能听着。"

王诚的讲法并不礼貌，不过如今的方玉斌已不会和谁计较言语或针锋相对，他淡淡一笑："行，那我就说一说。"

方玉斌从海丰银行讲起，一一道来。荣鼎如何成为银行的大股东；星阑资本又因何卷入此事；宋长海突然病倒，费云鹏与黄文灿怎样走到一起，密谋侵吞银行；直至宋长海归国，要搬出大杀器拼个鱼死网破。

王诚起初并不在意，但或许是故事情节过于精彩，他也越听越仔细。方玉斌讲完后，王诚沉默良久，接着把手一摊："我不知道你给我说这些，是什么用意？"

从王诚的神情，方玉斌已经觉察出对方心有所动。毕竟是成名日久的江湖大佬，一定拥有超越常人的商业嗅觉。那好，我就来替你点破。方玉斌继续说："这次来找你，是希望能帮到你，也是希望帮费云鹏一把。"

王诚哈哈大笑："玉斌，今天你的话，我真是不大听得懂。你要帮我，还要帮费云鹏？"

方玉斌说："帮别人也是帮自己嘛。所有人好，自己未必会好；但所有人都不好，自己一定不会好。按照宋长海的搞法，火车对撞，玉石俱焚，没有一个人是赢家。"

"几日不见，你的境界与之前大不相同。"王诚说，"行，就算你要帮所有人，具体怎么个帮法？"

方玉斌说："黄文灿下台后，苏浩会执掌海丰银行。宋长海对苏浩的期待是立刻断贷，斩断费云鹏的资金链。接着一查到底，戳穿费云鹏的阴谋。这样一来，一切都无可挽回，好端端一家银行，顷刻间成为一片焦土。我可以试着去说服苏浩，纵然是断贷，也要给费云鹏一点时间。最好能软着陆，这样未尝不是皆大欢喜。"

"怎么个软着陆？"王诚追问。

"这就需要你出手。"方玉斌说，"费云鹏掌控的那些空壳公司，握有大量海丰银行股权。一旦苏浩断贷并催逼欠款，费云鹏真是叫天天不应，哭地地不灵。可要是你能出手，接过费云鹏手里的股权，让他安全离场，危机就能控制在最低程度。"

王诚调整了一下坐姿，说："老费这次的确闯了大祸，没准会把身家性命搭进去。但祸是自个儿惹的，我干吗要出手帮他？"

"当然有理由，而且不止一个。"方玉斌说，"先说第一个，海丰银行的股权，搁在费云鹏手里是定时炸弹，到了你手上就是宝贝。我知道，千城集团有进军金融的战略，还谋划过申请民营银行牌照。之前你执意拿下星阑资本，为的也是这个。如果能成为海丰银行的大股东并推动银行成功上市，对你来说难道不是一条终南捷径？市面上，再想找一家业绩优良又能给你染指机会的银行，可不是太容易。"

王诚说："你这话前后矛盾。前面说海丰银行如何危机四伏，后面又说，它的业绩如何优良。"

"丝毫不矛盾。"方玉斌说，"海丰银行危机四伏，全因为费云鹏、黄文灿私心作祟。把这个肿瘤切掉，它毫无疑问是一块优质资产。对费云鹏与黄文灿的人品，我不敢恭维，但不得不说，他俩一个是投资界大佬，一个是金融界翘楚，以商业眼光而论都是顶尖高手。能令两大顶尖高手垂涎欲滴甚至甘愿赴汤蹈火，这样的资产难道会不优质？"

王诚不置可否，只是比画了一下手势，说："说说你的下一个理由。"

"替费云鹏解套，这个忙自然不能白帮。"方玉斌说，"费云鹏被套得太深，谁能救他出来，从道义层面他要感恩戴德，从现实层面他更应付出最大代价来进行交换。前段时间的千城股权大战，内幕咱们都清楚，野蛮人惨败，管理层也只是惨胜，真正的赢家是荣鼎。费云鹏派到千城的副总裁伍俊桐，想必你不是太喜欢。听说伍俊桐离开后，费云鹏又指派了新的人，麻烦真是没完没了。"

方玉斌接着说："利用这次机会，可以逼费云鹏放手，甚至要他同意你的增资扩股方案，引入新的投资人，在千城形成更有利于管理层的股权结构。"

方玉斌搓了搓手，说："如果你不介意，我可以去和费云鹏谈一次，向他阐明利害。以我的了解，费云鹏绝非固执之人。"

王诚抿了一口水，说："听说最近有传言，说我即将退休离开千城吗？"

方玉斌说："江湖上每天都是各种传言，真假莫辨。"

"这个传言却是真的。"王诚说，"我决心已定，很快会离开。这副担子自己扛了几十年，也该交给年轻人了。"

王诚又说："你说的这些，或许有点意思，但对一个即将离开的人来说，意思仿佛又不是那么大。"

哪怕即将离开，方玉斌也绝不相信王诚会心如止水。换作以前，方玉斌一定会说，王诚的商业生涯足够精彩，几乎战胜了所有对手，唯独千城股权大战留下了遗憾。越是要离开，越应该弥补掉这个遗憾。抱憾而去与功成身退带着光荣离开，可是天壤之别。但如今的方玉斌只想把意思表达清楚，绝不去逞口舌之快，他耸了耸肩："我只是建议，主意当然由你拿。"

王诚托着下巴，盯住方玉斌："你的来意我明白了。但你为什么这样做，依旧令人费解。你又要帮我，又要替费云鹏解套，自己想要得到什么？"

方玉斌笑起来："过去我眼中的商场，就是个争斗场，一定要把对手摁下去，自己才能出头。最近我读书，很欣赏一句话——夫唯不争，故天下莫能与之争。"

"语出《老子》。"王诚立刻说道。

"是的。"方玉斌说，"把对手赶尽杀绝，你未必就能成功。给对手一条活路，未尝不是给自己下了一步活棋。我是在帮费云鹏解套，但也是替所有人解套。海丰银行一旦垮掉，中小股东的投资血本无归，许多人因此失去饭碗。这样的局面真是好事？只要自己稍微努一把力，或许能避免一场悲剧，何乐不为。"

方玉斌又说："如果说私心，也有那么一点。海丰银行出了事，会形成一股巨大的冲击波，包括星阑资本、亿家金服都会受到拖累。尤其是亿家金服，已经充当了费云鹏等人的资金管道，有洗不掉的干系。宋长海大概觉得，海丰银行是自己的孩子，宁可杀掉孩子也不能给别人。我却认为，星阑、亿家有自己的心血，无论我在或不在，都希望它能蒸蒸日上，最起码不要毁于一旦。"

"夫唯不争，故天下莫能与之争——这话说得多好。"王诚说，"你看上去什么也不要，但最终会得到得最多。你刚才从道义与现实层面分析了费云鹏，我也替你分析一下。讲道义，你帮了所有人，所有人理应回馈；讲现实，你搭建了一个让所有人合作的平台，大伙离不开这个平台，自然也就离不开你。"

"譬如说我吧，"王诚又说，"假若同意了你的计划，星阑资本董事长的位置还能不还到你手上吗？星阑资本是海丰银行的股东，要接下费云鹏手里的股权，只能利用星阑资本这个平台。你是计划的制订者，自然也是最适合的执行者，因为只有你，才能将所有细节与步骤了然于胸。"

方玉斌说："那是别人考虑的事情，我不替他人动脑筋。"

王诚站起身，在房间内来回踱步。突然，他停下脚步，转身说道："我准备接受你的建议。"

"谢谢！"方玉斌微笑道。

王诚说："既然咱们重新合作，你现在就得帮我做一件事。"

"什么事？"方玉斌问。

王诚说："尽量说服宋长海，让他把引爆炸弹的时间延后。这枚炸弹必须爆，而且得炸响。黄文灿不进去，费云鹏就不会被套住，我们连跟人家合作的机会也没有。但是，炸弹也不能现在就引爆。我需要时间去组织资金，费云鹏手里的海丰银行股权不是小数目，即便对于千城这样的企业，账上也不可能有这么多现金。"

王诚加重语气："我可以去接盘，但前提是不能崩盘。对于时间差的运用，必须精准无误。"

方玉斌说："我可以去试一试。"

◎ 5 世上真是傻子太多，骗子都不够用了

黄文灿的老伴，或是叫前妻，一大早从卧室里走出来，只见黄文灿坐在客厅沙发上，烟灰缸里的烟头堆积成了小山。"刘老师，你起来了。"黄文灿侧过头，淡淡说道。

刘老师有些诧异："你什么时候回来的？"

"昨晚。"黄文灿说，"我回来得有些晚了，就没有打扰你。"

刘老师坐到沙发上，说："我不知道你会回来，早早休息了。况且，我以为你再也不会回来。"

黄文灿说："自己的家，干吗不回呢！"

"名义上的家。"刘老师纠正道，"咱们离婚很多年了。之前为了孩子，也是为了自己的面子，一直演着戏。宋长海的举报信，把咱们的戏戳穿了，所以也没必要再演下去。最近几周，你到北京来，不就从没回来过吗？"

"这个老宋，从不知成人之美，让人无可奈何。"黄文灿苦笑着。宋长海的第一封举报信，让自己不得不将个人隐私和盘托出。虽不情愿，却也化险为夷。只是如今，这一切都不再重要。

黄文灿又说："不管怎么说，毕竟在这里住了好些日子。昨晚和人谈完事，几乎是一种习惯，不知不觉就来到这儿。"

刘老师问道:"回来还习惯吗?昨晚睡得好吧?"

黄文灿摇头说:"一切如常,哪有什么不习惯。只不过昨晚不想睡觉,在客厅里坐了一宿。"

刘老师大概知道,自己的前夫遇上烦心事了,但她对此毫无兴趣,只是点了点头,问道:"什么时候去西海?"

"一会儿就走。"对于前妻的冷漠,黄文灿既不意外,也不懊恼。

"一路顺风。"刘老师说。

"谢谢。"黄文灿说,"今天你起来得很早,是要去学校吗?"

"是。"刘老师说。

"讲什么呢?"黄文灿又问。

《桃花扇》。"刘老师答道。

眼见前妻的回答言简意赅,黄文灿知道人家并不想同自己聊下去。他起身告辞,嘴里念叨起《桃花扇》中的名段:"眼看他起朱楼,眼看他宴宾客,眼看他楼塌了。这青苔碧瓦堆,俺曾睡风流觉,将五十年兴亡看饱。那乌衣巷,不姓王;莫愁湖,鬼夜哭;凤凰台,栖枭鸟!残山梦最真,旧境丢难掉。不信这舆图换稿,诌一套《哀江南》,放悲声唱到老。"

能在一个屋檐下生活几十年,即便没有真爱,也一定有缘分。否则,前妻为何偏偏今天去课堂上讲《桃花扇》,用这部充满悲剧主义的文学巨作来为自己送行!

秘书早已等候在楼下,见到黄文灿,毕恭毕敬地打开车门。黄文灿却觉得秘书的眼光有些异样,上车前那一刹那,突然停住脚步,问道:"你听到什么消息没有?"

秘书一脸迷茫:"什么消息?"

"没什么。"黄文灿钻进轿车。他很快意识过来,并非所有人都是费云鹏,他们不可能拥有那样强大的信息搜集能力。昨晚的事,许多人一定还毫无所知。但是,这又有什么关系?用不了多久,他们便全会知道。也许是明天,也许就是一会儿。

昨晚,正在京城一个饭局上的黄文灿接到费云鹏的电话,说有十万火急的事，让他立刻赶过去。

见面之后黄文灿才知道，此事对于自己岂止十万火急，简直是灭顶之灾。费云鹏透过特殊渠道，得知了宋长海第二封举报信的内容。私分公款，证据确凿，宋长海还把自个儿搭进去，义无反顾地充当起污点证人。

除了惶恐，黄文灿更无比惊讶。宋长海究竟是一个什么样的人？过去只知道他身体残疾，莫非脑袋也坏了？为了扳倒黄文灿，他不仅拉上整个海丰银行管理层陪葬，更把利刃刺向自己胸膛。

"宋长海不是一个人！"从昨晚到今早，费云鹏的话一直萦绕在黄文灿耳旁。费云鹏讲了一则猎人与狼的故事——一个猎人在追捕恶狼时，不慎与狼一起掉入草原上的陷阱。猎人与狼的脚都被陷阱里的夹子夹住，猎枪落在一旁。如果狼先挣脱夹子，一定会咬死猎人；而猎人率先打开夹子，捡起枪就能要了狼的命。无奈夹子太紧，猎人与狼一时都无法脱身。此时，惊悚的一幕出现。狼转过身，露出锋利的牙齿，咬向自己的脚。狼为了取胜，决定自断一足。猎人意识到情形不妙，也狠心咬自己的腿。可仅仅几下，剧烈的疼痛让猎人停了下来。人性与兽性不可同日而语，人终究不是狼。最后，狼咬断了自己的脚，一头扑上来，结果了猎人的性命。

讲完这个故事，费云鹏长叹一声："黄文灿已经是个坏人，而宋长海却是一头狼。从前，你没斗赢他，如今也一样。"

汽车驶抵首都机场，秘书早已在网上办好登机手续，黄文灿过了安检口，进入贵宾休息室。一夜未眠的他有些困了，便叮嘱秘书道："我休息一会儿，起飞前叫我。"说完，他扯过一张报纸，遮住自己的脸。

不一会儿，黄文灿便昏睡过去。他仿佛离开了机场贵宾室，眼前是一望无垠的大草原。昨晚的故事又出现在梦境，自己就是那个猎人，对面的恶狼正在撕咬狼腿，满口是血，样子狰狞恐怖。不好！狼已经咬断了脚，一跛一瘸走来，目露凶光。

黄文灿惊醒过来，发觉遮在脸上的报纸被人拿开。他揉了揉眼，发觉站在面前的不是秘书，而是一名身穿制服的男子。"你就是黄文灿？"对方的语气威严而冷酷。

好快呀！黄文灿心中感叹。他缓缓站起，说道："我就是。"

黄文灿在首都机场被带走后两个小时，方玉斌就接到苏浩的电话。苏浩说，宋长海今天一大早也被人从北京的医院请去协助调查，西海警方还控制了海丰银行多名高管。

方玉斌大吃一惊，问道："宋长海不是答应过我，出院以后才递举报信吗？"

苏浩无奈地说："他是答应过你，但谁知道他突然变卦。这次递举报信，他连我都瞒着。"

方玉斌知道，不按牌理出牌的宋长海，不仅让整个牌局彻底翻转，也打乱了自己的计划。他说："事情已经出了，埋怨宋长海不守诺言也没用。我这就跟王诚联系。"

拨通王诚的电话，几乎就是把与苏浩的对话重演了一遍。王诚吃惊地问："宋长海不是答应过你，出院以后才递举报信吗？"

"他是答应过我，但谁知道他突然变卦。"方玉斌说道。

人在国外的王诚决定改变行程，立即飞来上海与方玉斌面商对策。

王诚乘坐的航班尚未在上海落地，燕飞便从上海出发，启程赶赴北京。他自然也得到黄文灿被带走的消息，急着去北京找费云鹏、伍俊桐商议。

燕飞下了机场高速，在三元桥附近的一家酒店见到伍俊桐。燕飞问："费总呢，他怎么没来？"

伍俊桐说："下午有一场东亚地区投资论坛，费总出席论坛去了。晚上他还要设宴款待论坛嘉宾。"

"他倒沉得住气。"燕飞摇头说。

"不然要他怎样！"伍俊桐说，"整日愁眉苦脸，惶惶不可终日？越是这种时候，就越得沉住气。"

"到底怎么一回事？黄文灿为什么被抓？"燕飞问。

伍俊桐说："这事费总也是昨晚得到的消息。宋长海那个老乌龟王八，见举报黄文灿包养情妇扑空，就翻出了私分公款的旧账。他这是不要命的打法。当年宋长海是银行董事长，私分公款就是他领头的，钱也数他分得最多。"

"这个老杂毛！"燕飞一拳捶在茶几上，接着又挠头说，"越是这种不要命的打法才越是要人命。事情是他一手策划，所有细节清清楚楚，黄文灿怎么抵赖！"

"是啊。"伍俊桐说，"然而不幸中的万幸，咱们的事宋长海只字未提，大概他也不清楚。"

燕飞摸出烟点上，接着说："其实宋长海提或不提，对我们差别不大。"

"怎么说？"伍俊桐也掏出一根烟。

"你想啊，"燕飞说，"黄文灿的董事长肯定当不下去了，他可是整个计划的核心人物。没有他，海丰银行的钱能源源不断流出来，再让咱们转过头去收购银行股权？不管谁接任董事长，且不说翻旧账，起码不会继续贷款给咱们。当初的计划，注定是流产了。"

"这倒是。"伍俊桐大口吸着烟，一脸愁容。

"这还是最好的结果。"燕飞说，"你有没有想过，像宋长海这种老狐狸，没准早就知道咱们的计划。现在不提，只是一种策略，先用一个确凿的案子，把黄文灿弄进去，再顺藤摸瓜查其他事。"

燕飞又说："到时，咱们就彻底完蛋。黄文灿的今天，就是你我的明天。监狱里的牢饭，可不好吃！"

伍俊桐双目无神，坐在椅子上发愣，直到烟灰掉落，弄脏了衣服，才站起来抖了抖。燕飞问道："如今这局面，费总什么看法？他是老大，得给我们指条路。"

伍俊桐说："费总的意思，静观形势发展。但他也提到，实在风声太紧，我和你可以出去避一避风头。"

"避风头？怎么避？"燕飞冷笑一声，"兜里没钱，到哪儿都是叫花子。西方资本主义世界，可比咱这里现实得多。"

"这个你不用担心。"伍俊桐说，"有费总呢，他会不管咱们？即便出去了，他也会安排人接应。"

"扯淡！"燕飞心中骂道，不知伍俊桐是榆木脑袋还是当久了狗，失去了一个人该有的正常思维。假若费云鹏可靠，老子当初就不会流落异乡成为孤魂野鬼。

燕飞缓缓说道："老伍，靠谁也不如靠自己呀。费总如今是荣鼎的董事长，还能罩着咱们。万一海丰银行的事闹大了，他泥菩萨过河自身难保，到时还能管咱们？"

"这个我也担心过。"伍俊桐续上一根烟，"但往细处想，只要咱们一走，费总也就安全了。将海丰银行的钱翻来倒去的，是我控制的几十家空壳公司，任你怎么查，也和费总不沾边。我一走，这事就没人说得清。"

燕飞真想一耳光扇过去，当狗当到这份上，真奇葩！燕飞耐住性子，说："你有没有想过最坏的一种情形，我俩一走，费总装作毫不知情的样子，让咱们把黑锅背到底。到时，他舒舒服服在国内当董事长，咱哥俩就成为红色通缉令上的人，整日亡命天涯。一开始，费总或许还能暗地里施舍点散碎银两，到后来弄烦了，人家干脆雇几个杀手，来个一劳永逸。"

"你怎么会有这么奇怪的想法？"伍俊桐语带责备，"我跟了费总几十年，知道他的为人，事情绝不至于如此。况且事到如今，我们除了死心塌地跟着费总，根本没有第二条路。"

燕飞彻底无语了。在他看来，世上真是傻子太多，骗子都不够用了。来北京之前，燕飞其实有自己的想法——说服伍俊桐，两人将公司账上的钱一齐卷走。从此天涯海角，幸福终老，岂不快活？

瞅着伍俊桐不开窍的样子，燕飞心想，不必再对牛弹琴了。他端出自己的备案，说道："三十六计走为上，费总让咱们出去躲一躲，当然得听他的。此事宜早不宜迟，得赶紧动身，免得夜长梦多。"

伍俊桐说："我把手头的事处理一下，明天就飞去日本。"

"不过，"燕飞面露难色，说，"今天正好有一笔从亿家转出来的钱，人家那边把所有手续都办妥了，就等咱们确认。这事之前是我在负责，如今咱俩拍屁股一走，这钱怎么办？袁瑞朗已经签字了，总不能把钱又原路退回去。"

伍俊桐思忖了一下，说："这事我知道。毕竟一个亿的资金，走之前一定得处理了。要不这样，咱们把出国日期延几天，先去上海一趟。"

燕飞摆手说："你就不用去了，我一个人去就行。"

伍俊桐说："我不去怎么行？无论公司财务还是银行那边，都是认我的签字。"

燕飞说："你给我一份委托授权书，我去代签不就得了。"

伍俊桐犹豫起来，说："不太好吧！这可有违财务管理制度。"

燕飞一副十分着急的模样："这都什么时候了，还管什么制度！"停顿一下，他又说："你知道萨达姆的两个儿子吗？"

伍俊桐点头说："前几年新闻上不经常说吗？一个叫乌代，一个叫库赛，据说都是恶少，最后让美军干掉了。"

燕飞说："他俩是不是恶少我不清楚，但肯定是白痴。知道他们怎么死的吗？巴格达被美军攻陷后，乌代与库赛便溜了，后来藏到摩苏尔的一栋豪华别墅中。因为告密者出卖，美军得到了消息。101空降师、三角洲特种部队、海豹突击队，几大王牌部队的特种兵好几百人，把别墅围得水泄不通。乌代与库赛的保镖哪里干得过训练有素的美国大兵？双方交火才一小会儿，美军就冲进了别墅，不仅乌代与库赛被干掉，库赛14岁的儿子穆斯塔法也被打死在里头。"

燕飞又说："李自成围困北京，智商不怎么高的崇祯皇帝上吊前，尚且知道让太监带着三个儿子分散突围。国破家亡，分头逃命是常识，萨达姆那两个养尊处优的宝贝儿子连这都不懂，还念着哥俩好，你说是不是糊涂？不仅哥俩待在一起，竟然把儿子也带在身边！危急时刻，分散开，哪怕能出去一个，也是好事。聚在一起，稍有不慎就被连锅端。"

燕飞接着说："咱哥俩今天分开以后，在国内就不要见面了。况且，你是计划最主要的执行者，知道的内幕最多。说句不中听的话，日后真要追究，你就是主犯。得赶紧脱身，耽搁一分钟，也许就是灭顶之灾。黄文灿派来公司的那个表弟，中午不就溜之大吉了？人家那才叫脑袋灵光。"

燕飞既引经据典，又连唬带骗，伍俊桐听得心里发毛，手竟不自觉地抖了几下。"行，就按你说的办。我也别等明天了，今天就走！"伍俊桐终于下定决心。

"好吧。"燕飞一脸沉重，心里却乐开了花。

◎ 6 把对手赶尽杀绝，你未必就能成功。给对手一条活路，未尝不是给自己下了一步活棋。

从首都机场到金融街上的荣鼎资本总部，这条路方玉斌走过无数回。再次踏上这段路途，路上的风景那般熟悉，心境却截然不同——这就叫物是人非吧！

汽车驶入金融街，在荣鼎总部大楼前停下。方玉斌下车后，习惯性地抬头看了看天。已经到了春季，气温节节升高，但北京的天空依旧雾霾深锁。方玉斌猛然想起那时——同样是雾霾笼罩的北京，同样是去见费云鹏，内心同样激动。

方玉斌离开家乡来到上海时，与朋友路过外滩。夜色渐浓，华灯初上，名车川流不息。方玉斌告诉自己：总有一天，要在这里出人头地。然而却事与愿违，在上海滩打拼多日，年过三十仍久居人下。在荣鼎这样的大企业中，像他这样没有家世背景、没有傲人学历的小城青年，想要出头简直难如登天。然而，贵为总裁的费云鹏却忽然出人意料地破格召见了方玉斌。大人物的关怀，总是那般无微不至，犹如春风化雨。可紧接着，绵绵细雨就变成雷霆之怒，方玉斌终于明白，费云鹏的破格召见把自己带入到一场始料未及的旋涡，进而成为一切苦难与荣耀的开始。

从那时起，方玉斌与之前的平静生活作别，他时而站上云端，时而跌落谷底，一步步走到今天。他曾不止一次对费云鹏感激涕零，但洞悉真相后又对此人充满厌恶与反感。如今，心胸渐阔的方玉斌对费云鹏竟又生出感恩之心。雷霆雨露，皆为天恩！这话用来形容臣子对皇帝的愚忠，自然可以视之为糟粕。但换一种角度呢？小成靠朋友，大成靠对手，没有费云鹏这样强劲的对手，哪会有自己的今天。一个人要走很长的路，经历过生命中无数突如其来的繁华和苍凉，才会变得成熟。

电梯门打开，穿过熟悉的走廊，方玉斌站在了费云鹏办公室门口。这一刻，方玉斌想起了一句话——在哪里开始，就在哪里结束。多年前，正是在这里，费云鹏为方玉斌的人生打开了一扇窗户，今天自己前来，又是为一场大戏收场。世间的事，竟真有这样巧！

与以往笑里藏刀的热情不同，此刻的费云鹏显得冷漠却真实。他没有起身相迎，只是坐在椅子上，略显疲倦地点了点头："你来了。"

费云鹏并未招呼自己入座，方玉斌便一直站着。直到秘书端茶进来，费云鹏才意识过来，说："别站着了，快坐吧。"

"谢谢。"方玉斌接过茶杯，坐到沙发上，"费总最近挺忙吧，本来想约你吃顿饭，咱们边吃边聊，你却让我来办公室里谈。"

"既然是谈工作，办公室才是最恰当的地方。"费云鹏说，"汉文帝初登大位，进到京城。有大臣想和文帝谈事，并且希望私下聊。中尉宋昌回了一句——所言公，公言之；所言私，王者无私。我们之间怕是没什么私事可聊。既然谈公事，不妨公言之，就在办公室里谈。"

方玉斌把茶杯放到茶几上，说："好一个王者无私，充满了东方政治智慧。不过费总似乎记错了，说这话的并非汉文帝本人，而是他的谋臣宋昌。"

"对，是宋昌。"费云鹏微微一笑，心中却在懊恼，近来真是心烦意乱，竟然会出这种低级错误，还让人家抓住了。

方玉斌抬头一看，见费云鹏的办公桌上有一个小号玻璃烟缸。他刚进办公室时，也闻到一股烟味。方玉斌问道："怎么，费总最近抽烟了？"

"抽烟？"费云鹏先是一愣，接着说，"你知道的，我不抽烟。"

费云鹏把桌上的烟缸挪开，说："有客人来时，他们偶尔会抽几根。"

方玉斌心中暗笑，没想到费云鹏也有惊慌失措，连谎话也扯不圆的时候。荣鼎上上下下谁不知道，费云鹏的办公室是禁烟区，哪个吃了熊心豹子胆，敢在费老板面前整上一根？方玉斌说："你的秘书说，我才是今天到访的第一个客人，但房间里的烟味有些浓呀。其实，我宁愿是费总你抽的。自己偶尔抽几根烟，没什么大不了。真要是有人敢在你面前肆无忌惮地抽烟，反倒令人忧虑。"

"是吗？"费云鹏面露不悦，把身子往后一靠，说，"你今天来，究竟有什么事？"

"好，"方玉斌说，"我就打开天窗说亮话。这趟来，是为了海丰银行的事……"

费云鹏挥手打断方玉斌："如果谈这事，请稍等几分钟。"

为何要稍等？方玉斌不明就里。在沙发上枯坐几分钟后，只见费云鹏从抽屉里拿出一个电子仪器，摁了几下按钮，接着又把仪器摆到桌上。费云鹏说："我的办公室里安装了最先进的防窃听装置。仪器经过自动检测，已经确认你身上没有窃听器、录音笔之类的东西。另外，在咱们谈话过程中，一旦有某些不怀好意的电子产品进入本楼层，装置也会自动报警。现在，你可以说了。"

对于费云鹏的"所言公，公言之"，方玉斌有了更深体会。这不仅是东方智慧的展现，也是西方现代科技的需要。方玉斌摇了摇头，调侃说："越是先进的防窃听装置，电子辐射越大，对身体的危害，或许不亚于抽几根烟。"

费云鹏抿了一口茶，说："让你见笑了。不过江湖老，胆子小，这种时候，还是小心为妙。"

方玉斌微微一笑，切入正题："实不相瞒，我并不认为宋长海发动自杀袭击，是解决问题的最佳方式。但宋长海这个人你也清楚，打定主意的事就不会回头。我曾经告诉他，即便这样做，也不急在一时。他满口答应下来，最终却依旧我行我素。毫不夸张地说，他打了所有人一个措手不及。"

费云鹏说："这话我信！我曾跟黄文灿说过，宋长海是一头狼。狡诈如狼，自然不会相信任何人。”

方玉斌说：“即便被宋长海打了个措手不及，我也没想过这么急着来见你。但局面的发展，又一次出乎我的意料。伍俊桐、燕飞双双不知所踪，剩下一个袁瑞朗，前天还被公安局的人带走。”

“等一等。”费云鹏说，“我记得你刚说过，这次来是谈海丰银行的事。伍俊桐、燕飞以及袁瑞朗，和宋长海举报海丰银行高管私分公款，有什么关系吗？”

方玉斌笑了笑，说：“既然你已经启用了最先进的防窃听装置，咱们之间似乎不必打哑谜。苏浩为何被免职，我为何被抓进看守所几个月，袁瑞朗为何能够重返亿家，宋长海为何非要拼个鱼死网破，这一切，不都因为你们狮子大开口，想把海丰银行吞进自家肚子里。”

费云鹏脸色一沉，又瞄了一眼桌上的电子设备，才缓缓说道：“你果然都知道了。既然如此，我也直说了。海丰银行是海丰银行，伍俊桐是伍俊桐，起码在目前，没有人能够拿出充足证据，将两件事联系起来。”

“你刚才说了目前二字，这个说法十分准确。但是，目前如何并不意味将来会如何。”方玉斌说，“我要提醒你，苏浩已经接任海丰银行董事长，从每一笔可疑贷款入手深究下去，挖出整件事件内幕，或许是他的首要任务。”

费云鹏笑着说：“那就让他查嘛。查来查去，顶多查到伍俊桐那里。偏偏伍俊桐已经不在国内，所有线索也就从他身上断掉。”

“好，咱们就来说一说已经远走高飞的伍俊桐。”方玉斌说，“随着调查深入，所有证据都会指向他。没错，一时半会儿也许找不到他。但躲得过初一，还躲得过十五吗？如今的大环境咱们都清楚，那么多红色通缉人员迫于压力回国，他伍俊桐就能躲一辈子？捉迷藏是一项风险极高的游戏。任何一个细微疏漏，都可能使他行踪暴露。”

方玉斌又说：“况且，咱们都了解伍俊桐，他比不了燕飞！燕飞好歹是名牌大学高才生，能说流利的英语，还有海外生活经历。伍俊桐除了‘hello’与‘fuck you’，估计就不认识几个英语单词。像他这种人，长期流亡海外，心理一定会十分脆弱。哪怕有源源不断的经济援助，也难保他不会因为某个偶然事件而突然心理崩溃。到时不必有人去抓，他自己就投案了。"

方玉斌继续说："退一步说，即便伍俊桐能躲一辈子，你就真能高枕无忧吗？伍俊桐与你的关系，所有人都清楚。他不知所踪，给海丰银行留下一个巨大的资金窟窿，难道你就没有失察之责？你应该记得丁一夫董事长与金盛集团吧。当年就因为对金盛的投资出现危机，费总你可是揪住不放，穷追猛打。如今打算利用伍俊桐做文章的人，大概不在少数。到时，哪怕你想平平安安退休都不那么容易。"

"你今天来，就是要告诉我已经四面楚歌了吗？"费云鹏竭力装出镇定的模样，还大笑起来。

"当然不是。"方玉斌说，"费总是何等聪明的人，局势不用我说你也一清二楚。我来，是替王诚做说客。"

"海丰银行的事和王诚有关系？"费云鹏问道。

"之前是无关，以后或许有关。"方玉斌说，"其实在宋长海引爆自杀炸弹之前，我就找过王诚，希望他能进场，替所有人解围。具体的做法，就是由千城集团出面，接下你们掌控的那些壳公司所持有的海丰银行股权。"

费云鹏半信半疑道："王诚答应了？"

"答应了。"方玉斌点头说，"我向王诚分析，一旦千城进场，会形成一个三赢的局面。千城原本就有拓展金融业版图的计划，趁此机会拿下一家业绩优良的股份制银行，何乐不为？千城拿真金白银来接盘，你们就把烫手山芋扔了出来。利用千城支付的收购款，还可以把之前从海丰银行贷出来的钱还上。银行的资金窟窿被填上，上市计划甚至也能继续推进。"

"问渠哪得清如许，为有源头活水来。"费云鹏依旧斜坐在椅子上，"原本一潭死水的局面，没想到竟真有一股活水。"

"不过，"费云鹏坐直身子，话锋一转，"以我对王诚的了解，他所图的，绝不仅仅是拓展金融业版图吧。"

方玉斌会心一笑："你是王诚的老朋友，对他的了解自然不会错。我就直说吧，千城股权大战后，管理层感觉荣鼎身为大股东手伸得太长，令他们束手束脚。王诚希望，荣鼎的思想能够再解放一些，赋予管理层更多自由。尤其是管理层力推的增资扩股方案，迫切需要荣鼎方面的理解与支持。"

费云鹏也笑起来："这才像他王诚干的事。既然是乘人之危，就要捞够本。"

费云鹏拉开抽屉，掏出一根烟点上。抽了一口，他看见对面坐着的方玉斌，又扔了一支过去，说："记得你是要抽烟的。"

方玉斌接过烟，问："费总什么时候抽上的？"

"明知故问。"费云鹏说，"年轻时抽过，戒了很多年。最近心里烦，偶尔会抽上几支。"

费云鹏肯在方玉斌面前抽烟，某种程度说明他不打算再继续演戏。方玉斌把烟点燃，说："烟不是什么好东西，尤其像你这样成功戒烟的人，最好还是别抽了。"

费云鹏举起正在燃烧的香烟，在眼前晃了晃，说："我也希望如此。"

"共同努力吧。"方玉斌说。

费云鹏抖了抖烟灰说："王诚干这件事的动机，我大致清楚了。你又是为什么？"

方玉斌说："这个问题，王诚问过我。我当时告诉他说，把对手赶尽杀绝，你未必就能成功。给对手一条活路，未尝不是给自己下了一步活棋。"

"下棋？"费云鹏的眉毛一扬，"海丰银行与千城集团都是一盘很大的棋，世间一等一的高手也未必能稳操胜券。而你，却把两盘棋合在一起下，其心不小啊！"

"你误会了。"方玉斌说，"自己有多少斤两，心里还是有数的。这样的大棋，我哪里下得来！下棋的是你和王诚，只可惜你们两位绝世高手功力太深，把两盘棋都下成了死局。我不过是凑几句热闹，劝大家彼此退一步，就都有活路。"

费云鹏追问道："我们有了活路，你又要走哪条路？听来听去我还是不明白，你究竟想得到什么？"

方玉斌摇头说："不瞒你说，从看守所出来后，我的争强斗狠之心消磨得差不多了。在这件事情上，本来我就没做什么，不过穿针引线，说和几句，因此也没想得到什么。"

"不对吧。"费云鹏说，"听说你已经复职星阑资本董事长，这不就已经得到了？"

方玉斌说："让我当这个董事长，是因为王诚需要我替他做事，不是我要求的。未来如果接下你们手里的股权，还得由星阑资本出面。毕竟星阑是海丰银行的股东，股东之间转让持股，操作上方便些。要完成这些事，或许王诚认为我是个合适人选吧。"

费云鹏沉默良久，接着感叹道："以柔克刚，借力打力。玉斌，没想到你已修炼到这层境界。"顿了顿，他又说："你让我和王诚各退一步，其实自己早就先退了一步。你的这番牢狱之灾，我是始作俑者，王诚更是落井下石。出来后，你如果一心复仇，结局一定是处处碰壁。即便有海丰银行这档子事，我垮掉了，你也得不到任何好处，顶多像宋长海那样，来个快意恩仇，同归于尽。可你选择了另一条路，表面不计仇怨，实则却把所有东西加倍拿了回去。穿针引线可不仅是说几句漂亮话，而是要成为各方面都能接受的人物。如今你已经是这样的人物！"

费云鹏继续说："王诚需要你做事，难道我就不需要吗？海丰银行那一屁股屎，总得有人去擦吧。此时此刻，我已经无法物色到绝对忠诚的人选，只能退而求其次，找一个起码知道怎么把屎擦干净的人。"

方玉斌点了点头，说："看来你已经接受了我的建议，下面就能讨论细节了。"

方玉斌又说："当务之急是联系上伍俊桐与燕飞，让他们赶快回来。而这，也是我急着见你的原因。你从一开始就躲在幕后，那些个壳公司的财务印章、签字大权，都在伍俊桐手上。他不现身在合同上签字，哪怕千城抱着钱也没法来接盘。"

费云鹏一旦抽上烟，就一根接一根，他续上烟，问："他们如果回来，会是什么结局？"

方玉斌说："侵吞银行的事没有成为现实，自然不会有人追究。但之前从海丰银行套出那么多钱，起码有违规经营甚至骗贷的嫌疑。不过好在钱都还上，即便获刑也会是轻罪。"

"轻罪？"费云鹏深吸一口烟，自言自语道。

方玉斌说："事情到了这一步，总得有人承担责任，其他人也才能解套。费总，如今只有你能联系上他们，可不能犹豫，得抓紧时间。"

费云鹏用力掐灭烟头，起身说道："我可以联系伍俊桐，但联系不到燕飞，而且，燕飞也绝不会回来。"

"什么意思？"方玉斌问。

费云鹏盯住方玉斌，说："看来你近来的心思都在大棋局上，对亿家的事没怎么关心。袁瑞朗为何被带走，你不知道？"

方玉斌摇了摇头，说："不是我不关心，而是关心不上。袁瑞朗重返亿家后，对我的误会很深，戒心就更重，如今想从里面打听到任何消息都挺难。除了袁瑞朗被带走，其他事我真是一无所知。"

费云鹏又是一声长叹，说出了燕飞卷款潜逃的事。燕飞拿着伍俊桐的签名去上海，却并未将钱转回公司，而是转到深圳一家由自己控制的企业，然后又汇去海外。

费云鹏说："燕飞简直是狗急跳墙！一个亿的现金要转到海外，怎么着也得想个稳妥的法子，最好是化整为零，暗度陈仓。燕飞倒好，伙同一家深圳的地下银行，打算一次把钱汇出去。因为目标太大，立刻被有关部门盯上。其中的3000多万被扣下不说，警方倒查资金来源，袁瑞朗也因此遭了殃。"

方玉斌之前就疑惑，海丰银行虽然火势熊熊，但不至于延烧这么快呀！伍俊桐、燕飞尚且没被牵扯进来，怎么袁瑞朗倒先被带走了？听费云鹏一说，他终于恍然大悟。

"燕飞现在人呢？"方玉斌追问。

费云鹏说："他早就过了罗湖口岸，去了香港。现在人在哪儿，谁也不知道。"

"燕飞可不是狗急跳墙。"方玉斌的语气很复杂，有疑惑、感叹、忧心忡忡，甚至一丝幸灾乐祸。这个费云鹏的前任秘书与曾经悉心栽培的明日之星，终于背叛了主人。接着，他又说："被扣下的3000万，权当是手续费喽。燕飞清楚，对他来说，时间才是最宝贵的。时间不允许他化整为零，暗度陈仓，真要是那样，没准一分钱也带不走。这一次，燕飞铁了心和所有人翻脸。他背叛了你，玩弄了伍俊桐，还让袁瑞朗来背黑锅。"

费云鹏不再硬撑，脸上尽是痛苦失望的表情："解放战争时期，华东野战局发动莱芜战役，3天时间歼灭了国民党2个军、7个师，5万多人。消息传到济南，国民党第二绥靖区司令长官王耀武痛骂，5万多人，3天就被消灭光，就是放5万头猪，叫共军抓，3天也抓不完。"

费云鹏摇头说："王耀武哪里知道，莱芜战役中国民党的一个师长就是地下党。其实，人比猪可怕得多。起码，猪不会投敌，不会临阵倒戈，不会里通外人。而这些事，人都会做。"

方玉斌多年来第一次从费云鹏口中听到了脏话。他抿了一口水，说："事到如今，抱怨也没有用了，得赶紧亡羊补牢。燕飞不会回来了，伍俊桐就更得回来，而且一定要快！"

费云鹏长叹一声："俊桐，是我害了你。"

◎ 7　历史没有如果，只有结果

　　七月盛夏，透蓝的天空悬着火球般的太阳，云彩好似被太阳烧化了，消失得无影无踪。马路上，柏油都被太阳烤得发软。一股热浪扑面而来，让人气也喘不过来。路旁的树木无精打采地、懒洋洋地站在那里。连蜻蜓都只敢贴着树荫处飞，好像怕阳光伤了自己的翅膀。

　　毒辣的阳光射入法院审判庭，尽管大功率空调始终高速运转，依旧有人额头上渗出汗珠。素来怕热的吴步达忍不住从皮包里拿出准备好的折扇，轻摇了几下，口里还抱怨着："法院这栋楼太老旧了，真该重新装修一下。"接着，他把折扇递给方玉斌。方玉斌摆了摆手："我不用。"

　　上午九点过，书记员到达法庭，进行开庭前的准备工作。十多分钟后，书记员高声宣布："全体起立！"审判长、审判员、人民陪审员接着步入法庭。

　　庭审正式开始，穿着白色短袖衬衣的袁瑞朗第一个被法警押入审判庭，他的表情还算平静。紧随袁瑞朗被带入法庭的，是几名亿家的高管。

　　从被警方带走，已整整一年半时间。过去几个月中，袁瑞朗三次被带到这里。检方指控他涉嫌骗贷、非法经营、职务侵占。今天，便是一切尘埃落定的时候！

所有人再次起立，审判长开始宣读判决书。判决书足有几十页，审判长逐字宣读，用了整整两个小时。炎热的天气与漫长的宣判过程，令许多人既急躁不安又有些心不在焉。他们已不在乎法律文书上的字斟句酌，只关心最后的判决结果。

最后时刻终于来临，法官拉高语调宣布：数罪并罚，判处被告人袁瑞朗有期徒刑一年六个月。

旁听席上爆发出小小的骚动，律师抬起头，朝方玉斌眨了眨眼，方玉斌微笑着点了一下头。这几乎是一个皆大欢喜的结局，袁瑞朗受到了法律的惩处，刑期一年半，正好是他被羁押的时间，一天不多，一天不少。按照法律上羁押时间可抵扣刑期的规定，袁瑞朗应当被当庭释放。

亿家的其他几名高管各自获刑，刑期比袁瑞朗还短。他们一个个脸上，都洋溢着劫后余生的庆幸与喜悦。

办完相关手续，袁瑞朗一行人走出法院。尽管烈日当空，袁瑞朗却快步走向法院前方的广场，甚至站到广场中央，任凭毒辣的阳光直射，汗水浸透衣服。

"这么毒的太阳，小心中暑。"方玉斌走上前去，递过一根烟。

袁瑞朗接过烟点燃，尽情地在烈日下吞云吐雾。"再毒的阳光也比冰冷的铁窗强。起码我现在呼吸的，是自由的空气。那里面我一刻也不想待了。这种感受，别人理解不了。"

"别人理解不了，但我能理解。"方玉斌说，"当初我从看守所出来，赶上瓢泼大雨，虽然被淋成落汤鸡，心里却畅快极了。"

想起当初方玉斌身陷囹圄，自己虽说不是主谋，起码也是帮凶，袁瑞朗面露愧色，说："是我对不起你，尤其你以德报怨，更让我无地自容。"

方玉斌笑起来："咱俩之间，还用说这些客套话。"

袁瑞朗感激道："为我辩护的律师是你花钱请的，罚金也是你替我交的。对于如今的你，这些或许只是举手之劳，对我却是救命之恩。"

才几句话工夫，方玉斌便汗流浃背。他说："出来了，哪儿都是自由的空气。今天太热了，咱们换个地方，好好聊一聊。"

"好啊！"袁瑞朗说。

方玉斌转头吩咐吴步达："你们先回上海吧，我和袁总找个地方坐一会儿，我俩之间有太多话要聊。"

吴步达点头答应，接着提醒道："你订了机票，晚上还要去香港。"

方玉斌说："我知道。下午我就赶回去，不会误了时间。"

方玉斌与袁瑞朗坐上车，去到附近一间咖啡厅。服务员问道："两位先生，需要什么？"

方玉斌还没开口，袁瑞朗就说："你们这儿有酒没？"

服务员愣了一下，才说："我们这是咖啡馆，没有酒。"

袁瑞朗指着窗户外说："那不就是一间超市吗！里面肯定有冰冻啤酒，你去给我们抬一箱过来。"

服务员面露难色："外头的食品，我们不敢保证质量，更不敢对外出售。"

袁瑞朗说："一箱啤酒，哪有这么多麻烦事！啤酒多少钱，我照付。另外再给 200 块，算是座位费，还有你跑路的辛苦费。"

袁瑞朗说着就去掏皮包，但手伸进裤兜，却迟迟拔不出来。一个刚刑满释放的人员，裤兜里空空如也，什么也没有。

方玉斌掏出两张百元钞，递给服务员："就按这位先生说的办，快去吧。"

服务员接过钱，一脸欢喜地去忙活。袁瑞朗脸上有些尴尬，说道："刚才忘了，自己身上没有钱。"

方玉斌笑起来："没事。"

"对了，喝酒你不介意吧？在外面经常喝醉难受，进去以后没的喝也难受。"袁瑞朗问道。

方玉斌说："你的提议很好。这么热的天，喝冰啤正好解暑。再说咱俩之间，也该痛痛快快喝一场。苦巴巴的咖啡，有啥意思！"

袁瑞朗见方玉斌把烟盒放在桌上，便掏出一根点上，说："胜者与贼寇，永远是硬币的两面，一个人的身份，往往取决于命运的抛掷。如今成王败寇，胜负已分。你是英雄，我是狗熊。但英雄与狗熊能凑在一块儿喝一场，也很痛快！"

"成王败寇或许是硬币的两面，但脚下的路自己选，命运的硬币也是由自己在抛。"方玉斌说。

"你觉得我说得不对？"袁瑞朗说。

"当然。"方玉斌说，"比如什么英雄狗熊之类，就全是胡说八道，而是言不由衷。谁不知道，袁瑞朗是个顶天立地的英雄，常春藤名校毕业，华尔街精英，荣鼎资本内手握实权的一方诸侯，创建亿家，领行业风气之先……所有这些，狗熊能做到？"

方玉斌这番话，将袁瑞朗带回往昔峥嵘岁月。他长叹一口气，说："即便不是狗熊，也是英雄末路。"

方玉斌摆手说："不是英雄末路，而是误入歧途。当初你是怎么想的？"

"事到如今，你说什么我都认了。"袁瑞朗用手搓着额头，"其实，我早知道伍俊桐、燕飞，还有费云鹏是在利用我，我也从没相信过他们，但不知怎么回事，就一步步走到了今天。糊涂呀！"

方玉斌点燃一根烟，说："咱们之间，不必拐弯抹角。要我说，有人是真糊涂，你却是装糊涂。你上了人家的贼船，占了人家的便宜，岂能不有所付出，于是只能揣着明白装糊涂。"

"你说得没错，但我有什么办法？"袁瑞朗说，"你知道蒋若冰当年对我下手有多狠！我要拿回属于自己的东西，不靠费云鹏他们，还能指望谁？"

方玉斌抖了抖烟灰，说："对于蒋若冰，我早就有怀疑。曾经有一次，我想飞来美国，当面和你谈一次，把事情的来龙去脉搞清楚。结果阴差阳错，没有成行。如果，咱们能早些见面……"

袁瑞朗淡淡一笑："历史没有如果，只有结果。"

"对！没有如果。"方玉斌说，"但有一件事我一直想问，难道你真的认为，蒋若冰那样对你，我是同谋？"

冰冻啤酒已经运到，袁瑞朗拉开易拉罐，一口就喝了半罐："你觉得呢？"

方玉斌说："蒋若冰做的事，我一无所知。而且我也不相信，你会认为我参与了这些事。但是，你对我确有怨恨，认为是我苦苦相逼，才造成了当初的局面，让蒋若冰有机可乘。"

"你说得没错。"袁瑞朗说，"我知道，你未必是我的敌人，却也绝不是我的朋友。"

"所以，燕飞对我下手时，你选择了配合。"方玉斌说。

袁瑞朗表情痛苦地点了点头："是这样。那时我告诉自己，为了梦寐以求的亿家，只能放弃方玉斌。我对不起你！"

方玉斌喝了一口啤酒，说："放弃一个方玉斌，或许并非什么大错。你真正的错误是为了一个执念，放弃了底线与原则，于是越走越远。"

方玉斌连喝几大口，将一罐啤酒报销，说："蒋若冰当然有她的问题，但恕我直言，在有些事情上，她比你有底线。"

"她有底线？只能说她对你还算有情有义吧。"袁瑞朗知道蒋若冰为救方玉斌跟燕飞摊牌的事，颇为不屑地说。

方玉斌说："蒋若冰离开亿家，不仅是为了救我，也是不想掺和燕飞那些烂事。"

"不说蒋若冰了。"袁瑞朗挥了挥手，"对了，燕飞怎么样了，人抓住没有？"

方玉斌摇头说："这小子滑得很。自打从香港去了美国，就仿佛人间蒸发了。"

"伍俊桐呢？"袁瑞朗又问。

方玉斌说："你被带走后不久，他便回国了。因为骗贷的事，被判了三年，还得在里面待一段时间。"

袁瑞朗又拉开一罐啤酒，说："伍俊桐虽说是条狗，但还懂得效忠主人，比燕飞强多了。所有事由他扛着，费云鹏能安心了吧？"

"是可以安心，只不过是安心退休。"方玉斌说，"荣鼎很快会召开董事会会议，将空降一位董事长。费云鹏提前退休，安享晚年。对他来说，这已经是最好的归宿。"

"费云鹏真要退了。"袁瑞朗若有所思地说，"我看报纸，王诚可在几个月前就退出千城了。他俩都算得上一代枭雄，最终前后脚退休。斗了那么久，究竟谁赢谁输，恐怕只有他们自己清楚。"

"江山代有人才出。他们都退了，舞台就是你的了。"袁瑞朗说，"现在里面条件不错，每天有报纸，偶尔还能上网。我知道，你不仅坐稳了星阑资本董事长的位置，还让星阑资本成为海丰银行的大股东。且不说你投资的那些互联网金融公司如今一个个龙精虎猛，单说海丰银行上市在即，星阑又是里面的大股东，凭此一役，方玉斌就不再是一家小投资公司的老板，而是当之无愧的投资大鳄。"

袁瑞朗接着竖起大拇指："海丰银行经历这么大的波折，还能继续上市计划，相当不容易。我知道这都是你在幕后主导，了不起。"

方玉斌说："这一年多，我就忙着两件事，一面替有些人把屁股上的屎擦干净，一面还得忙着给海丰银行涂脂抹粉，争取早日上市。只有上市了，才算大功告成。"

袁瑞朗说："怎么样，离大功告成的时间，快了吧？"

"快了。"方玉斌说，"今晚我去香港，就是参加后天的路演。海丰银行董事长苏浩，明天也会赶到香港与我会合。"

"亿家呢，状况如何？"袁瑞朗问。

方玉斌说："你的事，对亿家的冲击不小，发展势头几乎停滞了。"

"都是我造的孽。"袁瑞朗黯然神伤道，"我给亿家捅出的窟窿不小，况且如今戴罪之身，也没法帮谁补窟窿了。"

方玉斌说："亿家的情况的确需要改善。这一年多我忙着海丰银行的事，没太多精力去过问，只能安排吴步达在那里勉强支撑着。步达人不错，可惜尚不能独当一面。接下来，还得给亿家寻一个合适的一把手。"

袁瑞朗明白，亿家命运自己已无从置喙，他大口灌着啤酒，说："别尽谈工作了。你和苏老师怎么样，结婚了没？"

方玉斌说："过去这段时间太忙，一直没顾上。不过眼看海丰银行上市在即，我和她年纪也不小，这事再不能拖了。婚期定在两个月后，到时你可得来。"

"有情人终成眷属。"袁瑞朗笑道，"这杯喜酒，我一定得喝！"

"你呢，接下来有什么打算？"方玉斌问。

袁瑞朗说："先休息一阵子吧。至于未来如何，到时再说。"

方玉斌说："有什么需要我帮助的，你尽管开口。"

两人皆有些微醺，方玉斌看了看表，说："时间不早，我还要赶回上海，晚上的飞机去香港。"

"行。"袁瑞朗举起啤酒罐，旋即又放下，"我本想再敬你一下，感谢你不计前嫌救了我。不过这份恩情太重，一口酒是谢不了的。"

方玉斌说："酒留着，到我的婚礼上喝，那些感谢的话就不要说了。没有你当年的提拔，哪有我方玉斌的今天，这份恩，我一辈子也报不完。"

"施恩勿念，受惠勿忘。玉斌，我真是不如你！"袁瑞朗的眼眶有些湿润。

方玉斌匆匆赶回上海，收拾好行李后便去往机场。秘书早为他办理好登机手续，方玉斌穿过头等舱通道，来到贵宾室稍事休息。

离登机时间还有半个小时，方玉斌捧起一份报纸打发时间。正看着，身后响起一阵电话铃声。随即，一名男子接通电话说起来，电话里似乎在谈一桩生意，而且发生了分歧，男子的嗓门越来越大。

"小曾，这里不是大吵大嚷的地方，有什么事出去说。"耳旁传来一个女声，听口气是在教训下属。

这名男子立刻拿起手机朝外走去，还毕恭毕敬地说了声："好的，蒋总。"

女声传来时，方玉斌就觉得异常耳熟，再一听"蒋总"二字，他便已断定身后坐着的是何人。方玉斌转过身，热情地招呼道："若冰，果然是你。"

后面坐着的正是蒋若冰，她也吃了一惊，接着说："没想到在这儿遇见你。"

方玉斌把行李交给秘书，自己坐到蒋若冰身旁："是啊，我也没想到这么巧。你这是去哪儿？"

蒋若冰说："我去沈阳。你呢？"

方玉斌说："我去香港。"

蒋若冰问："是去参加海丰银行的路演吧？"

方玉斌点了点头，又问道："你怎么知道？"

蒋若冰莞尔一笑："海丰银行的新闻，我一直关注着。"

"海丰银行的新闻里，可没有我的名字。"如今的方玉斌颇为低调，尽管跻身海丰银行大股东与董事，更是银行上市的重要推手，但各种报道中鲜有他的名字。

蒋若冰说："没错，这一年多来，站在镁光灯下的是海丰银行董事长苏浩。但我清楚，你才是核心人物。"

方玉斌问："这一年多你在干吗，一直联系不上你。"

蒋若冰白了方玉斌一眼，说："哪会联系不上，是你没联系。我的手机号码一直没换过。"

方玉斌的笑容有些尴尬。其实，很多时候他也会想起蒋若冰，掏出电话后却又不自觉放下。方玉斌耸了耸肩说："这是我的错。不过我的手机号码也没变，你也没联系过我呀。"

"我联系你干吗？"蒋若冰说，"是自作多情还是自讨没趣？"

方玉斌摇了摇头，说："你现在在干吗？我听人说起过，你在做红酒生意。"

"没错。"蒋若冰点头说，"亿家的事，太伤人了。离开之后我就想着彻底转型，不在金融圈子里混了。我去了裕洋酒行做总经理，裕洋酒行是一家专门代理中高端红酒的销售企业。"

"听说过。"方玉斌说，"最近在机场和高铁站，经常看到裕洋酒行的广告。有一次在飞机上看杂志，还有一篇专门介绍这家酒行的报道。裕洋酒行最近一年蹿升很快，堪称酒企中的一匹黑马。只是没想到，你就是这匹黑马的骑手。"

蒋若冰说："裕洋发展是不错，但这一切和我没关系了。"

方玉斌问："怎么回事？"

蒋若冰抿了一口水，说："两个月前，我辞职了。"

"辞职？为什么？"方玉斌追问。

蒋若冰平静地说："作为经理人，与老板理念不合时，离开是最明智的选择。"

方玉斌托着下巴，说："我不认识裕洋酒行的老板，但想来他一定是个明白人。他要不趁早把你撵走，没准哪天就变成第二个袁瑞朗。"

"方玉斌，你什么意思？"一提袁瑞朗的事，蒋若冰又羞又气，火冒三丈。

"消消气。"方玉斌笑道，"我这话是开玩笑，但也不全是玩笑。像你这样的人，要找到一个能驾驭你的老板，实在太难了。离开裕洋酒行后，你又在做什么？"

蒋若冰瞪了方玉斌一眼，说："既然找不到能驾驭我的老板，就自己当老板。我成立了一家红酒代理公司。"

两人正说着，刚出去接电话的下属走了进来，汇报说厦门一家合作企业对一款红酒不甚满意，想退货。

蒋若冰说："上周他来上海，我不跟他谈过吗！这个品牌是我亲自去阿根廷，好不容易把代理权拿下来的。这款酒的口感很好，只因为消费者对它比较陌生，需要一个培育市场的过程。在我们重点推广的上海市场，这个月的销量就已经出现井喷。"

下属说："这些话我都跟他说了。但他说自己小本生意，没法砸那么多钱去培育市场。"

"退货可以。"蒋若冰毫不犹豫地说，"当初我就说过，卖不动可以退。我说过的话，绝不会食言。但是，这个牌子退了，其他的也一起给我退回来。我可是好几个一级酒庄的合作伙伴，这些品牌的洋酒，他在厦门全都别做了。像他这样鼠目寸光，只在乎蝇头小利的人，不配与我继续合作下去。"

下属被蒋若冰的霸气所鼓舞，说："我这就去跟他说！"

方玉斌在一旁，看着蒋若冰精明强干甚至有些霸道的样子，脑海中突然冒出一个想法，说道："你离开之后，袁瑞朗又出了事，亿家的状况有些令人担忧。海丰银行上市在即，接下来该把精力多放些在亿家了，我正在为亿家物色一位董事长。"

蒋若冰把头一抬，盯住方玉斌，说："你跟我说这些干吗？"

方玉斌微笑着说："你这样问，自然就是听懂了我的意思。怎么样，你愿意回亿家吗？"

蒋若冰说："当初我就拒绝过你，并说不想再与你合作。你怎么这么没记性？"

方玉斌笑了笑说："刘备三顾茅庐，才请出诸葛亮。我只被拒绝一次，为什么就不能再试一下？"

蒋若冰端着水杯，说："记得刚才有人说过，我不是一个好驾驭的下属。你就不怕吗？"

方玉斌说："不能被人驾驭，未尝不是一种痛苦。为了化解这种痛苦，你就应当寻找到一位能真正驾驭自己的老板。"

蒋若冰噘起小嘴："这么自信？"

方玉斌说："咱们之前合作过，对彼此的个性都了解。我知道你很有能力，你也知道我就是这么自信的人。"

蒋若冰呵呵笑起来："我考虑考虑。"

全书完